먼 그대의 손

먼 그대의 손

김 준 성
이 청 준
김 주 영
한 승 원
김 원 일
이 문 열

문이당

한국 소설 30년사의 어떤 자취
―6인 소설집의 의의

김 윤 식

(문학평론가·서울대 국문과 교수)

〈부정변증법〉으로 고명한 철학자 아도르노의 미학사상은 썩 명쾌해 보인다. 「창이 없는 농밀한 작품 내부에서 작자는 역사의 모습을 발견한다」(〈반동과 진보〉, 1930)라고 그가 말했을 때, 그 목소리가 저 라이프니츠의 단자론(모나돌로지)에 잇대어 있음을 쉽사리 알아차릴 수 있다. 라이프니츠에 따른다면 세계는 모나드(單子)로 이루어졌는데, 이 모나드에는 '창이 없음'에도 불구하고, 명석한 판명성의 정도가 다를지라도, 전우주를 표출하고 있다는 것이다. 이 모나드라는 실체 모두를 창조함에 있어 신은 그 각각의 실체가 자립성을 완전히 확보하고 자기의 내적 발전법칙에 따르지만 동시에 언제 어떤 순간에도 다른 모든 실체와 정확히 조화하게끔 설계했기 때문이다. 아도르노는 이러한 사상을 하나의 메타포로서 받아들여 예술과 사회의 관계를 설명하고자 했다. 이로써 그는 토대구조와 상부구조에 관한 마르크스주의 학설을 전회시켜 비교조주의적이자 형이상학적인 영향력을 행사한 것으로 볼 것이다. 곧 창이 없기에 예술의 내부와 사회의 관계가 반드시는 일치하지 않을 수도 있다는 점이 그것. 음악의 경우를 빌려 '불화협'의 이론을 이끌어낸 것이 이를 말해주고 있다. 그런 정도의 사상이란 예정조화설의 범주이고, 한갓 상식이 아닌가라고 할 수도 있겠으나, 마르크스주의 미학과는 다른 '불화협'론에 이른다면 사정이 조금 달라진다.

여기 실린 작품들은 누가 보아도 중견 이상의 이 나라 소설계의 중추들이 공들인 솜씨를 드러낸 것들이다. 어느 작품이나 저마다의 자립성을 이루고 있기에 창 없는 모나드가 아닐 수 없다.

김주영 씨의 「금의환향」(1975)을 보라. 미질, 구룡, 토계, 부포 등 청송 일대의 농민들의 삶과 욕망이 손금 모양 정확히 묘파되어 있다. 노름판에 뛰어들어 이주비(移住費)를 몽땅 날리는 인간상들, 또는 작부에 빠져 유치장 신세를 면치 못하는 인물들이 이 작가의 걸쭉한 솜씨에서 비로소 생동하고 있다. 이는 물을 것도 없는 이 작가의 고유성이다. 그러기에 이 작품은 그 자체로 자립적이지만 동시에 70년대 이 나라 사회의 가장 뚜렷한 문학적 반영이 아닐 수 없다. 수몰지구로 표상되는 70년대 농촌사회의 구조조정이 더 없이 생생하게 각인되어 있기에 그것은 그러하다.

김원일 씨의 「세월의 너울」(1986)은 어떠한가. 작가적 출발점에서부터 일관된 창작동기가 이 작품에 응축되어 있다고 할 것이다. 곧 '가문(家門)이란 무엇인가'가 그것. 한 가문의 장남인 주인공이 아비 45주기 기제삿날의 정황을 그리고 있는 이 작품에서 작가는 소설적 방식이 아니고는 할 수 없는 이른바 고유의 방식으로 묘파해 놓았다. 일가문이 모인 제삿날 가문의 내력을 훑고 있음이란,

누가 보아도 그 가문에 국한된 개인적 사정에 지나지 않는 것. 그럼에도 불구하고 이 가문이란, 이 나라 근대사의 고비고비에 관련되었음이 여실히 드러나 있지 않겠는가. 증조부와 조부 및 그들의 위업을 강조함으로써 생전의 아비가 가족들에게 가한 고통이란 무엇인가를 드러내는 방식이 그것. 이는 단연 고도의 소설적 아이러니가 아닐 수 없다. 80년대 중반 이 나라의 통치 이데올로기에 대한 소설적 대응방식의 뚜렷함이라 할 것이다.

이문열 씨의 「달아난 악령」(1995)은 이 작가가 아니고는 쓸 수 없는 작품. 90년대 이 나라 문학판을 휩쓴 이른바 후일담계 문학의 핵심적인 비판의 하나이지만 정작 빠진 부분이기도 한 것. 악령이란 무엇인가. 이 물음은 단연 세계사적 과제. 일찍이 저 도스토예프스키가 문제삼았던 혁명가의 심리 분석이 바로 그것. 구소련이 도스토예프스키의 「악령」을 판금시킨 것은 그들의 내면구조가 이 작품에서 여지없이 폭로되었던 데에 있지 않았던가. 이 도스토예프스키의 악령이 이데올로기(진보주의)란 이름으로 이 나라 근대사 속으로 스며들어, 가는 곳마다 여지없이 유린한 바 있었다. 이 악령으로부터 가정을 지키고자 하는 한 소시민 가장의 악령 퇴치법이 이 작품의 참주제이거니와, 중요한 것은 악령이 스스로 물러난 90년대 중반까지 작가 이씨를 빼면 그 누구도 이 과제의 핵심에 닿지 못했다는 사실에 있다. 단순한 '시대와의 불화'에 멈추지 않음은 이런 문맥에서이다.

이청준 씨의 「내가 네 사촌이냐」(1998)는 「서편제」의 작가다운 품격을 지닌 작품. 한(恨)을 안고 살아온 사람들이 있다. 그것은 악령 때문일 수도 있고, 선천성 결함에서 온 것일 수도 있고, 모종의 질병일 수도 있다. 그런 한을 품은 채 죽은 사람도 있다. 그 한이 대를 이을 수도 있다. 대를 이은 한이란 무엇인가를 「서편제」의 작가답게 묻고 있을 뿐 아니라, 그것을 푸는 방식까지 보여준다는 점에서 이 작품은 단연 그다운 면모를 보인 것이다. 이대 (二代)에서 풀리지 않는 한도 있을 것이며, 그 또한 이 작가의 수법에서 그 실마리가 드러난 셈이다.

한승원 씨의 「검은댕기두루미」(1998)는 한씨 특유의 소설 운용방식이 선명한 작품. 풍속묘사라든가 논리적 수순을 훌쩍 뛰어넘은 곳에서 시작하기로 한씨의 고유영역을 정리할 수 없을까. 기억에 의한 세부묘사라든가 수미일관성 (정합성)을 자랑하는 근대 리얼리즘 소설을 안중에도 두지 않는 대담무쌍한 한씨의 소설 운용방식이야말로 한씨가 남다른 작가임을 여지없이 증명한 셈. 근대 리얼리즘 소설이란, 한씨에게 묻는다면 송사리 같은 잔챙이나 잡는 그물이 아니었겠는가. 그런 식으로는 아무리 해도 여기 포구에 살고 있는 한 마리 검은댕기두루미를 그릴 수 없다. 치매노인을 이토록 자유롭게 풀어 해방시키는 생명주의란, 그러니까 작가 한씨에겐 방법이 아니라 생리적이라 할 것이다.

김준성 씨의 「먼 그대의 손」(1999)은 최고령의 현역 작가다운 면모를 보여준 작품. 그것은 두 가지 측면으로 볼 것인데, 시대감각에 대한 민감성이 그 하나. 1998년 2월, 40대 주인공 강대운이 무료급식소가 있는 만월공원으로 가고 있다. 대기업 과장직에서 밀려난 실업자인 까닭. 다른 하나는, 이 점이 중요하거니와, 한파(IMF) 2년째에 접어든 이 시점에서 작가가 보여주고자 한 것은 물론 경제적 충격이 한 소시민층 가정을 어떻게 철저히 유린하는가에 있지만, 이를 그리는 방식의 담백함이다. 노숙한 목수의 무딘 연장 사용법이라고나 할까. 시대적 민감성과 이를 보여주는 방식의 담백성에서 오는 균형감각은 일종의 노련함이라 할 것이다.

이 6인 소설집은 단순한 작품집이 아니라 이 나라 소설 30년사에 해당된다는 점을 지금껏 서툴게나마 해설해 보았다. 이러한 해설방식이란, 물을 것도 없이 아도르노적 시선에 의한 것이기에 앞서 이 나라 문단과 함께 살아온 내 개인의 경험적 감각에서 말미암은 것이다.

차　례/먼 그대의 손

5　한국 소설 30년사의 어떤 자취 /김윤식

13　먼 그대의 손 /김준성
59　내가 네 사촌이냐 /이청준
85　금의환향(錦衣還鄉) /김주영
137　검은댕기두루미 /한승원
169　세월의 너울 /김원일
253　달아난 악령 /이문열

323　**해설 : 소외와 상실의 시대에 읽는 화해와 포용의 문학** /**김성곤**

먼 그대의 손

김준성(金埈成)

1920년 대구 출생
산업은행 · 한국은행 총재, 부총리 역임
1958년 《현대문학》에 단편소설 「인간상실」로 등단
작품집 〈들리는 빛〉〈양반의 상투〉〈욕망의 방〉 등과
〈김준성전집〉이 있고, 장편소설 〈먼 시간 속의 실종〉
〈사랑을 앞서가는 시간〉 등이 있다.

먼 그대의 손

1998년 2월 ×일 아침. 강대운은 지하 주차장으로 가지 않고 아파트 단지 광장을 가로지르며 25층 쪽을 흘끗 올려다봤다. 고층 현기증을 정작 지상에 내려와서 느꼈다. 창문으로 머리를 내밀던 아내의 모습이 오늘은 보이지 않았다.

광장은 대로로 이어져 있다. 버스 정류장이 대로 양쪽에 있다. 회사와는 반대 방향 버스를 탔다. 행선지는 확인하지 않았다. 노파한 사람이 헐레벌떡 차에 오르며 운전기사를 향해 소리를 질렀다.

「기사양반, 만월공원 가는 버스지라?」

'만월공원', 그곳은 할 일 없는 노인들, 반정부 인사들, 그리고 실직자들이 모여들기로 유명했다. 봄이라고는 했지만 아직도 쌀쌀한 날씨에 공원 안 여기저기에서 항의집회 같은 것이 열리고 있었다. 느슨했던 시간의 흐름도 그런 곳에서는 여울처럼 소용돌이쳤다.

강대운은 그날 이후 공원의 후미진 곳에 놓여진 벤치의 단골손님이 됐다.

공원에는 어떤 사회단체가 관장하는 무료급식소가 마련돼 있었다. 강대운은 그곳을 기웃거릴 뿐 무료급식의 줄에 서지는 않았다.

그는 오랜 습관으로 아침밥을 먹지 않았다. 20년 다니던 회사의 출근시간이 이른 탓도 있었지만 직책상 저녁마다 거래선과 소주잔을 기울여야 했기 때문에 위산과다증에 시달리는 그의 위장은 연무로 가득 찬 거리처럼 늘 더부룩했다.

공원 벤치에 앉아 있어도 그의 머릿속에는 회사 시절의 일들이 주마등처럼 스쳐갔다.

40대 초반의 나이에 대기업 과장이 됐으니 승진이 늦은 편은 아니었다. 꼼꼼한 성격에, 판촉에는 정평이 나 있었다. 시장 점유율에 있어 창업이 10년 뒤진 M사가 L사를 앞지른 것도 그의 공로라면 공로였다. 그러나 지난해부터 몰아닥친 불경기가 공로를 물거품으로 만들었다. 대리점마다 늘어나는 재고에 비명을 질러댔고 재고는 강대운의 몸 속에 피로의 무게로 쌓여갔다. 퇴근할 무렵이면 눈꺼풀이 무겁게 느껴졌다. 몸 안의 에너지가 심하게 소모되는 느낌이었다. 경쟁업체를 따라잡느라 그 동안 무리를 해서 쌓아올렸던 기반이 일시에 무너져내렸다. 서서히 무너져내린다기보다 비탈길을 곤두박질 치는 상황이었다. 전국 각지의 대리점들이 어음부도의 소용돌이 속에 휘말렸다. 대리점 중에는 지난해에 무리해서 매상을 늘렸던 곳이 태반이었다. 강대운이 대리점 돌기를 단념할 무렵, 판촉과의 기능은 거의 마비되다시피 했었다.

몸과 마음은 지칠 대로 지쳐 있었다. 집으로 돌아오는 차 속에서도 눈꺼풀이 무거워 눈을 뜰 수가 없었다. 피로감은 점차 육체적 무력증으로 옮겨가는 듯했다. 이런 사정을 모르는 아내는 밤늦게까지 자지 않고 기다렸다가 욕실까지 따라와서 도발적인 행동을 서슴지 않았다. 마치 그런 행동이 축 처진 남편의 사기를 돋우는 것으로 착각한 듯 그녀는 얇은 잠옷이 물에 흠뻑 젖는 것도 아랑곳하지 않고 몸을 비벼댔다. 그럴수록 그의 남성은 활력을 찾기는커녕 점점 더 위축돼 갔다. 아내가 비누 묻은 손으로 그것을 문지르고 심지어 혀까지 날름거려보았지만 속수무책이었다. 식욕에 이상이 있다든지 잠자리가 불편하다든지 하는 증세도 없으면서 판촉과의 실적이 뚝 떨어지고부터 유독 그놈이 말을 듣지 않는 것이었다.

회사 내부에서는 이미 기구 개편에 관한 루머가 나돌기 시작했다. 기구 개편의 발표가 있기 전이라도 자진해서 사표를 내던지고 싶은 심정이었다. 거기에다가 아내가 무슨 낌새라도 챘는지 힘을 돋우어준다는 구실로 그 일을 강요하는 데는 정말 정신적·육체적 고문이었다. 몸에 좋다는 약제도 숱하게 먹었다. 개고기, 뱀탕, 심지어 외국에서 들여왔다는 굼벵이까지 먹었다. 그럴수록 이놈은 지레 겁을 먹었는지 오그라질 대로 오그라들어서 용변 때면 한참 행방을 찾아야 할 형편이었다.

그런 무력증을 세상 탓으로 돌렸다. 어지러운 세상이 새 질서를 회복하고 경제가 다시 활력을 찾게 되는 날, 그놈도 다시 기력을 회복하게 될 것이라고 굳게 믿었다.

엄미영은 남편의 거동이 수상한 것을 눈치챘다. 평소 회사에서 돌아오면 시시콜콜한 일까지도 이야깃거리로 삼았는데 요즘은 통 말이 없었다. 그녀는 그가 회사에서 명예퇴직당했다는 사실을 이미 알고 있었지만 스스로 발설할 때까지는 모르는 척하기로 했다.

엄미영은 여태까지 꼬박꼬박 갖다주는 월급을 가지고 두 아이 학교 보내고 집안살림 꾸려나가는 데 부족함이 없었다. 1년에 서너 번은 '보너스'로 목돈이 들어왔다. 그녀의 수중에는 2년 만기 2천만 원의 적금통장이 곧 만기를 기다리고 있었다. 남편이 이대로 영영 새 직장을 구하지 못한다면 그녀는 2천만 원을 투자해서라도 할 만한 사업을 찾아내야 할 절박한 심정이었다. 시댁, 친정집 다 둘러봐도 의논할 만한 사람이 없었다. 서울에서 우연히 만났던 시골

초등학교 동기동창 한소영을 떠올렸다. 그녀는 이혼녀답게 옷차림이 화려했다. 엄미영은 답답한 심정을 털어놓고 도움을 청할 수 있는 사람은 그녀밖에 없다는 생각을 했다. 남편이 새 직장을 구할 때까지만이라도 생활에 대한 걱정을 덜어줄 수 있다면 남편도 심리적인 안정을 찾게 되어 잃었던 활력도 되살아날 것 같았다.

엄미영의 연락을 받은 한소영이 만나자고 지정한 장소는 압구정동에 있는 커피숍이었다. 그녀는 단도직입적으로 현재의 처지를 설명하고 2천만 원 정도의 자금으로 할 수 있는 부업이 없을까 하고 말을 건넸다.

「야, 너 정말 숙맥이구나, 요즘 돈 2천 가지고 뭘 하겠다는 거니? 2억 같으면 몰라도…….」

그 말에 엄미영은 금세 풀이 죽었다.

「네 남편, 밤낮 집 안에만 처박혀 있겠구나…….」

「그러면 좋게……. 회사에 출근하지 않으면서도 우리에겐 두 달째 감추고 있어. 예전처럼 아침 일곱시에 나가서 저녁 여덟시가 돼서야 돌아와.」

한소영의 귀가 솔깃했다.

「그럼 됐다, 얘……. 너에게 딱 알맞은 자리가 하나 있어.」

「뭔데?」

「이런 커피숍이야.」

「얘, 싫어. 창피해. 아는 사람이라도 만나면 어떡하라고. 남편이 아는 날엔 쫓겨난다, 얘.」

「지금은 퇴직금 갖고 매달 월급처럼 가져오지만 1년만 지나봐, 어떻게 되나. 새 일자리 기대하지 마. 앞으론 실업자가 더 늘어난대. 너희 아이들 곧 대학진학 아냐? 창피한 것 다 따지면 굶어 죽어. 대학 나와서 파출부 자리 구하러 다니는 사람이 수두룩하대. 넌 그래도 예쁘게 생겼으니까 내가 소개해 보겠다는 거지.

한 달 수입이 얼만지나 아니? 2백만 원이야.」

엄미영의 눈이 휘둥그래졌다.

「카운터에 앉아 있기만 하면 돼. 차 심부름을 하는 것도 아니고, 손님의 시중을 드는 것도 아니고. 아침 열시에 출근해서 저녁 여섯시면 퇴근해도 좋아. 남편 몰래 근무할 수 있잖아. 일요일은 나오지 않아도 되고. 증권가 거리라서 토요일 오후나 일요일엔 커피숍이 한산해지니까 일이 힘들진 않을 거야.」

「너하고 커피숍하고 어떤 관계니?」

「나 혼자 경영하고 있지는 않지만 나도 동업자 중 한 사람이야.」

그녀는 애원하는 듯한 눈으로 친구를 쳐다보았다.

「생각할 시간을 좀 줘. 남편이 다녔던 회사가 명색이 대기업이었잖니? 내가 만약 그런 곳에 나간다고 소문이라도 나봐. 남편 입장이 어떻게 되겠니, 돈도 좋지만…….」

「변장을 해도 좋아. 가발도 쓰고 엷은 색안경도 끼고 말이야, 누가 보아도 알아차리지 못하게. 네 남편이 보아도 좀 닮은 여인이 있구나 싶을 정도로 변장을 하면……. 그런 전문 미용실을 내가 소개해 줄게. 몇 달이고 근무하다 네 남편이 새 일자리 구하면, 그땐 슬그머니 집에 들어앉으면 될 거고. 이것도 다 사회경험이야. 우리네 여자들, 세상 살아도 사내들 사는 것 반도 모르고 산다고…….」

엄미영은 집에 돌아와서도 마음을 정할 수가 없었다. 가발을 쓰고 변장을 한다는 것도 꺼림칙했지만 월급을 많이 준다는 것도 미심쩍었다. 커피숍을 드나드는 뭇사내들의 노리갯감이 될지도 모른다는 의구심 때문이었다. 게다가 3개월째 남편과 딴 방 거처를 하고 있는 것도 불안의 요소라면 요소였다.

고층에서 내려다뵈는 풍경은 밤 동안의 고민을 거짓말처럼 말끔히 씻어주었다. 불안은 어느새 호기심으로 변해 있었다. 이른 봄의

덜 여문 빛의 입자가 짜놓은 질감 속으로 그녀는 잠옷을 날개 삼아 사뿐히 내려앉고 싶었다.

커피숍으로 첫출근하던 날, 근처 미용실에 들러 가발을 맞춰 쓰고 엷은 색안경을 꼈다. 자신의 눈에도 커피숍 마담에 어울리는 차림새로 변해 있었다. 그녀는 몸도 마음도 마치 타인이 된 듯한 기분이었다. 행동이 훨씬 편해질 것 같았다. 한소영의 동업자란 여인과도 인사를 나누었다. 그녀는 주방일에만 매달려 손님 앞에는 나타나지 않았다. 엄미영은 종일 카운터에 앉아 손님이 내고 가는 찻값을 챙겼다. 여자 종업원이 두 명 있어서 홀 서빙에는 신경쓰지 않아도 됐다.

엄미영이 바라보는 세상은 커피숍의 카운터라는 좁은 시야를 통해서였지만 집을 나왔다는 사실만으로도 다른 세상을 느끼게 했다. 그녀가 눈을 아래로 내리깔고 손님의 얼굴을 정면으로 대하지 않으려고 했을 때는 커피숍을 드나드는 손님들도 말을 건넬 생각을 하지 않았다. 며칠이 지나자 엄미영은 좀 대담해져서 상대방의 얼굴을 쳐다보기도 하고 묻는 말에 대답도 곧잘 하게 됐다. 간혹 누가 차를 한잔 같이하자거나 수작을 걸어오면 사양하느라 애를 먹기도 하였다. 그러나 증권가라서인지 무례할 정도의 행동을 보이는 손님들은 볼 수 없었다. 이따금 찻값을 내려는 손님의 손이라도 스칠라치면 가슴이 철렁했다.

한 달이 되던 날 한소영이 찾아와 보수를 건네주면서 말했다.

「얘, 네가 그 자리에 앉고부터 손님이 많아졌다. 왠지 아니? 모두 널 젊은 과부로 알고 있단 말이야.」

강대운은 회사를 떠날 때 이야기를 나누었던 담당 상무의 말을 떠올렸다. 고맙기도 했고 얄밉기도 했다.

「자네, 쉬는 동안 뭘 하겠나, 하청업체인들 자리 비워놓고 기다리지는 않을 터이니…… 자리 마련하려면 시간이 좀 걸릴 거야. 그렇다고 다른 곳 기웃거리지 말고 느긋하게 기다려보게나. 우리가 이런 판에 다른 곳인들 별수 있겠나…….」

상무의 말에는 나름대로의 속셈이 감춰져 있었다. M사가 경쟁사인 L사를 앞지른 것은 강대운이 판촉과를 맡은 후였다. 경쟁사가 이쪽 회사의 조직 개편을 알게 되면 강대운이 스카우트 대상이 될지도 모를 일이었다. 한때나마 자기 회사를 앞질렀던 영업 전략을 알아내기 위해 그에게 손을 뻗칠지 몰랐다.

「상무님께서 책임을 져주신다면 기다리겠습니다.」

상두는 당황한 듯 손을 내저었다.

「이 사람아, 무작정 기다리라는 건 아니야.」

그땐 담당 상무의 말이 야속하게 들렸으나 지금은 그 말에라도 매달려 기다릴 수밖에 없었다.

강대운은 처음에는 공원의 분위기에 익숙해지기가 어려웠다. 한 달 가까이 지나고 나자 집회에서 들려오는 그들의 주장에 동조도 하게 되고 가끔은 무료급식의 줄에 서기도 했다. 실직자가 많이 모이는 공원 안 분위기는 늘 각박하고 절실한 긴장감이 감돌고 있었다. 그러면서도 그 긴장감이 공통된 목적의식을 가진 것이 아니라 사람마다 각양각색이어서 하나의 결집된 힘을 갖지 못했다. 무료급식의 줄 서기도 처음에는 아는 사람을 만날까 주저됐으나 이제는 누굴 만나도 창피할 것이 없다는 심정으로 바뀌었다. 또 처음에는 멋모르고 고맙기만 했던 무료급식도 그곳에 모인 사람들처럼 불평의 대상이 되기도 했다. 무료급식을 담당하는 사회단체 (정부보조를 받는) 직원들의 무성의 때문이었다. 또 모두들 무료급식에 물린 시기였다.

아침부터 가랑비가 내리는 날이었다. 무료급식에 이물질이 섞여 있었다. 아마도 야채를 제대로 씻지 않은 모양이었다. 국밥 그릇을 받아쥔 사람들이 일제히 불평을 쏟아냈다. 그때 얼굴이 벌겋게 달아오른 50대 사나이가 국밥 그릇을 치켜들고 큰소리로 외쳤다. 무료급식을 제공하는 사회단체의 사무실로 몰려가자고 선동을 했다.

'우―' 하는 소리와 함께 앉아 있던 사람들이 덩달아 일어섰다. 그러나 막상 그 사람이 몇 발자국 앞으로 나아갔을 때 뒤를 따르는 사람은 한 사람뿐이었다. 대중의 힘을 믿고 앞장서려 했던 그의 입장이 난처해진 상황이었다. 그는 묘한 표정을 짓고 연신 뒤를 돌아다보았다. 순간 강대운의 눈과 마주쳤다. 그를 도울 사람은 자기밖에 없다는 생각이 들었다. 강대운이 자리에서 벌떡 일어서며 한마디 했다.

「사회단체 회장실로 전화를 걸면 어떨까요?」

그러자 옆에 있던 몇 사람이 「그것 좋은 생각이오」 하고 동의를 표시했다. 앞장섰던 사람이 강대운에게 악수를 청했다. 강대운은 자신이 제의한 이상 전화 거는 일에 빠질 수 없었다.

주동자와 키 큰 사나이, 그리고 강대운 세 사람은 공원 입구에 설치돼 있는 공중전화 부스까지 함께 걸어갔다. 강대운은 내친김에 사회단체 회장실로 전화를 걸었다. 회장은 자리에 없다고 했다. 전화를 받은 여비서에게 회장이 돌아오면 전해달라고 용건을 말했다. 밖에서 전화 거는 것을 듣고 있던 주동자는 강대운이 밖으로 나오자 고맙다는 표시로 악수를 청했다. 마흔이 조금 넘어보이는 키 큰 사나이는 좀 시큰둥한 표정을 지으며 한마디 했다.

「그 사람들이 전화 한 통화 했다고 무슨 조치를 취해줄까요?」

주동자가 말했다.

「기다려봐야죠, 어떻게 되나……. 전화라도 걸어야 지켜보는 시민들이 있다는 걸 알 것 아녜요.」

키 큰 사나이가 오히려 강대운을 쳐다보며 말했다.

「비서가 전화 왔었다는 소리를 전하기나 하겠어요.」

그러자 주동자와 키 큰 사나이 사이에 언짢은 말이 오갔다.

「그러면, 선생님 같으면 어쩌시겠어요? 사회단체 회장실로 몰려가서 무료급식의 질에 대해서 직접 항의를 해야 한단 말입니까?」

「하루 한 끼 주는 무료급식이면 다라는 그 사고방식이 문제지요. 무료급식 뒤에 숨어 있는 그들의 위선을 한 꺼풀 벗겨보자는 것입니다. 나 같으면 저 무료급식판부터 때려부수고 싶다고요. 하루 밤 한 끼가 뭐 그리 대숩니까, 가족들은 집 안에서 굶고 있는데…….」

키 큰 사나이는 말은 과격하게 했지만 행동으로 옮길 것 같지는 않았다.

강대운은 사나이의 말에 일리가 있다고 생각했지만 동조하고 싶지는 않았다. 사나이는 앞서 걸어가는 주동자를 가리키며 강대운에게 달했다.

「이곳에 모인 사람들이 왜 저러는지 아십니까? 주동자가 저렇게 앞장서도 진짜 따르는 사람은 우리 두 사람밖에 없지 않습니까. 저 사람도 진심은 항의 같은 걸 하자는 게 아녜요. 모임의 주도권을 잡자는 거지요. 그리고 저 사람들 진짜 고민거리가 뭔지 아서요? 하루종일 하릴없이 지내는 시간이 미치도록 지루한 거예요. 그래서 매일같이 모여 소리지르고 항의하고 하면서 시간을 보내는 거죠. 요즘 세상 돌아가는 거 보세요. 항의할 거리야 얼마든지 있지 않습니까.」

강대운은 사나이를 물끄러미 쳐다보았다. 그가 세상에 대해 불만을 털어놓고 싶어서 그러는지, 공원에 모인 사람들이 못마땅해서 그러는지 진심을 헤아리기 어려웠다. 공원에 모인 사람들이 단순히 시간 보내기가 지루해서 집회를 하고 항의를 하는 것만은 아닌 것 같았다. 그런데도 그 사나이가 그렇게 단정 짓는 걸 보면 좀더 격럴한 시위로 옮겨가기를 바라고 있는지도 몰랐다. 그러나 그가 공원에 나타나도 시간의 대부분을 벤치에서 지내는 걸 보면 앞장서서 그들을 선동할 것 같지는 않았다. 그런데도 주동자가 앞장섰을 때 따라나섰던 동조자는 강대운과 그 사나이뿐이었다. 강대운은 주동자의 입장이 난처해진 것을 돕기 위해서였지만 그 사나이가 따라나선 속내는 알 수 없었다.

강대운은 불과 몇 달 만에 자신이 대기업의 과장이었다는 사실을 까마득히 잊고 지냈다. 회사 시절엔 팽팽히 당겨져 있던 시간이 이곳에서는 고무줄처럼 허물허물했다. 이런 느슨한 시간 속에서는 아무리 사람들이 외쳐도 절박한 소리가 되지 못했다. 그런데도 사람들이 공원으로 모여드는 것은 이곳에서는 잃는 것도 얻는 것도 없기 때문이었다.

공원 안 분위기는 모임의 성격에 따라 달라졌다. 정치집회 같은 것이 열리면 공원 전체가 이상한 열기로 가득 찼다. 그러나 고조됐던 분위기는 좀체 실천에 옮겨지지 않았다. 그들은 그렇게 매일매일의 소일감을 만들어내는 것이었다.

그가 앉아 있는 벤치에는 하루종일 수많은 사람들이 거쳐갔다. 그런 사람들 중에는 얼굴을 익힌 사람도 더러 있었다. 그들은 눈이 마주치면 마지못해 눈인사만 보낼 뿐 말을 걸어오는 일은 없었다. 이곳에서는 모두가 타인이었다. 뿐 아니라 자기자신의 존재까지도 타인으로 밀쳐버려야 할 때가 있었다. 그래야 시간도 비켜갔다.

강대운이 점심을 먹고 난 뒤 벤치에 앉아 낮잠을 청하고 있는데 누가 옆자리에 앉으며 말을 걸어왔다.

「선생, 소주 한잔 안하시려우?」

그는 말한 사람의 얼굴도 쳐다보지 않고 손을 내저었다. 말을 붙였던 사람은 혼자서 술 마시기가 무료했던지 곧장 강대운 쪽을 흘끗거렸다. 이럴 때 소주 한잔이라도 얻어 마시면 서로가 통성명을

하게 되그, 대화를 나누다 보면 자기의 전력이 드러날 것이 번거로
웠다. 눈인사만 보내려고 하는데 자세히 보니 전에 만났던 키 큰
사나이였다. 오늘은 잠바차림이었다. 그는 저번 때와는 달리 별말
을 걸어오지 않고 혼자서 소주 한 병을 비우는 것 같았다. 강대운
이 새삼 잠을 청하기도 뭣하고 해서 담배를 꺼내 무는데 그가 담배
한 개비 얻을 수 없느냐고 했다. 그는 소주 한 병을 다 마신 취기
로 담배를 서너 모금 깊이 들이마시고는 입에 문 채 말없이 그 자
리를 떠나버렸다. 그제서야 강대운은 모처럼 술 한잔 하지 않겠느
냐고 권해왔을 때 못 마시는 술이라도 한잔쯤 얻어 마실걸 하고 후
회했다.

며칠 후 강대운이 공원 뒷문 쪽에 있는 간이식당에서 수제비를
먹고 나오는데, 어느새 키 큰 그 사람이 강대운의 수제비값을 치르
고 있었다.

「오늘은 내가 점심 한번 대접하는 걸로 합시다. 다음에 선생이
사시면 되지 않겠어요?」

공원 벤치로 돌아오는 길에 그는 자기 이름이 변동민이란 것을
자연스레 말했고, 강대운도 담배 한 개비를 권하며 통성명을 했다.
오늘 변동민이 점심값을 대신 치렀다는 것은 강대운에게 부담이 아
닐 수 없었다. 그가 수제비값을 치렀다고 해서 이쪽도 같은 수제비
로 대접하면 체면이 서지 않을 것 같았다. 다음에 식당에서 만날
때는 점심메뉴 고르기에도 신경이 쓰여질 것이었다.

이곳에 모이는 사람들은 서로간에 깊이 사귀는 것을 별로 탐탁하
게 여기지 않는 눈치였다.

변동민과 강대운도 예외는 아니었다. 두 사람은 만나도 별로 나
눌 화제가 없었다. 그때 마침 동상이 있는 쪽에서 또 무슨 집회가
열리고 있는지 이곳까지 함성소리가 들려왔다. 강대운이 말했다.

「심심하실 텐데, 저곳으로라도 가볼까요?」

「전, 이곳에 있겠습니다. 강 선생님이나 가보시죠.」

「저도 여기 있겠습니다.」

함성소리가 점점 고함소리로 변해갔다. 시끌시끌한 것이 집회 중에 싸움질이라도 벌어진 것 같았다. 두 사람은 함께 그리로 뛰어갔다. 항의집회를 하고 있던 중 시비가 벌어진 모양이었다. 세 사람이 한 사람의 멱살을 잡고 싸움을 벌이고 있었다. 자세히 보니 세 사람을 상대하고 있는 이는 전에 무료급식을 항의했던 그 주동자였다. 세 사람이 합세해서 주동자를 몰아세우고 있는 판인데도 집회에 모여든 사람들은 구경만 하고 있었다. 주동자가 불리한 처지에 있었다. 주동자는 세 사람을 상대할 정도로 체격이 좋은 편도 아니었다. 변동민이 다짜고짜 사람들을 헤집고 싸움판으로 뛰어들어갔다. 들어가자마자 한마디 큰소릴 질렀다.

「이게 무슨 경우요! 세 사람이 한 사람을 상대하다니, 비겁하지 않소! 일 대 일로 합시다.」

강대운은 싸움이 벌어진 영문도 모른 채 싸움판에 뛰어든 변동민의 객기가 대견스러웠다. 변동민이 불리해지면 자기도 뛰어들어야겠다고 주먹을 불끈 쥐고 벼르고 있었다. 그런데 갑자기 이상한 일이 벌어졌다. 기세를 올리고 있던 세 사람이 비실비실 뒤로 물러설 자세를 취했다. 사람들은 모처럼 격투 장면을 기대했었는데 싸움판이 허물허물해지자 '우우' 하고 불만의 소리를 내질렀다. 변동민이 끼여들어서 볼 거리를 망친 것이었다. 강대운은 벤치에 돌아와 변동민에게 한마디 했다.

「변 선생, 태권도 유단자라도 되십니까?」

변동민은 그 말엔 가타부타 답을 하지 않고 웃는 표정으로 말했다.

「삼 대 일이라도 싸움판이 벌어지면 한 대씩은 서로 다 얻어터지는 겁니다. 그러니 공원 안 사람들은 싸움을 걸면서도 누가 말려주기를 바라는 거죠.」

그는 한마디 더 덧붙였다.

「지금 세상 사람들은 모두가 싸움질이라도 해야 직성이 풀릴 심정일 겁니다. 그러니 사소한 시비라도 그대로 두면 큰 싸움이 될 수 있지요.」

「그래서 싸움을 말리셨군요.」

「아까 그건 싸움도 아닙니다. 삼 대 일이라니, 우선 비겁하지 않습니까. 싸움판이 성립되지 않지요. 전번에 제가 선생님보고 소주 한잔 하자고 했을 때 선생님은 절 쳐다보지도 않고 손을 저으며 거절했어요. 그때 내가 시비를 걸었으면 싸움이 될 수 있었지요.」

「그런데 왜 가만두셨지요?」

「선생님은 싸움을 받아주실 분 같지 않았어요. 그런 사람에게 어떻게 시비를 겁니까. 전 젊었을 때 여러 번 싸움질을 해서 얻어터지기도 했고 상대편을 묵사발로 만들어놓기도 했는데 두들겨맞았을 때는 분하기도 했지만 그래도 뭔가 뻐근한 충족감이 있었지요. 그런데 오히려 상대를 실컷 패주고 피투성이를 만들어놓고 돌아왔을 때 느끼는 허무감이란 정말 견딜 수가 없었어요. 이상한 사람이죠. 남을 두들겨 패놓고 느끼는 허탈감, 이런 감정은 내 성격 탓인지 몰라요. 하여튼.」

그는 말을 이을 듯하다가 그쳐버렸다. 그런 일이 있은 후 변동민은 한참 동안 모습을 나타내지 않다가, 그날은 점심때가 훨씬 지나서야 술이 거나해서 나타났다. 강대운이 반가운 소리로 말했다.

「새로운 직장이라도?」

「새 직장이라뇨? 허허!」

그는 벤치에는 앉지도 않고 다짜고짜 강대운의 팔을 잡아 끌었다. 난데없이 목욕탕엘 가지 않겠느냐는 것이었다. 대중목욕탕은 공원 뒷문 쪽에 있었다.

봄 날씨라 한낮이 되면 몸이 나른했다. 목욕이라는 말만 들어도 몸이 풀리는 듯한 기분이 들었다. 그러나 강대운은 선뜻 응할 마음이 일지 않았다. 그 동안 마음을 좀 텄다고는 했지만 알몸이 되어 목욕까지 함께할 만큼 친숙한 사이는 아니었다. 아내와도 함께 목욕을 하지 않은 지 오래됐다. 그것이 힘을 잃은 뒤로 두 사람은 욕실에서 만나는 것을 피해왔었다. 그런 터에 느닷없이 목욕탕엘 함께 가자는 말을 듣자 마치 자신의 불능이 드러날 것 같은 두려움이 앞섰다. 명퇴를 당한 후 '그놈'은 남자의 자존심마저도 뭉개버린 상태였다. 남 앞에 내놓기가 싫었다. '그놈'은 개 꼬리 감추듯 사타구니 사이에 숨어서 주인의 체면 같은 것은 아랑곳없이 오그라붙어 있을 것이었다.

그는 부득이 뒤를 따르면서도 목욕탕 가기를 거절하기 위해 낮은 목소리로 「변 선생! 변 선생!」 하고 서너 번 불러보았다. 그는 목욕하기 싫어 응석부리는 아이의 버릇을 고쳐주려는 듯 들은 척도 아니하고 콧노래까지 흥얼거리며 막무가내로 목욕탕 문을 열고 모습을 감추고 말았다. 그의 무례한 행동이 당황스러웠으나 싫지는 않아서 서너 번 문안을 기웃거리며 서 있었다. 발가벗은 변동민이 수건으로 그곳을 가린 채 손짓으로 그를 불러들였다.

아파트로 이사 온 후 대중탕을 이용하기는 처음이었다. 변동민은 샤워 꼭지를 틀어놓고 온몸에 비누칠을 하고 있었다. 그의 거무스레한 몸뚱어리에서 무럭무럭 물안개가 피어올랐다. 샤워 꼭지를 너무 세게 틀어서 쏟아지는 물은 마치 바윗돌에 부딪히듯 강대운에게까지 튀었다. 강대운은 옆에서 튀어오는 물벼락을 피하면서 샤워 꼭지를 얌전히 틀어놓고 온몸 구석구석에 비누칠을 했다. 허리를 구부린 자세로 아랫도리를 문지르고 있는데 어느새 변동민이 살그머니 다가와서 그의 엉덩이를 껴안고 흘레붙은 개 모양 떨어지지 않았다. 강대운이 놀라서 '앗' 소리를 질렀지만 소용이 없었다. 마침 목욕탕 안에는 두 사람밖에 없었다. 강대운은 자기 몸의 변화에 놀랐다. 오랫동안 꼼짝도 않던 그놈이 심하게 발기돼 있었던 것이다.

목욕을 끝내고 밖으로 나오자 변동민은 아무 일도 없었다는 표정으로 성큼성큼 앞장서 걸어갔다. 그리고는 구멍가게에서 소주 한 병과 오징어 두 마리를 샀다. 오후의 햇볕이 벤치 위로 쏟아져 내리고 있었다. 변동민은 소주병이 든 봉투를 손에 든 채 나무 밑 잔디밭으로 들어갔다. 그곳에서 술판을 벌일 모양이었다.

변동민은 소주 한 병을 혼자서 마시다시피 하고 잔디밭에 벌렁 누워버렸다. 공원 입구 동상이 서 있는 곳에서 또 집회가 열리고 있는지 박수소리가 요란하게 들려왔다. 변동민은 집회에서 싸움을 말리고 난 이후 공원에 나타나도 집회 같은 것에는 흥미를 보이지 않았다. 그러나 강대운은 박수소리가 요란하게 들릴 때마다 그쪽에 관심이 쏠렸다.

「또 집회가 열리고 있는 모양이죠? 우리 그리로 가볼까요?」

「강 선생은 저 사람들 주장에 관심이 많으신가 보죠?」

그러자 강대운은 눈빛을 바꾸며 말했다.

「난 오히려 저 사람들이 현직 국회의원보다 애국적이라 생각해요. 세비나 받아먹고 빈둥빈둥 놀고 먹는 그들보다야 양심적이지 않습니까. 국회의원들을 이곳에 한번 모시고 와서 저 사람들 소릴 듣게 하면 어떨까요?」

「국회의원들을 믿으시는군요. 그들을 데리고 와서 저 사람들 소리를 듣게 해봐야 별 소용 없을 겁니다.」

「왜 그렇게 생각하시죠?」

「우선 저곳에 모인 저 사람들, 겉보기엔 매일 모여서 저렇게 떠들어대지만 저거 다 헛것이에요. 또 국회의원을 이곳에 모시고

온다고 합시다. 국회의원이 저 사람들 말 가만히 듣고 있을 것
같습니까? 오히려 국회의원의 말에 저들이 설득당하고 말 겁니
다. 강 선생, 국회의사당에 가보신 적이 있으십니까? 이건 웅변
대회장이지 국사를 논하는 곳이 아니었어요. 누가 그러더군요.
지방의회 한 곳이라도 좋으니 시험 삼아 벙어리 의원으로 대체하
면, 수화로도 얼마든지 의사전달이 가능할 터이니 의회가 더 성
실해지고 조용해지지 않을까 하고요.」

강대운은 이 사람의 전직이 무엇이었을까 하고 생각해 보았다.
정치가, 신문기자, 저술가…… 그러나 어느것 하나 그에게 어울릴
것 같지 않았다. 하지만 평범한 실직자치고는 그의 언어나 행동이
보통 사람과는 다른 무엇을 느끼게 했다. 그가 싸움판에 뛰어들어
말 한마디로 싸움을 말렸던 광경은 지금도 강대운의 눈앞에 선했
다.

엄미영이 남편 몰래 근무하기엔 지금의 커피숍이 안성맞춤이었
다. 아침 출근시간은 늦고 저녁 퇴근시간은 빠른 편이었다. 게다가
커피숍을 드나드는 손님들의 태반이 주식시세에 정신이 팔려 있어
서 엄미영은 염려했던 것과는 달리 손님들의 관심 밖에서 지낼 수
있었다. 앉은 자리에서 손님들의 얼굴을 올려다보기 때문에 손님들
은 그 얼굴이 그 얼굴이었다. 그녀가 앉은 탁자 위에는 조그마한
손금고가 놓여 있었고 그 옆에는 여성잡지가 펼쳐져 있었다. 하루
에 서너 번은 카운터 앞에 놓여진 화분 사이를 통해 홀 안으로 눈
을 돌렸다.

그러다가 어느 순간 서쪽 창가에 형광등의 역광을 받으며 영화
속의 화면처럼 부상하는 듯한 시선과 마주쳤다. 사흘째 오후 이 시
간이 되면 그 시선은 그 자리에 붙박인 듯 이쪽을 쳐다보고 있었
다. 그녀는 자기도 모르게 얼굴이 달아오름을 느꼈다. 날이 갈수록

그 시선에 익숙해졌다. 시선이 보이지 않는 날이면 허전한 기분이 들곤 했다. 사나이는 좀체 엄미영에게 접근해 오지는 않았다. 그녀는 그 시선을 의식해 화장을 고쳐보기도 했고 가발을 매만지기도 했다. 그 사나이는 시선으로 대할 뿐 찻값을 직접 치르거나 메모지 전달 따위를 부탁하지는 않았다.

커피숍은 오후장이 끝나는 무렵 한때 손님이 붐볐다가 증권회사가 문을 닫을 무렵이면 조용해졌다.

엄미영의 일과는 화장을 짙게 하고 엷은 미소를 띠며 실내장식용 화분처럼 조용히 앉아 있다가 손님이 내미는 전표와 돈을 받고 거스름돈을 내주는 일이었다.

오후 다섯시, 손님의 왕래가 뜸한 시간이었다. 손님이 내미는 돈을 기계적으로 받아 거스름돈을 챙기려는데 탁자 위에 하도롱 봉투가 놓였다. 내내 자기에게 시선을 던지던 사나이였다. 언제 들어왔는지조차 모르고 있었던 것이다.

「여섯시에 메모지 가진 사람이 올 겁니다. 그때 이것 좀 전해주세요.」

엄미영은 그가 사라진 뒤에도 눈앞에 그의 쏘는 듯한 시선이 맴돌고 있는 착각에 빠졌다.

그 사람이 일러준 대로 정확히 여섯시가 됐을 때 '동도상사 회장 박도현'이란 이름이 적힌 메모지를 가진 사람이 나타나서 봉투를 찾아갔다. 박도현은 5～6일에 한 번씩은 반드시 봉투 심부름을 시켰다. 그가 맡기는 봉투 속에 무엇이 들어 있는지 그녀는 관심을 갖지 않았다. 그러다 봉투 심부름에 의아심을 갖기 시작한 것은 두 사람이 드나드는 시간대가 불과 한 시간 차이밖에 나지 않는다는 점을 깨닫고 나서였다. 직접 만나서 주고받아도 될 일이었다.

박도현이라는 사나이는 30대 후반으로 보이는 잘생긴 얼굴의 소유자였다. 전직이 가수이거나 단역의 탤런트였을지도 모를 일이었

다. 전직이라고 생각한 것은 균형이 잡힌 얼굴인데도 생기가 없어
보였기 때문이다. 현역 같으면 직업의식 같은 것이 표정에 드러날
터인데, 그에게는 삶의 윤기란 게 메말라보였다. 푸르스름한 빛이
도는 창백한 표정이라고 해야 옳았다. 퇴폐의 미란 게 있다면 이런
용모에서 풍기는 분위기를 말할 것이다. 이상하게 관심이 쏠렸다.
 '어떤 직업을 가진 사람일까. 자주 맡기는 봉투 속에는 무엇이
들어 있을까' 하고.
 어느 날은 봉투를 건네왔을 때 말을 걸었다.
「봉투 속의 물건이 뭐죠? 아이들에게 맡겨도 괜찮을까요?」
 아무렇지 않게 던진 질문에 당황해 하는 기색이 역력했다. 박도
현은 한참 동안 대답을 못하고 서 있다가 숨이 찬 사람이 겨우 한
숨 돌린 모습으로 말을 했다.
「되도록이면 직접 전해주셨으면 합니다.」
 그런 일이 있은 후 며칠째 박도현은 커피숍에 나타나지 않았다.
 오후장이 끝나 차 심부름을 하던 여종업원도 자리에 앉아 휴식을
취하는 시간이었다. 엄미영도 무료하게 여성잡지를 뒤적이고 있었
다. 이상한 예감이 들어 눈길을 돌렸다. 언제 들어왔는지 텅 빈 홀
안에 박도현이 혼자 앉아 있었다. 오늘따라 그가 무슨 말을 걸어올
것 같은 예감이 들었다. 아니나다를까 박도현이 그녀 앞에 나타나
수표 한 장을 건넸다. 수표를 받아본 그녀는 깜짝 놀랐다. 100만
원짜리 자기앞수표였다. 커피 한잔 값에 얼마의 거스름돈을 치러야
할지, 게다가 거스름돈을 치를 만한 돈도 없었다. 손에 쥔 수표의
금액을 한 번 더 확인하고 찻값을 외상으로 해도 좋다는 말을 하려
는데, 그땐 이미 그의 모습이 문밖으로 사라진 뒤였다.
 이젠 다른 의미로 기다려졌다. 액수도 알아보지 않고 100만 원
짜리 수표를 건넸을 리는 없다. 10만 원짜리 수표로 잘못 알았다
해도 3천 원짜리 커피 한잔에 10만 원짜리 수표를 내고 갈 사람은

없을 것이다. 엄미영은 아무리 생각해도 그의 얼굴과 100만 원짜리 자기앞수표가 유기적으로 연결되지 않았다. 그 동안 수작 한번 걸어오는 법도 없었고, 봉투 심부름만 대여섯 차례 시켰을 뿐이었다.

수표를 건넨 지 이틀 후에 박도현이 커피숍에 나타났다. 그녀는 얼른 핸드백에서 수표를 꺼냈다. 그러나 그는 수표는커녕 말 한마디 건넬 틈도 주지 않고 나가버렸다.

엄미영은 자신도 모르게 어떤 불법적인 거래에 가담하고 있을지도 모른다는 생각이 들었다. 봉투 속의 내용물에 의심이 가기 시작했다. 그리고 봉투를 주고받는 시간대가 불과 한 시간 차이밖에 나지 않는다는 사실도 새삼 머릿속에 떠올랐다. '봉투 속에는 법으로 금지된 물품이 들어 있을지도 모른다.' 그런 생각이 들자 100만 원짜리 수표는 어떤 일이 있어도 돌려주어야 했다. 그러고 나면 봉투 속의 내용물이 무엇이든 상관할 바 아니었다.

그후로도 서너 번 봉투를 맡기는 일이 계속됐지만 박도현은 말 건넬 틈을 주지 않았다. 박도현을 잡고 수표를 돌려주려 했다가 받는다 못 받는다 승강이가 벌어지면 손님들에게도 이상하게 비칠 것이었다. 수표를 돌려주기 위해서라도 한 번은 밖에서 만나야 했다. 기회는 쉽게 찾아왔다. 박도현은 그녀가 건넨 메모지를 펴보기도 전에 이미 내용을 알기라도 한 듯 그냥 나가버렸다. 10분도 채 안 돼 만나는 장소와 시간을 알리는 전화가 걸려왔다. 이쪽의 대답도 듣기 전에 전화는 끊어졌다. 만나자는 장소는 길 건너 호텔 커피숍이었다.

먼저 만나자고 자청했던 것이 그녀 자신이었는데도 막상 만나는 장소와 시간이 정해지자 겁이 나고 불안했다. 가느냐 마느냐, 마음이 두 갈래로 갈라졌다. 먼저 남편의 얼굴이 떠올랐다. 샤워실에서 30분 동안이나 씨름을 하다 그 일을 단념했을 때 상실감에 빠졌던 남편의 얼굴이었다. 또 한쪽은 강렬한 시선의 소유자인 박도현의 얼굴이었다. 봉투의 거래나 수표의 액수가 문제가 아니라 그를 만나면 크게 일을 저지를 것 같은 불안감이 들었다. 엄미영은 약속 시간이 되자 조바심에 안절부절못하다가 단념한 듯 커피숍을 나섰다.

호텔 커피숍은 2층 플로어 전체를 차지하고 있었다. 홀 안은 빈 자리가 없어보였다. 엄미영은 입구에 서서 어둠침침한 홀 안을 두리번거렸다. 누군가가 뒤켠에서 그녀의 어깨를 가볍게 눌렀다. 뒤돌아보니 박도현이었다.

「다른 곳으로 가야겠습니다.」

엘리베이터 안은 두 사람뿐이었다. 어딜 가는지도 모르면서 따라갈 수밖에 없었다. 그녀는 믿었다. '조용히 이야길 나눌 수 있는 곳이 이 호텔 어딘가에 또 있겠지, 우리는 그리로 가고 있는 것'이라고. 승강기는 25층에서 멈췄다. 좁은 복도 양켠에 객실이 쭉 들어서 있었다. 엄미영은 양켠에 객실이 즐비한 좁은 복도를 지나면서 '이 복도 어딘가에 커피숍 같은 데가 나오겠지' 하고 생각했다. 길다란 복도를 돌아가자 박도현이 2515의 번호가 붙은 방 앞에 멈춰섰다. 그제서야 엄미영은 대화를 나누려는 곳이 공개된 장소가 아니란 것을 알아차렸다.

장승처럼 서 있는 여인을 그는 정중히 소파에 앉혔다. 탁자 위엔 커피포트가 준비돼 있었다. 커피 두 잔을 컵에 따라 한쪽에 설탕과 크림을 넣고 그 잔을 그녀에게 권했다. 그녀는 불안감이 목안을 죄는 듯했다. 그것은 지각 없이 호텔방까지 따라오게 된 자신의 경솔함과 외간남자와 단둘이 있다는 죄책감 때문에 겪는 심한 갈등이었다. 그녀는 아무 생각 없이 따라주는 커피를 마셨고 박도현에 의해 용의주도하게 꾸며진 함정에 빠져들고 말았다.

핸드백 속에서 수표를 꺼냈다. 한참 동안 받느니 못 받느니 승강이가 벌어졌다. 그러다 갑자기 정신이 혼미해짐을 느끼며 엄미영은 탁자 위에 엎어졌다. 박도현이 돌아가 엄미영을 껴안았다. 그녀는 환각 속에서도 발버둥을 쳐댔다. 박도현의 두 팔에 안겨 침대 위에 눕혀지자 온몸이 허공으로 붕 떠올라가는 기분이 됐다. 그녀는 옷이 벗겨지는 감촉을 어슴푸레 느꼈지만 저항할 힘도 의지도 상실한 상태였다. 사나이의 알몸이 여인의 사타구니와 유방과 입술을 한꺼번에 덮쳐왔을 때 그녀는 또한번 심하게 저항했다. 그러나 몸을 뒤척일수록 사나이를 더 깊게 받아들이는 결과가 됐다.

엄미영이 몽환에서 깨어났을 때는 모든 상황이 끝난 상태였다. 그녀는 발가벗은 자신을 보고 놀랐다. 그녀는 황급히 옷을 입고 박도현의 맞은편 의자에 앉았다. 커피를 마시고 의자에 쓰러지기 전의 상황이 머릿속에 떠올랐다. 그녀는 무례한 이 사나이에게 어떤 말을 해야 하나 마음의 갈피를 잡지 못했다. 오히려 오늘의 비밀만은 지켜야 한다는 강박관념이 머리를 짓눌렀다. 한소영이 손님들에게 그녀를 ‘젊은 과부’로 소개했다는 것부터 잘못된 일이었다. 아무 생각 없이 이곳까지 따라오게 된 것도 따지고 보면 ‘젊은 과부’라는 말이 무의식중에 그녀의 마음속에 틈서리를 만들었기 때문인지도 모른다. 게다가 수표를 돌려준다는 구실도 한몫 했다.

남편의 얼굴이 떠올랐다. 아이들의 모습도 어른거렸다. 그녀는 여태까지 쌓아올렸던 행복을 눈 깜짝할 사이에 자신의 손으로 무너뜨린 심정이었다. 그녀는 탁자 위에 떨어진 수표를 내버려둔 채 넋 빠진 사람처럼 호텔방을 나왔다. 뒤에서 박도현이 무어라 지껄여대는 소리가 들렸다. 아무말도 하기 싫었다. 친구인 한소영이 원망스러웠다.

그런 몸과 마음으로는 도저히 출근할 수가 없었다. 사흘을 집에서 쉬었지만 엄미영은 몸도 마음도 편하지 않았다. 편안하기는커녕 마음속의 고민은 더 커진 것 같았다. 호텔 커피숍에 앉을 자리가

없다고 해서 호텔방까지 아무 생각 없이 따라갔던 자신이 경솔했
다. 그녀는 무슨 구실을 붙여서라도 커피숍을 그만두어야겠다고 마
음먹었다.

그날 이후 그녀는 밤마다 환각에 빠지는 꿈을 꿨다. 환각 상태에
서 느꼈던 성감이 꿈속에서 되살아났다. 잠을 깨보면 그곳이 흥건
히 젖어 있었다. 엄미영은 의외의 복병이 그녀의 몸 속에 도사리고
있다는 것에 놀랐다. 쾌감의 근원이 자기 것이 아니기를 바랐다.
그녀가 처해 있는 상황으로 봐서 육체의 변화는 자신의 의사에 의
해 통제될 수 있어야 했다. 그런데도 그녀의 성감은 내면 깊숙한
곳에서 자신의 의사와는 상관없이 발현한 것이었다.

엄미영은 한소영을 만나자마자 커피숍을 그만두겠다는 말을 했
다. 한소영은 엄미영의 기분은 아랑곳하지 않고 자기 말만 씨부렁
거렸다.

「왜? 남편이 말썽부리니? 그까짓 것 무시해 버려. 아이들 대학
진학을 위해서도 어쩔 수 없잖아. 남편이 새 직장이라도 얻게 되
면 그때 그만둬도 되잖니……. 너 정말 손님들 사이에서 인기 최
고더라. 우아하면서도 섹시해 보인다나? 중년 여성으로선 최고
의 찬사잖아. 네가 정말 부럽더라.」
엄미영은 심드렁한 얼굴이었다.
「오늘 내가 점심 살게. 우리 밖으로 나가자.」
여종업원에게 카운터를 맡기고 두 사람은 밖으로 나왔다. 커피숍
바로 옆이 일식집이었다. 한소영은 초밥과 우동 2인분을 시켰다.
그때까지도 얼굴에서 걱정스런 빛을 풀지 않는 엄미영에게 단도직
입적으로 말했다.
「미영이, 너 무슨 고민 있구나, 그렇지? 왜 누가 널 유혹하던?
이 순진파야! 이 사횐 돈과 섹스뿐이야. 커피숍 출입하는 남자
들, 겉보기에는 다 신사들이지. 그래! 그건 그래. 하지만 신사

라고 돈과 섹스 마다하는 놈 있나? 양복 빼입고 넥타이만 뻔지
르르하면 신사냐고······.」

한소영이 한참 지껄여댔지만 엄미영은 아무 반응을 보이지 않고
초밥 서너 개를 먹는 둥 마는 둥하다가 우동도 국물만 홀짝거리고
는 젓가락을 놓아버렸다.

「야! 너 심각하구나. 누가 유혹이라도 하던? 말해봐. 오라, 알
겠다. 박도현 회장, 그 사람이구나?」

엄미영의 눈이 휘둥그래졌다.

「너, 알고 있었니?」

「알고말고. 너, 사람 하나는 잘 골랐다. 박 회장, 워낙 눈이 높
아서 나 같은 건 거들떠보지도 않아. 사실, 너한테 실토하는 건
데 그 사람 널 정말 과부로 생각하고 나더러 소개해 달라고 하지
않았겠니. 그 사람 멋쟁이긴 하지만 네 사정을 잘 아는 내가 어
떻게 그럴 수 있니? 거절했지. 그런데 어제 우연히 커피숍에서
만났더니 눈치가 좀 이상하잖아. 설마 했는데, 역시······.」

엄미영은 손을 들어 한소영의 입을 막았다.

「소영아!」

그녀는 눈물까지 글썽이며 말했다.

「내일부터 커피숍 그만둬야겠어.」

「너 지금 무슨 소리 하는 거야. 박도현 회장을 이용하는 것도 한
방법이잖아.」

「그 사람을 이용하다니······ 무슨 소리야?」

「너, 아직 그 사람의 정체를 모르는 모양인데, 동도상사 박도현
회장 하면 모르는 사람이 없어. 증권가를 주름잡는 고리대금업자
야. 고리대금업자도 보통 업자가 아니고 여러 사람의 돈을 맡아
서 돈놀이 해주는, 말하자면 사설은행 같은 사업을 하는 대단한
실력자야. 저번에 너 2천만 원짜리 적금이 만기된다고 했지? 그

돈을 맡아달라고 하는 거야. 적은 돈 맡아줄 사람은 아니지만 네 돈이라고 하면 맡아줄 거야. 요즘 사채금리가 연 30퍼센트라지만 그 사람이 맡아준다면 아마 석 달에 원금의 반은 늘려줄 거야. 증권시장은 그런 사람들이 1년에 서너 차례 시세 조작을 하는 모양이야. 난 널 우리 커피숍에 붙들어두고 싶은 욕심뿐이야. 전번에도 말했잖니. 네가 오고 난 뒤에 우리 커피숍 매상이 부쩍 올랐거든. 널 붙들어두고 싶은 내 마음 알겠니? 너와 그 사람 관계는 모르는 척하고 네 돈 좀 맡아달라고만 부탁해 볼게. 아마 네 돈 2천만 원을 맡아주기만 한다면 3천만 원짜리 3개월 선일자 수표를 끊어줄 거야. 네가 그 사람 믿기 어려우면 내가 수표 뒤에 보증을 서도 좋고. 또 선일자수표를 가지고 은행에 가서 그의 계좌에 예금이 얼마나 있는지 알아봐도 돼. 박도현이 부탁을 들어줄지 어떨지는 모르지만, 아마 네 돈이라면 거절하지 않을 거야. 어쩔래?」

엄미영은 조심스레 말했다.

「정말 그 사람이 내 돈을 맡아줄까?」

「그래서 내가 부탁해 본다고 말했잖아.」

「3개월 만에 원금의 반을 늘려준다니, 난 그런 고리는 싫어. 연 30퍼센트만 해도 은행금리의 배 이상이잖아. 그 대신 확실해야 해…….」

「그래서 내가 보증 선다고 했잖니. 그건 그렇고, 요 새침떼기야, 너 그런 경험 처음이지? 어떻든? 스릴 있었지. 난 이젠 늙은 호박 취급이야. 나하곤 스릴이 없나 봐. 차라리 유부녀라고 속여볼까 봐…….」

엄미영은 2천만 원이 3천만 원이 된다는 사실보다는 그녀의 입을 막기 위해서라도 돈을 맡겨야 했다. 그러나 박도현과의 관계가 더 깊어질 것이란 두려움도 없지 않았다.

엄미영은 무거운 몸을 가까스로 일으켰다. 방안이 습기로 차 있었다. 침실 동쪽의 커튼을 걷고 창문을 열었다. 광장의 나무들이 비바람에 몹시 흔들리고 있었다. 오늘 하루 쉬고 싶었다. 그때 남편이 화장실로 들어가는 소리가 들렸다. 요즘 축 처져 있는 남편을 대하기가 민망했다. 차라리 남편에게 당신이 명예퇴직한 사실을 다 알고 있다고 말해주고 싶었다. 잔뜩 찌푸린 하늘의 구름이 집 안으로 밀려올 것 같아 창문을 닫았다.

평소보다 한 시간 늦은 시각인데도 커피숍 안은 텅 비어 있었다. 여종업원이 무료하게 앉아 있다가 카운터를 향해 말을 걸었다.

「언니 커피 하실래요?」

「난 진한 걸로…….」

증권시장이 한 달 가까이 연일 하한가를 치자 세상이 온통 무너져내리는 분위기로 변했다. 명예퇴직금을 몽땅 증권투자에 날리고 자살을 기도했다는 사람의 이야기며, 손님들과 접촉이 잦은 종업원들 입에서 별의별 이야기가 다 들려왔다.

주방아줌마까지 합석해서 커피를 한잔씩 마셨는데도 분위기는 가라앉아 있었다. 홀 안이 비어 있는 탓이었다.

「언니, 요즘 얼굴이 안 좋아보여요.」

엄미영을 보고 하는 말이었다.

엄미영은 그 일이 있고부터 육체의 일부가 심한 변화를 일으킨 것 같은 느낌이 들었다. 몽정의 경험이 그것이었다. 그러다가도 꿈에서 깨어나면 양심의 가책이 고통으로 밀려들었다. 그것은 역설적으로 박도현이 가져다준 환각 상태에서의 성감에 대한 미련 때문이었는지 모른다. 박도현의 출현을 두려워하면서도 한편으로 그를 기다리는 상반된 마음은 엄미영을 혼란 속으로 몰아갔고 그녀 속에서 끊임없는 양심의 가책을 일으키게 했다.

박도현으로부터 다시 만나자는 연락이 왔다. 엄미영이 호텔방에

들어서자 그녀를 덥석 껴안았다. 그녀가 심한 반항을 하자 그는 의
외란 듯한 표정을 지었다.

「엄미영 씨, 제가 무례했다면 사과하겠습니다. 전번에도 한 여사
를 통해 엄 여사가 절 한번 만나고 싶어한다는 말을 들었기 때문
에 초대했던 겁니다.」

엄미영은 약물로 환각 상태에 빠뜨려놓고 자신의 의사와는 상관
없이 그 일을 강요당했던 전번 일이 생각났다. 사랑의 감정 없이
서로 모르는 사람끼리 만나서 남녀관계가 이루어졌다면 매춘부와
무엇이 다른가. 박도현은 다소곳이 앉아 있는 그녀의 심정을 헤아
린 것 같았다.

「미영 씨를 사랑하고 있습니다. 부인을 뵌 후, 전 하루도 부인을
잊은 적이 없습니다.」

사랑의 고백치고는 너무나 통속적인 대사였다. 엄미영은 자신이
유부녀란 것을 고백할까말까 망설였다. 두 사람 사이에 어색한 침
묵이 흘렀다. 상대편의 숨소리가 들릴 정도로 딱딱한 분위기였다.
엄미영의 마른침 삼키는 소리가 들렸다. 그는 다가가 다시 그녀의
허리를 껴안았다.

「오늘은 정식으로 사랑을 나누고 싶군요.」

그는 성급하게 행동에 옮기지는 않았다. 앉은 자리에서 애무가
시작됐다. 남편에게서는 느끼지 못했던 새로운 자극이었다. 사내
는 마치 마술사처럼 능숙한 솜씨로 여인의 모든 성감대, 본능의 존
재까지도 토해내도록 했다. 얼마의 시간이 흘렀는지, 그녀가 몇 번
의 오르가슴을 경험했는지 모를 정도로 그의 솜씨는 여인을 별세계
로 이끌었다. 문득 팔뚝에 따끔한 통증이 느껴졌다. 정신이 번쩍
들었다. 그가 속삭이듯 말했다.

「부인, 이건 정말 선약입니다. 제가 하는 대로 가만히 계세요.」

그녀는 어렴풋하나마 그것이 마약일 것이라는 생각을 했지만 저

항할 의사도 힘도 없었다. 환락의 절정에서 내려오기란 불가능했다.

엄미영이 잠에서 깼을 때는 밤 아홉시가 지나 있었다. 그녀의 몸과 정신은 완전히 허물어진 상태였다. 행위 도중에 왼쪽 팔에 따끔한 통증을 느낀 것이 기억났다. 그게 마약일 것이었다. 이제 그걸 알고도 그녀의 마음은 미동조차 하지 않았다. 그녀가 겪은 환락의 격렬함에 비교하면 마약의 공포쯤은 문제되지 않았다. 만약 마약으로 해서 이런 환락이 얻어질 수 있다면 모든 것을 다 버려도 좋다는 생각마저 들었다. 그러다가도 마약이 파멸의 길이란 두려움을 떨쳐버릴 수가 없었다.

이제 종업원들 눈에도 그녀의 행동은 두드러졌다. 박도현이 커피숍에 나타나기만 하면 문닫을 시각까지 기다리지 않고 함께 호텔로 갔다.

벤치에서의 강대운과 변동민의 만남은 좀 별난 데가 있었다. 두 사람은 공통의 화제를 갖고 있지 않기 때문에 오랜만에 만나도 별로 나눌 이야기가 없었다. 그런데도 두 사람은 그냥 한자리에 앉아 있기만 해도 그 동안 만나지 못했던 궁금증이 풀리는 것 같았다. 목욕탕에도 함께 갔고 간이식당에도 함께 갔다. 담배를 찾으려고 호주머니를 뒤지다 상대편을 쳐다보면 서로 알아서 담뱃갑을 넘겨주곤 했다. 그러면 약속이나 한 듯 한번 씩 웃고는 「이것 빌어먹을, 끊어버려야 하는데……」 했다. 목욕비나 소주값을 한 사람이 치르는 빈도가 많아져도 서로 미안해 할 뿐 개의치 않았다.

며칠째 모습을 보이지 않던 변동민이 그날은 점심때가 지나서 그곳에 나타났다. 강대운은 며칠째 그가 나타나기를 기다리고 있던 참이었다. 두 사람 사이에 우정의 교환 같은 것은 없었다 하더라도 서로가 만나서 마음의 위안을 느꼈다면 그것은 우정 이상일 것이었다.

　그날따라 변동민은 벤치에 앉을 생각도 않고 주위를 살폈다.
「오늘은 나오지 못할 것을 일부러 강 선생을 뵈러 왔습니다.」
「축하합니다. 직장을 구하셨군요?」
변동민의 표정이 순간 일그러졌다.
「전 피해 다니는 신세입니다. 이곳에 제가 나타난다는 정보를 경
찰이 입수한 모양입니다. 오늘 아니면 영영 뵙지 못할 것 같아서
위험을 무릅쓰고 달려온 겁니다.」
　그가 피해 다니는 이유를 설명하지 않는 한 캐물을 수도 없었다.
강대운은 그와의 관계를 생각해 봤다. 하늘을 날던 새가 같은 나뭇
가지에 잠시 머무른 만남에 불과했다. 그런데도 그에게 관심이 가
는 것은 그냥 지나칠 수 없는 인연 같은 것이 느껴졌기 때문이다.
강대운도 오늘의 이 자리가 마지막이 될지 모른다는 생각이 들었
다. 지방도시의 하청공장에 취직이 확정됐다는 연락을 어제 받았
다. 그래서 오늘 아침 차로 떠나려던 것을 미루고 공원 벤치에서
변동민을 기다리기로 했던 것이다. 앞으로 영영 만나지 못하게 될
지도 모르는 그와 작별인사를 나누고 싶었다. 헤어지는 마당에 못
할 말이 없을 것 같았다.
　「피해 다니신다니 걱정이 됩니다. 부디 몸조심하세요. 저도 지방
도시로 내려가게 됐는데, 가족들을 서울에 두고 가기 때문에 주
말 같은 때 올라오면 이곳을 찾을 수도 있을 겁니다. 우리 헤어
지더라도 언제 또 만날 날이 있지 않겠습니까.」
　「강 선생, 그 동안 고마웠습니다. 제가 피해 다니는 이유를 묻지
말아주세요. 제 마음 같아서는 당장에라도 자수를 해서 차라리
법정투쟁을 벌이고 싶지만 저와 행동을 같이하는 사람들의 뜻에
따를 수밖에 없습니다. 전 피해 다니느라 한시도 마음 편할 날이
없었습니다. 그러나 강 선생과 한가히 벤치에 앉아 있던 시간은

잊지 못할 겁니다.」

변동민은 한시라도 빨리 몸을 피하려는 듯 황급히 손을 내밀었다.

「우리 언젠가 또 만날 날이 있겠지요. 건투를 빕니다.」

변동민이 떠난 뒤에도 강대운은 한참 동안 멍하니 서서 그가 사라진 뒷문 쪽을 바라보았다. 그런 말못할 사연을 가진 사람인지는 정말 몰랐다. 미리 알았더라면 집주소나 전화번호라도 알아둘 것을 하고 후회했다.

강대운은 회사를 명예퇴직한 지 5개월 만에 처음으로 가족들을 한자리에 모아놓고 명퇴 사실을 밝혔다. 지방도시의 새 일자리 이야기도 했다. 그는 아내와 자식들이 자신의 말못한 마음의 고통을 이해해 줄 것을 기대했다. 그러나 가족들의 반응은 의외로 냉랭했다. 큰아들부터 그랬다.

「전 지방대학은 싫어요. 아르바이트를 하는 한이 있더라도 서울에서 공부하고 싶어요.」

딸아이는 뽀로통한 채 의사표시를 하지 않았지만 표정만으로도 짐작이 갔다. 엄미영은 이미 남편의 명퇴를 눈치채고 있었지만 막상 남편에게서 지방도시로 내려간다는 소리를 들으니 마음이 착잡했다. 더욱이 그녀의 사생활은 이미 돌이킬 수 없는 깊은 수렁에 빠져들고 있었다. 엄미영은 말을 더듬거렸다.

「당신…… 혼자서…… 내려가셔야…… 겠네요.」

아이들은 학교를 금방 옮겨갈 수 없으니 당분간 그대로 둔다 하더라도 아내만은 셋방살이를 해야 할지 모르는 자신을 위해서 따라와줄 줄 알았다. 아내의 태도로 봐서는 영영 별거생활을 해야 할지도 몰랐다. 강대운은 갑자기 이 세상에서 사고무친이 된 듯한 서글픈 심정이었다. 어제 헤어졌던 변동민의 모습이 떠올랐다. 헤어지고 나니 비로소 그와의 만남이 그 동안 정신적인 위안이 됐었다는 것을 실감했다. 불현듯 그가 보고 싶어졌다. 다시 만나면 스쳐 지나가는 인연이 아닌 진정한 친구로 사귀고 싶었다. 서로 만났을 때는 무덤덤하게 지냈었는데, 헤어지고 나서 우정을 느끼다니 묘한 인연이었다.

박도현과 엄미영이 밀회를 한 지도 3개월여가 됐다. 그날따라 그의 태도가 좀 거칠어보였다.

「부인, 내일이 제가 발행했던 선일자수표의 결제날이죠?」

그 말엔 불길한 암시가 배어 있었다.

「부인께서 한소영 여사로부터 어떤 말씀을 들으셨는지 모르겠지만, 전 고리대금업자도 아니고 증권투자가도 아닙니다.」

엄미영은 그 말이 무슨 뜻인지 얼른 헤아리기가 어려웠다. 그녀의 머릿속에 순간 '아! 이 사람에게 속았구나' 하는 예감이 스쳤다. 그녀는 놀란 마음을 누르고 일부러 태연하게 대꾸했다.

「오늘 은행에 입금해 버렸어요.」

「이것 낭패 났군. 한소영 여사가 어제 연락드리기로 했는데, 부도날 수밖에 없겠는데.」

「무슨 말씀이세요? 부도가 나다니? 그 수표, 부도나면 전 집에서 쫓겨나요.」

「부인, 우리가 만난 지 벌써 3개월째입니다. 그 동안 호텔비, 마약값이 그 돈으로 나간 겁니다.」

그의 말투가 갑자기 뻔뻔스러워졌다. 눈매도 사나워졌다.

「부인, 제가 어떤 놈인지 짐작은 하셨겠지요? 전, 마약밀매단 조직에서 일하는 판매 책임자입니다.」

엄미영은 눈앞이 캄캄해졌다. 마약중독은 이미 상당한 지경에 이르러 있었다. 박도현이란 사내는 없더라도 마약 없이는 하루도 지낼 수 없을 지경이었다.

「앞으론 부인과 만나기도 어렵게 됐네요. 호텔비나 약값도 보통 비용이 아니거든요.」

엄미영은 사내의 말을 듣자 갑자기 울음을 터뜨리며 몸부림치기 시작했다. 사내는 달랜다든지 야단을 친다든지 하는 어떤 행동도 취하지 않고 그녀가 하는 대로 내버려두었다. 그녀는 한참 동안 소리를 질러대고 발버둥을 치다가 엎드린 채 끙끙 앓는 소리를 냈다. 시종일관 매서운 눈초리로 엄미영을 지켜보고 있던 사내가 기를 꺾어놓으려는 듯 갑자기 욕설을 퍼붓기 시작했다.

「왜 이래, 이거! 이년이 죽으려고 환장했나!」

말이 떨어지기 무섭게 박도현의 넓적한 손바닥이 갑자기 그녀의 입을 닥았다. 숨이 막힌 엄미영은 두 팔을 허공에 허우적거리며 필사적으로 저항했다. 사나이의 주먹이 그녀의 옆구리를 내질렀다. 급소였다. 그녀는 앞으로 꼬꾸라졌다.

그녀는 말도 제대로 하지 못했다.

「조용히 들어봐! 내가 누군지 몰랐단 말이야? 난 큰 조직 밑에 있는 마약 판매책이야. 넌 벌써 우리 조직에 등록돼 있어. 네가 전달했던 하도롱 봉투 속에 뭐가 들어 있는지 넌 이미 알고 있었지? 중국산 필로폰이야. 넌 수십 차례 필로폰 매매에 가담한 거라고. 이 사실이 경찰에 발각되는 날엔 너나 나나 온전치 못해. 그러니 앞으론 허튼수작 부리지 말고 내가 시키는 대로만 하란 말이야. 네 남편과 아이들, 다 우리 조직에서 파악하고 있어. 알겠나!」

청천벽력이었다. 사나이는 엄미영을 내버려둔 채 나가버렸다.

엄미영은 천지가 무너지는 듯한 허탈감에 빠졌다. 남편의 얼굴과 아이들의 얼굴이 번갈아 떠올랐다.

그녀는 이제 마약과 박도현의 포로가 된 것이었다. 그가 하라는 대로 하지 않을 수 없었다. 말을 따르지 않으면 마약공급이 중단됐다. 필로폰 주사를 맞기 위해서라도 그의 지시를 따라야 했다. 여러 번 마약을 끊기 위해 이를 악물었지만 금단증세를 견뎌내긴 불가능했다. 그럴 때마다 정신적인 황폐감이 몰아오는 극심한 우울증에 시달려야 했다.

커피숍 문을 닫을 무렵이면 으레 손님 한 사람이 커피숍 밖에서 기다리고 있었다. 남자 손님을 주선하는 것은 박도현의 역할이었다. 그녀는 손님을 따라가기만 하면 됐다. 그녀에게는 몸값 대신 필로폰이 공급됐다.

그녀는 필로폰 주사를 단 서너 시간도 거를 수 없는 중증 마약중독자가 됐다. 누렇게 변색된 얼굴은 이제 화장으로도 감출 수 없었다. 친구 한소영을 만났지만 냉정한 태도로 봐서 그녀 역시 필로폰 밀매에 가담하고 있는 것 같았다. 누굴 탓할 수도 없었다. 이젠 박도현조차 그녀를 거들떠보지 않았다. 엄미영은 참다 못해 박도현을 호텔로 불러냈다. 그는 방에 들어서자마자 매몰차게 욕을 퍼부었다.

「건방진 년! 바쁜 사람을 왜 불러내는 거야?」

그녀의 눈에 독기가 서려 있었다.

「내 돈 2천만 원 돌려줘요!」

「네 돈이라니, 무슨 소리 하는 거야? 이년아, 네가 좋아서 호텔비에다 필로폰 주사약값에 다 탕진했잖아.」

그녀는 북받치는 설움에 울음을 터뜨렸다.

「당신은 날 이용만 했어요. 날 이 지경으로 만들어놓고……. 차라리 집을 나오겠어요. 당신 책임지세요.」

「이년이 누구보고 협박이야, 주둥이 다물지 못해? 죽여버릴 거야!」

인간의 감정이란 감정은 다 메말라버린 터에 남아 있는 건 악밖에 없었다. 그녀가 외마디 소릴 질러대자 박도현은 도망치듯 부리나케 나가버렸다. 그녀는 침대 위에 엎드려 울부짖었다. 그녀의 입에선 신음소리만 나올 뿐 슬픔도 회한도 가슴에 와닿지 않았다.

그녀는 커피숍에서도 쫓겨났다. 집안 살림은 엉망이 됐다. 아이들이 번갈아 밥을 지어 먹고 학교에 가는 듯했다. 이따금 강대운이 시골에서 올라와 아내의 이상을 눈치챘지만 한마디 말도 건네지 못했다. 그녀는 강대운이 올라올 때도 집에 들어오지 않는 날이 허다했다. 강대운은 아이들을 설득해서 시골로 내려갈 작정을 하고 있었다. 아내가 따라 내려오면 다행이고 그러지 않으면 헤어져도 좋다는 생각이었다.

그녀의 육체와 혼은 마치 나뭇잎이 벌레에 먹히듯 필로폰에 좀먹혀 갔다. 그런데도 혼의 뿌리는 남아 있어 박도현에 대한 복수심만은 잊지 않고 있었다. 지금 당장 그를 어쩌겠다는 구체적인 계획은 없었지만 절대로 용서할 수 없다는 복수심만은 집요했다. 그러나 그런 결심도 필로폰의 마력 앞에는 무력했다. 필로폰 없이는 몸이 말을 듣지 않았다.

환각 상태에서 깨어났을 때의 고통은 필로폰을 맞아보지 않은 사람은 상상조차 할 수 없는 고문이었다. 엄미영은 박도현과 싸우기 전에 먼저 필로폰과 싸워야 했다. 필로폰의 환각에서 깨어난 상념 속에 가끔 번뜩이는 본능의 편린이 있다면 자식들과 남편에 대한 죄책감과 박도현 일당에 대한 복수심뿐이었다. 그러나 그런 독한 마음도 잠깐일 뿐, 약 기운이 떨어지면 집 안의 집기를 마구 들고 나갔다. 길 가는 사람들을 붙들고 구걸을 하거나 남의 가게에서 도둑질하는 것도 서슴지 않았다. 마약의 환각에서 깨어 있을 때는 아이들 손을 잡고 회한의 눈물을 흘리다가도, 발작이 일어나면 아예 사람이 달라졌다. 그 고통은 자살을 생각할 정도로 심각한 것이었다.

엄미영은 자신을 구제하는 길이 오직 경찰에 자수하는 것뿐이라는 사실을 잘 알고 있었다. 그것은 동시에 박도현과 한소영에게 보복하는 길이기도 했다. 그녀는 여러 차례 작심하고 파출소 앞까지 갔다가 되돌아왔다. 마약 사건이 공개됨으로 해서 남편이나 아이들이 입을 피해가 염려스러웠던 것이다. 금단증세를 참느라 입술을 깨물며 견디다가도 미칠 것 같은 육체의 고통이 몰아치면 밖으로 뛰쳐나갔다. 가족들도 속수무책이었다. 여러 차례 병원에 감금하다시피 했지만 소용이 없었다. 수십 번 맹세를 하고 눈물을 흘려가며 사죄도 했지만 사흘을 채 넘기지 못하고 마약의 나락으로 떨어졌다. 엄미영의 정신과 육체는 이미 인간의 것이 아니었다. 마약이란 악마의 소유물이었다. 그녀는 제정신으로 돌아오면 백 번도 더 참회하고 맹세했다. 그러나 이제는 회한의 시간조차 허용되지 않았다. 그녀의 정신과 육체는 이미 악취를 풍기고 있었다.

아이들로서도 어쩔 도리가 없었다. 어머니가 거처하는 방문에 자물쇠를 채워놓아도 창문을 부수고 뛰쳐나가 이삼 일 지나면 남루한 거지꼴이 되어 돌아왔다.

그날은 모처럼 가족이 한자리에 모여서 저녁밥을 먹었다. 엄미영은 그 자리에서도 밥을 먹는 둥 마는 둥하며 조는 듯 눈을 감고 있었다. 큰아들이 강대운에게 대들듯 말했다.

「아버지, 어머니를 강제수용소 같은 데 넣으셔야 해요.」

「너희들이 겪고 있는 괴로움을 이 애비도 다 알고 있다. 하지만 그곳은 감옥이야. 엄마를 고발할 수는 없잖니…….」

딸이 흐느끼며 말했다.

「우리도 다 알고 있어요, 아버지.」

엄미영은 초점 잃은 눈으로 세 사람을 쳐다보고 있었다. 가족들이 심각하게 자기의 문제를 의논하고 있는 것조차 모르는 듯했다. 그러다가도 발작이 일어나면 뛰쳐나가 길 가는 사람을 잡고 구걸이라도 할 게 분명했다.

강대운은 그녀에게 얼마간의 돈을 쥐어주었다. 딸이 울면서 엄미영의 손에 쥐어진 돈을 빼앗으려고 했다. 그녀는 돈을 빼앗기지 않으려고 하다가 뒤로 벌렁 넘어졌다. 아버지가 큰소리를 쳤다.

「그만두지 못해!」

아들이 자리에서 벌떡 일어서며 말했다.

「아버진 어머니가 저 모양인데도 그대로 내버려두실 거예요?」

그때 구석에 넘어진 채 나뭇등걸처럼 웅크리고 있던 엄미영이 고개를 들어 초점 잃은 눈으로 가족들을 둘러보았다. 어렴풋하나마 가족들이 자기 때문에 말다툼을 벌이고 있다는 것을 알아차린 듯했다. 그녀의 머릿속에 섬광 같은 것이 번뜩였다. 그녀는 가족을 위해 자신이 할 수 있는 유일한 방법을 진작부터 알고 있었다. 다만 실천에 옮기지 못하고 있을 뿐이었다. 남편과 아이들에 대한 사랑이 한가닥 실오라기처럼 남아 있는 정신의 갈피를 움직였는지 모른다.

엄미영은 밖으로 나갔다. 손에는 남편이 준 지폐 몇 장이 쥐어져 있었다. 아파트에서 멀리 떨어지지 않은 곳에 파출소가 있었다. 엄미영은 파출소 순경에게 자신이 마약상습자임을 밝히고 마약밀매 조직의 진상을 밝히러 왔다고 했다. 그 말에 놀란 순경이 본서 마약계에 전화를 건 뒤 그녀를 경찰 순찰차에 태워 보냈다. 경찰서 마약계에서는 엄미영의 진술을 토대로 박도현과 한소영 등 밀매단 일당을 검거했다. 그녀도 공범으로 기소됐다. 마약밀매 조직은 형기를 마치고 풀려난다 해도 얼마 가지 않아서 또 그 길로 빠져드는 것이 상례였다. 알고 보니 박도현은 전과 3범이었다.

다음날 조간신문 사회면에 마약밀매단 일당이 검거됐다는 기사가 대대적으로 보도됐다. 신문기사는 한 여인의 고발은 뒤로 미루고 IMF의 핍박한 경제 현실을 배경에 깔고 밀매단의 행적과 가정주부 엄미영의 엽색 행각에 초점을 맞추고 있었다. 고향에 있는 형제들에게서 전화가 걸려왔다. 지방신문의 기자가 공장으로 인터뷰 요청을 해왔다.

엄미영은 독방에 수감됐다. 마약중독자는 독방에 격리수용되어 이틀에서 나흘까지는 심한 금단증세를 이겨내야 했다. 아무리 고통이 심해도 감방에서는 금단증세를 혼자서 견뎌낼 수밖에 없었다. 경련, 무기력증, 피로, 악몽, 두통, 발한 등 육체적인 고통을 참지 못해 자해(自害)를 하는 사람이 간혹 있기 때문에 수감자는 그같은 행위를 하지 못하도록 엄중한 감시하에 놓여 있었다. 육체적인 금단증세가 끝나면 대개 심한 우울증에 시달렸다. 더욱이 세상 모르던 가정주부가 친구의 꾐에 빠져 몸을 망치고 가정을 파괴당한 뒤에 오는 허탈감, 상실감은 자살을 생각할 정도로 엄미영을 심한 우울증에 빠지게 했다.

그녀는 수감된 지 열흘이 지나자 독방에서 잡범들 방으로 옮겨졌다. 마약중독자로는 초범이었기 때문에 일심에서 집행유예로 풀려날 것이었다.

감옥에 수감되고 재판을 받기까지 3개월여가 걸렸다. 엄미영은 수사과정에서 한소영과 박도현의 모든 죄상을 폭로했다. 박도현에게 2천만 원을 사취당했던 일은 이번 사건과는 별도로 출옥한 뒤 민사청구소송을 제기할 작정이었다. 민사소송을 낸다 해도 그 돈이 온전히 다시 돌아올 가망은 없었지만 포기할 수는 없었다.

엄미영은 아이들이 몹시 보고 싶었지만 미결로 있는 동안에는 가족들의 면회가 허용되지 않았다. 석방 날짜가 가까워오자 아이들이 있는 집으로 가느냐, 어머니와 오빠 부부가 살고 있는 시골 과수원으로 가느냐, 며칠 동안 고민을 했다. 남편이 지방으로 내려가 있는 동안에라도 아이들만 살고 있는 아파트로 가고 싶은 마음도 있었지만 망설임 끝에 고향집으로 내려가기로 결심했다. 그녀는 앞으로 가족들과 헤어져야 할 자신의 운명을 받아들이기로 체념했다. 남편은 물론 아이들과도 당분간 만나지 않기로 했다. 출옥하는 날도 비밀로 해두었다. 형무소를 나오는 대로 고향으로 내려가서 몸과 마음이 안정된 다음에 아이들을 만나도 늦지 않을 것이었다.

몇 년 동안 만나지 못했던 강대운의 처남이 연락도 없이 지방도시의 공장으로 강대운을 찾아왔다. 처남은 쉰 살이 넘은 나이로 아버지에게서 물려받은 과수원을 하고 있었다. 강대운은 아내와의 관계가 파경에 이른 지금, 그와 만나서 할 이야기라야 이혼 후의 처리사항에 관한 것이리라 짐작했다. 그러나 처남이 찾아온 이유는 생각지도 못했던 일이었다.

「……누굴 탓할 것도 없지. 걔 팔자소관이야. 지금 이런 말을 한들 무슨 소용일까마는, 세상 분별없는 것이 집안 살림 돕겠다고 나선 것이 화근이었지. 지금이 어떤 세상인데, 월급 많이 준다니…… 그것도 평소 친하게 지내는 친구가 경영하는 커피숍이라니, 자네 몰래 살림 돕겠다고……. 새삼 말하면 뭐하나. 한데 걔 말을 들으니 그놈들이 증권으로 2천만 원을 3천만 원으로 늘려준다는 꾐에 빠져버렸다는 거야. 아파트 장롱 속에 부도난 수표를 넣어두었다나……. 기어코 그놈들을 상대로 청구소송을 하겠다니 내 생각에 자네가 그놈들을 만나 한번 따져주었으면 하네. 숨겨놓은 재산이 있을 것 아냐. 그놈들이 구속된 것은 마약밀매죄지 부도수표와는 상관이 없는 일이라니, 수표부도죄가 더해지면 형량에도 불리할 것 아닌가.」

「형님, 지금 그걸 따져봐야 그 사람들이 숨겨놓은 재산을 내놓겠습니까?」

「그래도 한번 만나서 따져봐야 하지 않겠나.」

처남이 이곳까지 찾아온 데는 다른 의도가 있는 것 같았다. '엄미영이 알뜰하게 살다가 남편이 실직을 하니, 가계를 돕기 위해 일을 시작했는데 돈을 떼이게 되자 돈 찾을 일념에 몸까지 망치게 된 사연을 전할 목적으로 찾아온 것이 아닐까' 하는 생각이 들었다.

하숙집 밥상에 소주 한 병이 곁들여졌다. 소주 한잔을 마시자 그의 넋두리가 이어졌다.

「미영이가 수감됐다는 소식을 듣고, 어머니나 나나 정말 억장이 무너져내리는 고통이었어. 우리 집안은 그날로 망한 거나 마찬가지였지. 자네 심정은 오죽했겠나. 내 이번 걸음도 여러 번 망설였네만 미영이가 밤잠을 자지 않고 분해하는 걸 보고 염치 불구하고 자녈 찾아왔네. 그래도 그놈들 만나서 따질 것은 따져야 하지 않겠나. 미영이 말로는 2천만 원을 건네고 3천만 원짜리 수표를 받았다고 하니 자네가 그 수표 갖고 한번 만나는 것이 어떨까? 한번 따져라도 봐야겠는데……. 이대론 분해서 그냥 있을 수 없어. 돈 잃고 사람 망치고. 그놈들이 무슨 철천지원수가 졌다고 남의 집안을 요렇게 망쳐놓느냔 말이야.」

강대운은 아무말도 하지 않고 처남의 말을 듣고만 있었다.

처남은 먼 길을 오느라 피곤했던지 하품을 서너 번 했다. 강대운이 얼른 일어나서 이부자리를 폈다.

「형님, 먼 길 오시느라 고단하실 테니 자리에 누우시죠.」

강대운은 밤중에 오줌이 마려워 잠이 깼다. 처남은 그때까지 잠을 이루지 못하는지 몸을 뒤척였다. 불현듯 두 집안의 불행이 자기로 인해 생긴 것 같은 자괴감이 강대운의 가슴을 스쳤다. 모든 화근이 회사에서 쫓겨난 탓이었다. 가족들에게 명퇴 사실을 털어놓고 난관을 극복하는 데 온 집안이 한마음이 됐던들 이런 불행을 자초하지는 않았을 것이었다. 강대운도 새벽까지 잠을 설쳤다. 마약밀매범 박도현을 만나보기로 결심했다. 처남이 찾아온 데 대한 도리이기도 했다. 처남은 그 말을 듣고 문제가 다 해결된 듯 눈물을 흘리며 고마워했다.

　박도현이 면회 요청에 응해줄까 염려했는데 대학동기인 판사를 통해 면회 날짜는 수월하게 잡혔다. 막상 면회 날짜가 결정되고 나니 강대운의 심정은 더욱 착잡해졌다. 그자가 이쪽 요구를 받아줄 리 없었다.

　박도현의 얼굴은 마약밀매단 체포 당시 신문지상을 통해서 알고 있었다. 그를 만나는 것이 잘하는 일인지 깊이 생각도 하기 전에 결심을 해버렸다. 외나무다리에서 원수를 만나자고 자청한 것이었다.

　미리 연락을 받은 처남도 교도소 앞에 와 있었다. 면회실로 걸어 들어오는 박도현의 모습은 초췌해 보였다. 박도현은 먼저 말을 걸어오지는 않았지만 '왜, 무슨 일로, 뭣 하러 왔소' 하는 표정이 역력했다. 상상했던 것보다 더 음울한 인상이었다. 새하얀 얼굴에 구레나룻의 푸른 면도 자국이 보기에도 섬뜩했다. 두 사람은 간수가 지정하는 나무의자에 앉았다.

　강대운은 막상 그자를 앞에 대하고 보니 무슨 말부터 해야 할지 몰랐다. 형편 같아서는 다짜고짜 그자의 멱살부터 잡고 욕설이라도 퍼부어야 할 판인데 감정은 격해오지 않았다. 박도현은 고개를 떨군 채 있었다. 입회하던 간수가 손목시계를 들여다보며 두 사람을 번갈아 쳐다보았다. 정해놓은 면회시간의 몇 분의 일은 이미 지나 있었다. 그때 고개를 떨구고 있던 박도현이 이쪽을 힐끔 쳐다봤다. 독기가 서린 눈초리였다. 그 사람의 입장에서 보면 그녀의 밀고로 10년 이상 감옥살이를 해야 할 판인데 그의 남편이 면회를 요청해 왔으니 시선이 고울 리가 없었다. 그의 시선에서 독기를 느낀 강대운이 할말을 떠올렸다.

　「박 선생이 내 아내에게서 빌려갔던 2천만 원, 기억하고 계시죠?」

그가 불쾌한 표정으로 퉁명스레 말했다.

「빌리기는 누가 누구 돈을 빌렸다는 겁니까? 그런 말씀은 법정에서 하시죠. 나와는 아무런 상관이 없습니다.」

「상관이 있지요, 세상물정 모르는 가정주부를 속여 2천만 원이나 사기치다시피 했으니 피해액은 배상을 해야죠.」

「피해? 누가 누구에게 피해를 입혔다는 겁니까? 남의 신세를 이렇게 망쳐놓고 무슨 말씀이세요?」

그는 순간적으로 따귀라도 한 대 갈기고 싶었지만 겨우 참았다. 오늘의 면회는 처음부터 잘못된 일이었다.

교도소 밖으로 나오니 처남이 기다리고 있다가 반가운 표정을 지으며 달려왔다.

「형님, 걱정하지 마세요.」

「잘됐나 보지? 그놈들이 집안을 망쳐놓고도 양심은 살아 있었던 모양이지.」

강대운은 면회실에서 박도현을 만났을 때 2천만 원은 자기가 물어주기로 결심했다. 그녀에게 위자료를 지불하는 셈이라고 생각하자, 차라리 마음이 편했다.

딸아이가 차린 저녁식탁에서도 두 아이의 표정엔 먹구름이 잔뜩 끼어 있었다. 밥을 먹는 동안에도 아이들은 말이 없었다. 강대운은 아이들의 침묵이 못마땅해서 입을 열었다.

「너희들 심정도 모르는 건 아니다. 아버지 따라 지방으로 내려가서 새로운 생활을 시작하기로 하자.」

딸아이가 울음을 터뜨렸다.

「아버지, 어머닐 용서해 주세요, 네……?」

덩달아 아들도 볼멘소리를 했다.

「아버지도 잘못하셨어요. 왜 어머닐 함께 데리고 가지 않으셨어요?」

아들이 강대운의 눈치를 살피며 말을 이었다.

「아버지, 죄송해요. 사실은 아버지 허락도 받지 않고 외갓집을 다녀왔어요. 내일도 그리로 가기로 할머니와 약속했어요.」

강대운은 아내를 만나고 온 아이들의 심정이 궁금했다.

「아버진 너희들 의사에 따르겠다. 어디서 살든 너희들은 내 자식이야. 너희들 생활비와 교육비는 내가 책임지도록 하겠다.」

큰놈이 울음 섞인 소리로 말했다.

「아버질 따라갈래요…….」

딸아이도 덩달아 울음을 터뜨렸다.

「저도요…….」

그런데도 그의 가슴속에는 못 다 푼 문제가 남아 있었다. 아내와 정식으로 헤어지기 전에 한번 만나서 아이들 문제와 재산분배 이야기를 나누고 싶었다. 그러는 것이 아이들의 장래를 위해서도 좋을 것 같았다. 그러나 이런 일은 시간을 두고 생각해야 했기 때문에 아이들에게는 아무말도 않은 채 지방도시로 내려갔다.

강대운은 고속버스의 스피드에 조금 취하는 것 같아 눈을 감았다. 고속버스가 마치 아내가 있는 과수원집으로 가고 있는 것 같은 착각이 들었다. 그 동안 아내에 대한 증오심이 조금 누그러졌다 해도 그런 감정이 자신만의 것이 되어서는 안되었다. 부모형제들과 친지들의 몫도 생각해야 했다. 비록 자기가 용서한다 하더라도 주위에서 용납하지 않을 것이었다. 그러면서도 그녀가 다시 마약의 나락으로 떨어지느냐 마느냐가 마치 자신의 결심에 달려 있는 것 같은 자책감에 빠져들었다.

강대운은 주말이 되자 무거운 심정으로 서울집에 올라왔다. 그날 따라 두 아이는 눈이 퉁퉁 부은 채 입을 다물고 있었다. 그들의 무언의 시위가 마땅치 않아 강대운이 퉁명스레 말했다.

「할말이 있으면 말을 해라. 입을 다물고만 있으면 내가 너희들 마음을 어떻게 알 수 있냐!」

그의 말에는 불편한 심기가 실려 있었다.

딸아이가 울음을 터뜨렸다.

「엄마가 약을 먹었어요.」

딸아이는 엉엉 울었다.

놀란 강대운이 아들에게 말했다.

「네가 조용조용히 말해봐라!」

「어제 외삼촌 전활 받고 외갓집에 다녀왔어요. 전날 밤에 어머니가 수면제를 먹고 자살을 기도했는데 외삼촌이 밤중에 읍내 병원으로 업고 가서 겨우 변을 면했다고 했어요.」

강대운은 참담한 심정이었다. 그녀의 불행이 바로 그들 가족의 불행이란 생각이 들었다.

아들은 침통한 얼굴로 아버지를 쳐다보며 애원하듯 말했다.

「아버지, 어머닐 용서해 주세요. 어머니가 밉기도 하겠지만 불쌍하잖아요.」

「나도 마찬가지다. 용서해 주고 싶어도 주위의 눈이 무섭다.」

아이들을 위해 용서해 줄까 하는 생각이 들다가도 그는 자기 생각에 놀란 사람처럼 머리를 저어댔다. 고향에서 농사를 짓고 있는 부모님의 노기 띤 얼굴과 형제들, 친지들의 얼굴이 번갈아 떠올랐다. 강대운이 이혼수속을 지금껏 미루고 있는 것도 아내가 명퇴 사실을 알아차리고 가족들의 생계를 돕기 위해 커피숍에 나갔다가 마약범들의 함정에 빠져들었다는 사실 때문이었다. 또한 자신이 성무능력자였던 것도 마음에 걸렸다. 짐짓 그녀 만나기를 늦추는 심정이었다.

강대운이 꿈속에서 찾아간 과수원집은 옛날 그대로였다. 아이들

이 먼저 뛰어들어가고 그는 처갓집 식구들과 만나기가 계면쩍어서
집 밖에서 머뭇거리고 있는데 엄미영이 혼자 집 안에서 나왔다. 엄
미영을 서울에서 알게 된 뒤 처음으로 시골 과수원집을 찾았을 때
수줍어하던 그녀의 모습을 보는 것 같아 강대운은 가슴이 찡했다.
강대운은 그 자리에 멈춰선 채 그녀를 바라보았다. 강대운의 마음
의 움직임을 눈치챈 그녀는 돌아서서 가파른 산길을 오르기 시작했
다. 그도 뒤를 따랐다. 과수원 뒷산 언덕빼기에는 큰 감나무가 한
그루 서 있었다. 감나무의 높은 가지에는 푸른 하늘을 배경으로 까
치밥이 될 감이 서너 개 달려 있었다. 늦가을의 햇살이 유독 감을
붉게 물들이고 있었다. 앞서 올라가던 엄미영이 걸음을 멈추며 뒤
돌아보았다. 그는 가파른 언덕을 오르느라 숨을 헐떡이고 있었다.
그녀는 한 손으로 감나무 가지를 잡고 다른 손으로는 그의 손을 잡
아주려 했다. 그러나 강대운의 발이 미끄러지는 바람에 그녀의 손
이 닿지 못했다. 그때 그의 눈앞에 이상한 광경이 펼쳐졌다. 한없
이 푸르른 바다 위를 오렌지색 새가 된 그녀의 손이 너풀너풀 멀어
져가는 환상이었다.

그는 꿈에서 깨어나자 마치 엄미영이 옆에 있는 것처럼 중얼댔
다.

'여보, 왜 그런 철없는 짓을 했소. 목숨을 끊는 것이 속죄라면
너무 일방적이지 않소. 죄를 지었으면 살아서 속죄를 해야 하지 않
소…….'

강대운은 마음이 착잡할 때면 공원의 벤치를 떠올렸다. 그곳에
간다고 해서 무슨 뾰족한 해결책이 나올 리 없겠지만 마음은 곧장
공원 벤치로 쏠리는 것이었다. 그가 직장을 잃고 상심을 달래던 곳
이 공원 벤치였고, 그곳에서 변동민이란 사람을 만나게 된 것도 인
연이라면 인연이었다. 지금의 고통은 그때의 고통과는 달랐다. 엄

미영이란 한 여인을 미워할 수도 용서할 수도 없는 마음의 갈등이 그를 괴롭혔다.

　오랜만에 다시 찾아간 공원의 벤치 위에는 갈색으로 단풍이 든 나무들이 낙엽을 뿌리고 있었다. 그는 문득 변동민의 얼굴을 떠올렸다. '그는 지금 어디서 어떻게 지내고 있을까. 자수를 했거나 체포돼서 감옥살이를 하고 있을지 모른다. 아니면 지금까지도 피신생활을 계속하고 있을까.' 몹시 만나고 싶었다. 변동민이 옆자리에 있다면 주저하지 않고 자신의 고민을 토로하고 의견을 묻고 싶었다. 그러자 변동민이 마치 옆에 있는 것처럼 '강 선생, 부인을 한번 만나보시는 것도 좋지 않을까요' 하는 소리가 귓전에 들려오는 듯했다. 그의 권고대로 그녀를 만난다고 해서 얼어붙었던 마음이 쉽사리 풀릴 것 같지는 않았다. 다만 지나온 시간들이 기억해 낼 수 있는 만큼의 아쉬움으로 되살아나는 만남이었으면 했다.

(《21세기문학》, 1999년 여름호)

내가 네 사촌이냐

이청준(李淸俊)

1939년 전남 장흥 출생
서울대 독문과 졸업
1963년 《사상계》에 단편소설 「退院」으로 등단
작품집 〈가면의 꿈〉 〈서편제〉 〈소문의 벽〉 등과
장편소설 〈당신들의 천국〉 〈자유의 문〉 〈흰옷〉 등이 있다.
대한민국문학상, 이상문학상, 21세기문학상 등 수상

내가 네 사촌이냐

쌀쌀한 꽃샘바람이 마을과 들녘에 흙먼지를 날리곤 하던 이해 이른 봄 어느 날 늦은 오후, 30대 초반의 초췌한 안색의 한 사내가 이곳 남녘 해안가 덕산마을을 찾아 들어와 때마침 동네 정자나무터에 앉아 일손을 쉬고 있던 비슷한 연배의 한 젊은이에게 물었다.

「혹시 이 마을에 연세가 쉰예닐곱쯤 되신 안서윤 씨라는 어른이 살고 계십니까?」

그런데 그 물음을 받은 동네 젊은이가 바로 안서윤 씨의 아들이었으므로 그는 대답을 머뭇거릴 이유가 없었다. 젊은이는 간단히 고개를 끄덕여 그런 사실을 확인해 주었고, 낯선 길손이 다시 그 안서윤 씨의 집을 물었을 때도 그는 거의 무심스런 손짓으로 방앗간길 아래쪽에 가죽나무 한 그루가 높이 솟아오른 자신의 집을 가리켜 보였다. 그러면서도 그는 위인이 누구이며 무슨 일로 그의 아버지 안서윤 씨를 찾는지 묻지 않았다. 요즘 시절로 해서는 그의 행색이 너무 허름한 인상을 지울 수 없는 데다 눈빛에선 삭막한 피곤기까지 느껴져 한마디로 별 볼일 없는 사람 같은 기분이 든 때문

이었다. 그리고 뱀이 제 꼬리를 물고 돌아가는 말격이지만, 무엇보
다 그는 위인이 누구이며 그가 어떤 일로 그의 부친을 찾아온 것인
지를 알지 못한 때문이었다.

그러나 사내를 얼른 알아보지 못한 것은 그 안서윤 씨의 아들만
이 아니었다. 당연한 일이지만, 사내가 안서윤 씨를 찾아 그 방앗
간길 아랫골목 가죽나뭇집 사립을 들어서며 때마침 안방 앞마루께
로 나와 있던 초로의 주인에게 공손히 첫인사를 건넸을 때 안서윤
씨 역시도 처음엔 전혀 그를 알아보지 못했다.

「안녕하십니까. 죄송합니다만 함자가 안서윤 어른 되십니까?」

「예, 그렇소만, 댁은 뉘시길래?」

사람을 알아보지 못할 뿐 아니라 서윤 씨는 젊은이가 사람이나
집을 잘못 찾아든 위인이 아닌가 싶어하는 얼굴이었다. 서윤 씨로
선 사실로 그의 생애 가운데에서 젊은이의 얼굴을 본 일이 없었거
니와 그의 존재마저도 상상해 본 일이 없기 때문이었다.

하지만 젊은이는 분명 그의 이름을 부르고 있었다. 그의 아들도
아닌 그 자신의 나이때가 낀 이름을. 게다가 위인의 다음 물음은
서윤 씨를 더 한층 어리둥절 당황스럽게 하였다. 그의 물음을 무심
히 외면할 수 없게 했다.

「거듭 죄송스럽습니다만 어르신께서 서자 윤자 어른이 분명하시
다면 제가 한 가지 더 여쭤보겠습니다.」

젊은이가 다시 공손히 양해를 구하고 나서 서윤 씨에게 물었다.

「혹시 이 댁에서 찾아오기를 기다리는 사람이 없습니까?」

앞도 뒤도 없이 불쑥 물어오는 소리에 서윤 씨는 이번에도 말을
잘 듣지 못한 것 같은 얼굴이었다.

「기다리는 사람이라니. 우리가 누구를……?」

고개까지 가로저으며 젊은이에게 거꾸로 되묻는 표정이었다.

「찾아올 사람이나 기다리는 사람이 없으시다면…… 그럼 혹시 오

래 전에 이 댁을 떠나간 사람은 없습니까? 집을 떠나간 뒤로 영
영 종적이 사라져버린 사람이나…….」

젊은이가 얼굴에 잠시 실망을 감추지 못하는 표정을 지었다가 다
시 한번 머뭇머뭇 자신 없는 소리로 말했다. 서윤 씨의 기억을 어
떻게든 되살려보려는 간절한 소망의 빛이 역력했다. 그리고 이번에
는 그 젊은이의 추량이 제대로 적중해 들고 있었다.

서윤 씨가 여전히 아리송한 표정 속에 고개를 내저으려다 말고
불현듯 소스라쳐 놀랐다. 그리고 새삼 세심한 눈길로 젊은이의 얼
굴을 찬찬히 뜯어 살폈다.

「아니, 이럴 수가……!」

이윽고 그의 입에선 반가움에선지 놀라움에선지 자신도 알 수 없
는 신음소리 같은 것이 흘러나왔다.

사실 서윤 씨의 그런 놀라움은 무리도 아니었다. 그 젊은이의 잇
단 물음에 서윤 씨는 비로소 오랜 옛날 집을 나가 종적이 사라져버
린 20대 그의 젊은 형의 일이 불현듯 머리에 떠오른 것이다. 그리
고 젊은이의 그 지치고 수척한 얼굴에서, 그러면서도 어딘지 불안
스런 긴장기가 떠도는 팽팽한 눈매와 오뚝한 콧날 들에서, 이제는
이미 기억조차 희미할 만큼 오랜 세월을 잊고 지내온, 그래서 젊은
이의 처음 물음엔 기다리거나 찾는 사람은커녕 그런 동기간이 있었
다는 기억조차 떠오르지 않았을 만큼 아득히 잊혀져 온 그의 형의
용모를 어슴푸레 읽어낸 것이었다. 서윤 씨로선 젊은이가 처음 기
다리거나 찾는 사람을 물었을 때보다 더 한층 당황하고 어리둥절해
질 수밖에 없었다.

「아니, 그럼 댁에가……?」

젊은이에게 물어놓고도 그는 한동안 대답조차 들으려 하지 않은
채 혼자 허둥대기만 했다. 그리고 뒤늦게 뭔가 심상찮은 느낌에 그
를 뒤따라 들어온 아들 길동의 얼굴에도 재차 비슷한 물색이 끼었

음을 깨닫고서야 황황히 그를 마루로 이끌어 앉혔다.

「이야기를 들어보자. 우선 여기서 그간의 곡절부터. 이 일이 대
체 어떻게 된 사연인지를…….」

앞마루에 엉거주춤 마주 걸터앉은 서윤 씨의 기억 속에 젊은이는
갈수록 20대 옛 젊은 형의 모습과 비극적 인생행로를 되살려나갔
다.

1945년 8·15해방과 함께 한창 바깥 세상 일에다 열정을 쏟고 지
내던 갓 20대의 의윤 형, 당시로선 드물게 상업학교까지 졸업한 인
텔리 청년 의윤 형이 이듬해 봄부터는 갑자기 문밖 출입을 끊은 채
집 안에만 틀어박혀 지냈다. 바깥 나들이를 끊어버린 것만이 아니
라 집 안에서도 차츰 식구들과 얼굴을 마주하는 일이 드물었고, 그
러다간 아예 외지고 어두운 자기 뒷골방에 틀어박혀 유령처럼 혼자
서만 지냈다. 끼니도 뒷골방에서 혼자 받아먹었고, 변소길도 바깥
인적이 뜸하거나 밤늦은 어둠 속으로만 나다녔다. 방에서는 대개
책장을 뒤적거리거나 무슨 깊은 생각에 싸여 지내는 듯해보였지만,
그가 정말로 긴 시간 혼자서 무엇을 하며 지내는지는 아무래도 분
명히 알 수가 없었다. 때로는 그가 집 안 어느 한구석에 들어앉아
지내고 있다는 사실조차 잊어버릴 때가 많았다. 그렇게 그는 차츰
집안에 없는 사람, 잊혀진 사람처럼 되어갔다.

그러나 그것은 나이 터울이 많이 진 열한 살짜리 어린 아우 서윤
에게나 아직 곡절이 밝혀지지 않았을 뿐이었다. 세월이 훨씬 더 흐
르고 난 뒤에야 서윤이 그 속내를 다 알게 된 일이지만, 집안 어른
들에겐 처음부터 사정이 분명해져 있던 일이었다. 의윤 형이 어떤
몹쓸 역병을 앓고 있다는 게 그 무렵 서윤을 단속하기 위한 어머니
의 조심스런 귀띔이었다. 그런데 그 역병이 이웃이나 세상 사람들
에게 알려지면 절대로 나을 수가 없으니 어려운 형을 위해 누구에

게도 그런 사실을 말해서는 안된다는 다짐이 거듭거듭 뒤따랐다. 그런 사실은 알지도 못한 것으로 하라는 아버지의 엄한 단속도 덧붙여졌다. 형을 가까이 하려다간 서윤에게도 역병이 옮을지 모르니 뒷골방 쪽에는 아예 얼씬을 말라는 당부와 함께, 형의 일은 더 알려고 하지도 말고 그저 모른 척 잊고 지내야 한다는 다짐이었다.

그 어른들의 단속뿐만 아니라 의윤 형의 어려운 처지를 위해서도 서윤은 이후부터 물론 형의 일을 모른 척하고 지냈다. 아버지가 이따금 은밀히 먼 고을 나들이를 다녀오면 집 안에 알 수 없는 탕약 냄새가 풍기고, 끼니때 사이사이로 그 탕약사발이 뒷골방을 드나드는 기미로 보아 의윤 형이 정말로 비밀을 지켜줘야 하는 '고약한 역병'을 앓고 있음이 분명했기 때문이다. 그리고 그 역시 형의 병이 낫는 것이 더할 수 없이 간절한 소망이었기 때문이다.

하지만 서윤은 점점 더 불안하지 않을 수 없었다. 애초의 사단은 형의 신병이었지만, 그 신병의 비밀을 지키는 것이 또한 큰 문제였다. 밖에서나 안에서나 어른들은 갈수록 말들을 잃어갔고, 간간이 숨어드는 비밀스런 한숨기 속에 집 안엔 언제나 음습한 근심기가 가득했다. 집안 식구끼리도 그렇듯 말이 없다 보니 서윤은 이웃이나 동네 사람을 만나기가 더욱 겁나고 불안했다. 누구를 만나도 먼저 집안의 비밀을 떠올리고 전전긍긍 제풀에 눈치를 살피게 되곤 했다. 그런 데다 그 어른들의 은밀스런 약수발과 간절한 소망에도 불구하고 형의 병세는 조금도 나아가는 기미가 안 보였다. 그리고 일은 더욱 불안하게 더쳐갔다.

해방 이전 일제 시절, 의윤 씨와 같은 신양(身恙)을 앓는 사람들은 대개 남쪽 해안의 한 외딴 섬으로 가서 다른 동환들과 함께 집단수용 생활을 하였다. 하지만 그곳의 생활이나 요양시설이 너무 열악한 데다 강제노역과 학대까지 심하여, 해방 이후의 혼란기 땐 많은 환자들이 섬을 빠져나와 이 고을 저 고을로 떠도는 집단유랑

생활을 하였다. 그런데 그해 늦가을 무렵 날씨가 추워지기 시작하자 그 유랑집단의 한 무리가 겨울을 나기 위해 이 따뜻한 남녘 덕산마을 인근 산골짜기에 천막을 치고 들어앉았다.

마을엔 자연히 인심이 흉흉해지고 무거운 긴장기가 감돌았다. 그 병증의 외양이 워낙 험상궂은 데다 일생 치유불능의 사나운 역질로 두려워한 때문이었다. 위인들이 함부로 마을로 들어온 일은 없었지만, 신병의 치료를 위해선 더러 어린아이를 해치기도 한다는 고약한 소문까지 떠돌았다.

동류의 환자를 집 안에 숨기고 지내는 서윤네의 불안은 더 이를 바가 없었다. 게다가 그 가슴을 저며드는 불안기나 두려움은 재 너머 산골짜기의 천막 무리들에 대한 것만이 아니었다.

「동네 안에 누군가 같은 역병 환자를 숨기고 지내는 집이 있는 게 틀림없다.」

「위인들이 어느새 그런 낌새를 알고 그를 데리러 왔을 거다.」

마을 사람들은 소리를 죽여 수군댔다. 그 병의 환자들은 어느 고을 어느 집에 같은 병자가 생기면 귀신같이 그것을 알아내어 그를 기어코 자기들 무리 속으로 데려가고 만다는 것이었다. 새 병자를 위해서든 자기 무리의 편익과 세력을 위해서든 그것이 그 병을 앓는 무리의 은밀하고도 엄혹한 불문율이라는 것이었다.

「그러니 그 집이 누구네든 저들에게 숨겨둔 환자를 내주지 않으면 위인들은 절대로 이 골을 떠나가지 않을 게다. 병을 숨긴 집에선 마을을 위해 알아서 환자를 내놓아야 한다.」

뿐만이 아니었다. 마을 사람들은 누구도 서윤네 식구들 앞에선 함부로 그런 소리를 입에 올리지 않으려는 걸로 보아 이미 다 그 비밀을 알고 있음이 분명했다. 사실은 그 같은 등뒤수군거림 역시도 서윤네와 그 식구들을 지목한 은근한 오금박이 소리들임이 분명했다. 그리고 모든 일은 결국 그 수군거림 그대로 되어갔다.

　어느 날 깊은 자정쯤 무리 중의 한 사람이 은밀히 서윤네 집을 찾아왔다. 그리고 잠시 동안 아버지를 불러내어 무슨 얘긴가를 하고 돌아갔다. 어린 서윤은 물론 사내의 얼굴을 본 일도 없었고, 그가 누구이며 아버지와 무슨 이야기를 하고 갔는지를 들은 일도 없었다. 하지만 사내가 그렇게 밤중으로 집을 다녀간 뒤부터 더욱 말이 없어진 아버지의 깊은 침묵과 신음기 섞인 한숨소리로 모든 것을 알 수 있었다. 안돼요, 죽어도 안돼요……. 내 자식이 어째서 저런 인간들한테! 아이한테는 그런 소리 입도 떼지 말아요……. 울음소리를 깨물어 삼키는 어머니의 조심스런 탄식기 속에서도 서윤은 그 사내가 누구이며 그 밤중 아버지와 무슨 이야기를 나누고 갔는지를 똑똑히 알 수 있었다.

　그러나 그 피를 말리는 아버지의 침묵과 어머니의 절급한 갈망도 다 부질없어보였다. 며칠 뒤 같은 밤중 무리의 몇 사람이 다시 그의 집을 찾아왔다. 사람 수가 하나에서 서너 명으로까지 늘어난 것이 첫번 때보다도 더 불안하고 겁이 났다. 이번에도 위인들은 아버지를 잠시 사립께로 불러내어 조용히 만나고 돌아갔지만, 이후부터 아버지는 아예 한숨소리조차 잊은 채 멍청히 넋을 놓고 앉아 있기만 하였다. 어찌 보면 곰곰 혼자 생각 속에 무엇인가를 망연히 기다리고 있기라도 한 것처럼. 그런 아버지와 반대로 어머니 쪽은 오히려 그 한숨소리와 안타까운 탄식기에 전 같은 조심성이 훨씬 덜해갔을 뿐이었다.

　「안돼요. 나는 죽어도 내 집에서 내 자식과 함께 죽고, 살아도 내 집에서 함께 살 것이니 그리 아시고 행여 딴생각 먹지 마시오. 저 아이가 집을 나가면 그날이 내 초상날이 될 것이니!」

　아버지에 대한 푸념이나 다짐소리도 훨씬 더 노골적이었고, 때로는 치솟아 오르는 오열을 굳이 더 참으려 하지도 않았다.

　하지만 말을 잃은 아버지는 물론 다짐이 그리 시퍼렇던 어머니도 그런 식으로 차츰 속마음을 가다듬어온 것일까. 무리가 다시 세 번째로 집을 찾아왔을 때 아버지는 물론 어머니까지도 더 아무 대항의 기미를 보이지 않았다.

그러니까 그날 밤 깊은 어둠을 타고 찾아온 천막무리는 그 수가 다시 열 명쯤으로 늘어 있었다. 그러면서도 위인들은 문밖 기척으로 아버지를 불러놓고 아무 다른 말이 없이 그저 이쪽의 처분만 조용히 기다리고 있었다. 첫번 한 사람 때나 뒤 서너 사람 때보다도 더욱더 괴괴하고 가지런한 침묵 속에. 어찌 된 셈인지 개 짖는 소리 하나 들려오지 않는 이웃이나 온 마을이 그럴수록 더 무겁게 가라앉아 들어가는 듯싶은 전율스런 정적 속에. 무슨 유령의 무리처럼 얼굴을 가려 볼 수 없는 허연 포장막 같은 모습들로.

아버지나 어머니는 한동안 아무 기척도 없이 방을 나가지 않고 있었다. 그것이 그 사태에 대한 유일한 대항책인 듯 무거운 침묵만 지키고 있었다. 바깥 낌새를 엿보기 위해 서윤이 제 부엌방 문을 살금살금 밀쳐내는 소리에도 다른 때처럼 별다른 질책의 기미가 없었다. 그리고 그러다 일이 제풀에 끝장났다. 이윽고 그의 형 의윤이 제 발로 뒷골방을 걸어나온 것이다. 그리고 여전히 침묵 속에 가라앉아 있는 안방 어른들 쪽을 향해 댓돌 아래 엎드려 조용히 하직인사를 올리고는 그길로 사립께의 허연 무리를 향해 발걸음을 서서히 옮겨가기 시작한 것이다.

「정녕 그렇게 떠나가야 하겠느냐?」

「예, 아버님 용서하십시오. 이것이 제 운명의 길입니다.」

그 순간 기척을 알아차린 안방 어른들이 쫓아나와 아버지가 먼저 침통하게 물었으나, 의윤 형은 잠시 발길을 멈추고 서서 그렇게 대답했을 뿐이었다. 그리고 이어 어머니가 목수건을 깊이 둘러싼 그의 얼굴을 부여잡고, 「네 전정이 어째서 이 길이란 말이냐! 네 얼굴이 어째서 이런 꼴이더란 말이냐. 가더라도 이 에미한테 얼굴이

라도 한번 똑똑히 보여주고 가거라. 불쌍한 내 자식아!」애긇는
흐느낌 속에 마지막 소망을 말했을 때도 의윤 형은 그저 조용히 그
어머니의 등을 어루만지며 어린 서윤으로선 잘 알아들을 수 없는
몇 마디를 남겼을 뿐이었다.

「어머니, 제게는 이제 어머니의 옛 아들의 얼굴이 없습니다. 지
금서부터는 저기 사립께에 기다리고 있는 저 사람들이 제 모습입
니다. 저것이 제가 앞으로 지니고 살아가야 할 제 운명의 얼굴입
니다. 그러니 이제부턴 어머님도 부질없이 제 추한 얼굴을 가슴
아파하지 마시고 잊고 지내주십시오.」

그리고 의윤 형은 마지막으로 어린 서윤에게로 다가와 말없이 어
깨를 한번 감싸는 시늉을 해 보이고는 그대로 스적스적 사립께로
걸어가 무리와 함께 어둠 속으로 사라져 가버린 것이었다.

뜻밖에 찾아든 젊은이를 대하고 보니 서윤 씨는 새삼스레 그 시
절 그날 밤의 일들이 머릿속에 새록새록 되살아났다. 때이른 체념
에서든, 그간의 세월 탓이든, 근자 들어선 거의 떠올려본 적이 없
던 일이었다. 돌이켜보려 한 일도 저절로 떠오른 일도 없이, 없었
던 일 한 가지로 까맣게 잊혀져 온 일이었다.

어쩌면 그럴 수밖에 없었던 일이기도 하였다.

「다 끝난 일이다. 마음 아픈 일이지만 의윤이 일은 이제 다들 깡
그리 잊어버려라. 그 아이는 이제 우리하고 세상길이 달라진 사
람이니…… 지금서부터는 남은 식구들이라도 의연하게 살아가야
지 않느냐. 의윤이도 집을 떠나가면서 그걸 바랐을 게다.」

그날 밤 그렇게 의윤 형이 떠나간 후 아버지는 정말로 그 아들이
자신 앞에 다짐하고 간 말 그대로 인생길이 서로 아주 달라져야 하
는 것처럼 남은 식구들을 닦달했다. 집에선 구석구석 형의 흔적을
지워 없앴고, 그의 일은 누구도 입에조차 올리지 못하게 했다. 그
리고 자신도 다시 옛날의 부지런한 농사꾼으로 돌아가 묵연스럽기

그지없는 하루하루를 보냈다. 그렇다고 그것으로 그 형의 일이 금방 잊힐 리는 없었지만, 세월이 약이라듯 날이 가고 달이 가고 해가 바뀌어가면서 그 야속한 생각이나 괴로움도 차츰 엷어져 가게 마련이었다.

그런 가운데에도 물론 어머니의 슬픔은 다른 누구에게도 비할 수가 없었다. 어머니는 처음 아버지의 엄한 닦달조차 전혀 아랑곳을 안했다. 아버지가 뭐라든 떠나간 형의 일로 늘 날이 새고 저물었다. 형에 대한 근심걱정, 슬픔과 푸념기를 노래처럼 웅얼웅얼 늘 입에 물고 살았다. 약탕기나 옷가지들에 이어 아버지가 뒷골방의 책 꾸러미까지 끌어내어 마지막 형의 흔적을 깡그리 불태워 없애려 했을 때는 그 아버지의 옷깃을 틀어쥐고 온 집이 떠나가도록 악을 쓰며 대들기도 했다. 그러나 그 어머니도 아버지의 완강한 태도 앞엔 어느 하루 그 산골 천막촌으로 혼자 형을 찾으러 나섰다 허탕을 치고 돌아온 것을 마지막으로 서서히 기가 꺾이기 시작했고, 유장하고 무심스런 세월의 흐름 앞엔 그렇듯 서럽고 괴로운 일들도 그럭저럭 기억이 바래갔다.

하지만 무엇보다 서윤 씨에게 그 형의 일이 까맣게 잊혀져 온 것은 그가 한 번 집을 떠나간 것으로 영영 소식이 끊어져 버리고 만 허물이 더 컸다. 의윤 형은 그러니까 집을 떠날 때의 자신의 말대로 이후로는 다시 고향길을 찾아든 일 (천막촌을 찾아간 어머니에게까지도 그랬듯 누구를 다시 찾아 만나려 한 일 역시)이 한 번도 없었다. 고향길까지는 몰라도 자기 살던 동네나 집에는 분명 그랬다. 집엘 찾아오기는커녕 편지나 풍문 속 소식 한 번 전해온 일이 없었다. 살아 있는지 죽었는지, 살아 있다면 어디서 어떻게 살아가고 있는지, 어머니가 돌아가시고 아버지까지 돌아가신 그 긴 세월 동안 어머니가 처음 한 번 그 천막촌을 찾아간 것 외에는 이쪽에서도 맘먹고 그를 찾아본 일이 없으니 그 종적이나 형편을 전혀 알 수가 없었다. 아니, 그 20여 년 뒤 어머니가 돌아가셨을 때는 한 가지 괴이한 일이 있긴 했다. 아버지의 막연한 추측에 불과한 일이었는지도 모르지만, 그때까진 다행히 형이 아직 살아 있거나 어쩌면 은밀히 고향길까지 다녀갔을 수도 있음직한 이상한 일이 있었다.

집 떠난 큰자식의 일을 속으로만 앓아온 그의 어머니는, 그러니까 마음의 병이 그만큼 더 깊어져선지 요즘 세상에 겨우 환갑을 갓 넘긴 예순한 살 나이로 아버지보다 먼저 세상을 떠나갔다. 큰자식 뒷소식은 여전히 생사조차 알지 못한 채, 대개는 그 사나운 병치레로 당신 먼저 저세상 사람이 되어 갔으리라는 생각을 안고서였다.

「이제 죽어 저세상 사람이 되어 가면 네 형을 만나볼 수 있겠구나. 이렇게 에미나 제가 서로 죽어서나 찾아가 만날 수 있는 불쌍한 내 아들…….」

그 어머니가 눈을 감기 전 마지막으로 남긴 말이 그랬으니까. 그리고 아버지나 서윤 씨 자신도 대개 그렇게 생각했고, 저승에서나마 그 일이 꼭 이루어지기를 빌었으니까.

그런데 그런 식으로 그 어머니나 의윤 형의 일을 그럭저럭 잊고 지내던 두어 해 뒤 여름께의 일이었다. 서윤 씨는 대대로 조상들의 묘를 모신 선산 벌초를 갔다가 어머니 묘의 봉분 한쪽 흙 속에서 뜻밖에 당신의 옛 은가락지 한 짝이 빗물에 씻겨 드러난 것을 발견했다. 그 은가락지는 원래 어머니의 유일한 패장물로 20여 년 전 의윤 형이 집을 떠나고부터는 형의 종적과 함께 당신이나 집 안에서 흔적이 사라지고 말았던 물건이었다. 어머니가 뒷날 산골 천막촌을 찾아가 끝끝내 모습을 드러내지 않은 아들에게 전해달라고 다른 사람에게 맡기고 허무하게 돌아설 수밖에 없었다던 그 은가락지, 얼굴조차 보지 못한 채 영영 떠나 보내는 자식에게 남의 손을 통해서나마 마지막 지녀 보낼 수 있는 것이 오직 그 한 가지뿐이었다며 두고두고 안타까워하던 당신의 마지막 정표, 그것이 어째서 거기 그런 식으로 묻혀 있다 나타났는지 영문을 알 수가 없었다.

하지만 그는 곧 한 가지 짐작이 떠올랐다. 그리고 그 짐작은 아버지 쪽이 훨씬 더 확연한 듯해보였다.

「죽어 가 저승에서나 자식을 만나보겠다던 소원이더니, 행인지 불행인지 아직은 네 형 쪽 사정이 그럴 형편에도 이르지 못한 모양이구나.」

서윤 씨가 그 가락지를 수습해다 아버지에게 보였을 때, 당신은 지그시 눈길을 외면해 버리며 대수롭잖은 일인 듯 말했다.

「허기야 네 어미도 죽은 자식의 혼백을 만나느니보다 살아 있는 자식 지켜보는 쪽을 더 좋아할 게다만. 네 어미 혼백은 이제 그럴 수도 있을 게 아니냐. 한데 네 형은 또 어떻게 어미 일을 알고서…….」

그러면서 아버지는 아직도 그 큰자식의 소식이나 종적보다 그 일이 더 궁금한 듯 잠시 괴이한 얼굴빛을 보였을 뿐이었다.

하지만 아버지는 그 역시도 관심을 길게 두지 않았다. 의윤 형이 아직 살아 있든 죽었든, 그가 어떻게 어머니의 일을 알고 산소까지 다녀갔든, 당신은 그다지 괘념할 일이 없는 사람처럼 무심해지고 말았다. 그리고 그 하루인가 이틀 뒤엔가는 심사가 새삼 어수선해진 집안의 자식에게까지 끊어 잘라내듯 일렀다.

「그 가락지 집 안에 들일 물건이 아니니 다시 네 어미 무덤에다 깊이 묻어주어라. 네 형의 마음으론 그것이 제가 제 어미를 만나는 노릇 아니냐. 그리고 이젠 다 잊고 지내도록 해라. 네 형이 우리 몰래 제 어미 산소만 찾아보고 간 걸 보면 제 뜻도 그런 쪽인 게 분명할 터이니.」

서윤 씨도 물론 그 아버지를 따를 수밖에 없었다. 그는 곧 아버지의 뜻대로 그 은가락지를 다시 어머니의 묘 봉분 한쪽 밑에 깊이 숨겨 묻었다. 그리고 자신도 그 아버지의 당부처럼 그 일을 그만 잊고 지내려 애를 썼다.

　그런데 거기서 또 한 가지 예상찮은 일이 생겼다. 그 서너 해 뒤에 이번에는 아버지가 다시 세상을 떠나가신 것이었다. 그야 세수 (世壽)를 그럭저럭 칠순 가까이까지 누리고 갔으니 당신의 기세 (棄世)를 그리 예상치 못한 일이라곤 할 수 없었다. 서윤 씨가 더 예상을 못한 일은 임종시의 다짐이었다. 그 가락지 일로 하여 당신의 심기가 그렇듯 새삼 어지러웠던 것일까. 아니면 당신의 무관스러움과 오랜 망각의 얼굴 속엔 그만큼 더 깊은 회환이 숨겨져 오고 있었는지도 모른다.

「내가 죽거든 네 형에게도 소식을 알리거라.」

아버지는 뜻밖에 당신의 부음을 의윤 형에게 전하라 당부하셨다.

「네 형이 아직 살아 있다면 필경 저 ㅅ섬으로나 가 있을 게다. 그 섬으로 사람을 보내어 네 형을 찾아 소식을 알리고, 제가 원한다면 이 아비의 장례에도 참예하도록 하라 해라. 이 아비까지 죽고 나면 네 형의 일로 해선 우리집에 더 거르칠 데가 없을 거 아니냐. 그 성미에 필시 변성명을 하고 살고 있을지 모르니, 의윤을 찾다가 나서는 사람이 없으면 이쪽 아비 이름을 대보고 네 이름도 대보고…….」

하지만 그 일도 형을 다시 돌아오게 하거나 찾아낼 수는 없었다. 오히려 그 노릇이 서윤 씨에겐 그 형의 일을 더 쉽게 잊게 했을 뿐이었다. 그때까지도 아직 그가 살아 있을 가능성을 의심케 하고, 연전의 가락지 일로 인한 아버지나 서윤 씨 자신의 희망 어린 짐작까지도 새삼 허황한 추단이 아니었는지 되짚어보게 했을 뿐이었다. 얼마 안 가서 아버지가 돌아가시고, 서윤 씨는 바로 사람을 보내어 그 남쪽 해안가의 ㅅ섬을 샅샅이 다 찾아 뒤져댔지만, 장렛날이나 삼우제를 치르기까지의 그 한 주일 동안 안의윤이란 이름을 지닌 사람이나 안병삼 씨를 아버지로, 안서윤을 아우로 둔 40대 중반의 섬사람은 끝끝내 찾아낼 수도 나타나주지도 않은 때문이었다.

그러니까 의윤 형은 더욱 이 세상엔 없는 사람이 되어갔다. 그가 아직 세상에 살아 있거나 죽었거나 그의 삶과는 더이상 아무 상관될 일이 없는 사람으로 까맣게 잊혀져 갔다. 그러기를 다시 20년. 그 의윤 형이 아직까지 살아 있는 사람이래도 둘 사이엔 그 형이 집을 나갈 때 남긴 말 그대로 서로간에 전혀 다른 운명의 삶을 살아온 깊은 세월의 골을 지어온 셈이었다.

그런데 그 의윤 형의 물색이 근 50년 만에 제 아버지를 대신해 불쑥 그 앞에 나타난 것이다.

서윤 씨로선 도대체 그 일을 쉽사리 믿을 수가 없었다. 아니 한동안은 바로 그 눈앞의 일을 차라리 믿고 싶지가 않았다. 놀라움에 뒤이어 답답하고 난감한 생각부터 앞을 섰다. 그리고 민망하고 부끄러운 심회를 가눌 수가 없었다. 그야 따지고 보면 일이 너무 졸지에 닥쳐들어 그렇지 젊은이는 더 묻지 않아도 엄연한 그의 형의 핏줄임이 분명했다. 제 아버지를 대신해 찾아 나타난 그 조카 앞에 서윤 씨가 새삼 크게 답답해 하고 난감해 할 일이란 없었다. 누구를 기다리거나 찾는 사람이 없느냐는 웬 젊은이의 갑작스런 물음에 그가 금세 기억이 미치지 못한 허물은 있었지만, 그 밖엔 크게 죄책감을 느낄 일도 없었다. 그것도 그간의 사정이 그랬고 세월의 흐름이 그랬을 뿐 뒤늦게나마 그가 조카임이 분명해 보인 이상 이제라도 그를 반갑고 따뜻하게 감싸 맞아들이면 그만이었다. 그런데도 그는 왠지 그러기가 쉽질 않았다. 그래 그는 젊은이가 함께 방으로 들어가기를 사양한 채 엉거주춤 계속 마루 끝에 걸터앉아 거기까지 그를 찾아오게 된 사연과 곡절을 우선 대충 털어놓고 있는 동안도 내내 그 답답하고 무거운 심사를 지울 수가 없었다.

서윤 씨로선 차라리 다행이라 해야 할지, 젊은이는 실상 그 아버지의 일을 (어떤 뜻에선 자신의 일까지도) 많이 알고 있지 못했다. 그래 그런지 자신의 처지나 삶에 대한 별다른 원망 같은 것도 지니고 있지 않았다.

그는 어렸을 적 얼굴이 이상하게 일그러지고 손발 마디들이 심하게 상한 양친과 함께 그 섬에서 철없이 잘 자랐댔다. 부모의 얼굴이 일그러지고 손발 마디들이 상한 것은 그 섬 어른들 누구도 마찬가지 사정이었으므로 그런 걸 그리 별스럽게 생각한 일도 없었댔다. 섬사람들에겐 누구도 양친 부모 이상의 선대 어른이 없었으므로 그에게 두 사람 이외의 다른 인척이 없는 것 역시도 마찬가지로 당연하고 자연스런 일이었다는 것이다. 그런 섬 아이가 바깥 세상을 처음 구경한 것은 그가 여덟 살 때 아버지를 따라 육지로 나와 어느 마을 앞산골을 찾아가 아버지와 함께 새 무덤 앞에 몰래 성묘를 하고 돌아갔을 때였는데, 그때도 그는 그 뭍사람들의 모습이나 자신에게 웬 뭍세상 친척 (비록 죽은 무덤으로나마) 이 있었다는 사실이 부럽고 반갑기보다 오히려 낯설고 서먹하기만 했다고. 그리고 그래서 다음번 몇 년 뒤에 다시 한번 아버지와 같은 마을 부근엘 찾아 들어갔을 때도 그런 서투름과 부자연스러움 때문에 아버지를 졸라 서둘러 섬으로 돌아가고 말았다고. 그리고 그 10년쯤 뒤 아버지가 그간의 독한 약화로 간경화 증세가 깊어져 50대 중반 나이로 세상을 떠나기까지, 그리고 이후 다시 10여 년 세월 동안도 그 섬에서 남은 어머니와 나름대로 탈없이 잘살아오고 있었다고……

의윤 씨는 그러니까 생전에 그 아들과 함께 고향 마을 산소엘 두 번이나 다녀간 셈이었다. 먼저 한 번은 당시에 이미 그 가락지 일로 짐작했던 대로 그 어머니가 세상을 떠난 지 두어 해 뒤 일이었다. 그러나 그때 의윤 씨는 뒤늦게나마 어디서 그 어머니가 세상을 떠난 소식을 듣고 무덤을 찾아온 건 아니었던 게 분명했다.

「저를 데리고 뭍길을 나서시며 아버님이 이런 말씀을 하셨지요.

나는 병을 앓고 있어 앞일이 어찌 될지 알 수 없다. 그러니 너도
이제는 네 고향 동네가 어딘지, 조상님들의 선산을 어디 모셔두
었는지 알아두는 게 좋겠다. 너한텐 찾아뵐 만한 가까운 어른이
나 인척들이 계시다는 것도…….」
　여덟 살 어린 나이로는 뜻을 잘 새겨들을 수 없었겠지만, 어언
30대가 된 조카아이는 아직도 그런 아버지의 말만은 분명하게 기억
하고 있었다. 그리고 하루 만에 그 고향 마을 선산에 당도할 때까
지도 그 아버지의 말속엔 분명 할머니의 죽음이 없었던 걸로 기억
했다.
　「아버님께서 할머님이 돌아가신 것을 아신 것은 그 선산 아래쪽
　　에 잔디가 그리 오래지 않은 낯선 무덤이 새로 들어선 것을 보고
　　서였던 것 같았어요. 하지만 아버님은 무슨 근거로 그런 단정을
　　내리셨는지 그 무덤을 보자마자 바로 무너지듯 놀라 엎드리시며
　　어머니 어머니 통곡을 하셨지요.」
　그리고 의윤 씨는 길고 긴 통곡 끝에 언제부턴지 품속에 깊이 간
직해 온 예의 은가락지를 꺼내어 '이제는 이 불효자가 어머님 곁으
로 갈 때까지 어머님이 이것을 대신 맡아 간직해 주시라'는 이승에
서의 마지막 하직인사와 함께 그 무덤 봉분 한쪽 밑에 그것을 깊이
묻어드리고 돌아갔다는 것이다. 그러니 어찌 보면 의윤 씨는 그때
사실 그 아버지의 짐작처럼 생자와 사자 간의 해후가 아니라 죽은
어머니의 혼백에 대한 이승의 아들로서 더한층 애달픈 하직인사를
치른 것이랄까…….
　그런데 그 부자가 두 번째로 다시 고향 고을을 찾은 것이 서윤
씨에게는 좀더 뜻밖이었다. 다름아니라 그것은 그가 당신의 유언대
로 부음을 전하려 그렇듯 애를 썼어도 끝내 허사가 되고 말았던 그
아버지의 초상 때였기 때문이다.
　「아버님의 진짜 함자가 안영훈이 아니라 안의윤 씨라는 걸 안 것

은 그때가 처음이었어요. 그때까진 그걸 전혀 의심해 본 일도 없었으니까요. 그러니 아버님 쪽에선 그때 물론 조용히 모른 척하고 계셨을 뿐, 할아버님이 돌아가신 것도, 그 일로 사람이 와서 당신을 찾는다는 것도 다 알고 계셨지요. 그 사람이 아직도 당신을 찾고 있는 동안 아버님은 그 장렛날에 맞춰 다시 저를 데리고 섬을 나와 이곳으로 왔으니까요.」

조카아이는 이번에도 그 두 번째의 일을 남의 일처럼 담담한 어조 속에 차근차근 되새겨나갔다.

「하지만 아버님은 이번에도 장례가 치러지는 마을까지는 가까이 들어가려 하질 않으셨지요. 마을 뒷산 숲속에 새벽부터 몸을 숨기고 기다렸다가 오정 때쯤 되어서 상여가 집을 나와 동네 노제를 지내고 다시 천천히 산으로 올라가 선산터 산역이 끝날 때까지, 이따금 한숨기 속에 하염없이 눈길만 좇고 계실 뿐이었어요. 그러다 이윽고 산일도 다 끝나고 주위가 조용해진 석양녘이 되어서야 당신은 말없이 숲속을 빠져나와 그길로 섬으로 돌아가시고 말았지요. 그 아버님이 하도 안되고 답답해 보여 섬으로 돌아가는 길에 제가 한마디 물었어요. 아버님은 여기까지 와서 어째서 아직 마을엔 들어가실 수가 없냐고요. 사람까지 보내어 부음을 알린 할아버님 장례를 그렇게 멀리서 숨어 보아야만 하느냐고요. 아버님이 간단히 몇 마디 하시더군요. 나는 살아생전에 찾아갈 수 없는 곳이요, 찾아가 함께할 수 없는 사람들이다. 때가 되면 나중에 너라도 찾아가보라고 길을 함께 데려온 것이다……. 하지만 아직 나이 열두 살밖에 안된 제가 그 말씀이 무슨 뜻인지 깊이 헤아릴 수가 있었겠어요? 그때가 언제인지 짐작이나 할 수 있었겠어요? 그저 아버님처럼 저한테도 그런 일은 있을 것 같지가 않았지요. 아버님의 내림처럼 제게 그런 때가 오기를 바라기는커녕 그저 한시 바삐 섬으로 돌아가고 싶기만 했지요. 그리고 다시 긴 세월 뭍세상과는 아무 상관도 없이 우리끼리 우리 식으로, 아버님이 살아 계실 때는 그 아버님과 함께 셋이서, 아버님이 돌아가시고 나서는 어머님과 둘이서 그럭저럭 살아나갔지요. 그런데 오늘 결국엔 이렇게 여길 찾아오게 됐군요…….」

조카는 여전히 그런 일이 자신에겐 아무 중요할 것이 없다는 듯, 황량스러울 정도로 메마른 어조 속에 자신이 보고 들은 그간의 사연을 숨김없이 다 털어놓았다. 간간이 잇사이를 새어나오는 가는 한숨소리마저 그간의 제 척박한 삶에 대한 야속한 마음에선지 아니면 자신이 아버지를 대신해 그의 고향 동네를 찾아온 것을 뒤늦게 후회해선지 분간이 안 갈 만큼 담담하고 방심스런 술회였다.

하지만 서윤 씨로선 들을수록 가슴 아프고 답답한 이야기였다. 고향집 어머니의 생사조차 모른 채 어린 자식을 위한 선산길을 몰래 찾아든 병 깊은 아비와, 철모르는 나이에 그 아비의 이승의 무거운 짐을 이어 지게 된 어린 아들. 이승에서의 마지막 하직인사로 품속의 은가락지를 저승 어머니의 혼백 앞에 되돌려드리고, 그것으로 모자간 사후의 재회를 약속하고 돌아간 자식과, 오래잖아 자신이 옮겨 이어 지게 될 그 아비의 이승의 짐 앞에 아무 두려움이나 불평이 없던 어린 날의 그의 아들. 그래 오히려 그 뭍세상을 등지고 서둘러 그의 섬으로 돌아가기만을 원했던 헐벗고 가엾은 생령. 고향집 아버지의 부음을 접하고도 짐짓 멀리서 상엿길만을 숨어 지켜보고 간 아비와 아직도 그 뭍세상 일과는 아무 상관을 못 느낀 채 무심히 섬으로 그 아비를 따라 들어가고 만 열두 살 그의 어린 아들. 그리고 섬살이에 이골이 져 나타난 그의 성장한 조카아이의 남루하고 황량한 모습. 서윤 씨는 그 부자의 모든 것에 그쪽 일을 오랜 세월 잊고 살아온 일보다 더욱더 견딜 수 없는 죄책감이 일고 있었다. 아니 이젠 이미 그 의윤 씨가 이승의 짐을 벗어놓고 저세상 사람이 되어 가버린 탓인가. 서윤 씨는 이제 그 형님 의윤 씨의 일보다 눈앞의 조카 꼴이 더욱 가슴 아프고 안타까웠다. 녀석은 그 행색이나 표정이 좀 초췌하고 지쳐보일 뿐 외모는 그런대로 여느 젊은이 곳지않은 체격에 물색까지 영락없는 그의 집안 혈육이었다. 하지만 녀석은 제가 그 동안 살아온 세상살이가 어떤 것인지를 알지 못했고, 거꾸로 뭍세상 일을 외면한 채 제 섬살이만을 만족해 하고 있었다. 서윤 씨는 그런 녀석이 가까운 혈육은커녕 웬 별종의 인간처럼 낯설고 서먹했다. 그리고 그것이 그를 더욱 가슴 아프고 안타깝게 했다.

한데다 녀석이 이제서야 뒤늦게 제 아버지의 고향 마을길을 찾게 된 연유가 그의 마음을 더한층 무겁게 하였다.

의윤 씨는 자신의 죽음에 즈음해서야 비로소 마지막 유언 삼아 그의 고향집과 가계에 관한 일들을 모두 일러두었다. 그리고 자신이 집을 나와 2~3년 뭍세상길을 떠돌다 드디어는 제 발로 섬으로 들어와 정착하게 된 경위를 자세히 털어놓고, 자기가 죽거든 아들에게 그 고향집을 한번 찾아가보라는 당부를 남겼다.

「내가 죽고 나면 그것으로 우리 집안에 드리워졌던 액운의 장막도 끝장이 나게 된다. 너도 그것으로 더이상 이 아비나 이 섬의 숙명에 얽매여 살 필요가 없다. 너는 애초부터 내 병이나 이 섬과는 상관이 없는 사람이다. 이 아비 때문에 이곳에 붙잡힌 무고한 피해자일 뿐이다. 너는 이제 누구도 허물할 일이 없는 떳떳한 젊은이다. 그러니 내 장례를 치르고 나면 너는 내 덕산리 고향 마을로 숙부를 한번 찾아가보아라. 찾아가 숙부와 새 인생길을 의논해 보도록 하거라.」

하지만 의윤 씨가 죽고 나자 아들은 그 아버지의 유골을 섬사람들의 내세의 집 '만령당'에 함께 안치하고 좀처럼 덕산리 고향 마을로 숙부 서윤 씨를 찾아나서려 하지 않았다.

「아버님의 뜻이 무엇이었는지 몰라도 저는 그럴 필요가 없었으니까요. 제게는 그 섬에서 살아온 이때까지의 제 인생살이 길을 굳이 고쳐 살고 싶은 생각이 없었거든요. 그러니 제가 태어나지도 않은 아버님의 고향 마을이나 얼굴 한 번 본 일이 없는 숙부님을 찾아뵐 일도 없었지요.」

조카녀석은 그게 오히려 당연한 일이 아니겠느냐는 듯 별 굴곡을 느낄 수 없는 어조로 말했다.

하지만 그 아들이 있었으니 의윤 씨의 죽음 뒤에는 그가 인생의 모든 것을 단념하고 섬으로 들어가 짝을 맺어 살아오고 아들자식을 낳아 기른 녀석의 어미가 있었다. 그리고 그 어미가 끊임없이 그를 졸라댔다. 어미 역시 죽은 남편의 유언대로 그 아들을 섬에서 내보내 새 인생길을 열어 살기를 두고두고 소망했다.

「네가 몰라 그렇지 이것은 사람 사는 꼴이 아니다. 내 죽기 전 마지막 소원이다. 너만 이 섬을 나가준다면 이 에미는 그것으로 다른 아무 여한이 없을 게다. 그것으로 편안히 마지막 눈을 감을 수 있을 게다. 아버지의 고향에 작은댁 사람들이 계시니 길이 없는 것도 아니지 않으냐.」

하지만 아들은 그 어미의 간절한 소망마저 끝내 외면을 하고 지냈다. 그리고 다시 10년 가까운 세월이 흘렀다. 그런데 근자 들어 그가 생각을 바꿔 먹지 않을 수 없는 일이 생겼다. 나이 예순 살을 넘어선 그의 어미 역시 그간의 약화로 병이 많이 깊어 여명(餘命)을 장담할 수 없게 된 처지에 새 성화가 시작된 것이다.

「내 앞날이 길지 못한 것은 너도 아는 일이다. 나는 네 아버지처럼 이 섬귀신들이 우글거리는 만령당으로는 안 간다. 살아선 섬살이를 체념하고 살아올 수밖에 없던 인생이 죽어 귀신이 되어서까지 이곳으로 다시 갇혀 들어가야겠느냐. 이제는 네가 하루라도 서둘러 네 아버지의 뼈를 고향 선산으로 옮겨 모시고, 내가 죽거든 내 뼈도 그 곁에 함께 묻도록 해라. 너야 어쨌든 이 에미 애

비만은 죽어 혼백으로나마 이 섬을 나가고 싶으니.」

「이번에 제가 이렇게 여길 찾아온 것은 그래서 아버님과 어머니의 묘지 일을 의논드려 보려 해서였습니다.」

자신의 일이 아니라 부모의 묘지터 일로 제 아비의 옛 고향 마을과 고향집 사람을 찾아오게 되었노라는 마지막 고변이었다. 그리고 녀석은 거기서도 물론 별다른 기대나 확신을 못 갖는 심드렁한 얼굴이었다. 그간의 일에 대한 무슨 원망기나 요구의 빛 같은 건 더더욱 찾아볼 수가 없었다. 그 동안 간간이 눈길 속에 내비치던 뜻 모를 비웃음기나 도발기 같은 것도 시간이 지나면서 말끔 사라지고 없었다. 도대체 그간의 자기 인생사 모든 것을 지극히 온당하고 당연한 것으로 여기고 있는 녀석이었다.

하지만 서윤 씨는 그럴수록 더 마음이 아프고 무거웠다. 그리고 이 일을 어떻게 감당해야 할지 쉽게 갈피를 잡을 수가 없었다. 서윤 씨로선 당연히 돌아가신 형님의 유골을 서둘러 고향 선산 아래로 옮겨 모셔야 한다고 생각했다. 죽음을 눈앞에 두고 있다는 가엾은 형수의 뒷일을 위해서도 그 일을 하루바삐 서둘러야 할 처지였다. 그것이 아직 살아남은, 고인의 아우가 된 도리로 나이 먹은 그가 할 수 있는 일의 전부였다. 그의 형님이 생전의 마지막 소망을 묻고 갔고, 병든 형수가 그토록 갈망해 온 조카아이 일에는 본인 자신도 별 관심이 없었고, 서윤 씨로서도 전혀 속수무책 꼴이었다. 죽은 형님에게나 살아 있는 형수에게나 그 만령당의 유골을 선산으로 옮겨 묻는 일은 그 당자들보다 녀석과 녀석의 앞날을 위해 더 큰 뜻이 있는 일이었다. 하지만 녀석의 태도나 심지가 그런 식이고 보니 서윤 씨는 도대체 그런 녀석과 제 아버지의 이장 일을 어떻게 의논하며, 그것이 녀석에게 무슨 뜻이 있을 일인지, 게다가 녀석의 새 인생길을 어디서 어떻게 찾아 열어나가야 할 것인지, 그로서는 섣불리 엄두조차 내볼 수가 없었다.

서윤 씨는 다시 한동안 더없이 난감하고 침통한 느낌에 휩싸여 있을 수밖에 없었다. 그런데 알고 보니 그 모든 것은 오랜 세월 섬 안에 붙박이로 갇혀 살아온 녀석의 바깥 세상에 대한 두려움과 깊은 불신감 때문이었다. 그리고 그 불신감과 두려움은 상상 이상으로 뿌리가 깊고 완강했다.

「그래, 내가 이제 와서 네 아버지나 너한테 해줄 수 있는 일이란 네 아버지의 유골이나마 하루빨리 이곳 선산으로 옮겨 묻어드리는 일뿐인가 보구나. 그러니 오늘이라도 어디 새 묏자리를 잡을 만한 데가 있는지 한번 산엘 가보겠느냐?」

서윤 씨가 고심 끝에 한숨기 섞어 말하고 그 조카를 건너다보았을 때였다.

「내키지 않으시면 굳이 그러실 필요는 없을 텐데요.」

여태까지 그 무기력하기만 하던 태도와는 달리 녀석이 이번에는 서윤 씨의 제의를 노골적으로 되받아왔다. 얼굴을 짐짓 절반쯤 외면한 눈길에서도 모처럼 역력한 비아냥과 도발기가 느껴져 왔다. 그리고 거기서 서윤 씨는 문득 녀석에 대해 지금까지 몰랐던 새로운 사실을 깨닫기 시작했다.

「무슨 소리냐. 내키지가 않다니. 그 일은 네 아버지의 일일 뿐 아니라 내 돌아가신 형님의 일이기도 하다.」

서윤 씨가 모처럼 정색을 하고 나무라는 소리에 녀석은 이번에도 수긍의 대꾸 대신 새삼 또 엉뚱한 소리를 묻고 나섰다.

「돌아가신 제 아버님이 정말 어르신의 형님이 되는 분이신 건 분명합니까? 또 제가 정말 어르신의 조카인 건 맞습니까?」

연거푸 따지고 드는 녀석의 소리에 서윤 씨도 제풀에 다시 어정쩡한 해명조 대꾸를 이어갈 수밖에 없었다.

「아니 지금 너 무얼 의심하고 있는 거냐? 내가 지금 네 아버지의 유골 이장을 위해 묏자리를 살피러 가자는 소리를 듣고도 그

걸 아직 모르겠단 말이냐? 지금 와서 도대체 무얼 그리 의심한
단 말이냐.」

「그야 속마음은 아니면서도 마지못해 하시는 말씀일 수도 있을
테니까요. 섬에서 나서 섬에서 이 나이를 먹어오고, 집을 떠난
후론 한 번도 그 고향집에 다시 얼굴을 내밀어보지 못하고 돌아
가신 아버님의 일을 알고 있는 제가 그걸 어떻게 금세 믿어버릴
수 있습니까. 그리고 어른께서 설령 그 유골을 선산으로 받아들
여주신다 해도 아버님은 이미 당신의 말씀대로 이승의 일이 다
끝나고 떠나가신 저세상 사람이 아닙니까. 그게 아버님께 무슨
뜻이 있는 일이래도 그것은 아버님 당신의 일일 뿐 제 일은 아닌
거구요. 저는 아직 그럴 수 없습니다. 그리고…….」

녀석은 숫제 패악투 항변을 늘어놓다 말고 그도 다 부질없는 일
이라는 듯 갑자기 말을 끊은 채 자기도 모르게 거칠어진 숨결을 가
다듬고 있었다.

서윤 씨도 이젠 더 무슨 대꾸를 이으려다 말고 그쯤에서 그만 입
을 다물고 말았다. 모처럼 열이 오른 녀석의 패악투에 서윤 씨는
비로소 녀석의 깊은 본심이 역력히 짚여왔기 때문이었다. 녀석은
이미 서윤 씨가 짐작해 온 것 이상으로 바깥 세상과 그 바깥 사람
들의 일을 겁내고 있었다. 녀석이 그토록 제 어미의 간절한 소망을
외면한 채 그를 찾아오기를 꺼려해 온 것도 실은 그 고향 사람들과
고향에서의 일들을 두려워한 때문이었다. 고향 고을의 인척이 그
아버지나 자식을 두고 제 형님이나 조카가 아니랄까 봐, 제 핏줄이
아니랄까 봐, 그걸 의심하고 겁내온 때문이었다. 게다가 녀석은 제
핏줄을 알아봐준 숙부 서윤 씨의 말조차 믿으려 하지 않고, 제 아
비의 유골을 선산으로 옮겨 묻는 일조차 새삼 부질없어하였다. 녀
석으로선 어쩌면 그도 당연한 일일 수 있었다. 그러나 그것은 녀석
의 본심이 아니었다. 손쉬운 말응대나 겉시늉이 아니라 녀석은 이

쪽의 편안하고 그윽한 마음을 원하고 있었다. 제 아비의 고향 고을을 굳이 '이곳'이나 '여기'라 말하고, 제 숙부를 늘 '어른'이라 부르고, 그리고 끝끝내 방안으로 들어가기를 마다한 채 마루 끝 자리를 고집해 온 것도 모두가 그 때문이었음이 분명했다. 저도 모르게 튀어나온 갑작스런 항변조가, 순간순간 그 눈길을 스쳐가던 세찬 비아냥과 도발기 같은 것이 거꾸로 그것을 말해주고 있었다. 녀석에게는 말이나 일을 믿게 할 다른 무엇이 필요했다. 서윤 씨는 그것을 새삼 뼈아프게 느꼈다. 그리고 그간의 사정이 어쨌든 그 형님네의 일을 무심히 묻어두고 지내온 그의 지난 세월에 대해 새삼 더 뜨겁고 무참스런 회한에 젖어들었다.

하지만 서윤 씨로선 녀석에게 그의 속마음을 전할 길이 없었다. 마음이 깊이 웅크려든 조카의 그 숨은 소망을 감당할 길이 안 보였다. 형 의윤 씨의 유골 일은 어떻게든 자신이 마무리를 지어줄 수 있었지만, 단순하고 순박한 만큼 마음이 헐벗은 그 조카의 앞일은 길이 전혀 안 보였다. 그래 여태까지 부엌방 쪽 마루 끝에 걸터앉아 둘 사이의 이야기를 유심히 듣고 있다 때마침 자신도 무슨 말을 보태고 싶은 듯 스적스적 자리를 옮겨오는 아들아이를 두고 그 무거운 숙제 뭉치를 떠넘기듯 질책기 섞어 말했다.

「그래, 너희는 서로 사촌간이로구나. 그러니 내게 정 믿음이 안 간다면 저 길동이한테 너희가 사촌간이냐 아니냐 물어봐라 이놈아. 그것이 네가 여기까지 마음속으로 물으러 온 말이 아니냐. 이제 와서 그것도 물어보기가 싫다면, 어디 너하곤 사촌간도 뭣도 아니라 말해보거라.」

(《창작과비평》, 1998년 여름호)

금의환향(錦衣還鄉)

김주영(金周榮)

1939년 경북 청송 출생
서라벌예술대학 문예창작과 졸업
1971년 《월간문학》에 단편소설 「휴면기」로 등단
작품집 〈겨울새〉 〈새를 찾아서〉 등과
장편소설 〈객주〉 〈화척〉 〈야정〉 〈홍어〉 등이 있다.
대한민국문화예술상, 한국소설문학상,
대산문학상 등 수상

금의환향(錦衣還鄕)

「떴어!」

놈은 이렇게 내뱉으면서 화투짝 둘을 제 무릎 앞에다 가지런히 눕혀놓았다. 삼륙갑오 두 장이 모시적삼에 눌린 인두 자국처럼 선명하다.

억수(億洙)는 일순 가위에 눌린 듯 움찔하지도 못하고 앉아 있었다. 또 속고 만 것이다. 놈이 패를 떼어서 판으로 내리칠 적에 손에 들려 있던 것은 분명 난초였음을 억수는 얼결에 훔쳐보아 두었다. 그러나 놈이 내어놓은 두 장의 끗발은 분명 삼륙이었다. 눈에 핏발이 서도록 부릅뜨고 앉아 있었건만 패는 어느새 바꿔쳐지고 만 것이었다. 그러나 결정적인 순간을 낚아채지 못한 이상 백 번을 따져보았자 오로지 잔소리일 뿐이었다.

차라리 오뉴월 쇠불알 떨어지기를 바라는 게 낫지 이놈들의 돈을 먹겠다고 이 판에 넙죽 덤벼든 지랄 같은 자신이 백 번 죽어 헐한 놈이라고 생각했다. 초저녁에 놈들이 3~4천 원씩 부담없이 잃어주던 맛에 빨려든 게 잘못이었다.

그는 일단 자리에서 벌떡 일어났다. 밖으로 나간 억수는 뒤꼍을 돌아 담 모퉁이로 갔다. 그리고 그 동안 우라지게도 참아왔던 오줌 줄기를 좌르르 쏟아부었다. 팽팽하게 당기었던 아랫배가 느슨하게 풀리면서 온몸으로 한기가 엄습해 왔다. 그는 모래찜질하는 암탉처럼 전신을 한번 부르르 떨었다. 용무를 끝낸 억수는 다시 몸을 돌려 뒤꼍의 방으로 기어들었다. 목덜미께에 허옇게 버짐이 핀 늙은 쥐 한 마리가 그가 싸붙인 오줌자리 주변으로 쭈르르 기어가고 있었다.

억수는 빈자리를 골라 풀썩 주저앉았다. 봉당에 떨어진 먼지가 뿌옇게 피어올라 매캐하게 코를 쏘았다. 구전 뜯기에 지악스럽던 축들은 어느새 뒷전으로 나동그라져 산적들처럼 코를 골고 있었다. 이슥하도록 막걸리 주발만 들이켜서 숨을 내쉴 때마다 구린내가 등천을 하였다.

노름판엔 다시 네 사람 몫의 패가 잽싸게 돌려지고 있었다. 네 사람 중에 억수와 재철(在哲)이가 본동 사람이고 나머지 둘은 각각 영주(榮州)와 봉화(奉化)에서 여기까지 원정 온 패거리들이었다. 원정 온 두 놈은 해묵은 굴비짝처럼 비쩍 말라 있었다. 밤마다 닭을 한두 마리씩은 구워 삶아 뱃구레를 채우건만, 낮엔 자고 해진 밤엔 뜬눈으로 지새는 처지이고 보니 그놈의 보신이 산삼을 달인 물인들 살로 갈 리는 만무한 놈들이었다. 장질부사를 앓고 일어난 놈들 모양으로 두 눈깔만 퀭하였다.

억수는 패를 돌리고 있는 녀석의 손목시계를 얼른 훔쳐보았다. 어림으로 새벽 세시가 넘고 있었다. 다섯시까지 패를 돌린대도 두 시간밖엔 남지 않았다. 재철이가 엉거주춤 일어나서 램프의 심지를 더욱 돋우고 있었다. 아까부터 서너 번째나 심지를 자꾸 돋우고 있는 것으로 보아 그는 지쳐 있는가 보았다. 심지를 올리자, 담요 위에 놓인 화투짝들이 물로 씻은 듯 신선하게 비쳤다. 억수는 여덟끗

발에 만 원을 찔렀다. 패를 돌리던 놈이 자기 패를 뜨다 말고 썩다 만 동태눈깔로 사람을 흘끗 쳐다보았다. 너 진정이냐는 다짐이 분명했다. 놈은 위로 쳐들었던 통수를 슬그머니 제 앞에 던지고 두 번째 패를 돌리기 시작했다. 판엔 일순 더운 기가 진득하니 피어올랐다. 재철이 역시 흑싸리에다 만 원을 찔러놓고 있었다. 두 번째 패가 다 돌려져도 억수는 꼼짝 않고 앉아 있었다. 이 판에 바람잡이가 없다고 하지만 겹장 끼고 돌아가기, 손에 끼고 바꿔치기, 엎어 빼먹기, 속장 빼올리기, 손톱으로 흔적 남겨두기, 심지어 대담한 놈은 화투를 목째 바꿔치기도 예사였던 것이다.

두 녀석이 각각 다른 곳에서 왔다고는 하지만 한패거리임엔 틀림없다는 것을 억수는 10만 원의 돈을 거의 다 잃어가고 있는 지금에사 어렴풋이 눈치채고 있었다. 때문에 한치의 먼눈도 팔지 않고 놈들을 지켜보아야 한다고 생각했다. 재철이 입에서 금세 헛김 빠지는 소리가 들려왔다. 성급한 그는 벌써 패를 까본 모양이었다. 패를 잡은 놈이 견골이 패도록 숨을 들이마신 채 화투장을 한 장 당겨올리고 있었다. 엄지가 화투장을 밀고 올라가는 소리가 뿌드득하였다. 그리고 놈은 곧장 대가리를 외로 꼬고 억수에게 패를 까라는 시늉을 하였다. 억수는 녀석의 표정을 살폈다. 그러나 늑대라도 잡아먹을 놈이 이쪽에서 대뜸 알아차릴 만한 표정을 내보일 리는 만무하였다.

억수는 자기 패를 거두어 들었다.

그는 어깻죽지로부터 서서히 힘이 빠져내리는 것을 의식했다. 그는 패를 담요 위로 던지고 말았다. 열두시를 넘어서고부터 끗발에 주눅이 묻기 시작하던 것이었는데, 그때 그만 작파하고 일어서지 못한 일을 세시가 넘은 지금에 와서 후회한들 소용없는 일이었다.

그러한 심사는 끝까지 물고늘어져 보자는 데 있었다. 항우 장비도 댕댕이덩굴에 걸려 넘어질 때가 있다고, 놈들의 끗발이 밤새도록 수야 있을까 싶었기 때문이다. 그러나 이번 역시도 화투를 까본 결과는 마찬가지였다. 두 눈깔을 뒤집고 쏘아보아도 패를 바꿔치는 기색은 없었는데, 그놈이 일곱이면 이쪽은 망통 아니면 감질나게 세끗이나 네끗으로 결말이 나버렸다. 결국은 몽땅 털리고 물러앉을 입장이 되어버린 것이었다.

「그만 눈 좀 붙입시다, 벌써 네시니께.」

패를 잡았던 놈이 담요 위에 깔린 지전을 긁어모아 잠바 주머니로 쓸어넣다 말고 만 원을 헤아려 개평이랍시고 억수 앞으로 풀쩍 던져주었다. 낙태한 고양이 낯짝으로 앉아 있던 재철이가 얼른 개평을 거머쥐려 하자 억수가 그 손을 탁 쳐서 막았다.

「집 태우고 못 줍기지, 지랄한다고 그 돈 거머쥐나?」

기왕 속아서 잃은 돈, 미련 두면 둘수록 속 쓰리고 치 떨릴 뿐일 것이었다. 그러나 죽 쑤어 개 바라지도 분수 나름이지 9만 원이란 돈을 하룻밤을 채 새워보지도 못한 입장에 홀랑 날리고 만 억수의 가슴은 허전하고 무거웠다.

아무리 헐값인 촌놈의 돈이지만 이렇게 허술하게 날려버리게 될 줄은 몰랐다. 그 돈이 또한 제비새끼 같은 자기의 식솔 다섯 명의 이주비(移住費)라는 걸 생각하면 절벽이 십리 같은 마음이었다. 억수는 얼빠진 암소 모양으로 벽에 기대고 서 있는 재철이와 패거리들을 남겨두고 방에서 나와버렸다.

밖은 달빛이 한결 밝았다.

사위가 쥐죽은듯 가라앉았고 겨울 달빛이 마른 호박덩굴이 늘어진 긴 담장을 따라 차갑게 누워 있었다.

「갈락꼬?」

방안에서 재철이 목소리가 들려왔다.

「앉아 있으면 금덩어리 생기나? 순 마적 같은 놈들…….」

그는 뜰로 내려서고 말았다. 재철이를 끌고 나올까도 생각했으나 그는 곧 마음을 고쳐먹고 말았다. 녀석은 어차피 개평으로 던져준 만 원 다발에 미련 두고 있겠기 때문이었다.

억수가 제집 뜰로 들어서자, 마침 젖먹이 계집애가 죽는 소리로 울어댔다. 그러나 여편네는 숨넘어간 건지 아이를 달래주는 기척이 없었다. 방문을 열자 그제사 여편네는 잠겨운 소리로 끙 하며 아이를 끌어안는 눈치였다. 아이의 울음이 금세 뚝 끊어졌다. 뒤에 오는 적막이 귀에 설었다. 억수는 뱃속이 서늘한 공복감을 느꼈다. 그러고 보니 내리 하루를 그대로 굶었다. 그는 금방 자리에 눕지 못하고 새마을 담배 한 개비를 꺼내 물고 성냥을 그어댔다. 그 불빛에 여편네의 절인 상어 살가죽같이 깡마른 옆얼굴이 잠시 비쳤다 간 다시 어둠 속으로 잦아들었다.

「내가 백 번 뒈져 쌀 놈이지…….」

억수는 담배연기를 어둠을 향해 훅 내뿜으면서 혼자소리로 이렇게 중얼거렸다.

「벼룩도 낯짝이 있다카디, 그런 줄은 아이 다행이제!」

잠에 취해 나자빠진 줄 알았던 여편네가 졸음기 하나 없는 냉랭한 목소리로 이렇게 빈축을 주었다. 억수는 잠시 무안하였다.

「형제간에 잘도 논다! 아새끼는 경풍이 들어가지고 이밀기밀한 데 포룡환 한 봉지 못 멕여보고 쥑이고 말 작정이제? 무신 째진 볼일이 그리도 많다고 도둑놈매로 밤이슬 맞고 댕기노?」

여편네는 내친김에 좀 길게 논설을 늘어놓고 아이를 요때기째로 잡아 낚아 벽 아래쪽으로 썩 당겨 돌아누웠다. 억수는 대거리할 염치도 없는 처지여서 담배만 어금니가 넉신하도록 빨아 조지고 있었다. 연기의 매캐한 내음이 방안에 차자, 아니래도 숨이 겨우 목에 걸려 잠들고 있던 아이가 갑자기 창자를 토해놓을 듯이 기침을 해댔다.

「아이 보소, 무신 고민이 그리 많소?」

여편네는 이렇게 역정을 내고 아이를 감싸 안았다. 하룻밤 사이에 9만 원을 몽땅 잃고 돌아온 억수의 사정을 모르는 여편네로선 그 실은 옳은 말이었다.

명색이 농사꾼이란 놈이 땅 일구어 씨 뿌리고 맺힌 대로 거두어들이는 일 이외에 무슨 우라질 고민이 있을 수 있단 말인가. 주둥이가 화통이라도 말은 못할 처지였다. 다만 여편네의 형제간에 잘 논다는 말은 너무 심하다 싶어 언짢을 뿐이었다. 하긴 여편네로부터 들추어졌으니 말이지 달수(達洙) 그놈도 요사이 놀고 있는 꼬라지가 억수 마음에도 켕기지 않는 것은 아니었다.

본시 공술 얻어먹고 관계없는 사람 멱살 틀어잡기, 길 가는 사람 붙잡고 조상 들춰가며 시비 걸기가 그놈의 본업이며 일과였다. 요사이 아랫마을에 한성옥(漢城屋)인가 지랄옥인가 하는 술집이 생기고 갈보도 두엇 두었다는 소식이 있고부터, 이 얼빠진 놈이 벌통 만난 곰새끼 모양 만사 젖혀놓고 그 집구석에 모가지를 틀어박고는 헤어나지 못하고 있는 입장이란 걸 억수 역시 풍문으로 들어 알고 있었다. 나이 스물아홉이 되도록 아직 성혼(成婚)을 못해주어 혈육의 입장으로 못내 미안도 하였으나 그렇다고 그 시답잖은 오입질로 계집 사타구니 맛을 어거지로 보려는 놈의 엉뚱한 심사가 괘씸한 것이었다.

억수는 다시 담배 한 대를 물려다 말고 여편네 곁으로 기어가서 벌렁 누웠다. 발끝에 차이는 이불깃이 차가웠다. 그는 불현듯 여편네가 측은하다는 생각이 들었다.

그는 손목의 힘을 풀고 손을 여편네의 엉덩이께로 슬쩍 밀어넣었다. 애새끼를 넷이나 빼낸 터수이지만 그녀의 엉덩이엔 아직도 서푼 어치의 탄력은 남아 있었다. 그는 썩 아래쪽으로 손바닥을 밀어넣었다.

「이 손 빼소이, 날이 다 새가는데 색 쓸 양기는 워디 또 남아 있노이 ?」

여편네가 아이를 보듬어 안았던 한 손을 빼내 억수의 팔꿈치를 죽으라고 꼬집었다. 그러나 억수는 꾹 참고 손을 더욱 아래쪽으로 밀고 내려갈 뿐이었다.

여편네의 꽁하게 맺힌 앙탈과 그의 허전한 마음을 함께 풀자면, 이 야밤중에 그 짓말고는 다른 어느것도 그들을 달래줄 수 없다는 것을 억수는 알고 있었다.

「당신 참말로 와 이케쌓니껴 ? 아새끼들 깬다마는…….」

아이들이 깬다고 말하는 여편네의 말끝이 흐리다는 것은 벌써 그녀의 앙탈이 누그러지고 있다는 것임을 15년을 함께 살아온 억수로는 대뜸 알아차릴 수 있었다. 억수는 그저 입을 다문 채 여편네의 속옷을 아래로 벗겨내렸다. 그녀는 금방 속옷이 쑥 빠지게 엉덩이께를 슬쩍 들어주었다. 윗방의 아이들은 한잠이 든 건지 들숨날숨이 잔잔하였다.

기껏해야 먼지 앉은 소주 몇 병 입에 넣으면 와싹거리기만 했지 전라도 수박처럼 싱겁기만 한 센베이나 튀김과자 몇 봉지, 귀퉁이가 썩어가는 빨랫비누 몇 장, 개구쟁이 손바닥같이 땟국으로 새까맣게 전 오징어 몇 장, 풍선껌 몇 갑, 다섯 장짜리 잡기장이나 늘어놓고 동네 아이들을 기다리는 게 고작이던 동장(洞長) 오동칠(吳東七)의 구멍가게는 요사이 들어와서 부쩍 그 면모가 일신되고 있었다.

맥주병이 진열대의 뒤칸에 두 줄로 버티어 섰고 그 앞줄에는 환타, 콜라가 들어섰다. 맛이라면 갓 시집온 새언니 뺨 치고 돌아간다는 조미료 처먹다가 중치 막히지 말라고 활명수도 몇 병, 그 앞줄로는 〈히트송 퍼레이드〉, 송창식이 히죽 웃고 서 있는 〈팝송가요집〉, 〈단기완료 기타 교습〉 같은 책들도 진열되어 있었다.

동칠이는 가게가 번창해서 그런지 양기가 어깻죽지에까지 엉겨붙어서 그런지는 몰라도 짐실이 자전거를 찌르릉거리며 괜스레 동네 골목길을 누비고 다녔다. 동칠이 가게 옆에 붙어 있는 ‘구룡새마을 이용소’ 역시 찌그덕거려 불안하던 나무의자를 갈아치웠다. 옆구리 쇠를 발로 툭 건드리면 뒤로 벌렁 나자빠지는 철제 의자들을 외상으로 들여놓았다. 남진, 김희라 사진도 앞뒤 벽에 붙여놓는가 하면 발가벗고 있는 김하정의 사진도 거울 귀퉁이에다 커다랗게 오려 붙여놓았다.

코밑이 시커먼 동네 아이들이 가게와 이용소 앞을 떠날 줄 모르고 온종일 돈치기로 악다구니를 벌이고 있었다.

「야, 이 새끼들아, 느그 집구석으로 가서 못 놀아?」

이용소의 깎사인 무도(武道)란 녀석이 겉멋 부린다고 면도날로 시퍼렇게 밀어붙인 마빡을 창문 밖으로 불쑥 내밀고 소리치면, 아이들은 저만치 몰려갔다간 어느새 가게 앞으로 다시 몰려와서 골목이 터져라고 떠들어댔다. 그 아이들을 붙잡고 동장집이 어디냐고 묻는 몸집 좋은 두 사내가 있었다. 그들은 등산복 차림이었다.

두 사람은 똑같이 목덜미 뒤에 시루떡 같은 등심살이 한주걱 덤으로 붙어 있는, 아주 신명 편하게 늙어가는 오십대의 사나이들이었다. 산이라면 반 마장을 못 기어올라 뚱싸붙이게 생긴 몸집을 한 꼴에 중뿔나게 등산복 차림인 것이 가관이었다. 간혹 그런 차림새의 도굴꾼들이 마을 주변 무덤터를 뒤지고 다닌다는 말은 듣긴 했지만, 그런 주제라면 낯바대기 쳐들고 동장을 찾을 넉살은 없을 테고 싶어 아이들은 콧물을 쭉 빨아마시며 두 사람을 쳐다보기만 했다.

술을 뒤지러 나온 세무서원인지, 나무를 뒤지러 나온 산림계 직원인지도 모를 일이어서 어떤 아이들은 비슬비슬 꽁무니를 돌려잡고 있었다. 그러나 그중 한 사내가 바지주머니에서 고등어 껍질같이 펄펄한 백원짜리 한 장을 빼내더니 가까이 있는 한 아이에게 건네며 다시 말했다.

「동장님 집이 어디지?」

사내가 내민 백 원을 날렵하게 빼앗아 쥔 아이가 말했다.

「피, 우리집인데 뭐.」

「느이 집이냐?」

「그래요.」

「느이 아버지가 동장이냐?」

「그래요. 우리 엄마는 동장댁이고요.」

「느이 집이 어디냐?」

그러자 녀석은 뒤에 몰려 선 제 친구들에게 어처구니없다는 시선을 보냈다.

「웃긴다 그치? 바로 코앞에 놔두고 모르네!」

몰려 선 아이들이 키득키득 웃었다. 아이의 말이 무슨 뜻인지를 그제사 알아차린 두 사내는 허리를 펴고 일어섰다. 그리고 가겟문 기둥에 먼지를 뒤집어쓰고 있는 '吳東七'이란 문패를 찾아 읽었다.

「느이 아버지 어디 있냐?」

안으로 들어서려다 말고 사내는 아이를 보고 다시 물었다.

「저기 오네요.」

아이가 가리키고 있는 저만치에서 동칠이는 자전거에 맥주 한 상자를 싣고 기를 쓰며 달려오고 있었다.

방으로 손님들을 모시고 들어간 동칠이는 통성명을 끝내고 실없이 웃고 있는 두 사내를 막연한 시선으로 바라보고 앉아 있었다.

「무슨 볼일이신지, 타관 양반들 같은데…….」

「원, 조급하게 생각하진 마십시오. 별 볼일 없으니까요.」

주제에 별 볼일 없다는 말씀이었는데, 별 볼일 없다는 작자들이 하늘 아래 둘째 동네쯤인 이 산골엔 무슨 지랄로 찾아왔는가 싶어

동칠은 원숭이새끼처럼 두 사내를 빤히 쳐다보았다. 그러나 그들은 장시간을 방에서 죽칠 요량인지, 방안을 살피더니 윗도리부터 벗어 벽에 걸고 은하수 한 개비를 뽑아 동칠에게 권했다.

「다름이 아니고…… 이 근방에 팔려고 내놓은 토지가 있으면 구경하고 갈까 싶어 찾아왔어요.」

담배를 권하던 사내가 불쑥 이런 말을 했다. 그제사 동칠은 이 사람들의 정체를 알았다는 듯이 바싹 쳐들고 있던 대가리를 끄덕거렸다.

「그렇다면 잘못 찾아왔습니다. 시방 낙동강에 다목적 댐이다 뭣이다 해서 이 근방이 몽땅 침수될 것입니다. 그 땅 사서 목간통 만들라카면 모르겠심다만서도 딴 것 하려면 아무짝에도 쓸모없을 건데요?」

동칠은 낮도깨비들처럼 엉뚱한 그들의 말에 기가 찼다.

강원도 황지(黃池) 땅에서 은연 발연(勃然)되어 영양(英陽) 일월산 등줄기를 단숨에 뛰어넘는 그 담대하고 억센 낙동강 물줄기를 댐으로 막아 잠재운다는 것이었다. 미질, 구룡, 산야, 노산, 도곡, 꽃골, 창실, 밤실, 계곡, 도목, 주진, 의촌, 원천, 토계, 중가구, 부포 등지의 주민들을 타지역으로 이주시키고 비만 왔다 하면 길길이 소리질러 빼내놓은 아이들을 굴비 꿰듯 꿰어차고 산기슭으로 허겁지겁 피신해야 했던 홍수 상습지대의 주민과 전답을 구제하고 수리 안전답으로 바꿔주며, 상상할 수도 없는 많은 전력을 거기서 얻어낸다는 계획들을 동장 오동칠이야 대강인들 모를 리 없었다. 그러나 금방 발등에 불이 떨어져야 간덩이가 뜨거운 줄 알 만치 시세(時勢)에 둔감하고, 변한 시세에 민첩하게 적응하기란 아예 희망이 절벽인 이곳 사람들에겐 그렇게 거창한 계획들이 도대체 강 건너 불처럼 먼 이야기로 들렸다. 수백 년을 두고 한 곳의 흙만 우직하게 파먹어왔고, 이마빡에 올라붙은 쪽박만한 하늘만 쳐다보

고 살아가는 사람들에게 그런 이야기는 전연 남의 일로만 생각될
뿐이었다. 그러한 공사가 불원 생기게 되리라는 소문은 진작부터
있어왔다. 그러나 나라에서 지어내는 계획이란 게 때로는 번복되기
를 바람 잘 타는 칠팔월 수숫잎에 비길 만한 것이었기 때문에 모두
들 반신반의해 왔었다.

　동칠이 역시 나라의 계획이 그러하다는 것을 짐작은 하고 있었으
나, 그것이 언제나 착수될 것인지는 모르고 있었다. 그는 느닷없이
뛰어든 이 타관내기들과 맞닥뜨리고 나서야 비로소 그 공사가 임박
해 왔음을 어렴풋이 짚어볼 수 있었다. 또한 두 사내가 무슨 심사
에서 그 죽어질 땅을 사려고 덤비는지도 짐작할 만하였다. 동칠이
역시 산골 동장이긴 하지만 읍내의 관청붙이들깨나 상종해 본 경험
이 있었고 더군다나 왕년의 군대생활 땐 헌병대에 근무해 본 터여
서 사람 눈치 보는 일이라면 마빡깨나 치고 덤비는 입장임을 자부
하는 바였다.

　실없이 히죽거리며 담배를 빨던 한 사내가 나지막이 말했다.

　「수몰이 될 것을 모르고 찾아온 입장은 아닙니다. 그러니까 동장
님을 찾아온 게 아니오? 까놓고 얘기하자면…… 이곳 주민들 대
다수가 이 사실을 반신반의하고 있다는 것도 다 알고 있어요. 또
실상 수몰지구에 대한 보상금 책정도 아직 미정이란 것을 노형도
아시잖소. 우린 내놓은 땅을 헐값에 사자는 것뿐이오. 물론 노형
에게도 섭섭지 않게 대접해 드릴 테니 협조해 주시오.」

　알 만한 일이었다. 동칠은 담배연기를 한모금 쭉 빨아 넘겼다.
그러나 이들이 어떤 놈들인지도 모르는 처지에 함부로 야합할 수는
없는 노릇이었다. 동칠의 속셈이 어떠하리라는 것쯤은 영 안중에
없는 듯 사내는 다시 느긋하게 말했다.

　「벽십도선 이하에 들어 있는 땅이라면 제꺽 연락을 주세요. 값만
　맞으면 현찰로 살 테니깐.」

그는 잠시 뜸을 들였다가 말을 이었다.

「안 그래요? 우리가 그 땅 사서 삶아 먹든 구워 먹든 판 사람들이야 상관할 바 없을 것 아니오?」

하긴 그랬다. 남의 땅을 억지로 뺏는 것도 아니고, 파는 입장이나 사들이는 입장이나 간에 협박으로 이루어진 일이 아닌 이상 사는 놈이 누구인지 깊이 알 필요도 없는 노릇이고 그놈들이 사기꾼이면 어떻고 도둑놈인들 무슨 상관이랴 싶었다. 돈만 위폐 아니면 그만 아니겠는가. 자기야 그런 땅이 나서면 재빨리 그 녀석들에게 연락해 주고 구전 받아 모으는 재미 보면 그만이지 별 볼일 없는 노릇 아닌가 싶었다.

동칠은 드디어 어정쩡하게 말했다.

「지가 나서서 수소문해 보도록 하지요. 쓸 만한 과원도 몇 두락 팔려고 내놓은 게 있긴 합니다.」

「아니오, 되도록 박토인 것이 좋습니다. 그런 땅이 싸니까.」

「그런 방향으로 알아보지요.」

「우린 안동 시내에서 기다리고 있겠소. 남의 이목도 있으니까.」

그들은 동칠이가 연락을 취할 안동 시내의 여관 전화번호를 적은 명함을 놓고 떠났다.

서울에서 쇠푼깨나 뿌리며 산다는 사람들이 마을 주변의 땅을 사들이려 했다는 소문은 마을 여편네들 입을 통해서 삽시간에 퍼져나갔다. 금방 물에 잠길지도 모를 산골의 땅을 무슨 꿍꿍잇속으로 사겠다는 것인지 생각 안해봤을 리 만무하겠지만 염통에 쉬가 들어도 분수 나름이지 아무리 어림해 보아도 그 작자들의 속셈이 엉뚱하게만 여겨질 뿐이었다. 그러나 유월 감장수 모양으로 현찰이 무엇보다 아쉽던 판국에 땅을 산다는 사람들이 나타났으니 오직 천만다행할 일로 생각되었다. 한편으로는 그 척박한 땅에서나마 오리새끼 같은 식구들이 먹고 마실 일용할 양식을 얻어내고 뱃구레 가릴 옷

가지도 얻어내던 땅을 일시에 팔아 넘긴다는 일도 그리 쉽게 되는 작정이 아니었다.

그러나 손톱으로 여물을 썰듯 어렵게 살아가는 동리 사람들 입장에선 앞뒤 길게 재어볼 겨를이 없는 것도 뻔한 일이었다. 물론 수몰지역 대상 농가에는 당국에서 보상금이 지급된다는 것을 알고 있었다. 설령 보상금이 지급된다손 치더라도 전액 보상제가 될지 수몰지역단 골라 연차적으로 지정되는 부분보상제가 될지 지금의 그들로서는 알 길이 없었다. 전액보상이 된대도 이주에 소요될 실제 경비가 될지도 의문이거니와 만약 부분보상제라도 된다면 그 몇 푼 안되는 돈을 가지고, 뱃심 더러운 망아지 길가에 똥싸붙이듯 세월 낟알 헤아려가며 질금거릴 것이 뻔한 노릇인즉, 그 돈이 목돈으로 고스란히 남게 될지는 아무도 보장할 수 없는 노릇이었다.

동민들은 하나둘 땅을 내놓기 시작했다. 게다가 동장 오동칠이 직접 흥정을 붙이고 다니니 그가 동민들을 업어다 난장맞힐 짓이야 하지 않을 것으로 믿었다.

그런 중에 앉아서 재미보는 놈은 역시 오동칠이었다. 구전(口錢)이라면 그래도 후한 편인 쇠전 마당만 하더라도 그랬다. 하루종일을 이리 뛰고 저리 뛰어 걸핏하면 소 밑구멍으로 열 번을 빠져나왔다고 맹세 늘어놓고 어르고 공갈쳐서 얻어내는 게 고작 기백 원에 불과하던 것이다. 그러나 이 짓이야 뒤에서 말 몇 마디 거들고 나면 2~3만 원이 세금 한푼 안 물고 고스란히 현찰로 기어들었다. 눈치만 빠르면 절에 가서도 새우젓 얻어먹는다더니 이게 꼭 그 짝이었다.

또한 땅을 처분한 사람들 입장에서도 나쁠 건 없었다. 몇 해를 묵어 자빠져서 연체만 늘어가는 농협 빚이나 사채를 청산하고 나니 속이 후련하였다. 둘째 소원쯤 되던 택시도 한두 번 타보는 사람이 생겨났다. 여편네 속옷 벗길 때마다 졸라매어 시끄럽던 깔깔이 치마저고리 한 벌 기어코 사다 입히고 만 덕수. 쇠고기국을 말솥이 터지도록 끓여먹고 아랫목에 나자빠지는 아이들 꼬라지가 보기 싫지 않던 춘식이. 성능 좋은 라디오 한 대 사서 골목이 붕 뜨도록 크게 볼륨 올려두니, 하춘화의 '정선아리랑'이나 방주연의 '자주색 가방'이 연짱으로 흘러나와 세상만사 자지러지게 달콤하던 영복이.

애새끼 뒈졌어도 복학(腹瘧)은 떨어졌다고, 땅 판 돈일망정 그놈의 돈이 쓰여가는 주변은 흥청거리고 질척한 맛이 있어 좋았다. 그러나 그런 것들이 미꾸라지국 먹고 용트림 격이지 그럴수록 살림 되어가는 몰골은 불탄 개가죽으로 오그라들기만 하였다.

일단 토지를 사들인 작자들은 매수한 땅에다 유실수를 들여다 심기 시작했다. 동네의 많은 아낙들이 그 식목작업에 품팔이를 나갔다. 다른 품삯보다는 후한 편이어서 그것도 동작 느린 놈은 구경만 하였다.

식수작업은 처음부터 끝까지 우격다짐이었다. 묘목들은 마구잡이로 사들인 것으로 발근상태(發根狀態)가 엉망이어서 도대체 앞을 내다볼 수 없는 것들이었다. 식부주수(植付株數)만 많으면 된다는 지시가 있어 작업에 신경쓸 필요도 없었다. 그러면서도 작자들은 작업현장에 얼굴을 디미는 법이 없었다. 무슨 공작을 꾸미는지 읍내 여관에 죽치고 앉아서 술이나 퍼먹고 그 나이에 오입질이나 뻔질나게 한다는 소문만 풍편으로 들려올 뿐이었다.

「뻔하지, 이놈들이 이래 놓고선 토지보상 감정 때 한수 보자는 심사지 뭐.」

「한수라니 ?」

「이런 사람, 문전옥답보다 유실수가 심어진 땅이 보상금 책정이 많을 것은 뻔하지 뭘 그래 !」

「그놈들이 그걸 노렸구나 !」

「소식 깡통이구나 !」

「그 자슥들이 사놓은 땅엔 전부 심을 작정이제?」
「두고봐여, 몇 도락구가 실려올 테니께.」
「아무리 그런대도 이 묘목은 한 달을 못살아 전부 죽을 나무들이
여.」
「그놈들이 나무 보고 심나, 돈 보고 심지.」
「그래, 이런 것도 몇년생 유실수로 보상책정을 해준단 말인가?」
「그놈들이 읍에 죽치고 앉았는 게 바로 그기여. 보상금 책정 나
올 사람과 교제를 하고 있는 기여.」
「돈 기러버 땅 판 우리만 손해여.」
「죽은 아새끼 불알 만져보기지.」
「이건 순 사기 아니여? 사기꾼 따로 있나, 이런 놈들이 사기꾼
이지.」
「이 사람, 그런 소리 말게. 사기꾼들 사기 잘 해처먹도록 땅 파
고 나무 심어주는 우리는 또 뭔가?」
「우리가 속고 판 땅이여.」
「우리 좋아서 판 땅이지 누가 대가리를 여물통에라도 처박으면서
흡박이라도 했나 뭐.」
「죄는 우리가 지었어, 결국은.」

그런 속쓰린 소문이 억수 여편네 귀엔들 안 들렸을 리 없었다.
아니래도 심란하여 비가 추적추적 내리는 바깥 풍경을 육실하게 바
라보며 담배만 빨고 있는 억수였다. 그 을씨년스런 꼬락서니가 마
침 텃밭에 나갔다 돌아오는 여편네의 눈에 안 거슬릴 리 만무하였
다.
「쯧쯧, 꼬라지 좋다. 뭐가 그리 하늘 무너질 일이라도 있었다고
땅 먼저 팔아 조지고 저리도 편케 앉았노!」
여편네는 연신 입을 비쭉대며 안방문을 소리나게 닫고 들어갔다.

여편네의 입설이 계속해서 중간마루를 통해 들려왔다.

「이녁이, 동네에 나가보기나 했소이?」

「쫌 그만 있그라. 누구는 속에 불 안 나서 이카고 앉았는 줄 아나?」

「그래 보이 이녁도 간장 하나는 가주고 있네! 난 또 그건 아주 안 가주고 태어났다고.」

「저년이? 암말 않고 앉았으이 점점 가관이세! 나는 벙어린 줄 아나?」

「가관 아니면 워쩌겠노? 그래 내가 혼자 처먹고 살락꼬 이 지랄이가?」

「참내, 국 쏟고 뭐 디고 뺨 맞고 치마 버린다카디 내가 바로 그 꼴이세.」

「어이그, 내가 워쩌다가 중놈이 달고 다니는 불알매로 저런 쓸모 없는 남정네를 만나가주고 이 속을 썩후노!」

욱하는 심정으로는 단박 건너가서 여편네의 따귀라도 갈겨주고 싶었다. 그러나 자신이 저지른 짓이 공박받아 마땅하다는 생각 때문에 억수는 참는 수밖에 없었다. 미꾸라지라도 달고 다니는 그 흔한 수염도 없는 그깟 아녀자를 상대로 티격태격하고 앉아 있으려니 부아만 치밀어 그는 밖으로 나갈 요량으로 일어서려던 참이었다.

그때 비닐우산을 받쳐 들고 뜰로 들어서는 사람이 있었다. 달수였다. 달수는 흘끗 부엌 쪽으로 눈길을 주는가 하더니 문을 열고 앉아 있는 형을 발견하고는 곧장 방 앞으로 다가왔다. 얼굴이 부숭숭하고 머리칼에 윤기가 없었다.

「형님, 나 좀 봅시다.」

우산을 접어 추막에다 기대 세우긴 했으나 정작 방으로 들어설 마음은 없는가 보았다. 서슬로 보아 시비곡절깨나 따질 조짐으로 쳐들어온 게 분명하다고 느낀 억수는 움찔하면서도 '들어오이라' 하고 방 안쪽으로 썩 비켜 앉았다.

「형님, 도장 받으러 왔심다.」

나오는 말이 꽤 엉뚱하였다.

「수작 한번 하쿠라이구나! 뻔한 일을 가주고 또 나를 업으려 드나?」

그러나 달수는 그 말에 대답도 않고 저고리 안주머니에서 서류 한 뭉치를 꺼내들었다.

「이놈아, 방에 들어와서 이바구를 해. 이 집도 대목이 지은 집잉게.」

달수는 잠시 주저하더니 짐짓 방으로 들어와선 윗목에 엉거주춤 앉았다.

「또 그것 땜에 왔냐?」

「예.」

「나는 찍을 수가 없다!」

「형님, 무신 말씀을 하시오? 나는 도대체 이해가 안 갑니다.」

「니놈이 하는 수작이 뻔한 거 아이가?」

「이번은 달라요, 형님.」

「니놈이 관계하는 일 중에 삼백육십오일 따져봐도 하나 옳은 게 있었드나?」

「그건 옛날 일입니다, 형님.」

「야 이놈아, 니 밑구멍이 부처님 밑구멍이라는 걸 모르는 사람이 없는데 그게 될 법한 일인 줄 알고 도장 받는다고 지랄하고 댕기나, 시방?」

아니래도 10만 원에 가까운 돈을 노름으로 날리고 속이 뒤틀려 똥 찍어먹은 곰 상판을 하고 비 내리는 것만 바라보고 앉아 있는 심사에, 이놈 또한 족제비처럼 불쑥 나타나서 심사를 더욱 흐트러 뜨려 놓고 있었다.

「너 이놈, 하루종일을 거기 버티고 섰어도 땡전 한푼 안 나올 께니 그리 알고 니사 싸게 딴 볼일을 보든지 그노무 한성옥인가 여우옥인가에 퍼뜩 가서 지랄하든지 니 힘껏 해봐여.」

「형님, 남의 속도 모르고 그 한성옥 이야기는 그만두시오.」

달수는 순간 꾹 눌러 참았던 역정을 벌컥 형에게 퍼부으면서 일어서고 말았다.

「잘되는가 보자, 이놈아!」

억수는 비를 맞으면서 마당 가운데로 끄덕끄덕 걸어나가는 달수의 뒤통수에 대고 한 번 더 악담을 하였다.

해발 백십도선에 해당하는 지역에 일차 보상금이 지급되자, 읍내에서 술잔깨나 팔아 재미 본 작자들이 이 동네로 들어와선 두어 집을 빌려 술장사를 시작했다. 신작로 닦아놓으니 똥개 먼저 지나가더라고 지역 주민들에게 이주하라고 지급되는 돈을 노리고 술집부터 먼저 생기니 모두들 기가 찰 노릇이긴 했다. 그러나 누구도 그걸 말릴 위인이 없었다. 동칠이 가게에 가서 소주잔이나 들이켜던 축들이 이젠 술집으로 몰려들고 있었다.

달수 역시 그런 술집이 생긴 속셈이야 모를 리 없겠지만, 온 동네가 농사일엔 손이 떠서 술렁대는 판이었고 그 자신 역시 객지에서 돌아온 지 얼마 되지 않아 심란해 있었으므로 자연 친구들과 어울려 한성옥엘 드나들게 되었다.

나죽자(羅竹子)를 알게 된 시초가 그랬다.

처음에 달수는 물론 나죽자란 계집을 거들떠보지도 않았다. 자기는 그래도 명색이 총각이고, 그 잡년이야 온갖 세상 잡놈들 등치고, 늙은 것 젊은 것 할 것 없이 기분대로 요분질 치고 다니던 갈보임에 틀림없었기 때문이다. 그러나 사내새끼들끼리 누런 낯짝 마주 쳐다보며 술잔 권하는 것보다는 계집 옆에 앉은 기분이 싫지는

않았다. 잔이 비면 냉큼 호들갑 떨며 술 쳐주고 안주라도 집어 아
가리에 넣어주니 그 계집 근본이야 어떻든 우선은 아찔하고 흐뭇하
였다.

「이년아, 뭣이 그리 좋아 꾸렁내 나는 아가리 벌리고 온종일을
겁나게 웃기만 하노?」

좀 심하다 싶은 욕지거리를 퍼부어도 눈 한번 흘기는 법이 없었
다.

「동네 앞에 들어오시다 당나무 가지에 걸린 쓸개 하나 못 봤수?
손님두…… 쓸개 가진 년은 막걸리 갈보 못해먹어요.」

이쪽에서도 결국은 따라 웃을 수밖에 없었다. 그러다 보니 젖통
도 만져보게 되고 허벅지에도 손이 들어갔다. 그러나 화내지 않고
눈 살짝 흘기고 비틀어 앉는 게 싫지 않은 이쪽 심정이었다. 여자
란 게 화낭기가 바가지로 졸졸 흘러야 맛이지, 사내새끼 하는 말에
퉁명스럽게 쏘아붙이기 다반사인 자기 형수 같은 여자야 어디 그게
사람인가 싶었다.

죽자 년이 달수에게 애교 있게 굴기는 남달랐다. 달수가 세종대
왕 얼굴에 침을 썩 발라 팁이라고 마빡에 붙여주면 그녀는 눈을 싸
악 흘기면서 말했다.

「이봐요 바지씨, 돈으로 사람 매수하지 말자구요.」

그러면 달수는 이것이 간덩이가 부어 팁이 적다고 이러는가 싶어
머쓱해지기도 했다.

「내가 당신을 좋아하는 것을 돈 때문이라고 생각하면 큰 오산이
란 말씀이에요. 난 당신이 호적상 총각이니까 좋단 말이여!」

「허어 그래? 미안한데…….」

「고백하지만 내 입장에 당신 같은 사람 만나기도 힘들다는 것 안
단 말이에요.」

「다행이구만.」

「증말 재미없어. 꼴같잖은 여자지만 그래도 숙녀가 사랑을 고백
하는데 저런 싱거운 대답도 있을까, 저영말.」
「그럼 워쩌 ?」
「형, 나 **뽀뽀**해 줘야지.」
「이거, 야단났군.」
「누가 보면 워때. 처녀총각 **뽀뽀**하는 데 세금 붙나 ? 아이 시시
해.」
「이따 하지, 그만.」
「지금 해요, 지금 무드 깬단 말이오, 씨팔.」
얼결에 엉겨붙긴 했는데 죽자 년이 얼마나 적극적이던지 밑구멍
까지 탱탱 말려 오르는 기분에 어깻죽지가 녁장같이 무거웠다.
그날 밤 달수는 한성옥에서 유숙기로 하였다. 죽자의 서비스는
이만저만이 아니었다. 이부자리를 펴고 에프킬라를 확 뿌리는 수선
도 피웠는데 나중에 알고 보니 그게 향수였다.
향수 뿌린 이부자리란 달수가 열두 번을 죽었다 되살아나도 못
자볼 잠자리였다. 자연 달수는 그녀를 사랑하고 싶어지기 시작한
것이었다. 그녀가 열 놈이든 그 배가 넘는 잡놈들과든 사귄 것이
죄될 것 없다는 생각도 들었다. 여자 팔자란 어떻게 한 발 잘못 내
디디면 화류계로 빠져든다는 것을 달수는 이해하고 남았다. 나죽자
가 설령 몸 버린 입장이라 하더라도 그게 죽 떠먹은 자리 같아서
표식이 있는 것도 아니었다. 자기와 결혼해서 그 길로 충실하면 그
뿐이다 싶었다. 사내새끼로 내질러져서 그만치도 대범하지 못하다
면 불알 떼서 개 주어야 마땅하다고 생각했다.
이제 그는 한성옥을 부담없이 드나들기 시작했다. 그러나 어쩐
일인지 그의 속셈대로 죽자가 호락호락 당겨 와주지를 않았다. 그
는 은근히 속달아하였고 그러자니 늘 고자 처갓집 출입하듯 불나게
한성옥을 들락거렸다. 상전의 빨래를 해주어도 발뒤축은 희다고,

구린내가 난다는 죽자의 성화 때문에 이빨은 그 동안 기를 쓰고 닦아서 많이 희어졌다. 기실 따지고 보면 죽자가 그를 마다할 하등의 건더기도 없을 것이었다.

달수로 말하자면 객지생활에 실패하고 고향으로 다시 기어든 할 수 없는 존재이긴 하였지만 제 서푼 팔자에 팔도강산을 속속들이 누빈대도 자기만한 남자 얻기도 힘들 것은 뻔한 일이었다. 감자 껍질 같은 코딱지가 뒤통수에도 붙은 애새끼 주렁주렁 딸린 홀아비나 얻어 걸린다면 다행일 것이었다. 그런데도 그녀는 안달하는 기색이 없었다. 그녀의 의중에 무엇이 도사리고 있는지 달수로서는 가늠할 수가 없었다. 마침 비도 부슬부슬 내리는 날, 해장 손님도 없는 틈을 타서 그는 죽자의 심중을 떠보기로 작정했다.

「이봐 죽자, 우리 이러지 말고 청산하고 이곳을 뜨는 게 워떨까?」

그러나 죽자는 사람을 빤히 쳐다보기만 할 뿐 대답이 없었다.

「나한테 돈 10만 원은 있응게 같이 가.」

「어딜 간다구 아침부터 성화요?」

「젊은 놈들이 워디 간들 못살어? 둘이 힘을 합하면…….」

「이봐요, 욕심만으로 되는 세상이 아니잖수? 당신도 객지생활을 3년이나 했으면서……. 객지생활 헛했군.」

「내가 맘에 없지, 진정?」

「그런 말씀 하면 나 죽고 말텨.」

「그럼 왜 대답이 맨날 옆길로만 새냐 말이여?」

「말 같잖아서 그래요.」

죽자는 담배 한 대를 화장그릇에서 빼내 물었다.

「내 말이 말 같잖으면 난 그럼 뭐냐 말이여?」

「역정 내지 말아요. 나도 인생의 데쿠보쿠를 겪었다면 겪은 여자란 말이에요. 알겠소? 나도 계획이 있다구요. 오기 부려 되는 세상이라면 나도 벌써 소싯적에 인생 쇼부낸 여자라구.」
「니가 무신 째지게 계획이란 말이여?」
「여자라구 깔보지 말어.」
　보상금이 지급되어 한창 흥청거리는 이곳을 두고 또 어디로 간단 말이냐. 이런 곳일수록 돈을 모을 구멍도 있게 마련이란 것이다. 달수가 돈 10만 원 정도 꿍쳐두고 있다지만 그건 새 발의 피일 수밖에 없다. 도회지로 나가면 10만 원 정도야 뽀삐 화장지값에 지나지 않는다는 걸 너도 알지 않느냐. 객지로 뜨자면 줄잡아 60~70은 넉넉히 쥐어야 한다는 것이다.
　기왕 버린 몸, 입으로 안되면 몸으로 벌어야겠다는 것이었다.
「뭐, 몸으로 벌어? 이게 무슨 날벼락 같은 소리여?」
「그럼 날 숫처녀로 알았어? 이제까지 그래 왔잖우?」
「아니, 지금 뭐라고 했지?」
「그럼, 지금 세상에 몸 안 주고 1~2만 원 던져주는 골빈 놈들이 어디 있답디까?」
「감히 내 앞에서 그런 막말을 할 수 있느냐 말이여, 이치가?」
「여보, 내 소원이 뭔지 알우?」
「그노무 소원이 뭐여, 도대체가?」
「면사포 한번 써보는 거라우.」
「그런 건 사진관에 가면 얼마든지 있응게.」
「당신하고 같이 서서 말이우.」
「나하고 같이 설라면 그런 겁나는 소리 아예 말어.」
「여보, 그게 내 재산 전부인 걸 어떡하우.」
「그게 어찌 니 재산이여, 지금은 내 재산이지.」
「마태복음 다음가는 말씀이긴 하지만서두.」
「마태복음이고 지랄복음이고 간에 난 그런 것 모룽게 알아서 해.」

「좆 찬 사내라고 오기는 살아가지고…… 쯧쯧.」

달수가 완강하게 나오는 바람에 죽자는 일단 기가 죽었으나 사뭇 승복하려는 기색은 없었다.

구룡동 수몰민보상지급추진위원회(九龍洞 水沒民補償支給推進委員會)가 결성된 것은 그 무렵이었다. 그즈음 마을 사람들 돌아가는 낌새는 실로 가관이었다. 장거리에 나가서, 빈 순대를 노다지 술로만 채운 사람들은 복장도 커지게 마련이었다. 개화주머니에 쇠푼도 넉넉하겠다, 나오는 목청 또한 도도하고 대담하였다. 길이 험해 오지 못하겠다는 택시를 잡아 기어코 마을 입구까지 타고 오는 직성도 부렸다. 아침나절에 장거리로 나갈 적에 지고 갔던 지게가 돌아올 적엔 택시 트렁크에 얹혀 방아깨비처럼 끄덕거렸다. 택시 운전수들도 그랬다. 촌놈들 돈일망정 그게 이름있는 은행에서 찍혀 나온 시퍼런 현찰일 바에야 차에 무리가 와도 돈 버는 재미로 곧잘 와주었다. 여편네들은 '집시머리'가 유행이어서 장에 나갔다 하면 미장원에만 틀어박혀 살았다. 마을엔 아모레 외판원이 자주 들락거렸고 보따리장수들이 몰려들었다. 그러나 눈 똑바로 박인 사람들은 보상금을 받는 길로 가재도구 싸가지고 재빨리 이주해 버렸다. 또한 문제된 바로는, 예상했던 것보다는 충분한 보상이 못된다는 중론이었다. 그러나 국가에서 책정한 보상 가격이란 배추장수들처럼 맘대로 올리고 내리고 할 계제가 못된다는 것을 모르는 사람은 없었다. 이따위 보상책으로서는 도저히 타관으로 이주할 수 없다고 들고 일어선 것은 박달수와 재철, 영복이 외 몇몇 청년들이었다. 그들은 우선 춘천에서 내려온 작자들에게 우습게 빼앗기다시피 한 땅들을 도로 찾아 본인에게 돌려주든지 그놈들의 부당이익금을 얼마라도 찾아내는 투쟁을 벌이자는 데 의견을 모았다. 그러나 투쟁이란 말이 나오자 모두 으스스해져 어깨를 쭈그리고 모잡이로 앉아버렸다. 투쟁이 뭐냐, 흡사 공산당들이 자주 쓰던 상투어 같다, 집 어치워라 하고 누가 말했다. 그래서 '투쟁'을 '추진'으로 고쳐서 위 원회가 발족된 것이었다.

「워디 촌늠덜이 진정을 해쌓는다고 일이 될성부러?」

다소 움찔한 편의 누가 이렇게 말했다.

「그게 무신 허무적인 말씀이야. 백성이 있고 나라가 있는데 백성 들의 진정한 목소리를 안 들어?」

「그건 그렇지만서도 이미 정해진 보상제도가 변할 리 없고, 또 춘천 늠덜 것도 그렇지, 그게 될성부러?」

「서울이 무섭다카이 파주에서부터 기어간다고 니가 그 짝이구 나!」

「평지풍파 일구지 말어. 괜히 쇠똥에 미끄러져 개똥에 코 박는 꼬라지 되지 말고.」

「부닥쳐봐야 안다고. 실비보상, 실비보상 하지만서도 그게 신세 계백화점 고무신짝매로 정가가 붙어 있는 것도 아니잖냐 말이 여.」

달수가 끝까지 나서서 반대편 사람들을 설득하고 있었다.

그때 동장 오동칠이 불쑥 나타났다. 누가 귀띔을 해준 건지는 몰 라도 그는 이런 모임이 있다는 것을 미리 알고 나타난 눈치였다. 그는 막상 벌컥 문을 열긴 하였지만 방안에 앉아 있던 사람들의 시 선에 저항을 느끼자 엉거주춤해서 서 있었다.

「들어오라구.」

그렇게 말한 사람은 달수였다.

「나도 끼일 수 없나?」

동칠은 다소 겸연쩍은 웃음을 흘리며 방 윗목에 앉았다.

「자네가 저질러놓은 일을 고치려는 모임인데 자네가 끼일 수는 없지.」

달수가 고개를 외로 꼬며 이렇게 말하자 동칠은 금방 눈이 동그래졌다.

「달수, 내가 뭘 저질렀단 말인가?」

「우린 시방 자네가 춘천 늠들과 야합해서 구전 얻어먹은 그 농토를 다시 찾든지 그놈들이 본 부당이익금을 찾아내든지 할라칸다 말이여.」

「자네가 무신 상관인가? 자네 형이 판 땅이지 자네 땅이 아니잖는가?」

동칠의 그 말이 달수의 염통을 건드린 게 분명하였다. 달수의 어물어물 물러서지 못하는 배포는 3년간의 타관생활에서 얻어진 것이었다.

「이 새끼, 지금 너 뭐라고 했지? 그래 내 땅 아니다. 내 땅이 아니라도 좋다. 그럼 이 산골 땅이 너 같은 사기꾼들한테 넘어가야 옳단 말이냐? 조금이라도 우리 동네 이익을 위해서 일하자는데 니가 왜 반대하고 나서는 거야.」

달수는 더이상 참지 못하고 벌떡 일어서서 두말할 것도 없이 동칠의 따귀를 서너 번이나 시원하도록 패주었다.

「너 사람 또 치는구나! 폭력이 워떻게 된다는 거 너 알지?」

「안다, 이놈아. 징역을 살아도 너 같은 놈을 우선 안 치고 못 배기는 게 내 성격이란 걸 니도 알지?」

달수의 주먹이 다시 한번 오동칠의 면상에서 작렬하자 코피가 주르르 쏟아지고 그제서야 앉았던 축들이 일어서서 두 사람을 뜯어말렸다. 동칠은 그대로 고스란히 당하고 있는 편이었다.

「이놈아, 돈이 아무리 좋다지만 소위 동장이란 니가 그렇게 기만적으로 행동할 수가 있느냐 말이여?」

「좋다, 나도 고소할 힘은 있으니께. 이런 비합법적인 모임에 있던 사람들도 물론 문제가 될 터이지만 사람까지 구타했것다?」

「구타했어. 내가 10년 징역을 살아도 니놈을 패준 건 절대로 후
회 안할 거다, 이놈아.」

「내 곱게 물러나지.」

동칠은 인중에 묻은 코피를 소매로 연신 닦아대며 그 집을 나섰
다. 주위에 앉아 있던 사람들도 비슬비슬 딴전을 펴더니 나가버리
고 없었다. 재철이와 주인인 영복이만이 그대로 방안에 남아 있을
뿐이었다.

「어떤 일이 있어도 이 일은 추진하는 기다?」

달수는 마지막 남은 두 사람의 동지를 바라보고 이렇게 다그쳤
다. 두 사람은 얼굴색이 하얗게 되긴 했어도 고개만은 끄덕거리고
있었다. 달수는 두 사람과 헤어지고 난 다음 심란하기도 해서 한성
옥으로 발길을 놓았다.

한성옥은 시끄러웠다. 토요일 밤 토요일 밤에 나 그대와 만나리,
‘긴 머리 짧은 치마’를 미어지라고 빼올리는 죽자의 노랫소리가 문
밖까지 들려왔다. 저것이 밤낮으로 웃고 떠드니 뚝심도 좋다고 생
각되었다. 꼬락서니가 벌써 취해 있는 게 틀림없었다. 뜰 안으로
들어갔다. 낯선 농구화 서너 켤레가 축대 위에 어지럽게 널려 있었
다. 외지에서 들어온 작자들임에 틀림없었다. 마침 간드러지는 죽
자의 웃음소리가 뜰이 미어지도록 들려왔다.

「아이 손님두, 아까부터 치마 밑으로 손 들어오는 걸 보니 고향
생각 되게 나시나 봐.」

연이어 남자들의 킬킬거리는 웃음소리가 함께 들려왔다. 당장 죽
자 년을 끌어내어 죽통을 패주고 싶었으나 달수는 참았다. 지금의
그로선 그럴 아무런 권리도 없겠기 때문이었다. 그는 윗방으로 들
어서며 소리질렀다.

「이 방에도 싸게 술상 올려. 육회 한 사라하고.」

소리를 지르자, 바우란 놈이 예에 곧 가요 하고 부엌에서 너스레

를 떨었다. 아랫방의 죽자가 그 목소리를 알아채고 금방 오그라지
던 웃음을 냉큼 거두었다.

달수는 오동칠과의 일이 몹시 마음에 켕겼다. 그를 주먹질해 버
린 것이 통쾌하기로는 근년 들어 처음 맛보는 일이었으나, 자기들
이 추진하려고 했던 일에 필연코 차질이 올 것으로 생각하니 가슴
써늘한 바 없지 않았다. 결과적으로 그것은 달수의 실수였다. 오동
칠이라는 위인이 얼마나 영악한 놈인가를 너무도 잘 알고 있기 때
문이었다. 그는 어떤 방법으로든 이 모임을 훼방 놓아올 것이다.
그러나 그것이 어떤 형태의 것이든 간에 묵묵히 감수하고 일만은
끝까지 밀고 나갈 결심이었다. 동네 사람들이 잘 따라와주는가가
문제였는데 그것이 조금 자신 없을 뿐이었다. 물론 동네 사람들이
자기를 보는 눈이 어떻다는 걸 그는 너무도 잘 알고 있었다.

그가 부산(釜山)에서 3년간 생활해 오는 동안 형을 괴롭혀 온 것
은 사실이었다.

달수가 군에서 제대를 하고 구룡동으로 되돌아왔을 적엔 실로 암
담한 기분이었다. 막상 또다시 괭이자루를 쥘 힘이 나지 않았다.
구룡동은 그가 입대할 당시나 군대생활을 마치고 돌아온 그때나 항
아리에 고인 물처럼 변한 곳이란 한 모퉁이도 없었다. 눈 똑바로
박인 젊은 놈들은 어디로 다 증발해 버리고 없었다. 그놈의 농사
뼈 부러지게 지어봤자 콩 심은 데 콩 나고 팥 심은 데 팥밖에는 소
출나는 것이 없었다. 백 원을 투자해 백 원이 나올 바엔 지랄한다
고 이 짓 하고 있을까 싶었다. 이 '영원한 본전'을 지키기 위해 형
억수는 늙어가고 있었던 것이다. 한 냥짜리 굿 하다가 천 냥짜리
징 깨뜨린다고 그 너무나 빤한 농사일에 천금 같은 자기의 젊음을
속속들이 탕진해 버리고 싶진 않았다. 그는 용기를 내어 억수를 설
득했다.

「형님, 나는 내 인생을 빨리 쇼부내야 하겠습니다.」

억수는 동생의 얼굴을 물끄러미 바라보면서 맥없이 말했다.

「인생이 뭔지 나는 모르겠다마는 인생이란 거이 야바우가 아닌 것은 나도 안다.」

「그건 형님 생각이고 내 생각은 그게 아닝께 너무 강요적으로 말씀하지 마시오.」

「농사나 져. 하늘 쳐다보고 사는 게 본방이야.」

「그러니까 형님은 평생 농사꾼 아니오?」

「이놈아, 농사꾼이면 워때? 맘 먹기 달린 거여. 대한민국 농사꾼 없으면 굶어 죽어, 이놈아.」

「여러 소리 싫응께 돈이나 좀 내놓으시오.」

그 뒤 일주일인가 뒤에 억수는 30만 원을 냉큼 떼어주었다. 물론 달수에게 그만한 돈을 분배해 준 것은 이유가 있었다. 가지고 있는 땅마지기에 세전지물이 묻어도 있었고, 달수 자신이 농한기에는 술이나 먹고 개차반으로 놀았었지만 농사철에 접어들면 고분고분 품앗이도 해주었기 때문이다. 달수는 형으로부터 30만 원의 거액을 받아쥐자 가슴이 뭉클하였다.

「니놈이야 이 돈 헐어서 개뼈다구에 은멕기를 올리든지 술에 띄워보내든지 내 상관 않을 텐께 그 쇼분가 뭔가를 해봐여.」

돈을 내미는 형의 가재 발 같은 두 손이 버르르 떨리던 것을 달수는 보았다. 질기게 얽혀 있던 형제간의 정의가 한낱 지전뭉치로 하여 흔들릴지 모른다는 불안과 대(代)를 이어 내려오며 기대었던 땅을 일부 처분하여 얻어진 돈이란 숙연함 때문이리라.

달수는 그 돈을 뱃구레에 차고, 어느 놈이 기다리기라도 하는 것처럼 이튿날로 부산으로 달려 내려갔다. 숱한 놈들이 서울로만 기어올라가는 판에 그가 유독 부산을 택한 것은 바다 건너면 일본이 있고 부두에는 필경 여러 나라 놈들이 득실거릴 것인즉 그런 분주

한 곳에는 분명 자기도 물어올릴 게 많으리라는 막연한 포부가 있었기 때문이었다. 뭔가 끄트머리만 잡히는 거라도 물고늘어지면 환갑 전엔 쇼부가 나겠지 하고 생각했었다. 그러나 부산 시내 여기저기를 며칠 동안 싸돌아다녀도 달수를 반겨주는 놈은 하나 없었다. '어서 오십시오' 하는 곳은 돈 내고 밥 먹는 음식점뿐이었다. 그렇다고 생면부지한 아무 놈이나 붙잡고 자기 사정을 토로할 수도 없었고 어디 함부로 비집고 들어갈 만만한 구석도 없었다. 30만 원이란 밑천이 자기의 전부라고 생각하면 될 법한 장사라고 해서 선뜻 뛰어들 수도 없는 처지였다.

이 밑천을 날리면 자기는 장마철 만난 낙동강 오리알일 수밖에 딴 도리 없다는 것을 생각했다. 달수가 근 한 달 동안이나 부산 시내를 헤매던 끝에 찾아낸 것이 양은그릇장사였다.

알루미늄 그릇류들을 도매상에서 떼어다가 현찰이나 혹은 헌것으로 바꾸어 고물상회로 넘기는 장사였다. 계절 타지 않고 썩는 물건이 아닌 대신 이문이 그만치 박했다. 그래서 장사를 시작한 지 3개월이 지나도록 그는 별 소득 없이 부산 변두리 지역의 지리나 익혀놓았을 뿐이었다. 그러나 차츰 장사 요령도 익히고 마산(馬山)내기라는 동업자 최가(崔哥)를 만나고부터 조언도 받는 입장이 되어서 재미도 붙기 시작했고 또 숙소도 좀 좋은 곳으로 옮기는 입장이 되었다. 1년 반이 지나고 나니까 물건도 40만 원 어치나 되었고 현찰도 돈 10만 원은 실히 가지고 있게 되었다.

그러던 어느 날, 동숙자(同宿者)인 최가 놈이 불쑥 엉뚱한 말을 하였다.

「달수, 이노무 장사 10년을 끌어봤자 들숨날숨할 게 없다고.」

「그야 물론 밑천 불어나면 다른 것으로 바꿔야지.」

「아니야, 좋은 수가 있다고.」

「무슨 수가?」

「너 일본으로 건너갈 맘 없어?」

「이 새끼가 돌았나, 일본은 또 웬 일본이야?」

「아녀, 가려면 진정 길이 있다고.」

「길이야 있지. 현해탄이 전부 길인데.」

「농담 아녀, 이 새꺄.」

「농담 아니면 워쩔텨?」

「밀항하는 길이 있어.」

「빵간은 니가 갈래?」

「밀항하는 놈들이 그렇게 허술한 사람들이 아니라고.」

「좆 같은 소리 집어쳐!」

달수는 툭 쳐주고 나서 돌아눕고 말았다. 그러나 정작 일본이란 말을 듣고 보니 가슴이 뛰기 시작했고, 또 그곳으로 건너가기만 하면 자기 인생이 단숨에 쇼부날 것 같아 밤새도록 바로 누워 자질 못했다. 아침에 일어나 최가에게 넌지시 물어봤더니, 한 달 후에 일본으로 뜨는 밀항선이 있는데 20명 정원에 세 사람이 모자란다는 말을 들었다는 것이었다. 그러나 성질상 연고자들끼리만 어울려 가기 때문에 빈자리가 있을지는 알아봐야 한다는 것이었다.

「좀 알아봐주라구.」

「너 가보겠단 말이지?」

최가는 눈이 둥그레져 다그쳐 물었다.

「한번 뛰어보는기라, 씨팔.」

「이 새끼 바람 들었구나.」

말은 그렇게 하면서 최가는 밀항에 대한 여러 가지 지식을 달수에게 들려주었다. 자기가 그 사실을 알고 있는 것은 사촌 한 놈이 그 배를 타기로 약속되어 있기 때문이란다. 그 사촌은 자기 형이 오사카에서 큰 철물공장을 하고 있기 때문에 밀항하려는 것이며 달수가 꼭 건너갈 의향이 있다면 그 공장에 취직할 수 있도록 주선도

해주겠다는 것이었다. 승선료는 40만 원. 밤에 출발해서 새벽녘에 일본 시모노세키 근처 무인지대에 상륙시켜 준다는 것이었다. 달수는 최가의 말이 허황한 것 같았고 사기칠 염려도 있겠다 싶었으나 막상 일본으로 건너가고 싶은 욕망은 사그라지질 않았다.

「승선료는 어떤 방법으로 주나?」

「배가 뜰 때 10만 원, 그리고 나머지 30만 원은 상륙하는 곳에서 주고 내리면 되는 거라고.」

「풍랑을 만나면?」

「새끼 순, 의리 하나로 먹고 사는 게 뱃놈들인데 풍랑 만나면 너 처박아넣고 저들만 돌아올 것 같아?」

「알았어. 좀 절충해 봐.」

「잘 생각해 보라고. 너 떠나면 난 외기러기 신세야.」

「이놈아, 그럼 평생 붙어 살 요량 했나?」

「허긴 그래. 달수 출세하겠다는데 내가 재 뿌릴 순 없지.」

사흘인가 뒤에 최는 키가 멀쑥한 자기 사촌인가를 데리고 숙소로 왔다. 그는 달수를 이모저모 쏘아보면서 말을 시켜보더니 탐탁지는 않다는 듯이 겨우 동행을 승낙해 주었다.

「절대 비밀이니까 당신 아버지에게도 발설해선 안돼요.」

「알겠심더. 발설 안하지요.」

「만약 발설하면 배 빼앗기고 모두 빵간신세라는 걸 명심하시오.」

그자는 물론 형이 경영한다는 오사카의 철물공장에 취직주선을 하겠다고 말했다.

「그러나 차질이 나면 언제든 연락을 주시오. 곧 다른 사람을 물색해야 하니까 말이오.」

「차질이 날 턱이 없어요. 나는 한번 먹은 맘 변치 않기로 유명한 놈이니까요.」

「알겠시다.」

달수는 물건을 하나하나 처분해 가기 시작했다. 최가에게 같이 가자고 꼬셔보았으나 마산에 있는 부모 처자들 때문에 그럴 수 없 노라고 잘라 말했다. 달수는 끌고 다니던 리어카까지 처분하고 나 니 가슴이 섬뜩하였다. 자기가 큰일을 저지른 건 아닌가 싶기도 했 고 갑자기 작정하고 추진하는 일이라 얼떨떨하기도 하였다. 그의 수중에 물건들을 처분한 50여만 원이 쥐어져 있었다. 일단 돈을 손 에 쥐고 나자 자기가 하려던 일에 대한 섬뜩한 감이 들었다.

설사 일본으로 건너간다 하더라도 약속된 미래가 보장되어 있는 것도 아니었다. 그러나 밑져봐야 본전인 것이 달수의 인생이었다. 자기의 전재산인 육신 하나야 살아남지 않을까 싶었다. 그 산골에 서 자라나 일본이란 곳을 한번 구경하고 돌아오는 것만 해도 출세 라고 말할 수 있겠거니 여겼다.

약속한 날짜에 달수는 최가와 함께 산기슭에 숨겨진 으슥한 부두 로 나갔다. 정말 쾌속정 한 척이 그들을 기다리고 있었다. 승선한 지 한 시간 후에 배는 20명의 밀항자들을 싣고 부두를 은밀히 빠져 나왔다. 배는 무서운 속도로 현해탄을 가르며 달려나갔다. 부두에 다닥다닥 붙은 불빛이 조그맣게 멀어져가자, 달수는 괜히 눈물이 쏟아져 내리기도 했다. 부두의 불빛이 시야에서 완전히 사라지자 배는 몹시 흔들리기 시작했다.

그들은 선장의 지시에 따라 선실 안에 갇히게 되었다. 배는 캄캄 하고 추운 현해탄을 불도 켜지 않은 채 줄곧 달려가고 있었다. 선 장은 잠을 자라고 권했으나 20명의 밀항자 중 한 사람도 잠자는 이 는 없었다.

승선할 때 최가가 굳게 잡아주던 그 뜨거운 손. 그리고 고향에 처박혀 땅이나 직사게 파젖히고 있을 형 억수와 형수, 조카들, 군 대의 동기들, 혹은 10년 후에 변해 있을 자신의 모습을 상상해 보 는 일로 해서 한잠도 이룰 수가 없었다. 그는 어금니를 지그시 물었다가 실없이 혼자 웃기도 하면서 긴 바다 위에서의 시간을 보내고 있었다.

새벽 네시쯤 해서 선장이란 작자가 선실로 들어왔다. 그는 거만한 웃음을 띠며 일본에 무사히 도착한 것을 축하한다고 말했다. 그는 여러분들이 고국으로 되돌아오실 적엔 이런 올빼미 같은 밀항선이 아니고 페리호나 여객기가 될 것을 확신한다는 격려도 잊지 않았다. 그는 상륙 즉시 서로의 신변을 위해서 절대 각개 행동을 취해줄 것과 벼락을 맞는 한이 있더라도 침착하고 태연하고 배짱 있게 행동하라는 주의를 주었다.

배는 시꺼먼 산기슭에다 20명의 밀항자들을 내려놓았다. 달수는 최가의 사촌되는 사람에게서 철물공장의 소재지가 그려진 메모지 한 장을 받아 주머니에 쑤셔박았다. 사람들이 아직도 캄캄한 시모노세키 근방의 산기슭에 내려섰다. 빈 배는 다시 바다 한가운데로 떠나가고 있었다. 날이 밝기 전에 공해상에까지 나가야 한다는 것이었다.

산기슭에 숨어서 달수는 날이 밝아오기를 기다렸다. 주의에 사람이 없다는 것이 달수를 한없이 불안하게 만들었으나 참는 수밖에 딴 도리가 없는 처지였다. 산기슭 아래로 멀리 경작지들이 보였다. 어느 부지런한 농부 한 사람이 밭에 나와서 김을 매고 있었다. 달수는 산기슭을 내려가서 그 농부가 일하고 있는 근처를 지나지 않으면 안되었다. 그 농부가 달수를 유심히 바라보고 있었으므로 달수는 큰마음 먹고 그에게로 다가갔다. 배짱 있게 행동하라던 선장의 주의 말씀을 뇌리에 떠올렸기 때문이다. 저쪽에서 무언가 수상하게 생각하고 있는 낌새가 보이면 이쪽이 자청해서 접근하는 방법이 그의 의혹을 재빨리 해소시키는 일이 될 것이었다. 달수는 한국에 있을 때 최가에게 익혀두었던 일본어 실력으로 그 농부에게 말을 걸었다. 달수가 접근하자 농부는 잠시 겁먹은 듯 꼼짝 않고 앉아 있었는데 달수의 느긋한 표정을 보자 천천히 일어났다.

「고코가 시모노세키데스카? (여기가 시모노세키입니까)」

일어선 농부는 순간 멈칫하는 눈치를 보이면서 두어 발짝 뒤로 물러났다. 달수는 웃으면서 다시 물었다.

「고코가 도노 아다리데스카? (여기가 어딥니까)」

어물쩍거리고 있던 농부가 겁먹은 소리로 말했다.

「고코가 바상데스요 (여기는 마산입니다).」

'바상'이란 일본말이 어디를 가리키는 것인지 물론 달수는 몰랐다. 일본의 어느 자연부락을 가리키는 것으로만 생각했다. 달수가 고개를 갸우뚱거리며 다시 물었다.

「오카시네! (이상하다)」

농부는 다시 밭고랑에 앉아 호미자루에 침을 탁 뱉어 거둬쥐면서 씹어 뱉듯 말했다.

「오카시쿠나이 (이상할 것 하나 없수다).」

「바상, 바상…… 오카시나! (마산이라, 이상도 하군)」

달수는 연신 고개를 갸우뚱거리면서 계곡을 따라서 어슬렁거리며 걸어 내려가고 있었다. 그가 멀리 사라지는 것을 바라보면서 밭고랑에 앉아 있던 농부는 혼자소리로 이렇게 씨부렸다.

「미친놈, 오카시나 좋아하네! 야 이놈아, 여기 와서 내 좆이나 빨아라.」

그런데 밭고랑에다 가래를 탁 뱉는 순간 문득 농부의 뇌리에 떠오르는 것이 있었다. 새벽에 산속에서 걸어나오는 수상한 사람, 옳구나 싶었다. 저놈이 간첩임에 틀림없구나 싶었다. 그는 호미자루를 내동댕이치고 부랴부랴 산언덕을 뛰어내려갔다. 얼마 안 가서 그 작자가 걸어가고 있는 것이 보였다.

달수가 두 명의 경관이 들이댄 총 앞에 두 손을 번쩍 든 것은 농부와 헤어진 지 40분이 채 흐르지 않은 뒤였고 마산 시가지가 멀리 바라보이는 길목에서였다. 그가 간첩이 아닌 것이 판명되기까지는 안동 (安東)에 있는 형 억수가 마산에까지 내려와서였다. 20여 일 만에 형의 증언으로 간첩혐의는 풀 수가 있었지만 밀항을 기도했었다는 사실 때문에 6개월의 실형언도를 받고 옥살이를 치렀다. 6개월의 교도소생활을 하는 동안 달수는 오직 그 최가 놈을 저주하고 벼르느라 어금니깨나 좋이 갈았다.

출소하는 길로 달수는 부산으로 쳐들어갔다. 최가 놈은 아직까지 양은그릇장사를 계속하고 있었기 때문에 쉽게 찾아낼 수 있었다. 달수를 보자 최가는 목젖을 삼킬 듯이 놀랐고, 달수는 녀석이 그러고 서 있는 동안 말미도 주지 않고 아구통을 정신없이 갈겨댔다. 최가는 넘어졌고, 비슬거리며 넘어지는 놈의 옆구리를 죽어라고 밟아버렸다.

말을 하지 않아도 달수가 사기당한 것을 알아차린 최가는 자기의 사촌 역시 되돌아온 입장이라고 변명했으나 그 처지에 최가를 치지 않고 또 누구를 친단 말인가. 최가는 다행히 갈비가 부러졌는데도 고소는 하지 않았는데 10여만 원의 치료비를 내놓으라고 했다. 결국 다시 형에게 기대는 수밖에 딴 도리가 없었다. 10만 원의 돈을 말없이 내어주면서 억수가 말했다.

「내가 처음부터 잘못 생각한 것이여. 죄는 내가 지었어.」

「형님, 고향으로 돌아올랍니다.」

달수가 콧물을 훌쩍거리며 이렇게 말했다.

「어디로 돌아와, 이놈아 ?」

「이 땅으로 말입니다, 형님.」

「늦었어, 이것아.」

「늦다니요 ?」

「땜이 생긴다는 소리도 못 들었냐, 이놈아 ? 얼매 안 있어 이곳은 수몰이 된다는 거여.」

「그런 소문을 듣기는 했습니다만, 좌우간 전 돌아와야겠심다.」
「곧 떠나야 할 곳엘 무슨 지랄로 다시 돌아와?」
「갈 곳이 없습니다, 형님.」
「맘대로 해라마는 니가 와봐야 앉을 곳도 없을 거다. 까놓고 하
는 말로 전과자 좋다는 사람 어디 가도 없다.」
「형님, 그 말은 치웁시다.」

　진정서에 날인을 받아내는 작업은 여의치 않았다. 추진위원회가
목적하는 바를 미주알고주알 일러바쳐도 막상 서류를 내밀면 날인
하려 들지를 않았다. 달수는 분명 오동칠이란 놈이 뒤에서 훼방을
놓고 있음을 알아차렸다. 그러나 그가 표면에 나서서 정면충돌을
해오지 않는 이상 다시 그의 목덜미를 잡고 흔들 수는 없었다. 둘
째는 평소에 성실하지 못한 달수가 이 일을 추진하고 있다는 것에
대한 주민들의 불신감이 깊이 작용하고 있는 것 같았다.
　우선 형인 억수부터 그랬다. 전과자인 꼴같잖은 주제에 동장까지
구타하고 들었으니 이건 무슨 일을 하자고 드는 사람이 아니고 귀
찮은 일만 벌여놓으려는 심사임에 틀림없는 사람이라고 구박을 주
었던 것이다. 차라리 조막손에 계란 도둑질을 시킬 일이지 달수란
놈에게 그런 일을 맡길 수 없다는 조짐이 역력했다. 근 70여 호나
되는 집들을 속옷의 서캐 잡듯 빠뜨리지 않고 다녀보았으나 날인을
해준 집은 스무 집도 못되었다.
　도대체가 진정서 따위로 보상금이 인상되고 인하될 일이라면 달
수가 고향으로 기어들기 이전에 자기들이 추진했을 거라는 것이었
다. 결국 달수란 녀석은 밥 처먹고 하릴없는 놈이고 싱거운 놈으로
낙인찍히고 만 것이다. 달수는 일을 포기하는 수밖에 없었다.
　「일본에 밀항하려던 자가 불쑥 고향에 나타나서 무슨 보상금인상
　추진위원회라니! 그 작자가 사기치는 법을 배워온 겁니다, 필

경.」

어느 모임에서 오동칠이란 녀석이 이런 말을 했었노라고 재철이가 귀띔을 해주었지만 그놈을 친 죄 때문에 참을 수밖에 없었다. 괜히 그를 건드려 자신이 말려든 결과가 되어버린 것이었다. 당초부터 달수의 욱하는 성격을 미리 계산하고 동칠이란 놈이 그 자리에 나타났을지도 모른다는 생각이 들 만큼 달수는 철저하게 봉쇄되고 있었다. 그는 지쳤고 용두사미격으로 일을 포기하기에 이르렀다. 그는 자기가 이 동리로부터 지고 있는 일종의 부채심리를 이런 일로나마 만회하려 했던 것이었다.

그러나 그게 먹혀 들어가기는커녕 본의 아니게 오해나 받고 자꾸 뒤틀려만 가는 자기 인생에 대해서 부아가 치밀어 올랐다. 더구나 형인 억수의 냉담 앞에서는 이루 말할 수 없는 좌절감을 느끼는 것이었다. 사기에 치여 땅을 헐값으로 팔아넘기고 몹시 분해하고 있으면서도 그것을 따져 흑백을 가리고자 하는 달수의 행동을 경계하는 심정은 알 수가 없었다.

그러나 달수는 물러설 수 없었다. 보상금인상 진정 관계는 그런 식으로 포기할 수밖에 없었지만 동리의 땅을 산 두 사내가 아직도 시내 모처에 묵고 있다는 소식이 있었다. 그는 재철이와 상의한 끝에 그 작자를 만나기로 하였다.

달수는 그 여관에서 혹시 오동칠과 마주친다면 그야말로 담판 한 번 멋들어지게 할 수 있겠다고 생각했으나 여관에는 그들 두 사람밖에 없었다. 달수는 통성명을 하고 아닌밤중에 홍두깨격으로 불쑥 나타난 것에 대해서 사과한 다음, 자기 형 억수가 그들에게 땅을 판 사실이 있다는 말을 했다. 대낮인데도 두 사람은 아직 파자마 바람이었고 달수에게서 희미하게 느껴지는 불량성 때문인지 관심 가지고 이야기를 듣는 척하고 있었다.

「나는 선생님들이 시방 보고 있는 부당이득에 대해서 워떻게 생각하고 있는지 묻고 싶습니다.」

「부당이득, 도대체 그게 무슨 말씀이오?」

두 사내는 유들유들한 편이어서 달수가 이렇게 허두를 떼는데도 히멀쭉 웃는 여유까지 보였다.

「꼭 꼬집어 말해야 합니까?」

「꼭 말하려고 여기까지 찾아오신 게 아니겠소?」

「그렇습니다, 실은.」

「그럼 기탄없이 말씀하세요.」

달수는 기가 죽어선 안되겠다고 생각하며 자세를 빳빳하게 고쳐 잡았다.

「두 분께서 매수하신 땅들이 정상적으로 거래된 토지라고 봅니까, 시방?」

「그건 이상한 말씀이군요? 거래절차에 조금의 하자도 없는 걸로 알고 있어요, 우린. 하시는 말씀에 애매한 것이 많습니다만 혹시 우릴 사기꾼 취급이나 하시는 것 아니오?」

두 사람 중 한 놈은 노상 싱글거리며 앉아 귤을 까 처먹고 있고 안경 낀 쪽이 다소 신경질적인 어투로 달수를 상대하고 있었다.

「두 분께서는 그 지역이 수몰지구라는 걸 미리 알았고 또 춘천의 선례에 비추어 보상금이 얼마로 책정된다는 것도 알고 있었고요 ……. 그 사실을 모르고 있던 선량한 농민들의 땅을 싼값에 사들 인 거 아닙니까?」

「사실 그렇소. 그런데 그게 사기라도 된단 말입니까?」

달수는 말문이 막힐 뻔했다가 다시 말을 이었다.

「그것뿐이 아닙니다. 댁들은 그 땅에다 한 달도 못살 묘목들을 심어서 시가 감정원들의 눈을 속였지 않습니까? 그 감정원들과 짜고 한 것인지도 모르지요. 우리는 이 사실을 여론화시키는 길 을 알고 있습니다. 그 뒷일을 책임지겠습니까?」

　방안에는 잠시 침묵이 흘렀다. 귤을 까먹고 있던 작자가 담뱃갑을 들어 달수에게 한 대 권했다. 달수는 깍지낀 손을 풀지 않고 사양했다.

「담판을 지읍시다. 노형이 우리들에게 바라는 바가 무엇이오? 허심탄회하게 털어놓으시오.」

「댁들이 보신 부당이익의 반을 내놓으시란 겁니다.」

　두 사내는 달수의 엄청난 제안에도 별로 놀라는 기색이 없었다. 부잣집 가정부가 어느 날 우연히 시장에 나왔다가 엄청나게 뛰어오른 설탕값을 물어보고 혀를 끌끌 차는 정도의 것이었다.

　배짱도 이만은 가져야 이 사악한 세상을 살아가는 데 불편 없겠구나 싶었다.

「그건 너무 무리한 말씀이시군요.」

　안경 낀 쪽이 이렇게 말하자 귤을 먹던 작자가 그를 뒤로 잡아당겼다.

「일단 댁의 백씨 되는 분의 문제에만 국한시킨다면 댁의 제안에 따르겠어요.」

　그러나 달수는 일언지하에 거절하고 말았다. 그들이 어떤 식으로든 달수에게 승복하고 들었다는 점에서 이자들의 치부는 드러난 셈이었다. 그렇다면 이자들과 성급하게 아웅다웅할 필요가 없다는 생각이 들었다. 달수는 털고 일어나 여관을 나와버렸다. 그러나 한 사흘을 다른 여관에서 뒹굴며 생각해 보니 딴은 자기가 외고집으로 버틸 필요가 없다는 생각이 들었다. 자기 형의 것만 받아가지고 일단 구룡동으로 돌아가면, 그 성공사례는 삽시간에 동네로 퍼져나가게 마련일 것이었다. 여타의 피해자들은 다시 그들에게로 몰려갈 것이 뻔한 노릇 아니겠는가. 두 사내는 달수에게 저지른 선례 때문에 돈을 내놓지 않고는 배겨낼 재주가 없을 것이다. 다만 달수는 그 선례만을 만드는 데 성공하면 그만 아닌가 싶었다.

근 일주일간을 두고 서로 밀고 당긴 끝에, 이 사실을 동네에 발설하지 않겠다는 각서를 요구한 그들은 달수에게 20만 원을 내놓았다. 달수가 그 돈을 받아가지고 여관을 나서는 꼬라지를 여관 이층 창문을 통해 바라보던 안경 낀 사내가 동료를 보며 말했다.

「저걸 어떡하지?」

「집어 넣어버리지?」

「어떻게?」

「저 녀석이 오동칠을 구타한 일이 있다구.」

「폭력으로?」

「요사이 폭력이라면 제격이지. 저 녀석은 게다가 전과자라구.」

「저걸 그대로 놔두면 시끄러워질걸.」

「그러게 말이야.」

「당장 추진을 하라구. 그러나 3~4일 후에 하는 게 좋을걸. 동네에서 저 녀석이 돈을 받아왔다는 소문이 쫙 퍼지고 있을 때 처넣어야 해. 그래야 다른 놈들도 엇 뜨거라 싶어 공갈치지 않겠지.」

「좋은 생각이야.」

「자넨 나 아니면 당장 쓰러질 거야.」

두 사내는 배포 좋게 웃으며 떠들었다.

달수는 히죽거리는 걸음으로 저만치 골목 밖을 빠져나가고 있었다.

억수에게 20만 원을 건네자 누구보다 반가워하는 건 형수였다. 아무짝에도 쓸모없는 시동생이 농사지은 돈 야금야금 빼가더니 이젠 들여오는 수도 있구나 싶어, 형수는 눈물까지 질금거리며 닭을 잡는다, 흰밥을 짓는다 한참 부산을 떨고 돌아갔다.

달수는 동네로 소문이 한창 퍼지고 있을 즈음 어슬렁거리며 한성옥으로 찾아갔다. 꼭 8일 만이었다. 그러나 그가 기대했던 만큼 죽자가 반겨주질 않았다. 그가 뜰로 들어섰을 때 벌써 안방과 건넌방에서 술자리가 벌어지고 있었다. 죽자는 안방에 있는 것 같았다. 축대에 어지럽게 흩어진 신발들은 언젠가 본 일이 있던 그 객지 놈들의 것이었다. 심부름하는 바우란 녀석이 건넌방으로 가다가 뜰에 서 있는 달수를 보았다. 안방 쪽으로 쭈르르 달려가더니 죽자에게 뭐라고 씨부리는 모양이었다. 냉큼 뛰어나와야 할 년이 한참이나 꿈지럭거린 끝에 게 껍데기 같은 낯바대기를 밖으로 내밀었다. 파마한 머리는 어느 놈이 안고 주물러놨는지 까치 둥우리였다. 그래도 년은 혼이 몽땅 빠져버리지는 않았던 모양으로 사람 알아보고 「언제 왔수?」하고 건성으로라도 물었다. 어딘가 석연찮은 그녀의 태도가 당당한 심경에 놓여 있는 달수를 우울하게 만들었다. 달수는 얼른 대답 않고 눈꼬리를 말린 멸치처럼 빳빳하게 치켜세우고 그냥 서 있었다. 죽자는 그제사 문을 닫고 툇마루로 나와 앉았다.

「이 백줴 웬 술은 그렇기 짐작없이 처먹었어?」

달수는 방안에 앉아 있는 작자들이 들으랍시고 고함을 질렀다.

「그렇게 된 걸 어쩌겠수? 별걸 다 가지고 탈잡네, 씨팔.」

년을 당장 쥐어박으려 했는데 그때 방안에서 큰소리가 들려왔다.

「야, 바우야. 여기 앉았던 춘심이 어디 갔어? 임마 너들 술값 받을래 안 받을래?」

바우란 녀석이 부엌에서 수탉처럼 서슬을 세우고 밖으로 뛰어나왔다.

「누나, 빨랑 들어가봐.」

보자 하니 이놈도 죽일 놈이구나 싶어 주먹이 울고 있는 판에 방안에서도 밖의 건달 들으란 듯이 지껄였다.

「야, 그렇게 죽고 못사는 입장이문 진작 제집 구석에 모셔놓고 밥 떠먹일 노릇이지 빤다구 화류계에 처박아둬.」

때를 같이하여 죽자가 발딱 일어서더니 달수에게 미련 두지 않고

방안으로 들어가버렸다. 방귀 잦으면 똥싸게 마련이라고 대거리 길
게 하다 보면 서로간 좋은 일이 일어나지 않을 것 같아 그만두고
말았다. 그러나 그 방안에 앉아 있는 놈들이 무얼 하는 녀석들인가
는 알고 있었다. 저 녀석들을 이 동리에서 쫓아내야 한다고 달수는
벼르고 있었다.

나죽자의 심지는 달수에게서 뜬 지 오래였다. 그녀는 달수가 읍
내로 나갔던 그 이튿날로 한성옥에 진을 치고 있는 호리꾼인 한씨
(韓氏)에게 몸을 풀어주고 말았던 것이다. 밑천이라고는 그놈 하나
만 차고 다니면서 팔도 잡놈들에게 다 맛보이고 다니는 판에 고분
도굴(古墳盜掘)하는 놈인들 그것 마다할 리 없었고 그렇다면 죽자
편에서도 잘 돌려만 준다면 손해날 것 없을 것 같았기 때문이었다.
저희들끼리 주고받는 말을 들어보면 수입도 상당한 패거리들이란
것을 짐작할 수 있었다. 물론 달수와 살림을 차려보겠다고 언약 비
슷한 것도 하였고 구미가 당기지 않는 것도 아니었다. 그러나 저따
위 지지리도 못난 놈과 일생을 끼고 뒹굴 걸 생각하니 괜히 허벅지
에 물것이라도 옮겨붙은 듯 스멀스멀하였던 것이다. 저렇게 요령
없고 철딱서니 없는 남자와는 천년을 붙어 산대도 끝장은 빤한 노
릇일 것으로 생각되었다. 그 같은 사내쯤이야 세상에 지천으로 깔
려 있는 것 아니던가. 돈 없는 사내란 김빠진 맥주요 튀긴 보리쌀
로 싱거운 것이었다. 아무리 술집 갈보로 전락한 신세지만 그런 골
빈 촌놈 얻어 살림 들어갈 계제라면 고향 떠날 마음도 먹지 않았을
것이었다.

그래도 돈 있고 턱주가리에 객지바람 냄새가 물씬 나는 호리꾼이
훨씬 나았다. '기마이'가 있고 살림 차리자고 추근대는 망측한 짓
하지 않아 좋았다. 도둑놈 짓으로 고분을 파내서 돈을 버는 입장인
들 돈에 독 섞인 법이 아닌 다음에야 무슨 상관이랴 싶었다.

그래서 달수란 놈을 만나면 아주 맞대놓고 차버릴 요량으로 잔뜩

벼르고 있던 참이었다.

이튿날 나죽자는 마침 한씨에게 먹이려고 밖에 나가서 계란 몇 개를 사들고 집으로 들어오는 길에 달수를 만났다. 달수의 눈자위가 벌겋게 열이 올라 있는 것으로 보아 이제사 이놈이 눈치챘나 보다고 생각했다. 그러나 그녀는 못 본 척하고 곧장 부엌으로 사부작거리며 걸어갔다. 들어가는 사람을 달수가 뒤에서 낚아챘다. 그 바람에 치마의 올이 한 뼘이나 타졌다. 나죽자가 홱 돌아섰다.

「사람 옷을 왜 째고 지랄이여. 신경질나게……..」

「한참 잘 나간다, 화냥년!」

「화냥년? 내 화냥년인 줄 인제사 알았더냐?」

「그래 이년아, 시방 알았다.」

「알았으면 싹 꺼져버려. 보기도 싫응게 이젠, 씨팔.」

보기 싫다는 말 한마디가 달수를 욱하게 만들었고 그래서 그는 계란 봉지를 들고 있는 그녀의 팔을 힘껏 걷어찼다. 계란 여섯 개가 마당에 떨어져서 박살이 났다. 그걸 본 달수의 눈에서 불이 튀었다.

「잘 노는구나! 이년. 어느 놈 양기 돋워 잡아 처먹으려고 계란까지 사들고 댕기노?」

「어느 놈이든 니 알아서 어쩔래, 이놈아?」

「이년이 그냥!」

코끼리 발바닥 같은 억센 달수의 손바닥이 그녀의 코허리로 가서 척 엉겨붙었다 떨어졌다.

「이놈이 사람 잡네에!」

앞으로 폭 고꾸라지면서 그녀는 갯밭 무같이 칠칠한 달수의 그것을 잡고 늘어졌다.

「이놈아, 여긴 법도 없고 사람도 없는 줄 알어? 이놈아, 니깟 놈은 새 발의 피여.」

「이년이 그래도 콩칠팔새삼육으로 주둥이를 처놀리네!」

그리고는 계집을 땅바닥에 끌어박았다.

「이놈이 기어코 사람 쥑이네!」

죽자가 발악하자 어디서 개 두 마리가 쫓아와 컹컹 짖어댔다. 그제사 한성옥 주인이란 녀석이 벌컥 쫓아나와서 두 사람을 뜯어 말렸다. 발악 중인 죽자를 우선 방안으로 꼰질러놓고 돌아와서 달수의 등을 대문 밖으로 밀어내면서 말했다.

「이런 정신나간 사람! 벌써 물 건너간 여자를 붙잡고 왈가왈부해 봤자 무신 소용이여.」

듣고 보니 이놈 역시 한통속이었다.

「당신도 책임이 있다면 있어. 내가 10여만 원이나 저년 때문에 술값으로 조진 걸 당신도 알 테지?」

「그야 배가 열 척 들어간들 돛 끝도 안 보인다는 게 그놈의 구멍 아닌가.」

그러나 달수는 주인 놈의 손을 탁 뿌리쳤다.

「더러운 손으로 사람 잡지 마.」

「아니, 그놈의 돈 10만 원을 썼으면 자네가 일일이 나한테 신고하고 썼나?」

「그럼, 당신 책임은 없다 말이가?」

「이놈이 생사람 잡는 데는 이력 난 놈이구나! 이놈아, 니 좋아 기어들었지 내가 멱살이라도 잡고 끌더냐?」

「그게 끌어넣은 거지 뭐여?」

「에끼 순…… 이놈아, 건달도 똑똑해야 해 처먹는 기야.」

「에끼 순…… 날강도 같은 년놈들.」

「이놈아, 이 촌구석에 와서 술장사나 해먹는 존재지만 내 뒤에 사람 없는 줄 알았다간 큰 오산이여. 신문사, 경찰서, 사람 다 부르면 이 골짝이 썩 비좁을 거여. 그걸 알어..」

「신문사, 경찰서가 너의 할애비냐?」

「그래 이놈아, 내 할애비다. 팔자가 사나우면 의붓아들이 3년 맏아이라더니 내 참 별꼴 다 보고 사는군.」

한성옥 주인인 박 사장이 대문을 쾅 닫아버렸다. 그는 못내 분함을 참지 못하는 듯 한참이나 서서 씨근덕거렸다. 그리고 손을 털고 부엌 쪽으로 돌아서면서 말했다.

「야 죽자야, 울긴 왜 울어. 그만 나와 세수하고 화장이나 혀.」

달수는 그 꼴을 당하고 나니 기가 막혔다. 이런 변을 당하다니 답답하고 분하고 서럽고 더러웠다. 그는 잠시 방향감각을 잃고 한성옥 문밖에서 서성거렸다. 당장 되돌아가서 년을 끌어내어 복장에다 물똥이라도 싸버리고 싶었지만 그놈의 대문이 부서지기 전엔 다시 열릴 것 같지가 않았다. 냉수에 이 부러지듯 어이없이 당한 자신이 미웠고 그런 년에 반하여 도끼자루 썩는 줄 몰랐던 자신이 허무했다. '월남에서 돌아온 새까만 김 상사…… 폼을 내는 김 상사 내 맘에 들었어요.' 어느새 술자리가 시작되었는지 죽자의 노랫소리가 들려왔다. 사람 환장한다는 게 바로 이런 꼴을 두고 하는 말인가 싶었다.

그때 순경 한 사람이 바쁘게 이쪽으로 걸어오고 있는 게 보였다. 동네 조무래기들 대여섯이 그의 뒤를 졸졸 따라오고 있었다. 그는 가까이 오면서 달수를 손짓하여 불렀다. 키가 작고 암팡지게 생긴 그 순경은 달수에게 다가오자 드디어 안심이란 듯 안도의 한숨을 내쉬었다.

「당신이 박달수요?」

「예, 그렇습니다.」

「내가 서 (署)에서 나온 사람이란 건 보면 알 테고, 같이 좀 갑시다.」

「어디로요?」

「서로 갑시다.」

「무슨……?」

「아, 가보면 알아요. 별건 아니고 조서 몇 장 쓸 일이 있소.」

「조서라니요?」

달수가 주춤거리며 자꾸 질문을 해오자 순경은 대뜸 인상을 그으면서 말했다.

「여보시오, 난들 무얼 알겠소. 높은 사람이 당신을 데리고 오라니 왔을 수밖에.」

「집에라도 알리고 가야지요.」

「금방 돌아올 텐데, 번거로울 뿐 아니겠소?」

순경은 달수더러 앞서 걸으라고 말했다.

그들은 묵묵히 마을을 빠져나왔다.

순전히 사람 한 번 폭행했다는 것 때문에 달수는 6개월의 실형을 살아야 했다. 물론 오동칠이 고소를 취하해 주었다면 그런 신세까지는 안됐을 것이다. 억수가 몇 번인가 찾아가서 취하해 줄 것을 사정해 보았으나 오동칠은 그때마다 애매한 표정을 짓고 미안해 할 뿐 취하장에 도장을 찍으려고는 하지 않았다. 달수는 이제 억울한 마음도 분한 마음도 없었다. 그는 덤덤히 6개월의 형기를 마쳤다.

그가 출소하던 날은 먼산에 잔설이 남아 있는 이른 봄이었다. 그의 옷차림은 6개월 전에 구룡동 한성옥 앞에서 순경에게 실없이 연행되어 가던 그때의 차림새 그대로였다.

교도소 문밖을 나와 그는 천천히 걸었다. 아무도 그를 맞아주는 사람이 없었다. 짧은 기간이긴 했어도 본의 아니게 두 번의 옥살이를 치른 자신이 맹랑하고 어처구니가 없어서 자꾸만 실없이 웃었다. 그러나 살아야 한다는 일이 아직 남아 있는 이상 영 미쳐버릴 수는 없는 노릇이었다. 바람이 매우 차가웠으므로 그는 옷깃을 여며 올려 목덜미를 가렸다. 그는 다 떨어져 너덜거리는 농구화를 내려다보면서 시내 쪽을 향해 천천히 걸어갔다. 교도소의 높고 긴 담이 끝나는 건너편에 허술한 대폿집 하나가 보였다. 거기 가서 몸도 녹이고 대포 한잔이라도 들이켜 써늘하게 식은 가슴을 데우고 싶었다. 그러나 자신이 무일푼임을 생각하고 그는 마음을 고쳐 먹었다. 막상 갈 곳이 없었다. 다시 구룡동으로 돌아갈 것인가, 아니면 객지를 전전할 것인가 막막할 뿐이었다.

그때 그의 발 앞을 딱 막고 서는 사람이 있었다. 그는 비켜가려다 말고 고개를 들었다. 나죽자란 여자가 거기 서 있었다. 달수의 몰골 이상으로 초췌한 그녀는 차림새 또한 남루한 편이었다. 그녀가 그런 꼴로 달수 앞에 나타난 것에 우선 놀라지 않을 수 없었다.

「어쩐 일이여?」

달수는 덤덤한 기분으로 이렇게 물었다.

「놀랐지요?」

그녀가 희한하게 웃었다.

「어쩐 일이냐고?」

「당신 나오기를 기다렸지, 여기서.」

「내가 출소하는 걸 알고 있었어?」

「그럼요. 두 달 전부터.」

그러나 달수는 순간 죽자가 원망스러웠다. 그 동안 새까맣게 잊고 있던 이 여자가 제 앞에 다시 나타나야 할 아무런 이유도 없다는 생각이 들었다.

「뭘 하러 왔지?」

「당신 벌써 잊어버렸수, 나하고 같이 살림 차리자던 거?」

「뻔뻔스럽긴 너 따를 여편네 없겠구나! 넌 한씬가 하는 놈팡이가 있었잖여?」

「그 새끼 이야긴 꺼내지도 말아요. 치가 떨리니까.」

「치가 떨리는 사람은 바로 나여.」

「그 자식이 내가 벌어둔 15만 원을 들고 토껴버렸다고요.」

「토끼다니? 그게 정말이여.」

「심심해서 하는 소린 줄 알어요?」

「그 새낄 못 잡았어?」

「잡을 수도 있었지만 내가 포기를 해버렸어요.」

「포길 하다니?」

「그것 팔아서 모은 돈 누가 처먹으면 어떤가 싶은 생각이 들데
요.」

「철학가 열 잡아 처먹을 넌이군!」

「철학가가 따로 있나요.」

그녀는 다시 한번 공허하게 웃었다. 달수는 바지주머니에 손을
깊숙이 찔러넣으며 몸을 움츠렸다.

나죽자가 한씨란 놈에게 당한 것은 사실이었다. 달수가 동장 오
동칠을 쳤다는 죄로 옥살이에 들어갔다는 소식이 들려오자 죽자는
더욱더 한씨에게 엉겨붙었다. 무슨 수를 쓰든지 한씨의 돈을 우려
먹어야겠다는 생각이 들었기 때문이었다.

한씨 역시 사람 좋은 편이어서 뱃구레에 차고 있던 전대를 죽자
에게 맡기는 등 스스럼없이 대해주었다. 죽자는 호박이 덩굴째 떨
어지는구나 싶었다.

「죽자, 우리 살림 차릴래?」

한씨는 전연 예상치도 않았던 말까지 했다.

「거짓말 말어요. 사람 그런 식으로 꼬시는 게 아니라구요.」

죽자는 반신반의했다.

「사람 진정 몰라주는 것도 큰 죄된단 말이여.」

「진정이 무슨 길가의 돌멩인 줄 알우?」

「그럼 못써.」

한씨가 눈물까지 글썽이며 대드는 판에 죽자는 굴복하고 말았다. 눈물에 약한 게 술집 갈보라는 것을 한씨가 모를 리 없었건만 죽자는 그것을 몰랐던 게 탈이었다. 그래서 죽자는 15만 원을 꿍쳐두었다는 사실을 고백하게 되었고 가방에 넣어둔 현찰을 꺼내서 자랑까지 하는 데 인색하지 않았다.

「그깟 돈 보기도 싫다구.」

「왜요?」

「뻔하잖어. 어떻게 번 돈이란 게.」

「그래도 피 썩인 돈이라오, 여보.」

「하여튼 난 그 돈 보기도 싫은게 내버리든지 하라구.」

이렇게 말하던 녀석이 이튿날 새벽같이 일행 네 사람을 데리고 그 돈 홀랑 빼가지고 도주하고 말았던 것이다.

「당신 대포라도 한잔 안하실 거요?」

「내 기집년 된 듯이 말하는군!」

「대포 살 돈은 내게 있어요.」

두 사람은 대폿집 문을 밀치고 안으로 들어갔다. 접대부 퇴물 같은 여자가 엉덩이를 실룩거리며 방문을 열고 나왔다.

죽자가 말했다.

「술 딱 한 되만 주세요.」

「안주는?」

「필요없어요.」

싸늘한 술 한 되를 놓고 두 사람은 식탁에 마주앉았다.

「당신 시방 워디루 갈 거예요?」

「남 가는 길 물어 뭘 해?」

「뻣뻣하긴 옛날이나 시방이나 변치 않았네!」

「구룡동으로 갈 거야.」

술 한 대접을 비우고 달수가 이렇게 말했다.

「거긴 아무도 없다구요. 거의가 집을 비우고 이주를 해버렸어요. 당신 형님 식구들도 경기도로 이주하고 동장 녀석도 뜨고 없다구요.」

「남이야 어쩌든 니가 무슨 상관이야? 텅 비어 있긴 우리도 마찬가지야.」

「우리라니요?」

「니나 나나 말이여. 내 말귀 못 알아들어?」

술 한 되가 비워지자 두 사람은 함께 일어섰다. 죽자가 말했다.

「잠깐 기다려요.」

그녀는 보자기를 풀더니 두둑한 목수건 한 개를 꺼내 달수의 목에다 걸어주었다.

「한 달 전에 사둔 거요.」

대폿집의 문을 열자 시가지 끝에서 마침 먼지를 안은 회오리바람이 이쪽으로 불어오고 있었다. 그들은 추녀 끝에 서서 그 바람이 지나가기를 기다렸다. 여자가 말했다.

「여보, 물들 곳을 다시 찾아가면 뭘 하겠수?」

「구룡동엔 언덕도 없다더냐?」

「여보, 버스 정류장으로 가요.」

「걸어가. 우린 시방부터 순전히 발 덕으로 살아야 할 것잉게.」

두 사람은 시가지에서 서쪽으로 트인 길을 따라 걸어갔다.

(《세대》, 1975년 11월호)

검은댕기두루미

한승원(韓勝源)

1939년 전남 장흥 출생
서라벌예술대학 문예창작과 졸업
1968년 대한일보에 단편소설 「木船」으로 등단
작품집 〈앞산도 첩첩하고〉 〈안개바다〉 〈폐촌〉
〈포구의 달〉 등과 장편소설 〈불의 딸〉 〈포구〉
〈아제아제바라아제〉 〈꿈〉 등이 있다.
대한민국문학상, 한국소설문학상,
이상문학상 등 수상

검은댕기두루미

썰물로 드러난 회갈색의 바지락 양식장에 앉아 있던 두루미 한
마리가 그녀의 집이 있는 쪽으로 날아오고 있었다. 홀로 살고 있는
늙은 두루미였다. 그 두루미는 언제부터인가 그녀의 집이 자리잡고
있는 언덕 뒤쪽 기슭의 늙은 소나무 가지에 앉아 있곤 했다.

「나 이리로 죽으러 왔다.」

이 말을 그녀는 혼자 사는 두루미에게서 배웠다. 그녀로서는 환
장하게 향기로운 말이었다. 오래오래 묵은 술처럼. 그녀는 혼자서
만 가지기 안타까운 값진 물건을 뭉청뭉청 싸보내고 싶어지는 친지
들에게 문득 그 말을 하곤 했다.

그렇지만, 마흔다섯 살이라는 나이에 걸맞지 않게 청바지에 청점
퍼 차림을 한 남동생 창기에게 이 말을 해놓고 그녀는 후회했다.
그냥 바람쐬러 나섰다는 그에게서 여러 번 포개 접어 숨긴 암수표
같은 음모의 부피와 그림자가 감지되었다.

이 아이가 어쩐 일로 천릿길을 달려왔을까, 늙은 그 여자가 중병
이라도 들었을까, 혹시 정리해고되어 심화를 풀려고 돌아다니고 있

지 않을까, 함께 살던 젊은 여자하고는 어찌 되었을까. 줄기차게 뻗어가던 생각이 두루마리처럼 말리는 후회. 그 말림 현상이 속을 쓰라리게 했다.

바다로 눈길을 돌렸다. 먼바다에서 달려온 파도가 모래톱에서 두루마리처럼 하얗게 말리고 있었다. 한 스님의 잘린 목에서 솟구쳤다는 흰 피 같은 거품이 일고 있었다. 그 파도는, 혀를 깨물고 죽어버리고 싶을 만큼 울화통이 끓어오르거나 짜증스럽거나 자신이 혐오스러울 때면 문득 고개를 돌려 눈으로 확인하곤 하는 화두였다. 그 화두는, 그래도 이 세상은 참을성 참을성 하고 소리치면서 살아볼 만한 의미와 가치가 있다는 것과 제일 오래 사는 자가 최후의 승리자라는 것을 일깨워주곤 했다. 오래 살면서 지켜보아주는 것만큼 확실한 복수가 있을까. 나에게 상처를 입히면서 허섭쓰레기 같은 이익을 챙기고 즐거워한 자들의 최후의 모습을 지켜보는 그 통쾌한 슬픔.

콧등이 높고 눈썹밭이 까맣고 짙은 데다가 면도날로 밀어낸 구레나룻 밑뿌리가 검푸른 창기의 불안정하게 흔들리던 눈빛이 그녀의 눈알을 더듬었다.

그녀는 그의 칼 끝처럼 파고들어오는 눈빛이 싫어 눈을 내리깔아버렸다.

「죽으면 누가 묻어줄 건데 ? 」

그녀는 그를 등지고 바다를 향해 앉았다. 죽으면 반드시 땅에 묻혀야 하는가. 먼바다에서 달려온 파도들은 모래톱에서 양파의 흰 속껍질처럼 벗겨지고 있다. 양파는 알맹이가 없다. 껍질로만 되어 있다. 벗겨지고 또 벗겨지면 허무만 남는다.

「면장한테 화장시켜 달라고 쓴 유서, 화장할 비용 넣어놓은 통장, 도장, 비밀번호 적은 종이를 서류봉투 속에다가 담아 머리맡에 놓아두고 산다.」

그 말이 그의 가슴에 어떤 울림인가를 일으킬 만큼 그의 삶은 성숙해 있지 않았다. 어떤 지대한 목적인가를 위해 살 뿐이었다. 흘레붙을 암컷을 구하거나 먹이를 구하기 위해 열심히 냄새를 맡고 다니는 개처럼, 고양이처럼.

그는 홀 안을 한바퀴 둘러보았다.

그녀가 열어놓은 대여섯 평쯤의 공간에는 조리기구, 접대용 탁자 네 개, 의자 여덟 개, 전화기, 텔레비전, 미니 오디오 들이 의좋게 자리잡고 있었다. 통유리창을 통해, 키 작은 소나무 여남은 그루와 흰 억새꽃들과 모래밭과 바다와 섬과 하늘이 그녀의 몸 냄새 어려 있는 그 공간을 훔쳐보고 있었다.

뒤쪽 바람벽에 책보자기만한 유리창이 있었다. 억새풀의 은색 꽃들이 출렁거리는 언덕 위로 활등처럼 굽은 찻길이 있었고, 가끔씩 화물자동차나 승용차나 관광버스 들이 미친 말들처럼 달려가곤 했다.

찻길 위쪽의 산등성이와 골짜기에는 바야흐로 불끈 일어서는 듯한 거인이나 공룡 같은 푸른 형상들이 널려 있었다. 오래 전부터 그 자리를 선점하고 있는 산딸기나무, 소나무, 상수리나무, 떡갈나무 들을 뒤늦게 솟구쳐 올라온 칡덩굴들이 휘감고 덮어버린 것이었다.

그녀의 술집은 두 개의 유리궁전 같은 횟집 사이에 끼여 있었다. 사간 홑집인 허름한 붉은 벽돌 기와집을 그녀가 사서 개조한 것이었다.

그녀의 몸에 뚫려 있는 모든 구멍들이 당사 같은 파장으로 창기의 머릿속에 웅크리고 있는 음모의 옷을 벗기고 있었다.

「용서해 드려. 그 불쌍한 사람.」

그의 입에서 이 말이 흘러나올까 싶어 겁났다. 그녀는 자기 주위에 성을 드높이 쌓듯이 오디오의 볼륨을 한껏 높였다. 실로폰 소리 같은 여자 가수의 노랫소리가 그녀의 헐거운 자궁 같은 공간 속을 가득 채웠다.

「술 한잔 해라.」

서둘러 술병 마개를 땄다. 곶감을 우린 물 같은 양주.

그녀는 가능하면 그와 눈길을 마주치지 않으려고 애썼다. 그 어떤 것하고든지 눈길을 마주치면 상대에게 자기의 속마음이 들통나곤 했다. 바다, 구름, 달, 억새풀, 참새, 까치, 가끔 부리곤 하는 아주머니 들은 벌써 오래 전부터 그녀의 속마음을 뽑아쥐고들 있었다.

창기가 담배 한 개비를 꺼내 물고 라이터를 켰다. 담배연기가 음습한 안개처럼 퍼졌다. 니코틴의 매우면서도 구수한 냄새가 알레르기성 천식기가 있는 그녀의 가슴속을 움켜쥐고 비틀어댔다.

「나 담배 안 피운다. 두 번만 빨고 꺼라. 손님들 담배 피우는 것도 지긋지긋하다.」

그는 그녀의 말을 못 들은 체했다.

그녀는 냄비를 가스레인지에 올리고, 물을 붓고, 냉동실에 들어 있는 깔따구 새끼 네 마리와 바지락 여남은 개와 마늘과 표고버섯과 양파와 무와 고추장을 넣고 불을 켰다. 동시에 환풍기를 틀었다. 환풍기 소리와 오디오 소리가 서로를 깔아뭉개려 하고 밀어내려 하면서 한데 엉기어 결고틀었다.

탕이 끓는 동안 빈대떡을 부치기로 했다. 녹두 두 움큼을 분쇄기에 넣고 스위치를 켰다. 분쇄기는 분노하여 악쓰는 소리를 냈다. 오디오 소리가 분쇄기 소리에 밀리고 있었다.

프라이팬 바닥에 치잣빛 식용유를 넉넉하게 두르고 불을 켰다. 물쳐서 갠 녹둣가루를 넣었다. 녹둣가루가 뜨거움을 못 견뎌하면서 푸드덕거렸다. 삶은 이렇게 저렇게 만난 서로를 지지고 볶도록 되어 있었다.

「나 금방 갈 텐데 술 마시면 안돼. 여기 오는 도중에 백차 두 대나 만났다.」

창기는 손에 들고 있는 자동차 열쇠를 탁자 위에 얹었다. 그의 차는 호마(胡馬)처럼 키가 크고 기운이 센 검정 지프였다.

「한잔 하고 바닷가 거닐면서 달 구경 실컷 하고 깨면 가거라. 달은 열이레, 열여드렛날 밤이 제일 좋다. 하늘도 맑고 바람도 알맞게 불고…….」

「달 구경이라는 말을 입에 담고 살아갈 만큼 여유롭고, ……누님은 팔자 좋네. 그 여자, ……치매가 심각해졌어. 나 그냥 사방 문에 철창 해가지고 그 여자 가둬놨어. 내 능력으로는 더이상 어찌할 수 없어. 그 속에서 똥을 싸든지 악을 써대든지 밥그릇이나 요강을 내던지든지 불을 싸지르든지 내버려두는 거야. 가끔씩 파출부 불러다가 돈 넉넉하게 쥐어주면서 씻어내고 목욕시키라고 하고 그래.」

그가 기어이 그 여자에 대한 이야기를 입에 담고 있었다.

그녀는 진저리를 쳤다.

그가 '그 여자'라고 부르는 것은 그들의 어머니였다. 둘이 다 '어머니'라는 말을 입에 담으려고 하지 않았다.

창기는 담배를 꽁초가 될 때까지 다 피웠다. 재떨이에 담배를 눌러 죽이는 그의 손가락을 내려다보다가 「너 진짜 창기 맞는 거냐?」 하고 물으면서 그에게 등을 두르고 바다를 향해 앉았다.

바다가 모래톱과 검은 갯바위를 물어뜯고 있었다. 갈매기는 요동치는 파도 속에서 고기 사냥을 하고 있었다. 쾌속선 두 척이 푸른 물굽이 속에 묻혀 있는 지퍼를 하얗게 찢으며 나아갔다. 그 여자에 대한 이야기가, 그녀의 가슴속 어딘가에 숨어 있는 아픈 기억의 종양을 찢고 피고름을 짜내고 있었다.

「무슨 소리를 하고 있어?」

「혹시 그 여자가 너로 둔갑해서 여기 온 것 아니냐?」

동생은 그것을 부정하려 하지 않았다.

「그래, 그런지도 몰라. 그 여자, 지금도 이렇게 저렇게 둔갑을 잘해. 어떤 때는 이 노인이 진짜로 치매를 앓고 있는가 하는 의심이 갈 정도로 말짱해. 또 어떤 때는 내 영혼 속으로 들어와 나를 이리저리 조종하고 있는 것 같고. 내가 없을 때는 말짱해 있다가 내가 눈앞에 나타나면 노망을 부리는 것인지도 모른다고. 원래 백 년 묵은 여우였는데, 그렇게 여자로 둔갑해서 살고 있는지 어쩌는지…….」

「나는 네가 진짜로 너인지를 묻고 있는 거야.」

그녀는 짜증을 냈다.

그는 고개를 갸웃거리다가 흐흠 흐흠 하고 실없이 웃고 「나도 확실하게 잘 모르겠어」 하면서 양주 한잔을 따라 마셨다.

그는 그 여자에게서 물려받은 가죽 도매점을 걷어치우고 가죽제품과 밍크옷 들을 수입해다가 팔고 있었다.

그녀가 빈대떡 두 장을 그의 앞에 놓았고, 그는 쿵쿵 빈대떡 냄새를 맡았다.

「이거 진짜 국산 녹두로구나. 나 성녀하고 헤어졌어. 혼자 사는 것이 편해. 개한테는 향기가 없어. 수입 녹두로 부친 빈대떡같이.」

옛날에 왕씨 성을 가진 한 남자가 과거를 보러 가는데, 눈처럼 하얀 여우 두 마리가 사람같이 뒷다리로만 서서 무슨 이야기인가를 주고받고 있었다. 키 작은 여우가 한쪽 앞발로 종이 한 장을 들고 다른 앞발로 그것을 가리키면서 속삭였다. 마주선 여우는 심각한 표정으로 그 말을 듣고 있었다.

그것을 발견한 왕씨는 여우들을 향해 '야!' 하고 소리를 질렀다.

그 여우들은 그의 외침을 아랑곳하지 않았고 달아나려고 하지도 않았다.

왕씨는 달려들어 종이를 낚아채버렸다. 여우 두 마리가 빼앗긴 그것을 되빼앗으려고 덤벼드는 것을 왕씨는 발길로 차기도 하고 주먹을 휘두르기도 하여 여우들을 쫓았다.

몸집 작은 여우는 눈두덩을 호되게 얻어맞고, 좀 살가운 여우는 옆구리를 차인 채 '켕 케겡' 하고 울부짖으며 달아났다. 왕씨가 빼앗은 종이에는 알아볼 수 없는 글씨들이 씌어 있었다. 그는 그것을 주머니에 접어넣고 주막으로 갔다. 이 종이에는 필시 어떤 은밀한 사연인가가 적혀 있을 것이다 싶었다.

여남은 명의 과거꾼들이 술이나 밥을 시켜 먹고들 있었다. 왕씨는 그들을 향해 금방 자기가 백 년 묵은 여우 두 마리와 결투를 하여 그들에게서 빼앗은 종이에 대해 이야기를 하였다.

그때 주막의 사립으로 괴나리봇짐을 짊어진 체구 작달막한 남자 하나가 들어왔다. 그 작달막한 남자는 눈두덩에 퍼런 멍이 들어 있었다. 그 남자는 으스대는 왕씨의 무용담을 한동안 듣고 있더니, 어디 그 여우들에게서 빼앗았다는 종이를 한번 보자고 말했다.

왕씨가 주머니에서 문제의 그 종이를 꺼내려 하는 순간 평상 가장자리에 앉아 국밥을 먹고 있던 한 남자가 눈두덩에 멍든 남자를 가리키며 '여우다 !' 하고 소리를 질렀다. 그는 멍든 나그네의 바짓가랑이 사이로 나온 여우의 꼬리를 발견한 것이었다.

눈두덩에 멍이 든 남자는 재빨리 여우로 변하여 달아나버렸다.

왕씨가 서울로 가기 위해 재를 넘어가는데 호미를 든 새각시 하나가 절름거리며 걸어가고 있었다. 왕씨가 다가가자 그녀는 밭의 김을 매다가 독사에 물렸다고 하면서 자기를 고개 너머 자기 집까지 좀 업어다 달라고 통사정했다.

왕씨는 새각시의 예쁜 얼굴과 늘씬한 몸매와 날아오는 아릿한 꽃

향내에 눈앞이 어지러워졌다. 그러나 그는 냉정을 되찾았다. 첩첩 산중 그 어디에 밭이 있다는 것인가. 새각시가 어쩌면 여우일지도 모른다고 생각하고 치맛자락 밑을 살폈다. 아니나다를까 꼬리 끝이 나와 있었다. 왕씨는 나뭇가지 하나를 꺾어들고 새각시를 후려쳤다.

새각시는 여우로 변하여 달아났다.

왕씨는 자기 주머니 속에 들어 있는 그 종이에 대한 궁금증 때문에 견딜 수가 없었다. 꺼내 펼쳐보았다. 너무 난삽하게 흘려쓴 글자들이라 뜯어 읽을 수가 없었다. 이것은 과거 시험에 나오게 될 글제일 터이다. 과거에 거듭 낙방한 어느 한 많은 귀신이 이렇게 베껴낸 것일 터이다. 이것만 풀이한다면 나는 장원급제를 할 것이다. 앞으로 여우가 어떤 술책으로 빼앗으려 할지라도 나는 절대로 속아넘어가지 않으리라. 그는 그 종이를 주머니에 넣고 이를 악물었다.

강나루에 이르렀을 때 왕씨는 소스라쳐 놀랐다. 시골에서 농사를 지으며 살고 있어야 할 그의 젊은 아내와 머리 희끗희끗한 어머니가 나귀 등에 봇짐을 실은 채 나룻배를 기다리고 있었다.

왕씨가 달려가서 대관절 어찌 된 일이냐고 물었다. 어머니가 말했다.

「네가 정승댁의 책사가 되어 살게 되었다고 하루속히 집안 살림 살이를 정리하고 서울로 올라오라고 하여 이렇게 올라가는 길이 다.」

그의 아내는 주머니에서 그가 서울에서 만나자고 써보낸 편지를 내놓았다. 왕씨는 그 편지를 들여다보았다. 거기에는 아무런 글자도 씌어 있지 않았다.

왕씨는 '아아!' 하고 탄식을 했다. 그 여우란 놈들이 둔갑을 해서 우리 집안을 이렇게 망쳐놓고 있구나. 그는 어머니와 아내에게 「아

이고, 그 못된 것들이 우리 가족들을 희롱하고 있습니다. 얼른 고
향으로 되돌아가 팔았던 집과 논밭을 되찾아놓고 제가 돌아오기를
기다리고 계십시오」 하고 말했다.

바야흐로 나룻배가 건너오고 있었고, 산굽이의 자드락길에서 한
나그네가 그 나룻배를 타기 위해 헐레벌떡 달려왔다. 어머니가 그
나그네를 보고 깜짝 놀라 소리쳤다.

「아니, 이것이 누구냐!」

왕씨는 그 나그네가 다름아닌 10년 전에 집을 나간 동생임을 알
아차렸다. 어머니는 새로이 나타난 작은아들을 얼싸안고 울어댔
다.

「어디에서 사느라고 그렇게 소식을 딱 끊어버렸느냐? 아이고 우
리집은 다 망했다.」

동생이 눈물을 닦으며 어찌하여 망하게 되었다는 것이냐고 물었
다.

왕씨가 여우에게 희롱당한 이야기를 모두 했다. 그러자 동생이
「대관절 무슨 종이인데 집안을 망하게 했다는 것입니까? 어디 한
번 봅시다」 하고 말했다.

왕씨가 주머니에서 그것을 꺼내 주었다. 그것을 받아든 동생이
들여다보더니, 빙긋 웃고 「아아, 이것! 아이고 이것이 이제야 내
손에 들어왔네」 하며 그것을 움켜쥐고는 몸을 획 돌렸다.

왕씨가 '어!' 하는 사이에 동생은 여우로 변신하여 도망을 쳐버렸
다. 둘론 어머니와 아내와 나귀도 여우로 변신하여 앞서간 여우를
뒤따라 도망쳤다.

그녀가 대학 시험에 떨어지고 나서 서울에 갔을 때, 탕수육에다
고량주를 마시고 난 그 여자가 둔갑한 여우에 대한 이야기를 해주
었다. 그리고 나서 눈을 거슴츠레하게 뜬 채 「나도 그 여우같이 살

고 있다. 내 눈, 귀, 코, 입, 내 백합꽃 같은 속살에다가 상처 내 주고 그 종이 훔쳐갖고 달아난 세상한테 복수를 하고 그것을 찾을 라고……」 하고 말했다.

그 여자와 고량주를 함께 마신 김군의 얼굴은 창백해져 있었다. 눈 주위와 양쪽 볼이 연지를 칠해놓은 듯 불그레할 뿐.

「그 종이만 찾으면 다시 예전의 착한 암여우로 둔갑을 해서 산골 짜기로 들판으로 마을로 줄달음질쳐 다니고, 닭 우리 속으로 들 어가 포동포동한 처녀닭 총각닭 잡아먹으면서 속 편히 살 터인데 …… 그렇게 잘 먹어가지고 기가 팔팔해지면 진짜 양귀비 같은 미녀로 둔갑해서 내로라 하면서 떵떵거리고 으스대는 놈들 유혹 에서 은행돈 뭉텅이째 빼내다가 쓰기도 하고…… 야아, 얼마나 얼마나 좋겠냐? 안 그러냐, 김군아?」

앞에 앉은 김군을 바라보는 그 여자의 눈은 이글거리고 있었다. 그녀가 옆에 앉아 있지 않으면 당장에 암여우로 둔갑하여 김군의 옷들을 모두 벗겨낸 다음 잡아먹어버릴지도 모를 일이었다.

김군은 그 여자의 이글거리는 눈에 질리기라도 한 듯 슬그머니 눈을 내리떴다.

줄지어 선 이층 상가의 스카이라인 저쪽에 황혼이 핏빛으로 타오 르고 있었다.

「그 종이에는 무엇이 적혀 있어요?」

김군이 그 여자의 눈치를 살피면서 물었다.

그 여자는 그 물음에 대답하려고 하지 않았다.

「우리 춤 한번 추자.」

녹음기 스위치를 눌러놓고 김군의 손을 끌었다. 김군은 그녀의 눈치를 보면서 꽁무니를 뺐지만 그 여자가 그냥 두지 않았다. 그 여자는 달아나려 하는 김군을 붙잡아 보듬고 선율에 맞추어 몸을 흔들어댔다. 내부에서 꿈틀거리는 힘을 주체하지 못했다.

눈꼴사나워 그녀가 몸을 일으켰다. 변소엘 가는 체하고 자리를
피해주었다.

김군의 체구는 작달막하면서도 실팍했다. 화장을 곱게 한 예쁜
여자처럼 얼굴이 희고 고왔다. 코가 오뚝했고, 입술이 얇다라면서
붉었다. 눈에는 흰자위가 많았고, 말을 할 때엔 그 순한 눈을 깜박
거리며 수줍게 웃곤 했다. 가슴이 알맞게 벌어지고 허리와 다리가
늘씬했다.

이발을 말끔하게 하고 면도를 날마다 하다시피 했다. 몸에서 늘
비누 냄새, 샴푸 냄새가 끊이지 않았다. 그 여자가 그의 머리 냄새
와 땀 냄새를 싫어하였고, 하루 한두 차례씩 목욕탕엘 다녀오라고
돈을 집어주곤 했다.

그로 하여금 그 여자 밑에서 일을 할 수 있도록 뒤에서 작용한
것은 그녀였다. 그는 그녀가 재수를 하느라고 들랑거린 학원 앞의
만두집에서 일을 하던 아이였다. 늘 혼자서 쓸쓸하게 들어와 라면
을 청해 먹곤 하는 그녀에게 그는 만두와 빵 두어 개씩을 주인 모
르게 주곤 했다.

그는 꾀죄죄한 바지에 낡은 점퍼를 입고 있었다. 몸이 깡말랐고,
피부가 거칠었고, 머리도 윤기 없이 부스스했고, 광대뼈가 튀어나
왔고, 눈치를 보면서 쭈뼛거렸었다.

만두 가게의 문을 닫는 날은 그녀와 함께 지산 유원지에 가서 리
프트카를 타기도 하고, 떡볶이를 먹기도 하고, 영화를 보고 나서
천변길을 걸으며 전선에 걸린 달이나 먼지알 같은 별들을 보기도
했다.

그런 어느 날 밤 그가 고아원에서 자란 이야기를 해주었다.

즐겁게 웃을 때에도 슬픈 그늘이 어려 있곤 하는 그의 얼굴을 밝
게 만들어주고 싶어졌다.

「좋은 일자리 하나 소개해 줄게 그리로 가서 일해라. 나하고 가까운 여자가 서울 남대문시장에서 가죽 도매점을 냈는데, 믿을 만한 사람을 구하지 못해서 임시로 어떤 남자 하나를 쓰고 있는 모양이더라. 사실은 그 여자가 우리집 돈을 모두 빼내다가 쓰고 있거든. 그 여자한테 내 사람 하나를 붙여둬야 하는데…… 니가 내 사람 노릇을 좀 해라. 무조건 찾아가서 일을 시켜달라고 통사정을 하고 한번 붙어 있어봐라. 나하고 아는 사이라든지, 내가 보내서 왔다든지 하는 눈치를 보이면 절대로 안돼. 그 여자 못된 짓 하지 못하도록 하면서 잘 붙어 있으면 나중에 내가 너 독립하도록 한밑천 대주자고 할게. 그리고 나도 이번 시험만 치러보고 안되면 그 여자 가게로 가서 경리 노릇이나 해야겠어. 그 여자가 경영하고 있는 것들, 결국에는 나하고 내 동생이 모두 차지해야 하는 것이니까. 내가 갈 때까지 니가 먼저 가서 자리 튼튼하게 잡고 있어. 처음에는 뜬골로 나타난 너를 못 미더워하고 쓰지 않으려 할지 몰라. 퉁겨버리려고 하더라도 그냥 물러서지 말고, 써주기만 하면 정말로 고분고분 시키는 대로 잘하겠다고 하면서 떼를 써. 그래 가지고 지금 있는 사람을 밀어내고 들어앉으란 말이야. 알겠어, 무슨 말인지 ?」

그녀는 그에게 그녀의 영혼 담긴 주머니끈을 통째로 잡혀주고 있었다. 만일 그가 그 여자 밑에서 튼튼하게 뿌리를 내리고 있게 되면 그와 결혼을 할 생각이었다.

「나 서약서를 써줄게. 손바닥 이리 내봐.」

그녀는 가리키는 손가락 끝으로 그의 손바닥에다가 한 글자 한 글자를 아프게 각인했다.

'내가말한대로김석호가잘하고있게되면독립할수있도록한밑천떼어줄것을서약함선우창희.'

그가 그 여자 가게에서 일을 하기 시작했다는 전화를 받자마자 그녀는 서울엘 올라갔다. 그 여자에게는 한 대학에서 실시하는 백일장에 참석하기 위해서 왔다는 거짓말을 했다.

그 여자는 그를 그녀에게 소개하면서 입이 닳게 칭찬을 했다. 착하고 부지런하고 성실하고 다부지다고.

그날 밤 그녀에게 보라는 듯이 그에게 서울살이의 지혜를 하나하나 짚어주었다.

「시골놈 서울놈이 따로 있는 줄 아냐? 서울에 사는 놈들 99프로가 시골에서 온 놈들이야. 가슴 쩍 펴고 다녀, 눈치 보지 말고 자신만만하게. 말 서투르고 길 어두워서 실수 한두 번 하는 것 창피하게 여기지 말고. 사람들은 신이 아니기 때문에 누구든지 다 한두 번씩은 크고 작은 실수를 하는 거야. 실수가 아니고 연습이라고 생각해. 실수 때문에 주눅들어 살지 말어…… 문제는 한 번 한 실수를 또 하느냐 다시는 하지 않느냐 하는 것이 중요한 거야. 알겠어?」

반드시 하루 한차례씩 갈아입으라고 팬티와 러닝셔츠 열 장씩과 양말 열 켤레를 한꺼번에 사주고, 단추 세 개가 두 줄로 내리달린 감색 양복 한 벌을 지어 입혔다.

며칠 사이에 그 여자와 그가 너무 밀접해져 있는 것이 수상스러웠지만, 그녀는 그에게 부디 밉보이지 말고 잘 있어달라고 당부를 하고 광주로 내려왔다.

이듬해 봄 그녀가 대학 시험에 실패하고, 진학을 포기해 버린 채 서울에 갔을 때, 그는 전혀 딴사람이 되어 있었다. 그는 입술을 굳게 다문 채 윗몸을 양옆으로 흔들면서 천천히 걷곤 했다. 의젓한 성인남자의 냄새가 났다.

그 여자는 그가 오달지다는 듯이 머리를 쓰다듬어주기도 하고 등이나 어깨를 철썩철썩 치기도 했다. 물건과 돈 회전이 잘된 날 밤에는 그와 함께 탕수육이나 난자완스를 시켜 먹고 고량주를 권커니 작커니 했다. 화투를 치기도 하고 녹음기를 틀어놓고 춤을 추기도 했다.

그의 존재가 종업원인지 애인인지 아들인지 보디가드인지 노예인지 알 수 없어졌다.

그녀는 그들 둘이가 다 미워 견딜 수 없었다.

「야 김석호, 너 하는 짓이…… 그게 무어야?」

그녀가 얼굴을 일그러뜨린 채 그를 비난했다.

「사장님이 그렇게 하자는 것을 난들 어떻게 하겠어? 여기서 부쳐사는 동안에는…… 니가 또 그렇게 잘하면서 붙어 있으라고 시켰잖니?」

김군은 볼멘소리를 했다.

「그래도 니 주제파악을 좀 하고, 또 옆에 있는 내 존재에도 신경을 좀 써. 그 여자 너보다 스무 살이나 연상이야. 앞으로 조심해. 그 여자가 어떤 여자인지 아냐?」

그녀의 말에 그는 대꾸를 하지 않았다.

그녀는 그 여자와 그와 그녀가 함께 살고 있는 공간이 짜증스럽고 불편해 견딜 수 없었다.

그녀가 서울에 오기 전까지 그 여자와 그는 서울역에서 만리동으로 가는 길목에 방 한 칸을 얻어 살았다. 그를 다락으로 올려 보내고 그 여자는 방에서 잔 것이었다.

그녀가 함께 살게 되었는데도 그 여자는 방을 옮기려고 하지 않았다. 전과 마찬가지로 그를 다락에서 거처하게 하고, 그녀의 자리를 그 여자의 옆에 마련해 주었다.

그녀가 서울에 오지 않았을 때에는, 지금 그녀가 누운 자리에서, 그 여자와 그가 서로의 알몸을 보듬고 뒹굴었을지도 모른다. 그와 그 여자가 추하게 느껴지고 두려워졌다.

그녀는 옷을 부엌에서 갈아입곤 했고, 자리에 들 때에도 브래지어를 풀지 않았고, 담요로 아랫몸을 둘둘 말고 잤다. 자다가 다락 위의 그가 스테인리스 요강에 오줌 누는 소리를 듣고 놀라 깨곤 했고, 그때마다 진저리를 쳤다.

2박 3일 동안, 울산, 부산, 마산, 전주, 광주의 기죽점포로 수금을 나갔다가 밤늦어서 돌아왔다. 초가을이었다.

초인종을 누른 한참 뒤에 김군이 문을 열어주었는데, 그에게서 술 냄새가 풍겼다. 야릇한 예감이 머릿속을 스쳤다.

방안으로 들어섰을 때, 그 여자는 진달래꽃 그림 박인 담요로 온몸을 감싸고 흰 목 위쪽의 얼굴만 내민 채 바람벽에 윗몸을 기대앉아 있었다. 추워서가 아니었다. 알몸이 되어 있었다. 방바닥에는 화툿장 서너 장이 흩어져 있었다.

그 여자는 취해 있었다. 들어오는 그녀를 보자마자 그 여자는 실성을 한 듯이 아하하하하 하고 웃어댔다.

문을 닫고 윗목 구석에 서 있는 김군은 어찌할 바를 모르고 절절맸다. 그녀의 눈치를 살피면서 무슨 변명인가를 하려고 했다. 그렇지만 아무런 말도 하지 못했다.

눈동자와 얼굴 근육들이 취기로 말미암아 풀어진 그 여자는 히죽거리면서 맥주병의 주둥이를 유리컵에 처넣어 따르고, 흰 거품 넘치는 컵을 들어 벌컥벌컥 들이켰다. 입술에 톱밥 같은 거품이 묻었다.

그녀의 코는 민감하게 떠도는 냄새를 맡았다. 술 취한 사람이 내뿜은 쿠릿한 냄새, 향수 냄새, 남자와 여자의 알몸이 뿜어낸 냄새. 그녀의 머릿속에, 그와 그녀가 문을 안에서 걸어 잠근 채 벌였을 음험한 일이 떠올랐다.

그 여자가 그녀의 머릿속에 떠오른 생각을 감지하고 「야 이년아. 왜 그렇게 서 있기만 해? 쓸데없는 인공위성 띄우지 말고, 이리

앉아서 맥주나 한잔 해라. 우리는 탕수육에다가 고량주에다가 소주에다가 맥주에다가 실컷 마셨다. 장거리 여행하느라고 피곤할 거다. 몇 잔 들이켜고 나서 대강 씻고 자거라」하고 소리쳤다.

그녀는 그 여자가 혐오스러워 견딜 수 없었다. 젊은 배달원놈하고 내내 음탕한 짓을 해놓고도, 딸인 그녀에게 부끄럼 한 점 없이 너털거리고 너스레를 떨다니⋯⋯. 미친 황음병이다.

두 사람을 향해 침을 뱉어주고 밖으로 나가버리고 싶은 것을, 이를 악물어 참았다.

그 여자가 다시 소리쳐 말했다.

「야아! 이년아 오해하지 말어. 오해하면 죄받는다. 나하고 김군하고는, 네가 생각한 것 같은 그런 일 절대로 하지 않았으니까.」

도둑이 매를 들고 있다고 그녀는 생각했다.

「이 천벌을 받을 악마들!」

그녀는 문을 걷어 밀었다. 밖으로 나오면서 방안을 향해 퉤 하고 침을 뱉었다.

「오해야」하면서 그가 그녀의 팔을 낚아챘다. 그녀가 그를 뿌리쳤다.

그 여자가 등뒤에서 그를 향해 소리쳐 말했다.

「그년 못 나가게 붙잡아라! 저런 못된 년은 입을 찢어버리고 대갈통을 깨 죽여야 한다.」

그 여자가 자기의 불륜을 눈치챈 그녀를 죽이려 하는 것이라고 그녀는 생각됐다. 그녀는 김석호의 팔뚝을 물어뜯었다. 그가 아픔을 이기지 못하고 주저앉았다. 그녀는 대문 밖으로 뛰어나갔다.

「아니야.」

김군이 뒤쫓아왔다. 그 여자의 미친 듯한 웃음소리가 들려왔다.

희미한 가등 밑에서 그녀의 앞을 막아선 그가 말했다.

「믿어줘. 우린 화투를 쳤을 뿐이야. 한 번 지면 옷을 하나씩 벗기 내기를 한 거라고.」

「이 변태 연놈들아. 어떻게 어머니뻘 되는 여주인하고 젊은 배달
원놈하고 그런 내기 화투놀이를 할 수가 있어? 내가 들어왔기에
망정이지, 그렇게 둘이가 다 알몸이 된 다음에는 무슨 일을 벌이
겠어?」

그는 그녀를 포장마차로 끌고 갔다. 곰장어에 소주를 시켜놓고
그가 말했다.

「제발 믿어줘. 그렇게 일단 다 벗은 다음에는, 이길 때마다 옷을
하나씩 다시 입어가기로 한 거야. 지면 그대로 담요로 몸을 휘감
고 있는 것이고.」

그녀는 고개를 저었다. 그로 하여금 그 여자에게서 멀어져가게
하고 싶었다. 그녀는 소주에 취하여 울면서 그에게 통사정을 하듯
이 말했다.

「그 여자는 오늘 밤 알몸이 되어 너를 유혹하려고 일부러 내기에
져준 거야. 그 여자 황음병에 걸려 있어. 그 황음병 때문에 가까
이 한 남자들을 다 잡아먹었어. 우리 아버지두 그래서 죽었단 말
이야. 너도 조심해. 걸려들면 죽어. 그 여자 별명이 무언 줄 알
아? 불여우야 불여우. 그 여자 그것은 문어 빨판 같다고 소문이
났어. 그 소문 때문에 광주에서 못 살고 이리로 온 것이야.」

그는 고개를 살래살래 저었다.

「아니야. 나를 믿어줘. 나는 니가 시키는 대로 하느라고 사장님
비위를 그렇게 맞추고 있을 뿐이야.」

그가 만리동 쪽 셋방으로 들어가 그 여자와 화해를 하라고 했지
만 그녀는 그를 뿌리쳤다.

「오늘 밤 생각을 정리해 보고, ……그 결과에 따라, 내가 그 여
자하고 화해를 하게 될지, 내일로 관계를 끝장내게 될지 모르겠
는데, ……너에게 부탁할 말이 한 가지 있다. 너하고 그 여자하

고의 관계가 어느 정도 깊어져 있는지 모르겠는데, 그것이 아무
리 깊을지라도, 오늘 밤에 내가 한 말들 절대로 그 여자한테 하
지 말아라. 그렇게 할 수 있니? 생각을 해보고, 만일 내가 그
여자와의 관계를 더 유지하는 게 좋겠다 싶으면, 네가 그 약속을
지켜주리라 믿고, 내일 아침 가게로 나갈게.」

친구의 자취방에서 자고 이튿날 아침 느지막하게 가게로 나가니
그 여자가 혼자서 장부 정리를 하고 있었다.
「마침 잘 왔다. 김군을 대전에 수금하러 보내놓고 나니까 급한
주문이 두 군데나 들어왔다. 문을 잠가놓고 갈까 어쩔까 하고 있
었는데…….」
그 여자는 차갑게 말하고 배달처의 약도를 그려주었다.
「한군데는 북아현동이고, 또 한군데는 이대 입구야. 먼저 북아현
동부터 배달하고 이대 쪽으로 가거라. 굴레방다리에서 버스를 내
려가지고, 북아현초등학교 오른쪽 옆 계단을 올라가는 거야. 학
교 뒤쪽으로 가면 거기 언덕에 블록으로 지은 가게들이 있을 거
야. 아홉 번째 집이 공장이니까 거기다가 열다섯 장 배달해라.
열 장은 검정, 다섯 장은 밤색…… 현금박치기하기로 하고 10프
로 싸게 계산서 끊었으니까 반드시 돈 받아와야 한다. 이대 앞
공장은 이 약도대로 찾아가고. 검정 열 장, 밤색 열 장인데 거기
도 현금박치기다. 수표 막느라고 돈 다 들어가버렸으니까 오늘
월급 내 손에서 못 나간다. 그것 받으면 월급보다 몇만 원 더 많
을 거다만, 그냥 보너스라고 생각하고 다 쓰도록 하거라.」
말을 하는 동안 그 여자는 그녀와 눈길을 마주치려 하지 않았다.
간밤의 일이 부끄러워 그러는 것이 아니라고 그녀는 생각했다. 그
여자의 말속에는 거추장스러운 딸을 죽음의 자리로 보내는 독한 어
머니의 차가운 매정이 스며 있다고 생각했다. 아니, 내가 오해를

하고 있는지 모른다. 이때껏 맺어온 모녀의 관계를 유지하려면 내가 부드러워져야 한다. 간밤의 일을 잊어야 한다.

쇠가죽 서른다섯 장이면 35킬로그램이 넘는 무게였다.

그녀가 가죽 열다섯 장을 한데 쌓아 묶고, 다시 스무 장을 한데 쌓아 묶는 것을 그 여자는 도와주려고 하지 않았다. 장부를 펼쳐놓고 계산기를 두들겨대기만 했다.

그 여자가 볼륨을 한껏 높여놓은 라디오에서는 가느다란 목소리의 진행자가 수다와 호들갑을 떨어댔다. 가을인데도 여름날같이 무더운 날씨라고, 서울의 현재 기온이 섭씨 26도라고, 한낮에는 28도쯤일 것이라고, 기상관측을 하여온 이래 가장 높은 기온이 될 거라고.

그녀는 전날 입었던 헐렁한 청바지에 긴팔 유백색 블라우스를 입고 있었다. 그녀는 날마다 단단히 무장하듯이 두꺼운 재질의 옷을 입었다. 살이나 브래지어가 비치지 않을 뿐만 아니라 젖가슴의 선이나 둔부의 곡선이 드러나지 않게 하고 싶었다.

그 여자가 등과 어깨를 툭툭 쳐대고 머리를 쓰다듬어주곤 하는 김군의 흘끗거리는 눈길과 뒤룩거리는 근육질과 그에게서 날아오곤 하는 비누 냄새와 샴푸 냄새가 싫었다. 그의 눈길과 마주치는 것, 그가 옆을 스쳐 지나가는 것도 지긋지긋했다. 그 여자와 알몸을 섞는 그의 알몸이 떠오르면 진저리가 쳐지고 얼굴이 화끈 달아올랐다. 이때 그녀의 몸에 뚫려 있는 구멍들이 문을 열고 땀이나 이슬 같은 것을 내뿜었다. 그녀의 연꽃살까지도 그랬고, 그리하여 속옷이 젖고 있었다.

가죽 묶음 둘을 양손에 들고 나섰다.

하루라도 빨리 그 여자와 그의 옆을 벗어나고 싶었다. 독립을 한 다음 장식품 가게나 아기옷 가게나 여자들의 속옷 가게를 차리고 싶었다. 시골에 있는 남동생과 할머니를 데려오고 싶었다. 자기가 번 돈을 할머니에게 드리면서 살림살이를 하게 하고, 남동생의 뒤를 대주고 싶었다.

각오를 단단히 한 만큼 35킬로그램 이상 되는 가죽짐이 겁나지 않았다.

「한꺼번에 다 배달할 수 있겠냐? 무거울 텐데 가까운 데 먼저 배달하고 와서 다시 가도록 하지.」

그 여자가 장부에 눈길을 박은 채 말했다. 부드러움과 따스함으로 포장한 목소리였다.

그녀는 못 들은 체했다. 그 여자는 그녀가 그 무거운 가죽 묶음 둘을 한꺼번에 들고 나가서 실컷 고생하기를 바랄 터였다. 그녀와 그 여자 사이에는 오래 전부터 보이지 않는 싸움이 시작되어 있었다.

열다섯 장짜리를 오른손에 들고 스무 장짜리를 왼손에 들었다. 무거운 것을 양손에 든 만큼 걸음이 어기적거릴 수밖에 없었다. 계산대 앞을 지나가려 하자 그 여자가 차비를 내밀었다.

그것을 받아 청바지 호주머니에 찔렀다. 천원권 석 장과 동전 열 닢. 버스를 타고 가라는 것이었다.

버스 정류장까지 가면서 그녀는 짐을 다섯 번이나 땅에 놓고 쉬었다. 햇빛이 뜨거운 데다 무더웠다. 무거운 짐을 힘겹게 들고 가는 그녀의 숨결은 가빠졌다. 몸에서는 벌써 땀이 솟기 시작했다.

굴레방다리 쪽으로 가는 버스가 왔다. 양손에 짐을 든 그녀는 어기적거리며 버스 출입문을 향해 달렸다. 아무리 급히 달려도 그녀의 움직임은 굼뜰 수밖에 없었다.

버스 운전사가 아니꼽다는 듯이 그녀와 그녀의 짐을 노려보았다.

버스비를 내기 위해 짐을 통로 한가운데 놓았는데, 버스 운전사가 눈살을 찌푸리고 소리쳤다.

「거기다가 놔두면 사람들이 어떻게 드나들겠어요?」

운전사는 그녀를 양식이라고는 눈곱만큼도 없는 사람으로 취급하고 있었다. 그녀는 운전사에게 죄송하다고 하면서 짐 둘을 통로 안쪽 가장자리에 쌓았다. 위에 얹은 것이 떨어지지 않도록 한쪽 무릎으로 받쳤다. 무릎을 구부리지 않을 수 없었고, 그러다 보니 윗몸이 수그러졌고, 등쪽에 늘어뜨려놓은 생머리카락들이 이마와 눈과 볼 쪽으로 모두 넘어왔다. 두 손으로 그 머리칼들을 쓸어 넘겼다.

버스가 방향을 바꾸기 위해 몸을 뒤틀 때마다 그녀의 몸이 이리저리 쏠리고 짐이 통로 쪽으로 쓰러지려고 했다. 마침내 한 손으로 짐을 누르면서 무릎으로 떠받치고, 다른 한 손으로는 좌석에 붙은 손잡이를 붙잡았다. 삼단처럼 치렁거리는 머리칼들이 얼굴을 덮었다.

옆에 탄 사람들이 안되었다는 듯이 영화 속의 처녀 귀신 같은 그녀를 흘끗거렸다. 애초부터 눈길 한 번 주지 않는 사람도 있었다.

버스 안의 공기는 후텁지근했고, 그녀의 이마와 콧등에서는 땀방울이 맺히고 있었다. 청바지와 블라우스 속의 맨살에서도 땀이 솟았다. 얼굴이 화끈거렸다.

버스는 유난스럽게 몸을 흔들어대면서 달렸다. 자기의 내부에 무거운 짐을 실은 그녀를 골탕먹이려 하고 있었다.

굴레방다리에 이르렀다.

운전사를 외면한 채 양손에 짐을 들고 어기적거리며 내렸다. 버스는 그녀가 땅바닥에 발을 디디자마자 빽 하고 경적을 울리며 달려가버렸다.

짐을 땅바닥에 놓아둔 채 심호흡부터 했다. 이를 악물었다. 이제부터는 무거운 짐을 나르는 노예가 되었느니라 하고 참아야 한다.

짐 들을 모두 들고 골목길로 들어서려다가 멈추어섰다. 두 묶음을 함께 들고 가야 할 이유가 없다. 배달처가 이대 앞인 스무 장짜리 묶음은 어디다가 맡겨놓고 다녀오자.

상업은행 앞에서 쑥과 취나물 따위를 파는 아주머니가 만만해 보였다. 짐을 들고 다가갔다.

「아주머니, 이것 한 십 분 동안만 여기 놔두면 안될까요? 이거 가죽인데, 이 작은 것 배달하고 와서 찾아갈게요.」

아주머니는 잔주름이 가득한 구릿빛 얼굴을 찌푸리며 그녀를 쳐다보았다.

「나 그것 잃어버리면 책임 못 지요?」

「네에, 물어달라는 말 않을게요.」

열다섯 장짜리 묶음만 한쪽 손에 들고 자기의 검은 그림자를 밟으며 걸었다.

초등학교 교문 쪽으로 가는 길은 비좁고 가팔랐다. 스무남은 걸음쯤 가다가 쉬고 또 그만큼 가다가 쉬었다. 나아갈수록 짐이 무겁게 느껴졌다.

교문 앞에서 한동안 쉬었다. 학교의 시멘트 벽돌담을 왼쪽에 끼고 올라가는 길은 경사가 45도쯤은 될 듯싶었다. 겨울철의 미끄럼 방지를 위해 만들어둔 계단은 하나의 높이가 여느 계단의 두 배쯤은 되었다. 가랑이를 크게 벌리지 않으면 올라설 수가 없었다. 맨몸으로도 오르기 힘든 계단길을, 무거운 짐을 한쪽 손에 든 채 오르자니, 정강이, 종아리, 허벅다리의 근육들이 금방 뻐드러졌다. 다섯 계단 오르고 쉬고 또 다섯 계단 오르고 쉬었다.

거듭 땀을 훔치면서 숨을 헉헉거렸다.

학교 뒤쪽 언덕에는 양철이나 슬래브 지붕을 얹은 자그마한 블록 벽돌집들이 다닥다닥 붙어 서 있었다. 그 집을 하나 둘 셋 하고 헤아리기 시작했다. 아홉 번째 집 앞에서 발을 멈추었다. 나왕문이 달려 있었다. 현금을 받아 챙길 수 있다는 기대나 기쁨보다는 무거운 짐 하나를 부리고 돌아갈 수 있다는 홀가분함이 가슴을 부풀게 했다.

손수건만한 젖빛 유리 한 장이 달려 있을 뿐인 그 문을 살피고 난 그녀는 의아했다. 그 문의 녹슨 고리에는 놋쇠로 된 자물쇠가 걸려 있었다. 그 문짝의 젖빛 유리 아래쪽에는 '장씨목공소'라는 글자들이 삐뚤삐뚤 씌어 있었다. 매직잉크로 쓴 그 글씨들은 잿빛으로 바래 있었다.

그녀는 한걸음 물러서 그 목공소 양옆을 살폈다.

내가 잘못 헤아렸을까. 그 여자가 잘못 일러주었는지도 모른다. 한 집 너머나 두 집 너머에 가죽점퍼 공장이 있을지 모른다.

양옆으로는 세탁소와 구멍가게와 만화방과 쌀집과 철물점과 전파상이 있을 뿐이었다. 가죽점퍼 공장은 물론 양복점이나 양장점이나 가죽점퍼 수선소 같은 것도 눈에 띄지 않았다.

다른 골목으로 들어온 것이 아닐까. 북아현초등학교 뒤쪽 언덕 위에 있는 골목이 이것말고 또 있을까. 이 학교가 북아현초등학교가 분명할까.

구멍가게로 들어가서 주인남자에게 「혹시 이 근처에 가죽점퍼 공장 어디 있는지 아십니까?」 하고 물었다.

색이 바랜 감색 점퍼에 국방색 바지를 입은 남자는 금방 입이 찢어질 만큼한 하품 때문에 눈물 질금거리는 눈을 거듭 깜박거리면서 그녀의 얼굴을 뜯어보다가 고개를 저었다.

「나 여기서 10년 넘게 살고 있고, 이 옆 복덕방에 하루도 빠짐없이 들랑거리지만서도 이 근처에 잠바 공장이 있다는 말은 처음 듣는계?」

「그럼 이 앞에 있는 학교가 북아현초등학교 맞습니까?」

「그래, 그것은 맞어.」

그녀는 공중전화 부스로 가서 그 여자에게로 전화를 걸었다.

「무슨 소리야? 북아현초등학교라니? 나 아까 북아현중학교라고 했는데? 그 집 전화번호 가르쳐줄게, 직접 물어 찾도록 해라.」

그녀는 자기의 귀를 의심했다. 아까 나는 분명 북아현초등학교로 들었는데? 내가 잘못 들은 것일까. 이 무슨 어처구니없는 실수냐?

세탁소 아주머니에게 북아현중학교가 어디에 있는지를 물었다.

언덕길을 따라 신촌 쪽으로 내려간 다음 새고개 쪽으로 잠시 올라가면서 보면 중학교 입구 표지판이 보일 거라고 했다.

어떻게 북아현중학교를 북아현초등학교로 잘못 들을 수 있단 말인가.

자신의 주도면밀하지 못함이 가증스러웠다. 바싹 마른 입술에 밭은 침을 발랐다. 입맛이 쓰디썼다. 가죽짐을 들고 어기적거리면서 경사 심한 길을 내려갔다. 내가 실수를 한 것이므로 고문 같은 이 헛고생을 참고 견뎌야 한다.

북아현중학교는 더욱 가파른 언덕 위에 있었다.

그 학교의 시멘트담을 왼쪽에 끼고 올라가는 길도 계단길이었다. 독심을 품고 일곱 계단을 오르고는 쉬고, 다시 일곱 계단을 오르고는 쉬었다. 세 번 쉬고 네 번 쉬고…… 열 번 쉬고 스무 번 쉬었다. 다리 근육들이 지쳐 늘어졌다. 그녀의 몸에 뚫려 있는 모든 구멍들이 땀을 뿜어냈다.

그 학교 뒷담을 끼고 길이 나 있었다. 승용차 한 대가 간신히 지나갈 수 있는 그 길을 따라 걸었다. 그러면서 잿빛 골이 쳐진 슬래브 지붕 얹은 블록집들을 하나씩 헤아렸다. 그 집들도 모두 가게였다. 유제품 대리점, 식료품 가게, 만화방, 쌀집, 구멍가게, 세탁소, 약방, 미용실…… 아홉 번째 집 앞에서 발을 멈추었다. 한데, 그것은 전파사였다. 내가 집 수를 잘못 헤아렸을까. 주위를 둘러살폈다. 가죽점퍼 공장이라는 간판은 그 어디에도 붙어 있지 않았다.

약방 앞에 있는 공중전화통 앞으로 갔다. 그 여자가 가르쳐준 전화번호를 돌렸다. 신호가 갔다. 저쪽에서 전화를 받은 남자 목소리가 「여기는 가정집이야. 확실하게 알고 전화를 걸어. 죽도록 밤일하고 들어와서 막 눈을 붙이려고 하니까 이런 정신나간 년이……」하고 버럭 소리를 질렀다.

내가 번호를 잘못 누른 모양이구나. 아니 접속이 잘못된 것인지도 모른다. 그녀는 다시 한번 천천히 분명하게 그 번호를 눌렀다. 한데 결과는 마찬가지였다. 아까 그 남자 목소리가 「이런 쓰팔년을 어떻게 쳐죽일까!」하고 악을 썼다.

그 여자가 불러준 전화번호를 잘못 들은 것일까. 스스로에게 화가 났다. 가게의 그 여자에게로 전화를 걸었다. 통화중이었다. 삼십 초쯤 기다렸다가 다시 걸었다. 이번에는 전화를 받지 않았다. 삼십 초쯤이나 신호를 보내보았다. 화장실엘 갔는지도 모른다. 일분쯤 기다렸다가 다시 걸었다. 마찬가지로 받지 않았다.

그 여자가 나를 골탕먹이려고 이 배달을 시키고 있는 것 아닐까. 배달처를 거짓으로 가르쳐주고 내 힘에 겨울 만큼 무거운 가죽짐 둘을 들고 헤매게 하고 있는 것이 아닐까.

'아 무서운 마녀.'

그럴 리 없다. 그녀는 고개를 살래살래 저었다. 이것은 나중에 김군에게 배달하라고 하고 이대 앞 공장에만 배달하고 돌아가기로 하자.

그녀는 가죽짐을 들고 은행 앞으로 갔다. 그녀는 땀에 흠뻑 젖어 있었다. 한낮이 가까워질수록 날씨는 더욱 무더워졌다.

은행 앞에서 나물 장사를 하는 아주머니에게 사정을 말하고, 작은 짐을 맡겨놓고 큰 짐을 집어들었다. 이대 쪽으로 가는 버스에 올라탔다.

이대 입구에 내려서 걸었다. 약도를 보았다. 이번에는 골목을 잘못 들어가는 실수를 저지르지 말자.

이대 쪽으로 들어가는 길 오른쪽의 작은 골목에 배달처가 있다고 약도는 말하고 있었다. 그 골목을 얼마쯤 들어가면 동사무소가 나오고, 거기에서 이대 쪽으로 가다가 첫번째 담배가게 옆에 있는 이층 건물이 가죽점퍼 공장이라는 것이었다.

약도가 지시한 골목으로 들어갔다.

가죽 스무 장은 그녀의 몸뚱이를 땅속으로 가라앉게 하고 있었다. 그녀는 사력을 다해 그 짐을 들고 걸었다.

동사무소가 쉽게 나타나지 않았다. 그 골목의 막다른 곳까지 나아갔지만 동사무소는 없었다. 막다른 곳에는 감색의 철대문이 있었다. 그것은 이태리식 미니 이층집의 대문이었다. 쇠꼬챙이와 유리 조각 들을 꽂은 담 위에서 흐드러진 핏빛 덩굴장미꽃들이 그녀를 향해 입이 찢어지게 웃고 있었다. 가슴이 막혔다. 산소 부족한 어항 속의 금붕어처럼 고개를 쳐들고 심호흡을 했다. 그 철대문을 등진 채 그녀는 절망했다. 앞집의 시멘트 지붕 위로 하늘이 부옇게 열려 있었고 거기에 흰 태양이 그녀를 향해 화살 같은 빛살을 날려대고 있었다.

내가 다른 골목으로 들어선 것일까. 동사무소를 지나쳐 온 것일까.

오던 길을 되밟아나갔다. 양옆을 세세히 살피면서 걸었다. 가죽 짐이 짓누르면서 스친 까닭으로 청바지 속의 정강이와 종아리 살결이 화끈거렸다.

그녀는 볼썽사납게 어기적거리고 기우뚱거리며 걸었다. 바람 한 점 없었다. 무더위 때문에 그녀의 얼굴은 뜨거운 불로 익혀놓은 것처럼 빨개져 있었다. 몸은 금방 멱을 감고 난 것처럼 젖어 있었다.

두 차례나 샅샅이 뒤졌지만 그 골목길에는 동사무소가 없었다. 그녀를 그리로 들어서게 한 약도는 엉터리였다. 그녀가 배달해 주어야 하는 가죽점퍼 공장은 이 세상 그 어디에도 없었다. 그녀는 그 여자에게 농락을 당하고 있었다.

두시가 가까워져 있었다.

공중전화통으로 갔다. 가게에 앉아 악마처럼 싱글거리고 있을 그 여자에게로 전화를 걸었다. 신호만 갈 뿐이었다. 땅바닥에 퍼지르고 앉아 울어버리고 싶은 것을 참았다.

목이 말랐다. 허기가 졌다. 구멍가게로 들어가 우유 한 봉지를 사서 목마름과 허기를 메웠다. 가죽짐을 그늘에 놓고 엉덩이를 붙이고 앉았다. 폐광의 기나긴 동굴 같은 절망이 절벽처럼 눈앞을 막아섰다. 울분이 기름 저장탱크에 붙은 불처럼 덩이져 솟구쳐 올랐다.

파김치가 된 채 가죽짐을 끌고 가게로 돌아왔다. 가겟문이 잠겨 있었다. 문설주에 종이 한 장이 붙어 있었다. 급한 배달을 나간다는 내용이었다. 보조 열쇠로 문을 열고 들어갔다. 가죽짐을 책상 위에 올려놓고 이를 갈면서 그 여자가 돌아오기를 기다렸다.

수금 나간 그가 그 여자보다 먼저 들어왔다.

그녀는 독 오른 암표범처럼 그에게 덤벼들었다. 그의 젖가슴과 어깨를 물어뜯었다. 그녀를 밀어내려고 하는 그의 손가락과 팔뚝을 물어뜯었다. 그는 그녀를 피하려다가 땅바닥에 주저앉았다.

「아악! 왜 이래? 너 미쳤어?」

그는 데굴데굴 구르면서 몸부림치고 발버둥쳤다. 그녀는 그를 놓치지 않고 계속 물어뜯었다. 아주 죽일 참이었다.

그 여자가 이날 왜 그녀를 그렇듯 고문한 것인지 그녀는 훤히 짐작하고 있었다. 간밤 그는 그 여자에게 그녀가 한 말들을 모두 까발린 것이었다. 그리하여 그 여자는 밤새도록 그녀에게 할 복수를 계획한 것이었다.

그녀에게 물린 자리를 덮어 누르면서 울고 있는 그의 머리와 가슴을 주먹으로 치고 발뒤꿈치로 밟아버리고 얼굴에다가 침을 뱉었다.

「나쁜 자식! 네놈이 나를 그렇게 배신하고 니 멋대로 살 수 있
을 것 같으냐? 지옥에도 못 갈 더러운 자식, 나 배신하고 그년
보듬고 천년만년 잘 먹고 잘살아라.」

언제 왔는지, 그 여자가 그녀의 등뒤에 서 있었다. 그가 그녀에
게 당하는 것을 말리려고 하지 않았다. 개싸움을 보듯 차갑게 구경
하고만 있었다.

그녀는 배달처 약도를 그 여자의 눈앞에 펼쳐 보이고 그것을 갈
갈이 찢어 그 여자의 얼굴로 뿌렸다.

그 여자는 미동도 하지 않고 빈정거렸다.

「그 가죽점퍼 공장 천당에 있는데, 일찌감치 그리로 가라는 것인
데, 그것을 눈치 못 챈 니년이 바보 멍청이지!」

그녀는 그 여자에게로 전화기, 소형금고, 장부, 의자, 방석, 쓰
레기통, 가죽 들을 들어 던지며 악을 써댔다. 이 악마년아, 죽어
구렁이나 되거라. 지렁이나 되거라.

옷가방을 챙겨들고 집을 나와버렸다.

문전처럼 검붉은 해가 지평선 너머로 떨어지고 핏빛 노을이 타올
랐다.

「향기 따지고 부드러운 매력 챙기고 그러지 말고 성녀라는 아이
하고 다시 살아라.」

그녀가 창기를 타일렀다.

「부드러움이나 상냥스러움으로 말할 것 같으면 그 늙은 여우년이
최고지. 그렇지만 그 여우년 얼마나 사람을 많이 잡아먹었는지
아냐?」

「잡아먹었다는 표현은 지나치다.」

「그 여우년 편드는 것 보니까 성녀 버린 것도 그 여우년한테 홀

린 때문이구나 ?」

「우리 집안 여자들은 알아주어야 돼. 우리 집안이 요모양 요꼴로 풍비박산된 것도 모두 여자들이 잘못 들어온 때문이야.」

창기의 말이 옳을지 모른다고 그녀는 생각했다.

그녀가 여우년이라고 한 그 여자는 무서운 여자였다. 그 여자와 만난 남자들은 하나같이 모두 넋을 빼앗겼다. 그녀를 낳도록 해준 남자도 넋을 빼앗겼던 것이다. 김석호도 그랬다.

그 여자는 어떠한 소재로 그릇을 빚어 구워도 녹아 흘러내리게 하는 용광로 같은 가마였다.

「나 몇 가지 서류를 좀 만들어달라고 왔어.」

창기가 말했다. 창기도 그 여자에게 넋을 빼앗긴 것이다. 그녀는 동생으로 둔갑하여 나타난 여우가 왕씨에게서 되찾아간 종이가 생각났다.

「서류라니 ?」

그녀가 물었다.

「그 여자 건물을 내 앞으로 돌려야 하는데 누님의 허락이 있어야 해. 상속 포기서 말이야. 그리고 김석호라는 남자가 죽었는데, 자기 건물을 누님한테 주라고 유서를 남겼어. 나 그것 담보로 잡히고 돈을 좀 꺼내 썼으면 좋겠어. 일단 누님 앞으로 등기 이전을 한 다음에 서류를 좀 만들어주도록 해.」

그녀는 바다로 눈길을 돌렸다. 그녀 앞에 둔갑한 여우 한 마리가 앉아 있었다. 그 여우에게서 찬바람이 날아오고 있었다. 그 종이쪽 내주지 않으면 이 여우가 내 눈두덩에 상처를 입히고 빼앗아가겠지. 먼바다에서 달려온 파도가 모래톱에서 하얗게 말리고 있었다. 한 스님의 잘린 목에서 솟구쳤다는 흰 피 같은 포말을 날리며. 그녀의 가슴속에도 그 말림 현상이 일고 있었다. 그로 말미암아 가슴속에 생긴 쥐내림 같은 아픔을 그녀는 「그래 다 해주마. 원하는 대로」 하는 말로 뿜어버렸다.

썰물로 드러난 회갈색의 바지락 양식장에 앉아 있던 검은댕기두루미 한 마리가 그녀의 집 있는 쪽으로 날아오고 있었다. 그녀의 집 뒤쪽 산기슭의 늙은 소나무 가지에 혼자 앉아 있곤 하는 늙은 두루미.

'나 이리로 죽으러 왔다.'

그녀는 그 두루미에게서 배운 환장하게 향기로운 말을 내뱉으려다가 이렇게 말했다.

「조건이 하나 있다. 너, 그 여자 거기 가둬놓지 말고, 이리로 모셔다 놔라. 안골 수락마을 어구에 빈집이 두 채 있더라. 그것 하나 사가지고…… 거기 살면서 날마다 저 개펄밭에 나와 바지락도 파먹고 굴도 까먹으면서 저 두루미같이 살다가 가라고. 그렇게 안해주면 나 아무것도 안해준다. 어디서 어떤 모양새로 살건, 사는 것 모두가 갇혀 사는 것이기는 하지만, 좀더 너른 땅에서 훨훨 날개라도 쳐보면서 사는 것이 좋을 수도 있는 법이니까.」

그 말을 하는 순간 어디에서인가 금방 까놓은 생바지락이나 생굴의 향기가 날아오고 있었다. 그 향기가 어디에서 날아올까 하고 주위를 두리번거렸다. 자기 내부에서 솟고 있었다. 수묵처럼 깔리고 있는 땅거미 저쪽의 꽃섬 위에서 치잣빛 같은 까치놀이 뜨고 있었다.

(《문학동네》, 1998년 겨울호)

세월의 너울

김원일(金源一)

1942년 경남 김해 출생
서라벌예술대학, 영남대학교 졸업
1966년 매일신문에 단편소설 「1961·알제리」로 등단
장편소설 〈불의 제전〉〈늘 푸른 소나무〉〈마당 깊은 집〉
〈사랑아 길을 묻는다〉 등과 〈김원일 중단편전집〉이 있다.
대한민국문학상, 동인문학상, 이상문학상 등 수상

세월의 너울

일 년 중에 마땅히 기념해야 할 날이 있다. 어느 가정의 경우에나 해당되는 일이다. 못박아 정해둔 어느 하루가 그런 날이다. 양력 새해에 들면 우리 집안은 구정을 쉰다. 그러나 양력 새해를 맞으면 나와 안사람은 머리를 맞대고 열두 장 달력에 일일이 기념일을 표시해 둔다. 돌아가신 윗대 어른들 기제사는 음력으로 지낸다. 어머니 생신과 우리 삼형제 생일도 음력을 따른다. 아랫대로 내려오면 생일과 결혼 기념일이 양력으로 바뀐다. 그러한 경조사가 있는 날을 하루하루 표시하다 보면 달력에는 어느 달이든 한두 차례, 또는 두세 차례까지 기념해야 할 날이 생기게 마련이다. 윗대로는 증조부 대부터 제사를 모시니 다섯 차례 기제사가 있는 셈이다.

내 대에서는 남한에 살고 있는 형제가, 장남인 내 아래로 운식이, 청식이 이렇게 셋이다. 나는 아들만 셋을 두었다. 신경이 명주올처럼 가늘었던 큰아들은 대학 재학 중 연상의 한 여자를 사랑하더니 그 사랑이 이별로 끝나자 자살하고 말았다. 나는 이제 아들 둘을 두고 있는 셈이다. 둘째였던 건모가 장자가 되었다. 그는 어릴 적부터 무엇이든 만드는 데 손재주가 있어 대학도 미술대학 공예과에 입학했다. 졸업 무렵에는 어느 신문사에서 모집한 공예전에 문갑을 출품하여 입선하기도 했다. 결혼을 한 뒤에는 시내 변두리에 살림집을 겸한 작업장을 차려 소목장(小木匠)으로 제법 이름을 얻었다. 그러나 건모는 석 달 전 가족을 데리고 미국으로 이민을 떠나버렸다. 둘째애 건욱이는 자기 식구 둘과 함께 나와 한 지붕 밑에 살고 있다. 그러니 내가 사는 집은 어머니를 정점으로 건욱이 아들 현화까지, 사대가 함께 사는 셈이다.

가운데 아우인 운식이는 아들 둘에 딸 하나를 두었고, 막내 청식이는 단출하게 남매를 두고 있다. 그러므로 우리 삼형제 아랫대에서 남자가 다섯, 여자가 둘로 가지를 쳤다. 우리 삼형제 손자 대에는 이제 한창 가지가 벌어져서 앞으로 새 가지가 계속 생겨날 것이다.

기념일은 내가 어머니를 모시고 있는 데다 종갓집이므로 가족 모두 우리집에 모이는 날이 많다. 그렇지 않은 날은 우리 내외가 어머니를 모시고 나들이 나가기도 하고, 따로 간단한 선물을 보내거나 전화로 안부만 묻는 날도 있다. 그런 날은 과거가 떠올려주는 추억으로 기쁨이 되살아나기도 하지만, 사람이 이 세상에 무슨 뜻이 있어 태어나며 혈육이란 또 무엇인가 하는 생각을 되씹기도 한다. 어찌 되었든, 나 자신도 이제 나이가 늙은이 축에 끼이고 보니 그런 기념일에 마음가짐이 한결 엄숙해지는 점만은 분명하다.

오늘도 달력에 표시가 있는 기념일 가운데 하루이다. 오늘은 자식들 결혼 기념일이나 손자들 생일과 같이 즐거운 추억을 떠올려주는 그런 날은 아니다. 그렇다고 울적한 마음으로 지난날을 돌아보게 되는 날도 아니다. 이제는 기쁨과 슬픔의 분명한 선도 무너져, 즐거웠던 기념일에 슬펐던 날을 떠올리기도 하고, 슬픈 추억을 되새김질하다 보면 그 언제인가 기쁜 날이 되어 돌아오려니 하는 기대를 가져보기도 한다. 오늘은 집안식구가 모두 우리집으로 모이는 날이다. 나는 이날만은 비교적 담담하게 맞아온 편이다. 이날이 떠올려주는 추억으로 말하면, 간절하게 사무쳐오는 그 무엇이 없기 때문일까. 하여튼 내가 생각해도 냉정하다는 느낌이 들 때가 많다. 다만 우리 가문의 내력을 곰곰이 되짚어보게 되는 날로, 잊어선 안 될 중요한 기념일인 점만은 틀림없는 그런 날이다.

오늘은 아버지 사십오 주기 기제삿날이다. 아니다. 정확하게 말한다면 아버지 기일은 내일인 셈이다. 삼대봉사(三代奉祀)를 하는 우리 집안의 경우, 제사는 늘 자정을 막 넘겨 모시기 때문이다. 아니, 언제인가 어머니가 별세한다면 내가 살아 있을 동안은 어머니 제사마저도 그 시간에 모셔야 할 것이다. 어머니는 요즘 사람이 아닌 옛 유가(儒家)의 전통 속에 살아 계시고 당신 당대만은 그 전통을 굳게 지키려는 분이기 때문이다.

오래 전 이야기이지만 통금이 있었던 시절의 오늘 같은 아버지 기제사 전날 저녁, 그런 말이 있었다. 그때는 어머니 슬하 세 자식에서 태어난 친손자들이 아래로 초등학교부터 위로 대학까지 줄줄이 학교에 다닐 무렵이었다. 아우 둘이 우리집으로 오기 전에 의견을 맞추었는지, 그날 저녁 모임에서 그런 의견이 나왔다. 앞으로는 어느 어른 기제사든 기일 당일 밤 아홉시쯤에 모시자는 것이었다. 자정을 넘겨 제사를 모시니 통금에 걸려 집으로 돌아갈 수 없고 맏형 집에서 잠을 자려니 잠자리가 불편하다는 둘째 운식의 말이었다. 「자정에 제사를 모시다 보니 애들이 치르는 고역 좀 생각해 보십시오. 애들 말로는, 큰아버님네 집에서 새벽밥 먹고 집으로 돌아가 가방 챙겨 허둥지둥 학교로 가자니 졸음이 와서 공부를 망친다지 않아요.」 막내 청식이가 중형 말을 거들고 나섰다. 「둘째형님 말이 맞습니다. 통행금지만 없어도 되겠는데, 애들이 제 방이 아니

라고 잠을 설치다 깨어나니 학교 공부에 지장이 많답니다.」 한마디
씩 하고 난 두 아우가 어머니 눈치를 흘끗거리다, 나를 보았다. 맏
형이 딱 부러지게 결정을 내릴 수 없겠지만 이럴 때 한마디쯤 강력
한 발언을 보태라는 눈짓이었다. 시류를 좇는다면 그런 말이 맞았
다. 세월이 그런지라 자정을 넘겨 제사를 모시는 집이 도회에선 흔
하지 않을 것이다. 그러나 나는 잠자코 있었다. 맏형님은 늘 왜 그
렇게 우유부단한지 모르겠어요, 하는 막내의 힐책을 쏘아보는 눈길
로 느꼈으나 이런 문제만은 나로서도 대책이 없었다. 마음속으로는
두 아우 의견에 일리가 있다고 긍정했지만 그 문제의 결정권은 내
게 있지 않았다. 아우 둘도 그쯤은 알고 있었다. 모두의 눈길이 자
연스럽게 어머니에게로 옮겨갔다. 주방 쪽에서 도마질소리가 멎었
다. 아내를 포함한 제수씨 둘은 하던 일손을 멈추고 멀찌감치에서
어머니를 바라보았다. 십수 년 전이니 그때 아마 어머니 연세가 회
갑을 넘긴 지 몇 년은 지났을 터였다. 지금도 정정하시지만 그 시
절이야말로 집안 살림 두량은 어머니 손에서 풀려나갔다. 심지어
시장에서 찬거리를 사오는 일도 아내는 일일이 어머니에게 무엇을
사올까 여쭙곤 대문을 나섰으니까. 어머니는 당신이 나설 차례임을
알고 조심스럽게 입을 떼었다. 「많지두 않은 집안이 이럴 때 하룻
밤을 함께 보내는 게 무어 그리 어렵누. 집이 좁다면 모르지만 자
구 갈 방과 이부자리두 넉넉허지 않느냐. 애들두 그렇다. 하룻밤
조금 늦게 재운다구 이튿날 공부에 지장이 있다면 그만한 손해가
과연 얼마만큼 손해겠누. 돌아가신 조선님을 기리는 정성이 학교
공부보다 더 중요하다는 게 이 할미 생각이다. 너들은 어디서 생겨
나 이렇게 뿌리를 내렸구 이 다음에 어디루 가서 뉘 혼백을 만나게
될 거냐.」 말씀하실 동안 어머니 표정은 늘 그렇듯 근엄하고 목소
리 또한 침착한 중에 위엄이 섰다. 말을 마치자 어머니는, 너희들
말은 더 듣지 않겠다는 듯 자리를 떴다. 자식들의 그런 말이 섭섭

했던지 제사를 모실 동안 어머니는 손수건으로 눈 가장자리를 닦았
다. 전에 없던 일이었다. 그 뒤부터 누구도 그런 의견을 감히 꺼내
지 못했다. 우리 어머니가 보통 분이 아니지만 저 연세에 아직 저
렇게 강단이 세시구나, 하고 섬뜩하게 느꼈을 뿐이었다. 나는 물론
안사람도 마찬가지였다. 그러나 돌아가신 조선님을 기린다는 어머
니 말씀이 할아버지 경우라면 몰라도 아버지를 두고 말할 때는 꼭
해당이 된다고 볼 수 없었다. 내 생각은 그랬으나 지아비를 사려
하는 당신의 간절한 뜻이 그럴진대, 자식 된 도리로서 그 말씀을
감히 꺾어보겠다며 다른 이유를 둘러댄다는 게 부질없는 짓이었
다.

「옛말씀은 새겨볼수록 하나 그른 게 없느니라. 이 할미를 박물관
에나 모셔둘 노친네루 생각지 말구 들어봐. 음식을 두구 〈곡례(曲
禮)〉에서 이르신 말씀두 그러허다. 국은 훌쩍훌쩍 소리내어 들이
마시지 말라 일렀다. 또한 음식은 먹을 때 쩝쩝 소리내어 먹지 말
것이며, 뼈까지 아삭거리며 깕아먹지 말 것이며, 먹던 어육(魚肉)
은 도루 그릇에 놓지 말라 허셨다. 밥이 뜨겁다구 후후 불어 먹지
말구, 기장밥 먹을 때는 밥알이 찰지지 못해 흘리게 되니 젓가락으
루 먹지 말라 했느니라.」 방문을 활짝 열어놓은 어머니 방에서 들
려오는 어머니 말씀이다. 말의 높낮이가 없는 찬찬한 목소리다. 그
방에서는 무엇인가 기름에 튀기는 소리가 난다.

「할머님 말씀을 일일이 실천에 옮기려면 여간 조심스럽지가 않을
뿐더러, 그걸 다 지키려면 오랜 수양이 필요하겠네요.」 나와 한 지
붕 밑에 사는 둘째애 건욱이 처가 말한다.

「늘 의구, 이를 행실루 옮기려 마음쓰면 그리 어렵지두 않아. 얼
마 안 있어 자연 몸에 익게 되느니라. 내가 같은 소리를 귀가 닳
게 되풀이하는 연유두 다 아버님으루부터 물려받은 내림이지. 근
검과 절약을 하루 스무 번씩 외면 마음이 청정하구 재물이 절루

모인다 말씀하셨지. 아버님께선 이를 잠자는 시간에두 잊지 않으
신 분이셨다.」

어머니의 그 말씀은 나 역시 수십 차례, 아니 셀 수 없도록 들어
온 말이다. 내게 말씀하기도 했지만 종갓집 맏며느리인 내 안사람
에게 하는 말을 내가 곁귀로 들은 적이 더 많았다. 또한 어머니는
당신의 시아버지 자랑을 곧잘 내훈 (內訓)에 섞어넣었다. 어머니의
시아버지, 그러니 내게 할아버지 되는 그분은 견줄 만한 자가 쉽지
않은 대단한 어른이었다. 육이오 전쟁 때 예순넷의 연세로 돌아가
셨지만, 솟대 어른이란 별칭대로 씨름 선수같이 크고 벌어진 몸집
에 범상(虎相)의 위엄찬 모습은 솟대처럼 우뚝 솟아 지금도 눈에
선하다. 할아버지는 오랜 세월이 흐른다면 분명 우리 가문의 중시
조에 값할 만한, 오늘의 우리 집안을 일으킨 분이다.

내가 듣기로는 증조부 대까지 우리 집안은 저 충청도 땅 천안 삼
거리목 역참거리에 살았다 한다. 증조부는 역참거리 역졸이었다 하
니, 당시 신분으로 따진다면 한갓진 상민 계층이었던 모양이다. 어
릴 적부터 기골이 장대하고 영특했던 할아버지는 고조할아버지가
별세하자 을사강제조약이 체결되기 이태 전인 1903년, 열여덟 살
에 청운의 뜻을 품고 집을 떠나 첫발을 디딘 곳이 저 갯가 소금밭인
수원의 화성군 우정면이라 했다. 두어 해 소금밭 일을 한 할아버지
는 그 동안 일한 새경이 모이자, 그 돈으로 나귀 한 필을 사서 안
성·양평 내륙 지방에 내다파는 소금장수 장삿길에 나섰다. 한일강
제합병을 앞두고 일본의 조선반도 점탈이 본격화되어 세상이 한창 어
수선할 때라, 내륙 지방은 소금이 품귀현상을 빚었다. 소금은 내륙
지방 농산물·약초·피륙으로 바뀌었고 그것은 갯가의 더 많은 소금
으로 교환되었다. 그렇게 몇 해를 오금이 닳도록 도다녀 밑천을 잡
자, 할아버지는 천안 역참거리에서 그때까지 드난살이를 하던 증조
할머님을 수원으로 모셔와 정착했다. 여수내골 중농 집안 규수를

맞아 장가를 들었다. 얼마 뒤, 증조할아버님 묘마저 이장함으로써 할아버지는 묘사(墓祀)가 아니면 천안으로 내려가지 않았다. 수원 땅에서 새로운 터전을 연 할아버지는 '경진상회'란 간판을 붙여 어물도가를 내었고 어물도가가 성공하자 포목점과 정미소를 열었다. 그렇게 해서 모인 돈으로 할아버지는 화성과 용인 지방의 농토를 사들이기 시작했다. 아버지를 장가보낼 무렵에는 이미 오천 석 수확의 큰 재산을 이루었으니, 어머니가 자나깨나 할아버지의 그런 점을 두고 흠모하여 자녀들에게 교훈을 삼게 할 만도 했다. 재물복이란 운도 따라야겠지만, 당대에 그런 큰 재산을 이루기까지 할아버지의 근검과 절약은 수원 근동에도 평판이 나 이제는 전설이 되다시피 한 터이다. 보통 사람이 짚신 한 켤레 신을 동안 할아버지는 서너 켤레 짚신을 신을 만큼 부지런했고, 재물을 크게 모아 교동골 숫대 어르신이란 소리를 듣고 난 뒤에도 먼 길 출타 때가 아니면 고무신조차 아껴 짚신을 신은 분이라 했다. 일꾼에게는 쌀밥을 주어도 명절날이 아니면 식구들 밥은 반드시 잡곡을 절반으로 섞어 먹였고, 밥과 국을 뺀 반찬은 세 가지 이상 밥상에 올리지 못하게 했다. 어머니 말씀으론, 아녀자가 간장을 부을 때도 흘리지 않게 하려 종지 밑에 그릇을 받치도록 일렀다 한다. 자식이 공부할 때 외는 호롱불 심지를 높이지 못하게 할 정도로, 석유는 물론 지푸라기 하나 허술히 내버리지 못하게 한 분이었다. 길바닥이나 논두렁에 오줌을 누는 아이를 보면, 저 아까운 거름을 저렇게 내버리도록 자식 교육을 시키니 뉘 집안인지는 모르지만 가난을 면키 어렵겠다고 혀를 찬 분이었다. 할아버지가 꼭 그렇게 구두쇠 노릇만 한 것은 아니었다. 어머님 말씀을 들어보면, 할아버님은 지극한 효자였다. 증조할머니는 어머니가 시집온 뒤 삼 년 만에 쉰 중반 연세로 별세하셨다 했는데, 할아버지가 아침저녁으로 증조할머니 방에 빠짐없이 문안 인사를 드림은 물론 그 밥상에는 늘 고깃국과 고기반찬이 떨어지지 않게 했다 한다. 증조할머니가 별세하기 전 병석에 누워 지낸 넉 달 동안은 할아버님이 아예 잠자리마저 당신 어머니 방으로 옮겨 극진한 간병을 다했는데, 밥을 손수 떠먹여줌은 물론 똥오줌까지 스스로 받아내어, 보는 이로 하여금 그 지극한 효성에 눈시울이 뜨거워질 정도라 했다. 증조할머니가 돌아가시자 할아버지는 사흘 동안 곡기를 끊었고, 칠일장을 마칠 동안 몇 숟가락 미음 이외 음식을 입에 대지 않았다 했다. 장례 또한 문상객이 수백 명이 넘었는데, 소 한 마리에 돼지를 여섯 마리나 잡았다니, 어느 촌로 말을 빌린다면 태어나 수원 땅에서 그토록 성대한 장례식을 보기가 처음이었다고 말했을 정도였다. 할아버지는 그렇게 재물을 쓸 때 쓸 줄 아는 분이었다. 무엇보다 할아버지가 당대에 모은 재물을 결정적으로 풀어놓았을 때는 팔일오 해방 직후가 아니었나 한다. 해방이 되고 토지개혁이 여러 사람 입에 오르내릴 무렵, 선견지명이 있었던지 농토를 죄 정리하여 학교 두 개를 세워, 돈을 어떻게 써야 하냐란 호방함을 보이신 분이었다. 눈독들였던 쉰다섯 칸 최 참판 댁을 당시 시세보다 웃돈을 얹어 사들였다. 우리 형제가 태어났고 아버지가 별세한 집도 안채·사랑채·행랑채·곳간이 있는 대가였으나 할아버지는 거기에 만족하지 않고 일정 때부터 호시 탐탐 최 참판 댁 매입에 손길을 뻗었던 터였다. 그쪽 문중에서도 쉬 팔지 않아 성사가 이루어지지 못하고 있었던 것이다. 그 점에서 보자면 할아버지는 자신의 못 배운 한을 가슴에 늘 못으로 박아두어 장년 나이에 이르고도 서책을 가까이하며, 평생 일념을 사회적 신분 상승에 걸었음이 분명했다. 할아버지가 가장 듣기 싫어했던 말이, 돈만 아는 장사꾼이었다. 할아버지의 그 일념은 하나뿐인 아들의 짝을 맞아들이는 과정과, 거기에서 태어난 손자 넷의 교육과, 학교 설립과, 최 참판 댁 매입으로써 그 소원을 얼추 이룬 셈이었다.

나는 돋보기안경을 벗고는 보던 석간 신문을 접는다. 안경을 문

갑 에 없고 탁상시계를 본다. 저녁 일곱시 십팔분이다. 나는 담뱃
갑과 라이터를 주머니에 넣고 안방에서 나온다. 거실에는 둘째
운식의 맏아들 건배 아이 남매가 텔레비전을 보고 있다. 접시꼴로
생긴 비행기가 우주 공간을 누비며 로켓포를 쏘아대는 만화 영화
다.

「떨어져 앉아서 봐야지.」

내가 말했으나 두 아이는 화면에 정신이 팔려 큰할아버지 말을
들은 척도 아니한다.

넓은 거실이 다른 어느 때보다 한결 쓸쓸하다. 아직 집안 식구가
다 모이지 않기도 했지만 내 장자 건모네 가족이 빠져버린 탓이다.
건모네 가족이 이민을 떠난 것이 당장 이렇게 표가 나는구나 하는
생각이 든다. 텔레비전을 보며 꽥꽥 기성을 질러대던 손자 녀석 완
이의 천진스러운 얼굴이 떠오른다. 텔레비전을 볼 때면 팔다리를
마구 흔들던 녀석인지라 미국 텔레비전을 보면서도 그 짓을 되풀이
하리라. 아둔한 머리라 여기에서 살 적에 우리말도 그 뜻을 제대로
새겨듣지 못했으니 미국 텔레비전을 보면서도 마찬가지리라. 한국
에 남아 있다면 그야말로 종손이 될 완이 녀석을 생각하자, 마음이
휘휘하게 저물어온다. 마음의 어두워짐이란 썩은 물이 가슴을 채우
는 알 수 없는 불안이다. 그 불안이 스물네 시간 마음을 늘 채운다
면 그것이 바로 암의 전조이거나 노인성 심장병 징후이리라. 내 마
음이 저무는 만큼 거실 창 밖도 저녁 내가 자욱 끼었다. 정원수들
이 제 푸르름을 죽이며 어둠 속에 침잠한다.

주방 쪽에서 아녀자들 말소리가 들린다. 끓이고 볶고 지지고 도
마질하는 소리도 들린다. 음식 익히는 내음이 거실 안까지 찬다.
어머니 방을 제외한 다른 방은 다 비어 있을 터이다. 제수씨 둘과
운식이 자부인 건배 처가 아이 둘을 데리고 일찍 왔으므로, 주방만
이 아녀자 대여섯이 제수 음식을 만드느라 흥청거리는 셈이다.

「여자가 지닌 네 가지 행실루는 첫째가 덕이요, 둘째가 말이요, 셋째가 용모며, 넷째를 솜씨루 쳤다. 부덕(婦德)이란 반드시 재주와 총명이 남다르게 뛰어나야 헌다는 뜻이 아니니라. 여자란 늘 맑구 고요한 중에 절개를 지키며, 처신을 바르게 허구, 움직이구 움직이지 아니함에 법도가 있어야 한다구 했다. 말은 언사를 가려 쓰구 거친 말을 쓰지 않으며, 말을 헐 땐 반드시 깊이 생각한 연후에 해야 실수가 없는 게다. 말 한마디 잘못해 당하는 화가 오죽 많은가. 말은 약이 되기두 허구 독이 되기두 허느니라. 아녀자 말 한마디에 집안 형제 우의가 돈독해지기두 허지만, 입술 한 번 잘못 놀려 지아비 형제를 이간시켜 집안의 분란을 일게두 헌다. 특히 현화 어미는 학동을 가르치는 선생이니, 하는 말마다 보약이 되는 진실을 가르쳐야 학동의 우러름을 받는 훈도가 되느니라…….」

말에 조리가 서고 그 조리가 무슨 판결문처럼 아퀴가 맞기론 팔순을 바라보는 노친네치고 어머니만한 여자도 흔하지 않을 것이다.

나는 어머니 방에 눈을 준다. 옥색 치마저고리를 곱게 차려입은 어머니는 증손자 현화를 무릎에 안고 있다. 하얗게 센 머리카락은 숱이 다 빠져 쪽을 찔 수 없었으므로 몇 년 전부터 간수하기 편하게 단발머리를 했다. 아버지 기제사인지라 잘 빤 순백색 머리카락이 형광등 불빛 아래, 미국으로 가버린 내 큰며느리 말을 빌린다면, 은총의 면류관같이 빛을 낸다. 돌바기 현화는 다리를 버둥거리며 열심히 우유통 꼭지를 빤다. 맑은 정신으로 증손자를 보살피는 노친네도 그리 많지 않으리라. 어머니는 모두 친증손자 아홉을 두고 있다. 건모 아이 셋이 미국으로 건너갔지만, 삼형제 아래로 국내에는 아직도 친증손자 여섯이 남은 셈이다.

내 둘째며느리는 다소곳한 자세로 한쪽 무릎을 세우고 앉아 시할머니 내훈을 들으며 전기 화로에 열심히 부침개를 부친다. 입에는 보일 듯 말 듯한 미소를 물었는데 나는 그 미소 뜻을 짐작할 수 없다. 요즘 젊은 여자들이 케케묵은 옛 법도를 익힌다 한들 하루이틀도 아니고 허구한 날 자신의 오장육부를 파김치로 담그고 죽어지내기는 쉬운 일이 아닐 것이다. 시대에 맞지 않아 한갓 말 자체로만 남은 내훈도 많으리라. 그러나 손자며느리를 앞에 앉혀두고 토실한 증손자를 어르며 어머니가 찬찬하게 들려주는 그런 가르침이 보기에는 좋았다. 앞치마를 두른 채 다소곳이 귀기울여 듣는 곱살스러운 며느리 태도도 귀엽다. 사실 내 안사람도 삼십 몇 년을 그런 훈육 아래 시집살이를 해오느라 아주 주눅이 들어버린 터이다. 그러나 둘째며느리가 시할머니의 가르침 받을 세월은 그리 길지 않을 것이다. 늙은이 건강이란 가을볕과 같아 어느 날 갑자기 쓰러질는지, 강녕하게 보일 때가 더욱 조마조마함을 나는 자주 느끼곤 한다. 그와 더불어 나는 어머니 말씀에서 문득 한 가지를 깨우칠 수 있다.

요즘 내 둘째며느리에게 부쩍 내훈의 가르침이 잦은 것으로 보아 어머니 심중에는 분명 그 애를 종갓집 종부감으로 점찍고 있음이 분명했다. 장손인 큰애 가족이 이민을 가버린 뒤 어차피 그렇게 되지 않을 수 없는 현실이기도 했다. 설령 완이 문제에 긍정적인 결과를 얻게 되더라도 큰애가 식구를 이끌고 다시 귀국하는 경우는 없을 것이다. 그는 떠나며, 한국으로 돌아오지 않겠다고 분명하게 말했다. 이민간 집안이 조국에 정착하기 위해 다시 돌아오는 경우가 쉬운 일이 아니다. 또한 큰애는 분명한 이유가 있었으므로 그로서도 눈물을 머금고 이민 결정을 하지 않을 수 없었던 것이다. 그 점은 나와 안사람도 이해했다. 어머니만은 아직도 종갓집 대를 이을 맏손자의 그 불효를 용서하지 않고 있다. 「나는 비행장에 안 나간다. 건모는 이제 이 집안 핏줄이 아냐.」 큰애 가족이 떠나는 날, 어머니는 당신 방에 칩거하고선 손자와 손부의 마지막 작별의 절조

차 거절하며 그렇게 말씀했다. 자살로써 청춘을 닫아버린 첫째애를
비롯하여 큰애는 제 어미보다 제 할머니 손을 타고 자라 어른이 되
었고, 완이 역시 증조할머니 품과 등에서 자라났으므로, 그 혈육을
떠나 보내는 어머니 마음인들 오죽 섭섭했으랴. 떠나는 큰애도 그
런 정을 차마 떨치지 못했음인지 비행장으로 나가는 차 안에서도,
할머님 할머님 하며 손수건에 오열을 뱉었다.

「아범아, 박 서방헌테 병풍이며 교의를 내오게 해서 닦아둬야 허
잖냐.」 어머니가 방문 앞에 멀거니 섰는 내게 말한다.

「아직 시간이 많이 남았습니다. 모두 모이고 일해도 늦지 않을
테니 걱정 마십시오.」

나는 어머니와 둘째며느리 대화를 깨지 않으려 천천히 거실을 떠
난다.

「할머님, 예전에는 어디 여자가 사람다운 대접을 받았나요. 남자
들 노리갯감이었고, 아들을 두어 대를 잇게 해야 겨우 한시름을
놓게 되었고, 밤낮으로 얼마나 많은 일에 시달려야 했어요. 유학
의 단점도 되겠는데, 그렇게 남자만 선호하는 풍습은 지금도 남
았잖아요. 제가 무슨 여권운동가는 아니지만, 참으로 예전 우리
나라 여자들은 한평생을 고생으로 살다 마친 일생이었어요.」

고등학교 사회과 선생다운 둘째며느리 말이다. 현관으로 걷던 나
는 잠시 걸음을 멈춘다. 어머니 대답말을 들을 참이다.

「그런 주장두 지금이야 통허는 세상이 됐어. 예전 여자들은 정말
고생을 낙으루 알구 한평생을 살았지. 지금은 분에 넘치는 좋은
세월을 맞았구말구. 그러나 우리 때엔 참구 견디는 걸 여자의 보
람으루 알았어. 언제나 언행을 조심허라던 친정어머님 당부 말씀
두 계셨지만, 시집살이란 그저 순종의 미덕을 제일 윗길루 쳤다.
어른들이 모여 담론헐 땐 없는 듯 있구, 집안 가속 두량허여 일
을 시킬 땐 그 목소리가 있듯 없게 허라구 친정어머님이 늘 이르

셨지. 아녀자란 내 한 몸 겸손으루 낮추면 집안이 화목허구, 내 한 몸 범절에 모범을 보이면 자식이 다 그 어미 행실을 따르는 게야. 나는 그렇게 살아온 세월을 한번두 서럽다거나 불행허다 생각헌 적 없었다. 아녀자란 작은 일에 기쁨을 찾구, 그 기쁨이란 집안에 있는 게지. 벗어 내어놓은 남정네 명주옷 한 벌두 햇솜 갈아넣어 새옷같이 잘 다듬어 만드는 기쁨두 느낄 나름이지만 소중하느니라. 남자들이야 바깥으루 나돌며 다른 낙을 찾겠지마는…….」

일백여 평 정원이 어둠 속에 펼쳐져 있다. 차고 옆 대문께에서 진돌이가 나를 보고 반갑게 짖는다. 대문은 잠겨 있지 않고 발쪽 열렸다. 나는 현관 벽에 붙은 스위치를 눌러 정원 외등을 켠다. 잔디밭이 불빛 아래 융단같이 살아난다. 정원 가운데는 잔디밭으로 넓게 비워두고 담장 주위로 자연석과 정원수를 심었다. 담장을 감아도는 장미덩굴에 달린 꽃들이 숯불처럼 붉다. 나는 잔디밭 가운데로 들어선다. 유월 저녁 싱그러운 공기를 한껏 들이켠다. 외등 옆에는 우산꼴로 퍼진 모양새 좋은 늙은 향나무 한 그루가 섰다. 향나무 아래 나뭇결을 살려 통나무를 켠 꼴로 모조된 둥근 시멘트 탁자가 있다. 그 둘레에는 등받이 없는 붙박이 시멘트 의자 다섯 개가 놓였다. 나는 그곳으로 가서 대문을 바라보는 위치에 있는 의자에 앉는다. 담배를 피워 문다. 거실 텔레비전소리와 먼 한길의 자동차 경적이 여리게 들려온다. 외등 불빛을 받은 남빛 연기가 실타래 모양을 오래 허물지 않고 탁자 위에서 맴돈다.

나는 해진 뒤의 이 시간쯤, 정원에 홀로 앉아 보내는 시간이 잦다. 특히 봄부터 가을까지가 그렇다. 담배 한 갑이면 이틀을 피우는 나는 식후 끽연을 즐기며 주로 녹차를 마신다. 차를 마시며 어둠 속에 묵묵히 선 정원수를 보고 있으면, 나무가 숨쉬는 소리가 들리는 듯하다. 나는 그렇게 정원수를 보며 이삼십 분을 보낸다.

쫓길 만큼 바쁜 생활을 살고 있지 않으므로 사업을 두고 골몰히 생각할 일거리도 없다. 그렇다고 건강을 염려할 만큼 어디 아픈 데가 있지도 않다. 그렇다. 아무 생각 없이 넋 놓고 앉아 있다고만 볼 수 없다. 이것 저것 떠오르는 잡념을 풀어놓고 천천히 저작한다고나 할까.

외등 뒤쪽 바둑판만한 선돌 옆에 서너 그루의 모란이 꽃을 활짝 피우고 있다. 이파리가 크고 두꺼운 자주색 꽃을 보자 아버지 임종 생각이 나고 한 송이 꽃처럼 토해내던 피가 연상된다. 잡념이란 그런 것이다. 한 가지 사물이 다른 한 가지 연상을 떠올려주면 그 생각이 이끄는 대로 따라간다. 한참을 그렇게 과거를 헤매다 전화가 왔다며 안사람이 부르는 소리, 개 짖는 소리, 골목길로 차가 지나가는 소리, 담배를 꺼야 할 순간, 이런 현실 앞에서 문득 깨어난다.

사십오 년 전 오늘, 오랜 방랑 끝에 돌아온 아버님은 분명 살아 계셨다. 그때 우리 네 형제는 할아버지 배려로 서울 남산 밑 필동에 한옥 독채 하나를 매입해 객지 공부를 하고 있었다. 막내아우 청식이마저 어머니 품을 떠나 보통학교에 막 입학했을 무렵이었다. 우리들 수발은 수원 본가에서 올라온 든침모 아주머니가 맡아 살림을 살았다. 한 달에 두세 차례 할머님과 할아버님이 번갈아 들렀다 갔다. 일제 말기로 창씨제도가 막 시작되던 무렵이었다. 아버지의 위독 전보를 받고 우리 네 형제가 수원 본가로 우르르 내려갔을 때, 아버지는 이미 말문을 닫고 있었다. 핏기 없는 얼굴에 광대뼈가 도드라졌던 아버지는 자식들 얼굴을 하나하나 새겨보기는 했으나 입을 뗄 기력마저 잃고 있었다. 절망과 회한으로 핏발이 선 아버지의 움푹 파인 눈에 괸 눈물이 베갯가로 흘러내렸다. 머리맡에 앉았던 할머니가 그 눈물을 손수건으로 닦아주었다. 행랑아범이 우리 형제들에게, 아버지가 어제도 피를 됫박이나 쏟았다고 귀띔해

주었다. 방문을 활짝 열어놓은 후원에는 초여름 단별 아래 모란꽃이 활짝 피어 있었다. 벌과 나비가 후원 꽃밭으로 날아다녔다. 아버지는 탐스러운 모란꽃을 눈 깜박이지 않고 오랫동안 멀거니 내다보고 있었다. 바람이 없어 가장자리 큰 꽃잎이 무겁게 떨어져 내렸다. 양의와 한의가 번갈아 솟을대문으로 들랑거렸으나 그 얼굴색이 밝지 않았다. 이튿날 아침, 우리 형제가 밥을 먹던 중에, 얘들아 빨리 오너라 하는 할머니의 울음 찬 목소리가 건넌방에서 들려왔다. 우리 형제가 숟가락을 놓고 대청을 건너 아버지가 누워 계신 방으로 갔다. 문병을 왔던 외삼촌이, 넌 여기 있거라 하며 어린 막내아우를 잡곤 놓아주지 않았다. 아버님은 힘든 숨을 내쉬고 있었다. 목구멍에서 두꺼비 우는 소리가 났다. 눈동자의 검은 동공이 윗눈꺼풀에 달라붙어 있었다. 나는 차마 아버지 얼굴을 바라볼 수 없었다. 온 집안에 울음소리가 낭자했다. 경진상회 점원일을 보던 곰보아저씨가 사랑채로 나가 아버지의 화급함을 알렸다. 할아버지는 사랑에서 꼼짝을 않으셨다. 아비보다 먼저 세상을 하직하는 자식을 보지 않겠다는 완고함보다 할아버지 마음에는 다른 맺힌 응어리가 있었다. 기관차의 출발같이 힘찬 숨을 몰아쉬던 아버지의 숨결이 한순간에 조용해졌다. 부릅뜬 당신의 눈을 할머니가 쓸어내려 감겨주었다.

나이 서른, 모란이 활짝 피었던 그 절기에 아버지는 운명했다. 할머니가 가장 서럽게 우셨다. 어머니는 울음소리를 밖으로 내지 않고 돌아앉아 치마폭에 얼굴을 묻고 있었다. 나는 울지 않았다. 울려 해도 울음이 나오지 않았다. 나는 아버지를 존경한 적이 없었다. 그 점은 아버지 쪽도 마찬가지였다. 아버지는 집을 자주 비워 미안했던지 다른 뭇아버지들과 달리 자식에게 여러 말을 들려주며 살가운 사랑을 보이지 않았다. 그때 심정이 그랬지만, 그 생각은 지금도 변함이 없다. 그런 마음을 갖고 있으면 큰 죄라고 어머니가 자주 말씀했으나 내 마음은 돌려지지 않았다.

　아버지는 가정을 버렸던 사람이었다. 그때 나는 아버지를 이상한 사람으로 생각했다. 이상하다고 생각할 만큼 아버지는 정상적인 삶을 살지 않았다. 아버지의 삶은 어린 내게 많은 의문을 일으켰다. 아버지가 돌아가신 이틀 뒤 나는 또한번 놀랐다. 소복한 낯선 여인이 막내 청식이 나이 또래의 단발머리 여자아이를 데리고 집으로 들어왔던 것이다. 그 여자아이가 이복동생 숙이였다. 내 나이 열세 살, 보통학교 육학년 때 일이다. 아버지의 삶에 관한 의문은 중학교를 졸업할 때까지 풀리지 않았다. 사진을 보지 않는다면 그 얼굴조차 아삼아삼해질 정도로 아버지 모습이 살아나지 않았다. 내가 열세 살이 될 동안 내 기억으로 아버지가 수원 집에서 산 햇수는 사오 년이 채 되지 않았기 때문이었다. 젊었을 시절에는 공부한다고 서울과 동경으로 나다니며 객지살이를 했다. 대학 공부를 중도에 포기하고 일정한 직업 없이, 그렇다고 특별한 일도 하지 않은 채 떠돌아다녔다. 돈을 부쳐달라는 전보나 편지가 집으로 오면 할아버지는 그 독촉장이 연달아 두세 차례 날아들어서야 마지못해 돈을 송금해 주곤 했다. 전보나 편지를 띄운 곳도 천방지축이라 평양·진주인가 하면, 동경·대판도 있었고, 어떤 때는 북경·상해와 같은 저 먼 중국 땅에서 보내기도 했다. 그러면 아버지는 집에서 보내준 그 돈이 다 떨어져서야 피폐한 몰골로 집으로 찾아들었다. 할머니는 갖은 보약을 달여 아들에게 먹였고, 지아비를 모시는 어머니의 정성도 남의 눈에 호들갑스럽지 않은 가운데 지성이었을 것이다. 아버지는 두서너 달 집에서 쉬며 망친 건강을 다스렸다. 그렇게 기력을 회복하면 또 집을 떠났다. 떠날 때는 할아버지 문갑 속에 있는 논 문서나 할머니 장롱 깊이 보관된 패물을 저당 잡힌 한 묶음의 돈을 챙겨 어디론가 줄행랑을 쳐버렸다. 자식은 다섯 가지 복〔五福〕 중에 들지 않는다더니 자식만은 마음대로 되지 않는다고 할아버지가 속앓이를 했고, 외아들을 귀엽게만 키워 그렇게 되었다고 할머니가 자탄했다 한다. 그러는 세월 동안 어머니는 손 귀한 집에 들어온 복덩이처럼 사내아이만 넷을 낳았다. 동네 사람들은 숫을대문 새끼줄에 내걸린 고추를 볼 때마다 아버지를 두고, 재물을 길거리에 탕진하는 대신 집으로 찾아들 때마다 자식만은 하나씩을, 그것도 기특하게 아들만을 골라 만들어주고 떠난다는 우스갯말이 있었다 한다. 당신이 독자였고 자식마저 독자였던 할아버지는, 밭이 좋은 그런 며느리를 애지중지했음이 자명한 이치였다.

나로서는 내가 직접 보았던 사실보다 들은 바에 더 의지하지만, 할아버지가 며느리를 귀엽게 여겨 사랑을 쏟았던 점은 유독 각별했던 모양이다. 며느리 사랑은 시아버지란 말이 있다. 할아버지로서는 당대에 이룬 그 많은 재산의 관리를 누구한테 마땅히 인계할 자리가 없었다. 하나 아들이 자신의 방탕으로 폐결핵을 얻어 일찍 타계하자, 아직 어린 손자들보다 우선 눈에 띄었던 사람이 며느리일 수밖에 없었다. 할아버지는 며느리를 앞에 앉혀두고 치부책을 펼쳐선 주판알을 튀겼다. 수원 근방에 흩어진 논밭이 많다 보니 마름들과 셈을 할 때 반드시 며느리를 입회시켰다. 그러나 며느리를 뒤에 달고 너른 장토를 둘러보는 따위의 남 이목을 모으는 짓거리는 하지 않았다.

어머니는 아버지보다 연세가 두 살 위이다. 어머니 가계는 여흥 민씨로 숙종 시절 우의정을 지낸 남인(南人) 민문 집안 직계이다. 갑술옥사로 민문을 비롯한 남인파가 사약을 받은 뒤, 어머니 윗대 집안도 몰락의 길을 걸을 수밖에 없었다. 남인은 갑술옥사의 뒤서리로 권세 자리에서 철저히 제거되었기 때문이었다. 그럴수록 민문의 후손은 가문의 전통을 더욱 세워 선비 가풍을 전승시켰다. 여섯 형제 중 셋째딸이었던 어머니는 육십만세사건이 있던 병인년(1926), 열여덟 나이로 김씨 집안에 시집을 왔다. 아무리 개화바람이 불고 난 뒤의 당시로서도 두 집안은 혼인이 성립되기 힘든, 계층이 다른 집안이었다. 여흥 민씨로 말하자면 수원 근동의 명문이었고, 우리 집안은 크게 내세울 조상이 없는 상민이었다. 냉수 마시고 큰기침하는 꼬장한 선비 집안이 외가 쪽이라면, 할아버지는 자수성가로 가세를 일으켜 당신 땅을 밟지 않고는 수원에 들어오기 힘든 대지주였다. 호협한 풍모에 세상의 문리를 달통하던 할아버지는 하나 며느리를 꼭 민씨 집안에서 맞아들이기를 고집하여, 셋째 딸은 따져볼 것도 없다는 옛말에 따라 어렵게 혼사가 이루어졌을 것이다. 물론 그렇게 되기까지는 할아버지의 재력만이 아닌, 그 틀수한 인품도 크게 작용했음이 사실이리라. 당시 아버지는 서울에서 중학교에 다니고 있었는데 방학 때 고향으로 내려와 있다 집안 어른의 간택 아래 갑자기 혼례를 올리게 되었다. 호리한 몸매에 자그마한 키의 아버지가 치장한 말을 타고 신부 댁이 있는 의왕으로 친영(親迎)을 가서였다. 아버지는 전안상 앞에 있는 배석에 꿇어앉아 나무 기러기를 한 번 안았다 놓는 절차에서 그만 나무 기러기를 떨어뜨리는 실수를 저질렀다 했다. 거기에 당황한 어린 신랑은 세 번 해야 할 절을 두 번만 하고 말았다. 하도 날씨가 추워 손이 시렸다는 뒷말이 있었지만, 어찌 되었든 그 혼례는 시작부터 불길한 조짐으로 받아들여졌다. 삼일신방(三日新房)을 마치고 어머니가 수원 시댁으로 와서 시부모 앞에 폐백을 드릴 때, 이미 어머니에 관한 험구가 잔치 구경꾼 아녀자 여럿의 입에 오르내렸다. 눈에 정기가 서고 얇은 입꼬리가 위로 치켜 서방을 누를 상이라 했다. 나이보다 몸이 숙성하고, 귀가 소담스럽지 못하고 너무 커 팔자가 드셀 거라는 소리도 있었다 한다. 심지어 살결이 배추 속같이 흰 점도 게으르게 그늘만 찾아 그렇다며 흉이 되었다. 혼례가 끝나자 무슨 큰 시험이라도 치른 듯 아버지는 황망히 서울로 올라가버렸다. 방학이 끝날 무렵이기도 했다. 그로부터 지아비를 객지에 둔 어머니 시집살이가 시작되었다. 어머니는 친정에서 익혀온 부도(婦道)를 곧이곧대로 실천하는 삶을 살기 시작했다. 「시부모님의 존귀함은 그 높기가 하늘과 같으다. 모름지기 공경허구 공손히 잘 받들 뿐, 행여 자신의 현명함을 믿으려 해선 아니된다.」 어머니는 하루에도 수십 차례 친정어머님이 일러준 그 말씀을 외고 지냈다 한다. 모든 몸가짐을 예(禮)에 어긋남 없이 옮기고, 말이 없는 중에 부지런하고, 또한 촌치의 틈이 없음으로써, 그 점이 보는 이로 하여금 숨막히게 하여, 오히려 어머니에게는 흉으로 잡혔다. 모든 가솔로부터 감히 범접하지 못할 어린 여장부로 우뚝 서버렸으니 당신의 시어머니는, 어디 네가 양갓집 출신이라면 그 코가 얼마만큼 높은가 보자 하며 더욱 매운 시집살이를 시켰다. 어머니가 나에 이어 운식이를 낳자 할아버지조차, 역시 문벌 집안은 본 바가 다르며 손귀한 집안에 아들만 낳아주니 우리 집안의 대들보라고 며느리를 종요롭게 여겼다. 그러나 할머니는 유약한 아들이 제 안사람을 두려워하는 눈치를 보이며 밖으로 나돌자 투기가 더욱 심할 수밖에 없었다. 어머니는 귀머거리 삼 년, 벙어리 삼 년이란 옛말 그대로 그 모든 어려움을 순종의 미덕으로 이겨내며, 죽어도 김씨 집안의 귀신이 되겠다는 뿌리를 내려갔다. 「명식아, 네 어미야말루 보통 여자루 생각허면 안되느니라. 이 할미가 네 어미를 이겨보려구 온갖 노력을 다투었건만 결국에는 내가 졌지. 셋째아들 낳구, 그 애가 돌이 지났을 때 나는 모든 고방 열쇠 꾸러미를 네 어미헌테 넘겨주었니라. 네 할아버지가 숨을 거두실 때두 한사코 네 어미만 찾더구나. 며느리한테 꼭 남길 말이 있었던지, 명식이 어미를 불러오라구만 외쳐대다 숨을 거두셨어.」 휴전이 되던 해였으니 돌아가시기 이태 전에 할머니가 처음으로 어머니를 칭송하며 맏손자인 내게 하신 말씀이었다. 어머니는 할머니가 돌아가신 뒤 삼년상을 치르고 1958년에야 수원 땅을 떠나 손자들을 거두어주려 서울 내 집으로 오셨다. 그러므로 어머니야말로 할아버지가 일으켜세운 가문을 튼튼한 그물이 되어 에두르고 지킨, 말 그대로 종부(宗婦) 소임을 다한 여장부이다.

잠기지 않은 대문이 소리 나지 않게 열린다. 박 서방 딸이 대문 안으로 들어온다. 수출용 완구를 만드는 공장에 다닌다는 처녀다. 머리를 숙이고 들어온 처녀가 나를 발견하지 못하고 까치걸음으로 차고 옆을 돌아간다. 지하실로 내려가는 계단이 그쪽에 있다. 말이 지하실이지 절반이 땅 위로 노출된 아래층이다. 아래층은 방이 네 개, 차고, 보일러실이 있다. 방 세 개는 박 서방네 일가가 쓰고 방 하나는 집안 잡동사니를 넣어두는 고방인 셈이다.

박 서방은 쉰 초반 나이로 내가 사는 집의 바깥일을 돌보고 있다. 정원과 온실의 나무와 화초를 손질하고 보일러실을 관리하며 집 안팎 남자 손이 필요한 자질구레한 일을 맡는, 이를테면 행랑아범이다. 그의 안사람 군포댁은 우리집 부엌살림을 돕는 가정부이다. 결혼하여 한 지붕 밑에 사는 그의 큰아들은 내 차 기사다. 그들이 우리 가족과 함께 산 지도 십오 년이 넘어, 밥만 따로 해먹었지 이제 한식구와 다름이 없다. 내가 수원 옛집으로 낙향해도 그들 가족은 나를 따라올 것이다. 그들은 생활 터전을 우리 집에 옮고 있을 뿐더러 고향 역시 수원과 가까운 군포이기 때문이다. 내 나이 이제 쉰여덟, 나는 삼 년 뒤 회갑 나이가 되면 고향으로 내려가기로 마음을 정하고 있다.

잠시 뒤, 막내아우 청식이 아들 건규 가족이 대문 안으로 우르르 몰려들자, 진돌이가 사납게 짖어댄다. 개가 묶여 있으니 괜찮다고 내가 큰소리로 말해준다. 일가족은 모두 넷이다. 그는 강북 어느 고등학교 음악선생이다. 성악이 전공으로 대학에도 출강한다. 올해 고등학교를 옮겼지만 작년까지 근무했던 학교에 있을 때, 지금 우리집 며느리가 된 현화어미가 동료 교사였다. 건규가 현화어미를 내 둘째애에게 소개하여 우리 집안 식구로 만들었으니 중매쟁이로 서 한몫을 한 셈이다.

「큰아버님, 그 동안 안녕하셨어요.」 내 쪽을 바라보며 성량 좋은 목소리로 건규가 인사말을 던진다.

건규는 한 손에 포장된 빵 상자를 들고, 한 손으로는 첫째아이 손을 잡았다. 둘째아이를 안은 그의 처도 같은 인사말을 한다.

「오냐, 어서 들어가거라.」 도마의자에서 일어서며 내가 말한다.

「저희 아버님 오셨어요?」 건규가 현관 쪽으로 걸으며 묻는다.

「아직 안 왔다.」

「둘째 큰아버님은요?」

「역시.」

「그럼 먼저 들어가겠어요.」

건규가 가족을 앞세워 현관 안으로 들어간다. 잠시 뒤 집 안에서 왁자지껄한 인사말 소리가 들린다.

담배 한 대를 태우고 난 뒤 십 분쯤 더 앉아 있자, 대문 밖에 자 동차 멈춰서는 소리가 난다. 대문을 밀어젖히고 둘째아우 운식이가 활달하게 들어선다. 돌계단을 올라오다 정원 쪽을 바라본다.

「형님, 왜 거기 앉아 계십니까?」

「음, 이제 오는가, 요즘 바쁜 모양이군.」

나는 도마의자에서 일어나 현관 쪽으로 걷는다.

「사는 보람이 뭔지, 이렇게 바빠서야 어디 정신차릴 수가 있어야 지요.」

운식이 말은 거저 해보는 인사소리가 아닐 것이다. 그는 서울시 청 국장 자리에 있다. 아시안게임과 올림픽의 국제 행사를 앞두고 있는 마당에 시 행정 주무를 맡은 관리 자리가 한가할 리 없으리 라. 내가 현관으로 먼저 들어가고 운식이가 뒤따라 들어온다. 대문 을 닫는 소리가 나서 돌아보니 운식이 차 기사다. 내가, 문을 아주

잠그지 말라고 일러둔다. 기사는 아직 짖는 진돌이를 피해 아래칸
으로 내려간다. 그는 내 차 기사와 안면을 트고 있었다.

운식이가 주방 안으로 고개를 들이밀자, 아녀자들이 하던 일손을
멈추고 인사를 한다. 아래층에 사는 군포댁과 그네 며느리도 부엌
일을 돕는 참이다. 그때까지 텔레비전을 보던 운식이 두 손자도 제
할아버지에게 인사를 한다.

「이 녀석들, 이런 날이 아니면 얼굴도 잊겠구나.」

운식이 막내손자 머리를 쓰다듬어준다.

부엌에서 나온 운식이 며느리가 텔레비전 턱밑에 앉는 아이 둘을
나무라며 텔레비전을 꺼버린다. 운식은 그런 인사를 대충 받곤 양
복 단추를 잠그며 매무새를 단정히 해 어머니 방으로 들어간다. 어
머님 내훈을 익히던 내 둘째며느리는 주방으로 나가버리고 없다.
나도 뒤따라 들어간다.

「어머님 그 동안 평강하셨습니까? 자주 찾아뵙지 못해 자식 된
　도리가 뭣하구먼요. 뫼시지 못하는 불효를 용서하십시오.」

운식이 어머니 면전에 꿇어앉아 정중히 절을 한다. 현화를 안은
어머니가 그 절을 받으며, 내 바로 밑이었던 일식이가 아들 구실을
못한 지 오래된 터라, 이제 둘째아들로 불러 마땅한 운식이를 그윽
한 눈길로 건너본다. 만두꼭지 같은 입가에 미소가 머문다. 나와
운식이 책상다리하여 어머니 앞에 나란히 앉는다. 당신 말씀을 기
다릴 차례다.

「공무에 바쁘다더니 얼굴색은 좋구나. 그렇다구 너무 건강만 믿
지 말구 조심해야 헌다. 방송에서두 그러더구나. 요즘은 쉰 중반에
많이 쓰러진다구. 그렇게 쓰러지는 사람은 일과 돈에 욕심이 너무
많았던 게지. 건강이란 모름지기 건강헐 때 잘 보살펴야 허느니라.
호미루 막을 걸 가래루 막는다구, 무리해서 한 번 다치면 쉬 회복
이 안되는 게 쉰에 든 나이라잖냐.」 둘째아들을 보면 일러주려 미

리 준비해 둔 듯 마디마디 새긴 어머니 말씀이다.

내가 보아도 운식은 타고난 건강 체질이다. 어릴 적부터 나와 일식이는 병치레가 잦았으나 운식이와 청식이는 여지껏 큰 병을 앓아본 적 없다. 지금 나이까지 술과 담배를 모르니 주름이 별로 없는 얼굴은 늘 보아도 혈색이 좋다. 훤하게 벗겨진 이마며 둥글고 넓은 어깨가 당당하다. 십 몇 년째 테니스로 단련된 몸이라 허리에 군살이 없다. 그는 방안이 더운지 넥타이 조임 부분을 조금 푼다.

「어버이날 뵈었을 때보담도 어머님은 더 정정하십니다. 형광등 불빛 아래라서 그런지 모르지만서도요.」

운식이 낙천가답게 허허 웃는다.

「걱정이 없어 그렇다. 너들이 다 잘해주니. 노친네란 걱정이 없으면 그게 편한 게지 다른 뭐가 있겠냐.」

어머니는 나를 본다. 그중에도 조석으로 나를 모시는 살가운 네가 으뜸이다, 하는 정이 담긴 눈길이다. 주름이 져 눈자위가 묽어졌으나 눈만은 노인네 눈빛이라 할 수 없을 만큼 아직도 정기가 머물러 있다.

「식사를 알맞게 하시고 적당히 운동하시니 내가 보아도 어머님 건강이 요즘은 정말 좋으셔. 내 전화했잖아. 지난 주엔 의왕에 내려가 외삼촌 집에 사흘 계시다 오셨다고.」 내가 운식이에게 말한다.

「형님, 제가 언제 들으니 경기도에서 우리집을 민속문화재로 지정한다는 말이 있던데, 그런 연락 받으셨나요?」

「일차 조사해 갔다는 말은 들었어. 예산타령만 하고 있으니 그게 언제쯤 실현될는지. 그렇잖아도 내년부터는 내 힘으로 본격 중수를 시작할 작정이다. 관청 눈치 볼 것 없이 전문가 모셔다 고증도 해야 되겠지. 우선 본체부터 중수할까 하는데 춘양목도 모두 주문해야 한다니, 준비는 빠를수록 좋을 것 같애. 그래야 삼 년 뒤에 어머님 모시고 환고향할 거 아냐.」

「형님, 회갑 때는 정말 아주 내려가실 작정입니까?」

「수원과 서울이 뭐 그리 멀다고. 고속도로에 전철에, 이제 삼십
분 거리 아닌가.」

「예전 너희 할아버님이 젊으셨을 적엔 새벽밥 잡수시구 집을 나
서시면 낮참에야 동작나루에 도착허셨다 했어.」 어머니가 우리 말
에 참견한다. 「너들이 남산 밑에서 공부할 때야 기차가 생겨 기차
루 나다녀 지척간이 됐지만, 그땐 너희들 다 떠나보내구 나니 왜
그렇게 밤은 길던지…….」 어머니가 뒷말을 흐린다. 목울대의 물
기 속에 뒷말이 잠긴 탓이다.

부실한 하나 아들을 못내 아쉬워하던 할아버지는 손자 넷을 일찍
부터 서울로 올려보내어 공부시켰다. 당시 경성대학에 다니던 수원
출신 학생이 우리 형제 가정교사로 있었는데, 그는 학과 공부보다
인륜 도덕의 유교적 규범을 더욱 열심히 가르쳤다. 아들이 되어 마
땅히 효도하고, 백성으로서 나라에 충성을 다하고, 올바른 예의범
절로 가정을 지키고, 신의로 벗을 사귀며, 자신의 몸가짐을 닦는
데는 반드시 삼가고, 온갖 일을 해나가는 데는 성실을 윗길로 삼아
야 한다는, 삼강행실도가 기본이 되는 가르침이었다. 그러니 우리
들 공부방에는 사서 삼경과 같은 성현의 가르침을 적은 책이 많았
다. 하나 아들 농사에서 이미 수확을 단념한 할아버지가 손자 농사
에서 그 네 배 추수를 하겠다는 일심공력 배려 탓이었다. 할아버지
는 한 달에 두세 차례 서울로 올라와 그 동안 배운 그런 글귀로 시
험을 내어 상으로 학용품을, 벌로는 회초리 매를 내렸다. 할머니는
행랑아범을 앞세워 수원에서 서울로 들랑거리며 손자들 옷가지와
반찬감을 날랐다. 다만 어머니에게만은 그런 나들이가 허락되지 않
았다. 집 바깥 출입조차 할머니 승낙을 얻어야 했다. 그러므로 어
머니는 우리 형제가 대학을 졸업할 동안까지 방학 때나 되어야 자

식 얼굴을 볼 수 있었다.

「어린 청식이마저 서울루 떠나보내구 내가 그때부터 그 어쭙잖은 공부를 홀루 시작했잖는가. 너희 아버지두 늘 집을 비운 데다 너희들마저 죄 어미 품을 떠나버렸으니 긴긴밤 객지서 공부헐 너희를 생각하며 나두 서책을 놓지 않았지. 내가 신식 교육을 받지 못해 네 아버지 도타운 사랑을 못 받았구, 그나마 일찍 타계허시지 않았느냐. 내 또한 나이 먹으면 너희들 말상대가 못되는 한갓 아녀자루 늙지 않으려 늦은 밤 다듬이질두 손 놓으면, 그때부터 두어 시간 바늘루 손가락을 떠가며 서책을 읽었다. 부디 너희들이 강건한 중에 학업에 매진해 달라구 빌면서. 너희 외삼촌이 날라다주던 서책을 이것 저것 그렇게 읽자, 비로소 세상의 넓구 깊은 이치를 얼마만큼 깨우쳤구, 사는 보람두 찾았느니라.」

어머니가 예전에 들려준, 지금도 가슴이 에어오는 말씀이다.

「수원으로 내려가면 학교 재단일이나 보며 농장을 해볼 셈이다. 여기 사업이야 이제 어디 내 손이 필요하냐. 다 제대로 돌아가는데. 수원 가면 여기 사업은 학교법인에 넘기려 한다.」 내가 운식이에게 말한다.

「형님이 이제 할아버님 유서를 본격적으로 받들려 하군요. 법인체 수익금으로 장학제도를 더 개방하십시오.」

「글쎄, 그렇게 돼야 할 텐데.」

「공직에서 은퇴하면 저도 형님 따라 환고향하겠어요. 그 동안 어머님이 강녕하셔야 할 텐데…….」

운식이가 어리광 띤 얼굴로 어머니를 본다.

「큰애가 고향으루 내려가려는 결정을 일찌감치 내린 건 잘헌 일 같으다. 사람의 욕심이란 끝이 없는데, 그런 마음을 갖기두 쉽지 않지. 하늘은 그렇게 자신을 돌아보구 순리를 좇는 사람한테 장수(長壽)를 허락하신단다. 내 언젠가 잠들게 될 고향 땅으루 삼

동만 넘기면 내려간다 허니, 내 마음두 그럴 수 없게 기쁘구나. 운식이 네가 고향으루 내려올 때까지 살아야지. 암, 살구말구. 그런데 이 어린 증손자들이 보구 싶어 거기서 어이 사누. 손자며 느리가 학교 선생이니, 수원까지 어디 따라오겠느냐. 현화는 기력이 있을 때까지 내가 키워야지. 이 자식이 어떤 자식인데.」

어머니가 환하게 웃으시며 당신 제상에 밥그릇을 올릴 증손자 현화의 도톰한 손등에 입을 맞춘다. 어린아기한테 다칠 것이나 없는지 방안을 둘러보던 어머니가 비로소 현화를 풀어놓는다. 현화가 뒤뚱거리며 내게 걸어와 안긴다.

내가 서울에서 벌이는 일은 말이 사업이지 그리 대단한 규모가 아니다. 종로 사가에 있는 소매와 도매를 겸한 약국 하나와 '진형물산'이란 약품 도매상, 두 가지다. 물론 선대로부터 물려받은 유산은 부동산이 적지 않았지만 내가 착실하게 돈을 모은 시기는 오십년대 중반이다. 전쟁이 나던 해 약학대학을 졸업하고 곧 입대하여 군병원에서 장교로 복무한 뒤 오 년 만에 소령으로 예편하자, 나는 종로 사가에 약국을 열었다. 신약국이 지금처럼 흔하지 않기도 했지만, 전쟁 뒤끝의 혼란기라 어느 집이든 전상자나 앓는 환자가 있게 마련이어서 약국이 잘되었다. 잘된다는 정도가 아니라 일주일 매출액이 당시로는 작은 집을 한 채 살 수 있을 정도였다. 자격증 가진 약사를 둘이나 고용했을 정도였으니, 돈이 빗자루로 쓸듯 몰려든다는 말에 실감이 갔다. 대학병원은 물론 지방 약국에서도 선불을 주고 주문한 약품을 기다릴 정도였다. 국내 제약회사가 미처 가동되기 전이라 수입 약품이 거래의 태반이었다. 나는 약국과 별도로 진형물산이라는 도매업체를 하나 더 벌였다. 「운이란 올때 꽉 잡아야 한다. 운이 사람과 때를 알아보느니라. 운이 닥칠 때는 꽉 잡구 절대루 놓치지 말구 정신일도 사업에 매진을 해야 헌다. 그렇게 재물이 모일 때는 쓸 곳을 미리 정헐 필요가 없어. 그런 데 정신을 팔면 운이 그만 등을 돌리구 말지. 바쁜 시간과 늘어나는 재물에 늘 감사해 허며 근검 절약으루 정진만 허다 보면, 하늘은 운 위에 덤까지 보태어준다.」그때는 이미 타계하신 뒤였지만 할아버지가 생전에 자주 들려주던 말씀이었다. 나는 그렇게 번 돈을 헛되이 쓰지 않고 저축했다. 운은 사일구 학생혁명이 날 때까지 계속되었다. 그 뒤부터는 운도 나의 손에서 천천히 벗어났다. 동업자가 많이 생겨났기 때문이었다. 또한 나는 호황을 더 바라지도 않았다. 허술히 쓰지만 않는다면 삼대까지 의식주와 교육에 걱정 없이 쓸 수 있는 돈이 모였던 것이다.

「건규두 왔는데 아비는 왜 오지 않누? 병원으루 전화라두 내보려무나.」막내아우 청식이를 두고 어머니가 내게 말한다.

운식이가 나를 본다. 그 눈빛에 어떤 의미를 담고 있다. 나도 대충은 그 뜻을 짐작한다. 막내아우는 골칫거리의 딸애를 두고 있었던 것이다.

「병원이 바쁜 모양이죠 뭘」하며, 운식이 일어선다.

「제가 전화를 한번 내보지요」하곤, 나도 어머니 방에서 물러나온다.

「건배형은 바쁜 모양이죠? 바둑이나 한판 둘까 했는데…….」거실 응접실 의자에 앉아 신문을 보던 건규가 제 둘째큰아버지에게 묻는다.

「서점이란 지금이 한창 장사 시간 아닌가. 그 애는 열시나 돼야 올 테지.」아직도 오지 않은 맏아들을 두고 운식이 말한다.

운식은 아들 둘에 딸 하나를 두었다. 맏이 건배는 종로 일가에 서점을 내고 있다. 가운데가 딸로, 신문사 특파원인 남편을 따라 일본에 건너가 있다. 끝이 건부인데, 그도 결혼하여 자식을 하나 두었으나 직장이 창원공단에 있어 그곳으로 살림을 났으므로 이태째 기제사에 참석을 못하고 있다.

거실 안은 아이들이 넷으로 늘어났다. 그림이라도 볼 줄 아는 세 녀석은 어느 방에서 빼내어 왔는지 미국 간 내 큰애 건모 아이들이 보던 동화책을 거실 바닥에 늘어놓고 제가끔 한 권씩 차지하고 앉았다.

「커피 한잔 할 텐가?」 내가 운식이에게 묻는다.

「오늘 네댓 잔이나 마신걸요.」

「저는 한잔 할래요.」 건규가 나선다.

「그럼 우린 율무차나 한잔씩 하지.」

나는 주방 쪽에 율무차 두 잔과 커피 한 잔을 내오라고 이른다.

이층으로 오르는 계단을 밟자 운식이가 따라온다. 이층은 막내 내외가 안방을 쓰고 나머지 방 두 개는 내 서재와 막내 서재로 사용된다. 대학에 다닐 때부터 소설을 쓴답시고 공부는 뒷전이던 막내 건욱은 졸업하자 출판사에 취직했다. 퇴근 뒤면 날마다 술타령을 일삼더니 출판사도 서너 군데를 옮겨다녔다. 결혼하자 그나마 직장을 아주 걷어치웠다. 약국일이나 좀 도와주려무나, 하는 내 말에도 반응이 신통치 않았다. 학교 선생일이 그렇듯 며느리가 아침 일찍 출근을 하면 건욱이는 자기 서재에 붙어 앉아 무슨 대작을 쓰는지 제 어미가 커피를 들여놓느라 방문을 열면 담배연기가 자욱하다 했다. 그러더니 이제는 소설 쪽은 아주 작파했는지 방송국을 들랑거리며 드라마를 쓴다고 열을 올리는 눈치였다. 낭비로서 죽이는 시간이 아니니 나로선 지켜보는 도리밖에 없었다.

이층 거실의 응접의자에 앉자, 운식이가 진열장 칸막이 사이 모조 청자그릇 옆에 놓인 가족 사진에 잠시 눈을 준다. 칠순을 맞아 어머니를 가운데 모셔 앉히고 우리 삼형제 내외가 찍은 사진이다. 어머니 연세가 일흔일곱이니 벌써 칠 년 전 사진인 셈이다. 그 시절에 비하여 어머니는 등이 조금 굽었을 뿐 얼굴 모습은 달라진 점이 없다. 나는 흰 머리카락이 늘었고, 앞에 앉은 운식이는 이마가

더 벗겨졌고, 청식이는 그때에 비해 몸집이 많이 불었다. 그 사진
틀은 몇 달 동안 어머니 방 문갑 위에 있었다. 비바람이 몹시 어지
럽던 그해 여름 끝 무렵, 어머니가 쓸쓸한 얼굴로 말씀했다. 「큰애
야. 이 사진을 다른 곳으루 옮겨두려무나. 나는 이제 많이 봐서 깜
깜한 밤중에두 눈에 선히 익었다.」 그렇게 말씀하는 어머니 속마음
을 나는 짐작할 수 있었다. 그 사진 속에는 당신 탯줄을 끊고 태어
난 하나 자식이 빠져 있었다. 두 살 터울인 내 바로 아랫아우 되는
일식이는 육이오 전쟁이 터지고 구이팔 수복을 앞두자 후퇴하던 인
민군을 따라 월북해 버렸기 때문이었다. 그때 일식이 나이 스물둘,
서울대학교 법대에 다녔다. 그는 혼자 월북한 게 아니라 당시 오년
제 여중 졸업반이던 이복 여동생 숙이와 함께 북을 택했던 것이다.
몇 년 전 이산가족 재회 장면이 텔레비전을 통해 전국민을 울렸을
때, 어머니는 한사코 그 통곡 장면을 외면했다.
　「형님, 건옥이 말입니다. 제가 오늘 구치소로 면회 갔다 왔어
요.」 운식이가 조그마한 소리로 말한다.
　「너가 왜?」
　나는 막내아우 병원에 전화를 걸려 탁자의 송수화기를 들다 말고
운식을 본다.
　「형님, 말도 마십시오. 저도 그 애 때문에 시말서를 쓰지 않았습
니까. 면회 가서, 제발 앞으로 공부에만 전념하겠다는 각서를 쓰
라고 삼십 분이나 설득했지요. 그런데 막무가냅니다. 눈 똑바로
뜨고 나를 보며 한다는 소리가, 공무원이신 둘째큰아버지한테 폐
를 끼쳐 미안하지만 자기 소신을 굽힐 수 없다지 않아요. 무슨
애가 그렇게 독해졌는지. 대학 들어갈 때만도 오죽 착하고 수줍
은 많이 탔어요. 그러던 애가 그렇게 변해버렸으니…….」
　「남학생도 아닌 여학생까지 투사로 자처하여 거리로 나서다니.
이념이 도대체 뭔지 모르겠구먼. 노동야학운동이다, 서클활동이다

세월의 너울　199

하며 나다닐 때 단속했어야 하는데…….」 내가 시무룩이 말한다.

이 사회의 뿌리 중에 어느 샛뿌리인가 된통 썩은 뿌리가 있으니 그 애들까지 기를 쓰고 나서서 그 뿌리를 뽑으려는 게지. 그 애들이 우민을 속이는 사교에 빠져 있지 않은 다음에야. 동생이지만 공무원이었으므로 나는 그 말을 운식이에게 뱉지 못하고 입 속으로 굴리고 만다. 설령 그 말을 뱉는다 해도 나는 그 말에 책임질 입장이 아니다. 만약 그 애들 주장을 그대로 받아들인다면 기성세대로서 나라는 존재 역시 이 땅에서는 삶의 가치가 퇴색되고 만다. 그 애들의 눈에는 내가 이미 썩어버린, 정신개조가 불가능한 부르주아요 타락한 보수주의자로 보일 테니깐. 그렇게 취급당해도 나는 발끈하거나 부끄러움을 느끼지 않을 것이다. 나는 정치가도, 매판자본가도, 기회주의자도 아니다. 오직 나는 그 애들이 추켜세우는 민중의 일원은 못되지만 내 자신의 삶만큼은 성실하게 살아왔다고 자부한다. 그 애들도 그렇겠지만, 누구에게나 자신의 삶에는 그만큼 타당한 이유가 있고, 그 삶이 불의나 비도덕적이지 않다면 어느 계층으로부터든 그 삶의 몫은 존중되어야 하기 때문이다.

건옥이 단발머리 얼굴에 겹쳐 일식이와 이복 여동생 숙이 얼굴이 떠오른다. 이제 서른 몇 해 세월이 흘러가버렸으나, 그 두 얼굴은 아직도 젊디젊은 모습으로 내 머릿속에 앙금같이 살아 있다. 반듯한 흰 이마, 하관이 빤 홀쭉한 얼굴이 아버지를 찍어낸 듯 닮았던 일식이였다. 그는 몸이 약했으나 우리 형제들 중에 가장 머리가 명민하여 어릴 적부터 할아버지의 특별한 주목을 받았다. 일식이가 법대에 수석으로 합격했을 때, 할아버지는 우리 집안에도 조만간 판검사가 나올 거라며 기뻐했다. 그러던 일식이는 대학 생활을 시작하면서부터 좌익 지하 독서서클에 끼여들더니 그쪽 이론에 탐닉했다. 야윈 목에 핏줄을 세우며 미 제국주의 타도와 계급투쟁과 인민혁명을 내게 역설하기도 했다. 어느 날 일식이가 내게 소리쳤다.

「자본주의 법률은 더이상 공부할 필요가 없어. 이 악법은 인민대중을 억압하는 부르주아 법률이야. 법률이 아니라 쓰레기지.」그는 자기 어머니와 함께 따로 살던 숙이를 자주 만나 동태형제처럼 핏줄의 정분을 도탑게 했다. 이복 여동생 숙이 어머니는 청량리역 앞에서 식당업을 하고 있었다. 물론 그 기반은 당신의 피붙이 하나를 거둔다 하여 할아버지가 도움을 주었던 것이다. 일식이의 과격한 생각을 할아버지가 알았을 때는 육이오 전쟁이 나기 전해 겨울이었다. 믿는 도끼에 발등 찍혔다고 할아버지가 분을 못 참아했으나, 외곬으로 치닫는 일식의 생각이 바뀔 리 없었다. 전쟁이 나던 그해 이른 봄, 일식은 지하 남로당 일망타진 때 '과학자동맹' 조직원으로 체포되었고, 마포형무소에 수감되었다. 숙이는 용케 몸을 피했다. 육이오 전쟁이 터지고 서울이 인민군에 점령당하자 일식은 자유로운 몸이 되었다. 수원에 계시던 할아버지는 피란 갈 짬도 없이 다른 세상을 맞고 말았다. 대표적 악질 지주 계급으로 몰린 할아버지는 수원 내무서에 수감되었다. 할머니가 할아버지 옥바라지를 했다. 갇힌 지 보름째 되던 날, 인민재판에 회부되기 며칠을 앞두고 서울에서 일식이가 지프를 타고 수원으로 내려왔다. 그는 서울시당인민위원장이었던 남로당 출신 이승엽 아래 군사위원회에서 일을 보고 있었다. 일식이 도움으로 할아버지는 유치장에서 풀려났다. 풀려나올 때 할아버지는 이미 장출혈이 심해 들것에 실려나왔다. 구월 이십팔일 국군의 서울 수복을 앞둔 여름 끝물, 당신이 거처하던 사랑채에서 할아버지는 예순넷의 생을 마쳤다. 당시 나는 군장교로 입대하여 부산 군병원에 있었고 아우들과 어머니는 의왕 외갓집으로 몸을 피해 숨어 있었으므로, 뒷날 할머니로부터 들은 말이었다. 어머니는 할아버지 옥바라지는 물론 임종을 지키지 못한 그 불효를 두고 오랫동안 애통히 여겨 삼년상을 마칠 때까지 머리 매무새나 얼굴을 꾸미지 않았고 무명 상복으로만 지냈다.

「청식이가 오늘 저녁에 아마 변호사를 만나는 모양입니다. 제가 건옥이 면회를 하고 와서 병원으로 전화했더니 그런 말을 하더군 요. 한 학기만 마치면 졸업인데 어떻게 집행유예로 빼내야겠다며. 그런데 함께 들어간 애들과 똘똘 뭉쳐 있으니 그게 큰일이에요. 재 판정에서도 애국가와 운동가를 합창으로 부르며 소란을 떤다지 않 습니까. 건옥이는 따로 떨어져 혼자 출감하면 배신자가 된다는 강 박 관념에 사로잡힌 것 같아요.」 운식이 말 끝에 나직한 한숨을 내 쉰다.

「해방 후부터 지금까지 우리나라에는 애국자도 민족주의자도 왜 그렇게 많은지. 난세가 영웅을 만든다더니, 그짝인가.」

「형님, 지금이 때가 어느 땝니까. 팔육 아시안게임, 팔팔 올림픽 이 코앞에 닥치지 않았습니까. 지금 우리나라가 어디 유럽이나 미 국이나 일본같이 태평성대 누릴 땝니까? 한치 코앞을 내다볼 수 없는 남북 대치 상태 아닙니까.」 운식이가 공무원답게 텔레비전 시 사 해설자처럼 힘주어 말한다.

이층으로 올라오는 계단을 밟는 소리가 들린다. 물방울무늬 원피 스에 앞치마를 한 내 막내며느리가 차반에 율무 찻잔 두 개를 얹어 들고 온다.

「차 드세요.」 건욱이 처가 말한다.

「건욱이도 제법이던데. 형님, 지난 주에 그 단막극 봤지요?」 운 식이가 내 막내며느리와 나를 번갈아보며 묻는다.

제 서방 이야기라 막내며느리가 찻잔을 세 사람 앞에 놓으며 귓 불을 붉힌다.

「봤지. 그 애 첫 작품이라 식구가 모두 둘러앉아서.」

「작은아버님은 감상이 어땠습니까?」 자기 남편 작품이라 관심이 가는지 찻잔을 탁자에 놓으며 막내며느리가 운식이를 본다.

「꽤 괜찮더구먼. 향토적이고. 그런데 그게 창작품이 아니라 섭섭

했지만. 우리 집안이 대충 알고 있는 실화를 드라마로 옮겼잖
아.」

「우리집에서도 그런 얘기였어. 어머님은 시종 손수건으로 눈물을
닦으셨지. 네 형수도 눈물이 글썽하더라.」

「삼례가 친정걸음을 한 뒤부턴 건욱이가 상상으로 얘기를 꾸몄더
구만. 아주 서정적으로 잘 끝맺었어. 여운을 남기면서 말이야.」 운
식이 말이다.

나 역시 그의 말에 같은 의견이다. 막내는 우리 형제가 어린 시
절 어머님이 들려주었던 옛이야기를 내 안사람을 통해 어떻게 귀뜀
받았는지, 그 내용을 토대로 텔레비전 단막극 한 편을 만들었는데,
그 작품이 지난 주 토요일 밤에 방영되었다. 안사람이 친당·본당
과 시친당·처당에 두루 연락했으므로 우리 집안 안팎은 그 단막극
방영 시간을 놓치지 않은 셈이었다. 김건욱이란 이름자가 처음으로
화면에 박힌 작품이었다. '저문 강(江)은 흘러가고'란 제목이었다.

깊은 밤, 어느 사대부집 전경이다.

행랑채 삿자리 방에 아녀자들이 여럿 잠들어 있다. 첫닭이 길게
운다. 삼례가 살그머니 일어나 어둠 속에서 옷을 챙겨입는다. 보퉁
이를 끼고 마당으로 나와 솟을대문 빗장을 열고 밖으로 나선다. 머
리를 한 가닥으로 길게 땋은 예쁘장한 소녀 모습이다. 삼례는 먼동
이 터오는 동쪽으로 길을 잡아 달아난다. 동산을 넘고 들을 질러
숨 가쁘게 도망간다.

날이 밝아온다. 동산에 복사꽃이 만발한 봄날이다. 멀리로 아침
바다 물너울이 높다.

삼례는 밤이면 풀섶에서 잠을 자고 날이 밝으면 걷고 또 걷는다.
사람을 만나면 머리 숙여 비켜가고, 마을이 보이면 멀리 둘러서 피
해간다. 끼니때면 보퉁이를 풀어 깜조록한 미숫가루를 사발에 떠내
어 쪽박에 뜬 냇물에 풀어 허기를 끈다.

사대부집에서는 도망간 삼례를 찾느라고 머슴들이 횃불을 들고 산야와 바닷가를 누빈다. 머슴들이 벼 열 섬을 현상금으로 건 방을 곳곳에 붙인다.

며칠이 흐른 뒤다. 집을 나설 때의 깔끔하던 삼례 모습이 몰라보게 피폐해졌다. 어느 날, 삼례는 강변길을 걷다 대궐같이 큰 집을 짓는 공사현장에 이른다. 석수장이와 대목수들이 바쁘게 일을 한다. 삼례가 그 한 귀퉁이에 앉아 다리쉼을 하자, 일꾼들이 곧 새참판을 벌인다. 삼례가 그 음식판을 기웃거리자 마음씨 좋아보이는 도목수가 삼례를 부른다. 먼 길을 나선 모양이라며 같이 한 숟가락 들자고 권한다. 삼례는 부끄럽고 두려워 그 판에 끼이지 못한다. 일꾼들은 음식이 부실하다고 투정한다. 음식 수발하는 밥지기 여자들이 모자라서 그렇다는 말이 오고간다. 일이 다시 시작되었을 때, 아비 나이뻘 되는 도목수가 곰방대를 빨며 삼례 옆에 가까이 온다. 처녀는 어디서 왔수, 하며 도목수가 은근조로 묻는다. 저 갯가 쪽에서 왔어요, 하고 삼례가 머뭇머뭇 대답한다.

장면이 바뀐다. 내수사(內需司)와 각 관방이 노비 문서를 불태우고 공노비를 해방시킨다. 노비들이 만세를 부르며 목놓아 운다.

사대부집 주인 마님이 삼례를 안방으로 부르더니 나직이 말한다. 너도 이제 인간 해방이 될 때를 맞았으니 내 너를 몰래 풀어주겠다. 삼례 너는 어느 여종보다 똑똑하므로 어디로 가든 네 한 몸은 능히 간수할 것이다. 그러니 오늘부터 밥을 푸고 난 누룽지를 잘 빻아 미숫가루로 만들어두어라. 그것이 엿새 먹을 양식이 되는 날 너를 풀어주겠다. 그러면 너는 엿새 동안 뒤도 돌아보지 말고 저 내지 쪽으로 부지런히 달아나거라. 그러면 아무리 걸음 빠른 장정도 거기까지 너를 쫓아와 잡지는 못할 것인즉.

장면이 바뀌어 삼례는 그날부터 그 공사판 밥지기가 된다. 삼례는 부지런히 일한다. 도목수가 삼례의 살뜰한 솜씨를 눈여겨본다.

삼례는 홀아비 도목수의 도타운 사랑을 받고, 그 안사람이 된다. 나이 차이가 많은 만큼 도목수는 어린 처를 끔찍이 아낀다. 가난하지만 행복한 나날이 계속된다. 둘 사이에 사내아이가 태어난다. 마흔 중반에 첫아들을 본 도목수의 기쁨이 크다. 도목수는 아기 이름을 길대라 짓는다.

투실하게 잘생긴 길대는 무럭무럭 자란다. 빨래하러 강가로 나가는 엄마를 따라다니며 재롱을 피운다.

길대가 서당에 갈 나이가 되자 도목수가 아들을 데리고 자기가 예전에 지은 대궐집으로 간다. 사랑채 마루에는 아이들 글 읽는 소리가 낭랑하다. 도목수가, 길대에게도 글을 깨치게 해달라고 훈장에게 부탁한다. 훈장이 머리를 흔든다. 도목수가 무릎을 꿇어 애걸하자, 훈장은 천민의 자식이 양반 자식과 섞여 글을 배울 수 없다며 끝내 거절한다.

길대는 자라 소년이 된다. 길대는 이제 허리 굽은 아버지를 따라다니며 대목일을 익힌다. 길대는 자주 제 어머니에게, 외갓집이 어디냐고 묻는다. 삼례는 운평 땅 먼 하늘만 바라볼 뿐 대답을 못한다. 그 눈에 맺히는 눈물의 뜻을 길대는 알지 못한다.

길대는 기골이 장대한 열일곱 살의 젊은이가 된다. 도목수는 늙었고 삼례는 중년 아낙네가 되었다. 어느 날, 삼례가 길대를 앞에 앉혀두고 자신의 지나온 과거를 들려준다. 삼례가 말한다. 이제는 세상도 변했다. 아무도 다시는 나를 종으로 삼지 못할 것이다. 그러니 오늘의 나를 있게 하신 그 은혜를 갚을 겸 운평의 주인 마님께 인사를 드리러 가자. 그곳이 바로 너의 외갓집이다.

늙은 도목수가 떡메를 친다. 삼례가 강정을 만든다. 삼례는 장으로 나가 고운 비단 한 필을 마련한다. 복사꽃이 만발한 어느 봄날, 삼례는 듬직한 아들 등에 큰 함을 지워 즐겁게 길을 나선다. 열아홉 살에 떠났던 운평 땅으로 걷고 또 걷는다.

십팔 년 만에 도착한 사대부집은 많이 퇴락해 있다. 집 안으로 들어갔으나 썰렁한 집 안에 더러 오가는 사람들은 삼례를 알아보지 못한다. 늙은 침모가 겨우 삼례의 옛모습을 알아본다. 늙은 침모는, 주인 어른과 주인 마님이 다 돌아가셨다는 말을 전한다.

삼례는 주인 마님 무덤 앞에서 흐느껴 운다. 아들에게는, 외할머니를 뵈듯 인사하라며 큰절을 시킨다.

삼례는 옷고름으로 눈물을 찍으며 운평 땅을 떠난다. 동산의 복숭아 밭길로 오르자 멀리로 마을이 보이고 더 멀리 바닷물빛이 쪽빛이다.

늙은 도목수가, 부디 못 배운 한을 네 자식 대에서는 풀라는 유언을 아들에게 남기고 숨을 거둔다.

어느 날, 길대는 십 년 안에 꼭 성공하여 돌아오겠다며 단봇짐을 지고 집을 떠난다. 나룻배를 타고 강을 건너는 아들을 삼례가 나루터에서 배웅한다. 배가 느릿느릿 강을 건넌다. 삼례는 오랜 동안 나루터에 서서 뱃전에 선 아들의 먼 자태를 바라본다.

길대는 경성으로 올라온다. 인력거가 다니는 번화가에서 길대 눈이 휘둥그래진다. 길대는 종로통 어느 한약 건재상에 점원으로 취직하여 열심히 일한다. 처음에는 일꾼 노릇을 하다 경리 보조원이 되어 주판알을 튀긴다. 월급으로 받은 돈을 차곡차곡 모으며, 밤이면 혼자 공부를 한다.

강가 나루터 풍경도 춘하추동을 거친다. 세월이 흘렀다. 강가 나루터로 나와 뱃전에 내리는 객들을 바라보는 삼례는 이제 허리 꾸부정한 할머니가 되어버렸다. 삼례는 오두막집에 쓸쓸히 혼자 살며 늘 나루터로 나와 집 떠난 아들 소식을 하염없이 기다린다.

건재상 주인 눈에 든 길대는 주인 딸과 혼례를 올린다.

어느 이른 봄, 양복을 차려 입은 길대는 아내를 뒤에 달고 귀향길에 오른다. 서울역에서 기차를 탄다. 시골역에 내려 걷고 또 걸어 눈에 익은 나루터에 도착한다. 나룻배로 강을 건넌다. 사공도 젊은 사내로 바뀌었다. 사공이 수심가를 흥얼흥얼 읊는다.

예전에 어머니와 함께 살던 오두막집은 휑하니 비었다. 창호지가 찢어진 외짝 방문이 꽃샘바람에 저 혼자 덜컹거린다.

나루터가 보이는 양지바른 언덕에 초라한 무덤이 있다. 길대가 그 무덤 앞에서 큰절을 올린다. 그의 두 눈에 눈물이 흘러내리나 그는 울음을 참는다. 무덤 앞에는 고개 꺾고 핀 한 송이 할미꽃이 꽃샘바람에 떨고 있다.

길대는 무덤 앞에 앉아 하염없이 강을 바라본다. 어린 자기를 귀여워해 주던 늙은 아버지와 그때까지 얼굴 곱던 어머니의 자애스런 모습이 물너울 속에 떠오른다.

노을빛이 스러진다. 허연 갈대가 바람결에 너울거리는 사이로 흐르는 강물의 잔물결이 반짝인다.

어머니의 말씀에 곧이곧대로 따른다면, 그 단막극 속에서 여종을 해방시켜준 주인 마님은 어머니 친정할머니로, 그러니 내게는 외증조할머니가 되는 분이시다. 외증조할머니는 독실한 불교도로, 그 이야기로 말하자면 실제로 있었던 일이라는 어머니 말씀이었다. 어머니는 당신이 시집오기 전 처녀 시절에 삼례가 장성한 아들을 데리고 집으로 왔던 장면을 생생하게 기억하고 있다고 말씀했다. 물론 그때까지 외증조할머니는 살아 계서 삼례와 꿈 같은 이승의 재회를 이루었다는 것이다. 막내는 그 흘러간 집안 이야기로 단막극을 만들었는데, 줄거리는 어머니 이야기와 별다른 점이 없었으나 뒷부분은 그의 창작인 셈이었다. 왜냐하면 삼례가 아들을 데리고 옛 운평 땅 주인 댁으로 처음이며 마지막 친정걸음하듯 다녀간 뒤 소식은 어머니도 알 수 없었기 때문이었다.

「우리 집안에두 인물 났어. 텔레비전에 이름이 다 나오고. 그런데 장본인은 어디 갔지?」 운식이가 막내며느리에게 묻는다.

「오후에 학교로 전화가 왔더랬어요. 어디 지방으로 취재를 다녀
온다면서, 조금 늦을는지 모르겠다고 말하던데요.」아래층으로 내
려가려던 며느리가 대답한다.

「그렇겠지. 건욱이야말로 자유업이니 누구 간섭받으랴, 일정한
근무 시간이 있으랴. 팔자는 그 녀석이 늘어졌어.」

「오늘 아버님 제사는 알고 있지 ?」내가 며느리에게 묻는다.

「네, 알고 있습니다. 너무 늦지 말라고 당부했습니다.」

나는 청식이 병원으로 전화를 건다. 간호사가 전화를 받는다. 원
장은 예약된 약속이 있어서 다섯시 반에 퇴근했다고 간호사가 말한
다. 청식이는 자기집 부근 혜화동에 개인병원을 내고 있다. 그의
전공은 이비인후과이다.

나는 창문을 열어놓은 바깥으로 눈을 준다. 관악산의 비스듬한
줄기 위 깜깜한 하늘에는 아무것도 보이지 않는다. 산등성이의 울
퉁불퉁한 선만이 희미한 윤곽으로 경계선을 긋고 있다. 눅눅한 바
람기가 얼굴에 닿는다. 장년기까지는 초여름의 저녁 바람에서 자유
로움과 평화를 느끼기도 했다. 그러나 이제, 지금과 같은 시간에는
적막이나 비애와 같은 감정이 오히려 자연스럽다. 유성이 긴 꼬리
를 끌며 사라질 때 다시 하나의 별이 태어난다는 믿음이 젊음이라
면, 다만 잠적과 소멸, 또는 무생명체로서의 긴 잠을 느끼는 것이
노년이다. 긴 잠이란 희로애락이 멈춘 편안한 잠이리라. 나는 찻잔
을 들고 천천히 차를 마신다. 같이 차를 마시는 운식이도 말이 없
다. 딸애를 철창 속에 둔 청식의 수심 낀 얼굴이 어두운 하늘에 걸
린다. 나는 갑자기, 이 세상에 근심 걱정 없이 사는 행복한 자는
누구일까 하는 생각을 해본다. 현화와 같은 아기 시절을 넘기면 누
구나 근심과 걱정을 한두 가지쯤 안고 살리라. 학생들은 자나깨나
공부가 걱정이요, 자라면 군에 갈 걱정, 사랑으로 인한 가슴앓이,
한편 건욱이처럼 나라를 걱정하기도 한다. 나이를 먹어 가솔이 늘

면 더 많은 근심과 걱정을 안고 지낸다. 늙으면 기력도 쇠하여 병으로 걱정이 늘어난다. 그렇게 사람들은 모두 크고 작은 근심 걱정을 가진 채 살고 있으리라 여겨진다. 그것이 삶의 본질일는지 모른다. 자식을 두고 말한다면 나는 첫째애를 다 키워서 잃었고, 둘째 아들을 장자로 삼았더니 내 곁을 떠나 이민을 가버렸다. 막내 청식이는 딸아이로 하여 속을 썩고 있다. 그런 면에서 보자면 운식이 가정이 자식 문제로 인한 근심은 아직 없는 셈이다. 자식을 일류대학에 넣는 기쁨은 못 누렸으나 셋을 정상까지 교육시켰다. 큰애는 서점을 내어 자립했고, 둘째애는 남편을 따라 일본에 살고 있으며, 막내는 공대를 나와 창원에 내려가 제 생활을 꾸려나간다. 그러나 근심과 걱정이란 어디 자식에게서만 비롯되는 것이랴. 운식이도 형제에게는 말하지 못할 걱정거리를 안고 있을 것이다. 나름대로의 지혜로 그런 근심과 걱정을 안으로 다스려 밖으로 표를 내지 않을 뿐이리라. 고향으로 가면 토박이 늙은이들은 숫대 어르신 댁 종부인 의왕 마님이야말로 근심 걱정이 없는 복받은 여인이라고들 말한다. 세 자식이 다 효자고 사회적으로 성공했다는 것이다. 시쳇말로 나는 학교재단 이사장에 중소기업체 사장이요, 운식이는 고급 공무원이요, 청식이는 일가를 이룬 의학박사이기 때문이다. 그러나 일흔일곱 해의 어머니 생애를 따져볼 때 그 삶을 복받은 삶이라 말할 수만은 없다. 무엇보다 둘째아들 일식이만 하더라도 어머니 가슴에 굵은 대못을 박았다. 전쟁통에 북으로 간 그가 살았는지 죽었는지 아직도 알 수 없으니, 말씀은 없으셔도 어머님 심중이 오죽 슬픔으로 차 있으랴. 자나깨나 오매불망 일식이를 생각하실 어머님 마음은 내 이미 육순을 앞둔 나이이니 헤아려 짐작이 간다. 그 한 가지를 빼곤 남들이 볼 때 어머님 생애는 평탄했으며 복받은 노년을 보낸다고 비칠 만하다. 아니, 꼭 그렇게 말한다면 어머니 삶은 그만한 복을 누리기 위한 인종의 끊임없는 자기 희생 끝에 얻어진 작은 열매라 할 수 있다. 그러므로 겨울 끝에 만나는 매화꽃이 돋보이듯, 환난을 이겨낸 자의 평화스러운 모습이 더 인자해 보이는 이치와 같다.

아래층에서 활기찬 인사소리가 들린다. 다들 안녕하셨어요, 하고 말하는 목소리 임자는 운식이의 큰애 건배다.

「서점은 점원에게 맡기고 온 게로군.」

아들 목소리를 들은 운식이 의자에서 일어선다.

운식이와 나는 아래층으로 내려간다. 건배의 인사를 받는다. 할머니 방에는 건규 처가 자기 둘째아이와 현화를 돌보고 있다. 두 아이가 잠투정을 하느라 칭얼거린다. 어머니 목소리는 이제 주방에서 들린다.

「포는 예로부터 주로 일곱 가지를 썼다. 북어·건대구·건전복·건상어·암치·오징어·육포가 그렇다. 그 일곱 가지를 꼭 다 갖춰놓을 필요는 없지만, 예전에 아버님은 그 정성이 대단하셔서 제수(祭需) 물목은 빠뜨리지 않으셨느니라. 아버님이 경성으루 출타허실 때면 제사 때가 아니더라두 큰 건어물전에 들르셔서 그런 포를 고루 사오셨지. 제때 시골장에서 급하게 구하려면 못 사는 일이 허다허구 물건이 달릴 때면 값이 천정부지로 뛰니깐.」

「어머님, 이번에는 북어·오징어·문어·건전복을 준비했어요.」

내 안사람의 조심스러운 목소리다. 시집온 뒤로 시어머니에게 눌려 지내 집안에서 기를 펴지 못하고 살아온 안사람이다. 그런 면에서는 복이 지지리도 없는 편이라 젊었을 때는 내게 곧잘 불평도 고시랑거렸다. 그러나 어느 때부터인가, 어머님이 계시니 그 그늘이 편하다는 말을 하고부턴 아예 벙어리가 되고 말았다. 사실 어머니 같은 분 옆에는 어느 누가 견주어 서더라도 빛을 내기에 힘들기도 했다. 어머니 빛이 홀로 너무 밝으니 모두 자기 작은 그림자나 만들 뿐이기 때문이다.

「제수 음식이란 끼니때와 달리 음식마다 정성을 쏟아야 허지만 무엇보다 나물이 맛나게 무쳐져야 헌다. 장맛 보구 그집 음식맛 알듯이 나물맛이 좋으면 다른 제수 음식은 맛 안 보아두 알지. 제사 모시구 음복상 받으실 때, 아버님은 젓가락으루 먼저 무나물부터 집으셨다. 그러면 어머님과 나는 바늘방석에 선 듯 어르신 안색만 살폈지. 아무 말씀두 안허시구 수저를 들어 탕국물루 입을 헹구시면 그제서야 안심을 했느니라.」

「그렇다면 증조할아버지께선 나물맛이 없으면 타박을 줬나요?」 건배 처가 묻는다.

「타박을 주지는 않으셨지만 수저를 들지 않으시구 한참 동안 음식상을 두루 살피셨지.」

그때, 현관문이 열린다. 박 서방이 아래층 고방에 두었던 병풍을 날라온다. 거실에 병풍을 옮겨놓곤 제상·교의·향안도 들여놓는다. 먼지를 털고 초벌로 물걸레질을 했는지 나뭇결이 윤기를 낸다. 그것들과 제물 그릇은 할아버지 때부터 사용해 오던, 이를테면 우리 집안의 손때가 묻은 유물인 셈이다. 주방에서 제기를 닦던 내 안사람이 행주를 빨아들고 거실로 나와 제상과 교의를 닦는다. 운식이 처는 마른행주로 병풍 액자를 닦는다.

나는 거실의 괘종시계를 본다. 벌써 아홉시를 넘어서고 있다. 나는 안방으로 들어가 집에서 입는 허드레옷을 벗는다. 흰 와이셔츠를 입고 넥타이를 맨다. 양복을 입곤 거실로 나온다. 거실 정면 북쪽에는 여덟 폭 병풍이 펼쳐져 있다. 병풍 글은 송나라 때 문장가 여홍숙(呂興淑)이 지은 '극기명(克己銘)'이다. 그 병풍 글씨는 일찍이 경기도 서편에서 명필로 이름이 났던 외증조부가 쓴 초서체이다. 할아버지가 살아 계실 때 제사용 병풍으론 역시 외증조부가 쓴 한퇴지(韓退之)의 '사설(師說)'이 있었다. 할아버지는 그 글의 뜻을 기려 기제사에는 늘 그 병풍을 사용하며 손자들에게 그 내용을

익히게 했다. 그 병풍은 육이오 전쟁 때 사랑채가 비행기 폭격으로
무너져 소실되고 말았다.

　내가 정장을 갖추고 나오자 안사람이 곧 남자들 일감을 거실로
나른다. 밤과 대추를 치고, 포를 모양 있게 오리가리하고, 과실을
깎는 일은 남자들 몫이다. 나는 화장실에서 손을 씻고 나온다. 운
식이도 나를 따라 관수(盥水)한다.

　「오늘은 우리가 해볼까요?」건배가 묻는다.

　「아직 너들은 멀었다. 다 차례가 있으니.」운식이가 빙긋 웃으며
아들 말을 받는다.

　나는 가위로 오징어 머리와 아랫부분을 잘라내고 오리가리를 시
작한다. 봉황이나 용을 만들 손재주는 없어 부채꼴로 가위질한다.
운식이도 배 꼭지를 도려낸 뒤 윗부분을 깎는다. 귀신이 와서 먹을
음식은 아니지만 이런 일을 할 때는, 제사가 언제부터 시작되었으
며 누가 처음으로 창안해 내었을까를 더듬어보게 된다. 천·지·
일·월·성신·산·천에 모두 신령이 깃들여 있다는 생각으로 신의
재앙이 없는 안락한 생활을 기원하는 마음가짐에서 제사는 시작되
었을 것이다. 우주의 더 넓은 이치와 생명을 건사하는 신묘한 능력
과 천재지변의 놀라운 위력을 가늠하다 보면 인간의 한살이는 티끌
과 같이 보잘것없고, 자신도 모르게 신의 존재를 긍정하고 거기에
의지하게 됨이 사람의 항심(恒心)이다. 고래로 부여의 영고(迎
鼓), 고구려의 동맹(東盟), 동예의 무천(舞天)이 다 그렇게 시작
된 제사라는 문헌 기록이 있다. 그렇다면 조상을 숭모하여 하늘에
드리는 제사 역시 그 뒤를 이어 시작되었으리라 짐작된다. 인간이
짐승과 달리 예(禮)를 생활의 바탕으로 삼았을 때, 조상을 숭모하
는 이치야말로 당연한 귀결이다. 신라에서는 남해왕 때 혁거세 묘
를 세우고 혜공왕 때 5묘(五廟)의 제도를 정했다 하니, 그 역사가
천년을 넘어 거슬러 올라간다. 조상의 은덕을 생각하여 받들어 기

리고, 살아 있는 후손의 평안을 염원하는 이 예식이야말로 인간이 창출한 것 중 심오한 뜻으로 말하면 그 으뜸 자리에 오를 것이다. 그러나 정신적인 것과 마음으로써 얻는 평안이 과학적인 것과 물질적인 것으로부터 배척당하고 오직 현시적인 것만이 대접받는 시대에 당도하니 세상의 이치도 많이 바뀌었다는 생각이 든다.

거실로 나온 어머니가 뒷짐을 지고 우리 형제의 솜씨를 내려다보며 음전케 미소를 띠고 섰다. 건규가 바둑판을 찾아내더니 거실 한쪽에서 건배와 바둑을 두기 시작한다. 서로가 백돌을 잡겠다며 티격태격하다 건배가 백돌을 한움큼 쥐어 흑백을 가린 모양이다. 그들의 급수는 이급이 되었다 사급으로 떨어지기도 한다. 건욱이까지 합쳐 셋의 치수가 비슷하여 명절이나 제사 때면 그들은 곧잘 어울려 바둑을 둔다. 미국으로 이민 간 큰애 건모가 공인 아마 사단이어서 늘 해설자 노릇을 했더랬는데, 이제 바둑판 옆에 앉아 혀를 차던 그의 모습을 볼 수 없다. 어쩌면 앞으로도 볼 수 없을 것이다. 우리 형제가 밤과 대추를 쳐서 그 일을 끝낼 때야 바둑도 한 판이 끝난다. 건배가 이겨 의기양양하게 백돌을 빼앗는다. 그렇게 돌을 바꾸어 새 판을 둔다.

할아버지 살았을 적이 생각난다. 그때는 우리 형제가 어리기도 했지만, 할아버지의 제사 모시는 정성은 대단했다. 증조부 기제사는 날씨가 푹푹 찌는 삼복이었지만 할아버지는 아침부터 당목두루마기에 갓으로 의관을 정제하여 땀을 뻘뻘 흘리며 남자가 해야 할 모든 일은 손수 처리했다. 잘 보고 배워두라는 할아버지 분부가 있었으나 우리 형제는 제사 따위에 별 관심이 없어 장난치며 너른 집 안팎을 분탕치고 다녔다. 대청마루가 꺼져라 널뛰기도 했다. 그러던 세월이 반세기 가까이 흘러 이제 내가 그 당시 할아버지가 되고 머리 큰 자식들은 그 당시 까까머리였던 나처럼 이제 자기 놀음만 즐기는 꼴이 된 셈이다. 물같이 흘러가버리는 세월, 앞으로 또 그만한 세월이 흐른다면 그때는 누가 밤과 대추를 칠까. 어쩌면 그 시절에는 제사가 없어질는지 모르고, 있다 해도 세월의 추이를 가늠하면 더욱 간소화되리라 여겨진다. 지금도 시장에 가면 기계로 깎은 밤을 포장지에 담아 파니 밤을 칠 필요가 없는 세상이 되고 말았다.

박 서방이 사다놓은 조선종이 한 장으로 나는 지방(紙榜)을 만든다. 할아버지가 살아 계실 때만 해도 사당(祠堂)이 있어서 위패(位牌)를 만들어 그곳에 모셔두었다 제사를 지냈으나, 내가 서울 생활을 시작한 뒤 제사를 가져오고부터 위패를 대신해서 지방을 모셨다. 할아버지는 장손인 내게 지방 접는 방법을 가르쳐주셨는데, 그 까다로운 방법을 사십 년이 가깝도록 나는 잊지 않고 있다.

먼저 백지 한 장을 옆으로 접고 또한번 접은 뒤 다시 삼등분해서 접으면 열두 칸과 열한 선이 생기게 된다. 그것은 오른쪽의 1, 2, 3선까지 왼쪽으로 접고 5선을 기준으로 종이 왼쪽을 오른쪽으로 접으면 종이 뒷부분이 앞으로 나오게 된다. 다음, 6선을 다시 왼쪽으로 접으면 종이 앞면인 7, 8, 9, 10, 11선이 보인다. 그대로 이것을 들고 뒤집어 7선을 기준하여 왼쪽으로 접고, 종이 위와 아래를 조금 접은 뒤 9선과 11선을 접어 남은 부분을 옆으로 끼워넣으면 직사각형 지방이 된다. 만들어진 지방 위 두 귀퉁이를 약간 눌러 이것을 교의에 세워두면 되는 것이다.

나는 가느다란 붓으로 먹잉크를 찍어 우선 헌 신문에 몇 차례 글씨를 연습한다. 어느 정도 체를 갖추었다 싶자 지방에 옮겨 쓴다.

'顯考 學生府君 神位'

아버지는 특별한 벼슬을 하지 않았으므로 그렇게 쓸 수밖에 없다. 그렇게 쓰고 보니 사당에 위패로 모셨던 증조할아버지의 신위 글귀와 같다.

나는 서투른 붓글씨로 지방을 쓰고 나서 안방 문갑 서랍에서 제사 때 늘 사용하는 기제축문을 꺼내 향안 아래에 둔다. 그러고도 한참의 시간이 흐른 뒤에야 대문께에서 진돌이 짖는 소리가 들린다. 막내 건욱인가 했더니 막내아우 청식이가 현관으로 들어선다. 한잔을 마셔도 술기운을 타는 그인지라 눈가장자리가 붉다.

「어머님, 절 받으셔야지요.」

주방을 들여다보던 청식이 어머니 손목을 잡고 거실로 나온다.

청식은 겹으로 주름지는 턱에 과장기 섞인 미소를 띠고 있다. 어머니를 어머니 방으로 밀고 들어가는 그의 거동에 막내다운 익살기가 섞였다.

「너 한잔 헌 게로구나. 삼 일 재계 (齋戒)헌다는 말두 모르느냐. 세월이 변했기로서니 오늘만은 그래두 몸을 정결허게 씻구, 고기 음식을 입에 대지 말구, 술은 삼가야지.」

어머니가 부드럽게 나무라며 방석에 앉는다.

「제가 뉘 손인데 그걸 까먹겠습니까. 부득이 그럴 일이 생겨 그랬지요. 뻔히 알며 한잔 해야 하는 막내놈 타는 속도 알아주셔야지요.」

「속타다니. 속탈 일을 왜 허구 다녀.」

어머니는 손녀딸 건옥이가 시위사건으로 경찰서 유치장에 갇혀 있는 줄을 모르고 하는 소리다.

「어머니. 됐어요. 그냥 절부터 받으세요.」

청식이 어머니 앞에 무릎을 꿇더니 넙죽 절을 한다.

「병원에서 곧장 오는 길이 아닌 모양이로구나?」

「대접할 자리가 있어 시내에 들렀다 오는 길입니다. 어머님, 제가 그중 늦었지요?」

「그렇긴 하다만 이제 열시니 맞춤하게 왔다. 세수나 하거라.」

청식은 현화와 제 손녀가 방 한칸에 나란히 잠든 쪽에 눈을 주더니 거실로 나온다. 청식이 현관으로 들어설 때 건성으로 인사했던 건배와 건규는 바둑 두기에 여념이 없다. 청식은 윗도리를 벗어 응접의자 등받이에 걸쳐놓곤 화장실로 들어가 세수를 한다. 나와 운식이 안방에 앉아 있자, 수건으로 얼굴을 닦으며 청식이가 들어온다.

「변호사는 뭐라던?」 운식이가 낮은 소리로 아우에게 묻는다.

「건옥이 학과장과 같이 만났어요. 학과장이 우선 담당검사 앞으로 각서를 한 통 쓰기로 했어요.」

청식이 거실을 흘끗거리며 방문을 반쯤 닫는다.

「각서라니?」

「앞으로 학업에만 전념토록 책임지도하겠다는.」

「교수가 각서 쓰고, 나이 새파란 피고가 판검사를 훈계하는 마당이 됐으니, 만화경을 보는 세상이군.」

「큰형님은 웃으시겠지만 저는 수술하는 의사가 아닌, 수술받는 축농증 환자가 됐다니깐요. 답답해서 숨쉬기도 괴롭습니다. 그런데 닭장에 갇힌 애는 다리 뻗고 잠자니 적반하장이 어디 따로 있습니까」 하곤, 청식이가 주방에 대고 얼음물 한잔 달라고 외친다.

청식이 처가 보리차에 각얼음을 띄운 유리컵을 차받침대에 얹고 소반에 받쳐 들고 온다. 유리컵만 소반에 달랑 얹어 들고 왔다간 어머니 꾸중이 떨어질 것임을 알고 조심하는 눈치다. 아녀자가 걸음을 걸을 때는 소리내지 않고 사뿐사뿐 걷고, 남자 앞으로 가로지르거나 남자 신을 타넘으면 안된다. 옷을 걸 때 남자와 같은 횟대를 쓰지 않으며 남자 옷 위에 아녀자 옷을 걸어선 안된다. 낯 닦는 수건을 남자와 같이 써도 안된다. 토방에 오를 때는 반드시 소리내어 알게 하며, 방 밖에 신이 두 켤레 있을 때 안에서 말소리가 들리거든 들어가고 안에서 아무런 말소리도 들리지 않거든 들어가지 않는다. 방문이 열려 있을 때는 안으로 들어가도 그대로 열어두며, 방문이 닫혔다면 닫아두고, 뒤따라 들어올 사람이 있으면 닫아도

아주 닫지 아니한다. 그외에도 어머니가 한번 쏟아놓으면 그 내훈
은 끝이 없었다. 막내며느리가 갓 시집왔을 때였다. 제 서방을 두
고 어머님에게 무심결로, 아직 돌아오지 않으셨어요 하고 올림말을
썼다 꾸중을 들은 적이 있었다. 지아비를 손위 앞에서 말할 때는
존댓말을 쓰지 않는다는 어머님 말씀이었다.

「변호사는 만나셨어요?」수심 낀 얼굴로 청식이 처가 제 남편에
게 묻는다.

청식이 보리차를 마시며, 잘될 것 같기도 하다며 아리송한 답을
어물쩍 흘린다. 언제 들었는지 안방 방문 옆 거실 가장자리에서 바
둑을 두던 건규가 제 여동생을 두고, 그 애는 고생 좀 해야 해요
하며 신둥부러진 소리로 한마디 한다. 청식이 처가 아들 말버릇을
못마땅하게 여겨 눈을 흘긴다.

주방은 제수 음식 준비가 대충 끝났는지 조용하다. 주방 아녀자
들 말소리가 도란도란 들리고 어머니 방에서도 이야깃소리가 들린
다. 그림책을 보던 운식이·청식이 손자들도 하품을 하던 끝에 건넌
방으로 가더니 가로세로 누워 잠들어버렸다. 초등학교에 다닐 때까지
는 제사와 무관했으나 중학생이 된 뒤부터 반드시 자시(子時) 제사
참례가 집안 관례였기에 그 애들은 그냥 자게 내버려둔다.

어느 사이 시간이 밤 열한시를 넘겼다. 이제 와야 할 사람은 내
막내애 건욱이만 남은 셈이다. 드라마 원고를 쓴다고 이틀 사흘 외
출하지 않을 때도 있었는데 오늘은 제집 찾아들기에도 늦은 시간이
다. 그래서 그런지 건욱이 처가 현관 밖으로 들랑거리는 눈치다.

「어느 집이나 그 집안에 내려오는 가훈을 들어보면 다 비슷허지
만, 아버님이 우리 후손에게 이르시던 가훈은 대체루 여섯 가지였
느니라.」어머니 방에서 들려오는 어머니의 차분한 목소리다. 「우
선 조선님 제사를 삼가 받들어 정성껏 모시구 선영을 잘 가꾸라 이
르셨다. 두 번째가 종갓집을 귀중히 여기구 친척이 화목하라 허셨

느니라. 종갓집이란 나무의 뿌리니 나무란 뿌리를 잘 북돋워주지 않으면 가지와 잎이 절루 마르는 이치와 같으다. 친척은 비록 갈래가 다르더라두 핏줄이 서루 이어져 있으니 사랑하는 데 힘쓰구, 공경허는 마음으루 만나구, 정성껏 대접허구, 장점을 모아 단점을 보호해 줘야 헌다. 병들 때 서루 위로허구, 외롭구 가난할 때 도와줌이 어찌 장헌 일이 아니겠느냐. 세 번째가 세상을 살아가는 데 몸가짐이 구차스러워선 아니된다구 했느니라. 반드시 의리를 분별허는 분수를 알아 옳구 그른 관계를 살펴 예의루 일을 처리해야 허느니라. 염치를 차려 스스로 욕심을 경계허구, 어떠헌 경우라두 비루헌 일을 허지 말라 이르셨지. 이는 곧 남자란 위엄이 있구, 태도가 신중헌 중에 매사에 공명정대허며, 뜻이 넓구 굳세며, 근면허구 절약해야 헌다는 가르침이다……」 며느리들과 손자며느리들을 앞에 앉혀두고 어머니가 늘어지게 설교한다.

「어머님은 아버님 말씀은 별로 하지 않으셔도 할아버지 말씀만 입에 올리시면 절로 신이 난다니깐.」

운식이 어머니 방을 본다.

「아버님이 일찍 별세하신 뒤 할아버님 공경이 하늘과 같았으니 그럴 만도 하지요. 언젠가 건욱이한테 할아버님 전기를 쓰게 하면 어떨까요? 어머님 기억력이 더 흐려지기 전에.」 청식이 나를 보고 묻는다.

「그 말 맞군. 우리 집안에선 그래도 건욱이가 문필가 아닌가. 그 녀석이 쓰면 제격이겠다. 사실 할아버님은 우리 집안뿐만 아니라 누구에게나 그 생애를 알릴 만한 분이시지.」 운식이 맞장구를 친다.

「그렇잖아도 내가 그런 말 했더랬지. 건욱이도 민속적인 것이나 전통적인 우리 얘기에 각별한 관심을 두는 것 같기에.」 내가 담배를 꺼내 물며 말한다.

「큰아버님, 건욱이 말입니다. 어제 제 서점에 들렀습니다. 〈지봉유설 (芝峰類說) 〉과 〈민담일화집 (民譚逸話集) 〉이란 책을 가져가며 구비문학 관련서적도 구해달라더군요.」바둑을 두며 건배가 말한다.

「〈지봉유설〉? 그건 이수광이 엮은 고래 기사일문집 (奇事逸聞集) 아닌가. 그분이 우리나라에 천주교를 처음 소개했을걸.」운식이가 말을 받는다.

「예, 맞아요. 선조 때 사람이지요. 그분이 처음 서학 (西學)을 들여올 때야 천주교 수난 훨씬 전이라 임진왜란·정묘호란을 겪었지만 천수를 누렸지요.」

「형, 대마가 생사기로를 헤매는데 어디다 정신 팔고 있어요?」건규 말이다.

「그런 걸 보면 사람은 때를 타고나야 돼. 지봉 선생도 이백 년만 늦게 태어났어 봐. 당신 명껏 살기 힘들었을 테니. 형님, 그런 뜻에서 보자면 저의 세대는 육이오 전쟁 희생 세대요, 어머님은 봉건 시대 희생 세대가 되겠지요. 뭔가 이름을 붙인다면 건욱이같이 급진적인 생각을 가진 애들도 어떤 의미에선 또다른 희생 세대고요.」청식이 운식을 보며 말한다.

「어머님 세대가 여자들에겐 희생 세대에 해당된다는 말은 맞지만, 어머님 경우는 다르지. 어머님은 옛 부도 (婦道)를 편안한 마음으로 받들며 살아오셨으니 희생 세대란 말이 어울리잖아. 누구한테는 그 길이 고행이 되겠지만 누구한텐 그 길이 기쁨의 길도 되는 법이니깐. 내가 생각하기에 오히려 아버님이야말로 봉건 시대 마지막 희생 세대가 아닐까 하는 생각이 들어.」운식의 다른 해석이다.

청식이 뚱한 표정으로 둘째형을 바라본다. 납득이 가지 않다는 눈치다. 나도 얼핏 그런 생각이 든다. 역마살이 낀 아버지는 스스로 수명을 잘라먹으며 방만으로 한평생을 보냈다. 아버지 쪽 입장에서 보자면, 짧은 한평생 천하를 주유하며 쓸 만큼 돈을 뿌린 호방함에 속세의 낙을 골고루 즐긴 유감 없는 삶일 수 있을 것이다. 그러나 그 반대, 할아버지 입장에서 해석하자면 자기 절제와 분수를 모른 오만하고 어리석었던 삶이라 치부할 수도 있다. 그런 점에서 돌아가신 할아버지 견해가 맞는 말이다. 아버지는 무엇보다 부모보다 먼저 타계함으로써 그 불효가 크고, 나라나 사회에 이바지한 공이 전혀 없고, 외도를 일삼아 어머니를 버려두었고, 자식에게도 아비다운 역할을 못했으며, 방탕에 젖은 무절제한 생활이 끝내 건강을 갉아먹어 죽음에 이르는 길을 자초하고 말았던 것이다.

「아버님이 결혼했을 당시 이십년대 중반이라면 이 땅에 서구 문화와 서구 사상이 한창 물밀듯 밀려 들어오던 때 아니었나. 그 시대 신교육 받은 개화 신사가 구식 중매 결혼으로 조혼한 후 이혼이나 별거를 안한 사람이 몇이나 되게. 어머님이 구식 여자라 내 하는 소리는 아니지만.」 운식이 청식을 보고 어머니가 들을세라 목소리 낮추어 말한다. 「바깥 세상으로 나가면 온갖 신기한 문물과 조류에 휩싸이게 되는데 집에 들어오면 어디 그런가. 엄격한 전통적인 유교식 생활을 해야 하니 그 갈등이 보통 심했겠어. 아버님이야말로 열여섯 살에 장가든 후 공부한다고 객지 생활만 한 데다 할아버님 자녀교육 방법 또한 얼마나 보수적이었어. 방학 때면 수원 집으로 돌아온 아버지가 유성기 틀어놓고 이탈리아 가곡이나 서양 고전음악에 심취하며 커피 마시다, 망측하다며 할아버님께 혼났다잖아. 그러니 심약한 데다 낭만적이었던 아버님은 자연 집발이 붙지 않을 수밖에. 지방 토호 아들로 서울로 유학 와 명월관이다 카페다 하고 들랑거리던 인텔리가 그 당시 어디 한둘이었어. 지금 시점에서 보면 겉멋 들린 객기라지만 그 당시야 그래야만 서양을 이해하는 식자로 행세를 하지 않았겠어? 쎄비루 양복에 중절모 쓰고 단장 짚고 흔들어야 종로나 명동바닥을 누빌 수 있었을 테니깐. 결핵을 잃으며 주색잡기로 세월을 보냈으니 그 점도 그 시대 희생자랄 수밖에. 더욱 나라 잃은 설움이 가슴에 찼을 테니 허무가나 부르며 더 자학에 빠질 수밖에 없었을 테지. 청식이 너도 의사니 알겠지만 마이신이나 페니실린이란 항생제가 다 육이오 전쟁 전후에 들어왔잖아. 그전에야 얼마나 많은 청춘이 결핵으로 쓰러졌어. 아버님이 만약 십 년 뒤에만 태어났어도 건졌을 목숨인데…….」

어머니 방에선 다른 이야기로 어수선하다. 남편을 '자기'나 '아빠'라 부르는 요즘 젊은 새댁의 호칭 문제를 두고 어머니를 비롯한 우리 형제들 안사람의 성토가 자못 높다. 며느리들의 목소리는 들리지 않는다.

「삼촌이란 말도 그렇지. 반드시 도련님으로 불러야 하는데, 이건 어떻게 되어먹은 세상인지 진짜 삼촌은 따로 두구 시동생을 삼촌이라 부르다니. 어린 도련님부터 혼인한 애 아비까지 그저 두루뭉수리로 삼촌, 그것두 빈정거리는 투루 사암춘이라 부르니 내 딱해서 못 듣겠더구만. 고모란 말도 그게 뭐야. 시누이를 고모라 부르니 그런 말버릇이 어딨어. 그래도 친정 쪽 식구들 두곤 제 편이라고 그런 말 안 쓰데.」 무람없는 세태에 자못 분개한 내 안사람의 말이다.

「아버님이 독자에다 너의 시어르신이 역시 독자였으니 내게는 사촌 되는 분두 없었지. 나야 새댁 시절에 도련님, 하고 다정하게 불러보는 것두 작은 원 중에 하나였느니라.」 어머니가 말씀한다. 모두들 입을 다물고 있자 어머님 말씀이 계속된다. 「얘기가 나온 김에 또하나 생각나는 게 있는데, 자기 서방을 부르는 말 말이다. 집안 사람이 아닐 경우에 서방을 입에 올려야 헐 땐 우리집 바깥양반, 우리집 바깥주인이라 해야 될 말을 요즘에는 그냥 아빠라거나, 철이 아빠, 순이 아빠라 자기 애 이름을 앞세워 부르는데, 예전에 그런 말을 쓰면 상년이라 했어.」

「할머님, 상년이란 말뜻이 무어예요? 년이란 상소리로 욕 아닙
니까?」교사답게 며느리가 묻는다.

「이제는 욕이 되구 말았지만 예전에는 상한여인 (常漢女人)이란
  말을 줄여 쓴 말루 알구 있다. 보잘것없는 사내의 아녀자란 뜻이
  지. 그러니 앞으루 말헐 때 주의들 하거라.」

어머니 방에서 들려오는 말에 귀를 기울이는 동안, 청식이가 운
식이 말을 반박하고 나선다.

「둘째형님 말씀도 일리는 있지요. 그러나 아버님처럼 그런 삶을
  살지 않은 분이 훨씬 많지요. 큰형님, 그렇잖습니까. 아버님 경
  우는 예외겠지요. 만약 할아버님이 이루어놓으신 재산이 없었다
  면 우리들이 공부를 어떻게 할 수 있었겠습니까. 또한 우리 대에
  서도 일정·해방·육이오·사일구로 이어지는 첩첩산중 어려운
  세월을 겪었습니다. 그러나 아버님과 같은 분은 없었지요. 아버
  님 기제삿날에 얘기가 이상하게 됐지만, 우리 형제는 사회적으로
  나 가정적으로 다 자기 직분을 성실하게 지켜 오늘에 이르지 않
  았습니까.」

나는 문득 북으로 간 일식이와 숙이를 생각한다. 유전학상으로
같은 염색소의 대물림이라곤 말할 수 없지만 아버지에서 시작하여
일식이·숙이로 이어지다 자살한 내 첫째애 건명이를 거쳐 운동권
대학생인 건옥이, 그 아랫대에서 미국에 있는 내 큰애 건모 아들
완이 순서대로 머릿속에 떠오른다. 그들은 모두 부모 가슴에 피멍
자국을 남겼고 지금도 그런 못질을 한다. 자식을 두고 근심하지 않
는 부모가 어디 있으랴만 세상살이란 즐거움이 있다면 슬픔이 있고
그 슬픔 또한 삶의 한 속성일 것이다. 바다의 너울 센 날이 있음으
로써 잔잔한 수면이 더욱 평화스러워 보이고, 서방이 배를 타고 나
간 너울 센 바다를 봐야 바다의 위력에 두려움을 느낀다. 세월이
늘 편안하지 않은 것처럼 인생 역시 늘 그 너울을 타며 살게 마련

이다.

「그 얘긴 그쯤 하지.」

운식이 청식이에게 말하며 일어선다.

「형님, 이제 촛불 켜야지요.」

「그래」하며 나도 담뱃불을 끈다. 안방 탁상시계를 보니 열한시 이십분이다.

「너들도 이제 바둑 치우려무나.」운식이가 거실로 나서며 건배와 건규에게 말한다.

우리 형제가 마루로 나서자, 어머니 방도 이야기가 그친다. 모두 거실로 우르르 나온다. 건배와 건규는 재깍재깍 서둘러 바둑을 둔다. 짜인 판을 보니 끝내기 단계다.

「건욱이 애는 어떻게 된 셈인가. 시간이 이렇게 되도록 올 줄 모르니. 오늘 같은 날 술 마시며 늑장부리지도 않을 텐데, 전화 한 통 없어.」내 안사람이 부엌으로 가며 혼자말을 중얼거린다.

그 동안 식어버린 제수 음식을 데우느라 주방이 다시 소란스러워진다. 볶고 끓이는 음식 내음이 식욕을 자극한다. 나는 지방을 병풍 앞 정중앙에 놓인 교의 가운데 받침대에 세운다. 집사 (執事)로서 마음가짐을 엄숙히 하여 돗자리 위 향안 앞에 무릎을 꿇고 우선 제상 양쪽에 놓인 촛대의 초에 라이터로 불부터 밝힌다. 응접의자 방석을 내려 돗자리 뒤쪽 정중앙에 정좌하여 앉는다. 내 양쪽에 운식이와 청식이가 앉는다.

「건욱이는 어찌 된 셈이야?」

건배가 제 아버지 옆에 주저앉으며 건규를 본다.

「글쎄요, 뭣 한다고 안 들어오는지」하며 건규가 마루 괘종시계를 흘긋 본다.

시간은 자꾸 흘러 열한시 반을 넘긴다. 먼 한길의 차소리도 이제 뜸하다. 주방에서도 아직 돌아오지 않은 막내애를 두고 소곤거리는 소리가 들린다. 제가 한길까지 나갔다 오지요, 하는 말에 이어 며느리가 부엌문을 통해 밖으로 나가는 모양이다. 아무도 말을 하지 않았지만 나부터 교통 사고와 같은 불길한 생각이 머릿속을 스쳐간다. 차를 모는 사람이나 길을 걷는 사람이나 교통 법규를 너무 지키지 않는 현실이다. 그러니 교통 사고율이 세계에서 으뜸이란 불명예를 쓰고 있지 않은가. 칠십 평생이라면 그리 짧지도 않은 세월인데 우리나라 사람들은 뭐가 그리 급한지 쫓기듯 차를 몰고, 도망가듯 신호를 무시하고, 네거리를 건넌다. 지난 정초 연휴 사흘 동안 눈이 좀 왔기로서니 전국적으로 교통 사고에 의해 사망한 사람이 쉰여 명, 중경상자가 일천오백여 명이란 통계가 떠오른다. 내 주위만도 교통 사고로 죽은 사람, 또는 불구가 된 사람이 여럿 있다. 열흘 전에도 진형물산 사원이 교통 사고로 중상을 입고 지금 대학병원에 입원중이다.

「제삿날 이렇게 늦은 적이 없는데…….」 내 안사람이 주방에서 얼굴을 내밀고 나를 보며 말한다. 표정에 불안기가 감돈다.

「좀더 기다리지 뭘.」 나는 느긋하게 말할 수밖에 없다.

어머니도 내 막내애를 염두에 둔 탓인지 제상 차리기를 지시하지 않는다. 곱송그린 자세로 주방에서 당신 방을 두 차례 왔다갔다 하며 현관 쪽에 자주 눈을 주곤 한다. 언제인가 막내애가 내 대를 이어 집사가 될 것이기에 저렇게 신경을 쓰시리라 여겨진다.

시계바늘이 열두시 십분 전을 가리킨다.

「안되겠다. 제상을 차려야지. 음식을 옮겨놓도록 하거라.」 어머니도 더 늦출 수 없다는 듯 주방에 말씀을 내린다.

그때였다. 전화벨이 요란하게 울린다. 막내애한테 무슨 사고일까, 하고 생각하자 공연히 가슴이 뛴다. 전화벨이 두 번 울릴 때까지 거실에 있는 모든 눈길이 응접탁자에 놓인 전화기에 쏠린다. 주방에서도 어머니를 비롯하여 아녀자들이 거실로 나서서 전화 내용의 그 어떤 소식을 기다린다. 궁금해 하는 가운데 모두의 얼굴이 좀 멍해진 채, 또는 두려움으로 붕 떠 있다. 전화기와 가까이 앉은 건규가 냉큼 송수화기를 집어든다.

「미국이래요.」 건규가 나를 돌아보며 말한다.

주방 쪽에서 누구인가 안도의 한숨을 내쉬는 소리가 들린다.

「건모구나.」 내 안사람이 엉겹결에 말한다.

건규가 미국이라고 말했을 때, 나 역시 큰애 건모를 떠올렸다. 미국 동부와 한국과의 시차에도 불구하고 그가 할아버지 기제삿날과 시간을 잊지 않음이 대견하다 싶다.

「큰아버님이 받으시지요.」

일어서는 내게 건규가 손을 받쳐 송수화기를 넘겨준다.

「누구십니까, 서울 거기 누구십니까?」

미국으로 떠난 지 석 달, 전화를 통해 네 번째 듣는 건모 목소리다.

「나야, 아버지다. 거기는 별일 없느냐?」

「아버님이시군요. 우리 식구는 모두 잘 있습니다. 여긴 아침 일곱시가 다됐는데, 지금 할아버님 제사 모시잖습니까?」

「그래, 조금 있으면 자정이라 지금 막 모시려는 중이다.」

가까운 거리같이 큰애 목소리가 너무 또록해 나는 큰소리로 말하지 않고 보통 목소리로 말한다. 안사람이 내 옆으로 다가와 송수화기에 귀를 모은다.

「아버님, 불효를 용서해 주십시오. 장자가 이렇게 바다 멀리 떠나와 할아버님 제사에도 참례하지 못하게 됐으니…….」 갑자기 큰애의 목소리가 울음기에 잠겨든다.

내 목울대도 그만 시큰해진다. 잊지 않고 이렇게 전화라도 걸어주니 네 성의가 가상하다. 너는 불효자가 아니다. 이런 말이 목울대를 치받고 올라왔으나 무엇인가 목구멍을 막고 있는 느낌이다.

「네 어미 바꿔주마.」

나는 가까스로 말을 끊고 송수화기를 옆에 섰는 안사람에게 넘겨 준다.

「건몬가? 그래. 어미다. 그래. 그래. 모두 모였다.」 안사람이 큰소리로 말한다. 「가게는 잘된다구? 다행이다. 암, 그래야지. 우리야 자나깨나 너들 걱정 아닌가. 여기는 아무 탈 없다. 그래, 할머님도 평강하시고. 어떻게 됐다구? 완이가 입학했다니……. 오냐, 그래. 다 조선님이 도우신 덕분이다. 그래, 알았다. 잠시 기다려라.」

안사람이 송수화기를 가슴에 대고 거실 안을 두루 둘러보더니 젖 은 눈을 어머니 눈과 맞춘다.

「어머님, 건모가 어머님 바꿔달래요. 어서 오셔서 전화 받으세 요.」

「이 할미가 무슨 헐말이 있다구」 하며, 어머니는 천천히 거실 가 장자리로 둘러와 송수화기를 며느리로부터 받아든다. 그 얼굴에는 아무런 표정이 없다. 「그래, 나다. 잊지 않구 전화해 주니 기특구 나. 오냐, 오냐. 늘 건강 조심허구. 아이들 차 조심시켜라. 오냐, 고맙다. 이 할미야 이제 산다 헌들 얼마를 살겠느냐. 먼 객지지만 뿌리 없는 나무가 없듯, 너희들이 어디서 왔구 누구 자손임을 늘 명심허거라. 우리 순둥이 완이를 특별히 잘 돌보구. 그 애는 우리 집안에 귀헌 애다. 그래, 할미 그만 전화 끊는다.」

어머니는 송수화기를 내려놓는다.

「상을 차려라.」 어머니가 주방 입구에 선 며느리들과 손자며느리 들에게 명령을 내린다.

「완이를 특수학교에 입학시켰대요. 자폐증 아이들만 모아 교육시 키는 학교가 정말 있는가 봐요. 나라에서 하는 완전의탁 교육이 라 토요일에 완이를 데려왔다 일요일 오후에 다시 맡기는 모양이에요.」

안사람이 내게 조금 들뜬, 밝은 목소리로 말하곤 주방으로 잰걸음을 놓는다.

큰애 장남인 완이는 올해 열한 살의 사내아이로 겉으로 보기엔 정상아와 다를 바 없는, 아니 오히려 허여멀쑥하고 이목구비가 또렷하다. 그러나 완이는 자폐증이다.

「어마, 어디 가.」「하머니, 노자.」「테레비 보자.」이렇게 두 단어의 맞춤만 어눌한 발음으로 말할 수 있을 뿐 자기 의사를 이음말로 제대로 표현하지 못했다. 완이는 가족 눈만 피하면 빈방이나 집 뒤란 후미진 곳으로 가서 혼자 두 팔을 버둥거리며 우리에 갇힌 성난 짐승처럼 꽥꽥 소리를 질러댔다. 얼굴과 온몸이 땀에 흠씬 젖을 정도로 격심한 단순 반복 운동을 하고 나서야 간질병 뒤끝같이 한동안 순한 양이 되었다. 몇 시간 뒤면 다시 남이 보지 않는 사이 혼자 있을 자리로 찾아가 그 단순 반복 운동을 되풀이했다. 남에게 해코지를 하거나 기물을 함부로 부수지는 않았다. 주위에서 무슨 충격음이 들리면 제 먼저 민감하게 움찔 놀랐다. 그외에도 완이 자폐증 특징은 여러 점에서 정상아와 구별되었다. 언어 장애도 그렇지만, 흥분성이 우선 두드러졌다. 외부 자극이나 새로운 환경과 만나면 공포감을 나타냈다. 또래집단에 어울리지 못하고 혼자 있으려 했다. 머리가 무거운지 혼자 있을 때도 주로 누워 놀았다. 불안감이 심하며 겁이 많았다. 침착성이 없었고 충동적인 행동을 했다. 편식이 심하여 자기가 먹어본 반찬 외에는 먹지 않았고, 먹여주어도 뱉어버렸다. 음식을 먹을 때 간섭하지 않으면 맨밥을 먹었다. 잠이 없어 자정을 넘겨도 재우지 않으면 잠을 자지 않았다. 종이를 주어 그림을 그리게 하면 가분수 얼굴만 그렸는데, 그만두게 하지 않을 때는 같은 얼굴을 수십 명, 백 명까지도 몇 시간씩 지칠 줄 모르고 그렸다. 물론 눈·코·입이 자기 자리에 붙어 있지 않은 조잡한 만화 그림이었다. 옷의 단추를 잠그거나 열거나, 허리띠를 조르거나 푸는 방법을 몰랐다. 손가락 놀림이 둔하여 젓가락질을 못했다. 그외에도 완이는 여러 점에서 정상아와 구별되는 괴이쩍은 행동을 했지만 정박아와 다른 점은, 완이가 삐뚤게나마 글을 쓸 줄 안다는 점이었다. 여섯 살 때 한번 가르쳐준 이름자의 글씨를 베껴 낸 뒤, 개·소·말·어머니·아버지 따위의 획이 복잡하지 않은 말은 불러주는 대로 받아썼다. 그 받아쓰기도 완이의 기분이 아주 좋았을 경우였다. 완이는 누구 말이든 모든 말에 우선 부정부터 했다. 청개구리 심사인지 빙퉁그러진 그의 부정 방법은 단 한마디, '안해'이다. 밥 먹어라. 안해. 옷 입어라. 안해. 이제 자야지. 안해. 그래서, 자지 말라 해도, 안해 했다. 그러므로 철부지 완이를 달래는 데는 식구가 다 동원되었고, 특히 제 증조할머니의 인내심이 극진했다. 완이가 「노하머니 죽어」 하며 천진스럽게 웃어도, 「그래 순둥이 널 두고 내가 어찌 눈을 감으랴」 하며 어머니도 따라 웃으셨다. 소리에 민감한 만큼 완이는 음에도 예민했다. 텔레비전 상품 선전 노래를 듣고 무슨 광고인지 알아맞힘은 물론, 안방에서 거실에 있는 텔레비전의 대화 몇 마디를 듣고 무슨 연속극임을 알아맞혔다. 가수 목소리만 듣고도, 김 아무개 했다.

완이 처음 태어났을 때는 삼점오 킬로의 건강한 신생아였다. 산모도 별 어려움 없이 출산했다. 젖을 잘 먹고 잠 잘 자고 보채지 않아, 내 안사람과 어머니는 완이에게 순둥이라는 별명을 지어주었다. 우량아 선발대회라도 보낼 만큼 무럭무럭 잘 자랐다. 그러나 돌이 지나도 방바닥에 기기는커녕 전혀 의사표시가 없었다. 젖을 때맞춰 물리지 않아도 울지 않았다. 제 어미와 눈을 맞출 줄 몰랐다. 그러더니 일 년 육 개월 만에 벽을 짚고 일어서더니 대뜸 걸었다. 뒤집거나 기는 순서가 생략된 발전이었다. 그러나 아무래도 이상한 점이 있었다. 희로애락의 감정 표현이 없는 데다 자극의 반응이 무디었다. 늦되는 아이도 있다는 어머니 말씀을 물리치고 청식이를 앞세워 대학병원에서 종합진단을 받게 했다. 닷새 동안의 뇌파 검사 과정에서 정박아와 자폐증아, 둘 중 하나라는 진단 결과가 떨어졌다. 스무 날을 입원시킨 임상관찰 끝에 자폐증이란 확실한 판정이 나왔다. 완이 자폐증아로 판정났으나 병원 당국조차 그 원인과 치료법을 알지 못했다. 약사 출신인 내가 듣기에도 입에 자주 오르내리지 않는 드문 병명이었다. 그 방면의 전문적인 책을 읽고서야, 자폐증이란 장애 명칭에서부터, 다른 정신적인 장애를 가진 아이들로부터 구별해 부르게 된 게 불과 이십 년이 채 못된다는 사실을 알았다. 그 원인과 치료법을 세계 어느 선진국조차 아직 밝혀내지 못하고 있다는 놀라운 사실도 아울러 확인했다. 통계적으로 자폐아는 남자가 거의 대부분이며 여자는 드물다는 점과, 자폐아 부모의 교육 수준이 비교적 높다는 점이었다. 그렇지만 유전도 아닌 그 자폐증세가 태아 때 어떤 과정을 거쳐 나타나게 되느냐는 점은 암의 병원체를 잡지 못하듯, 의학계의 한 숙제였다.

완이 아래로 몸과 마음이 다 건강한 남매가 태어났지만 가족이 모두 완이 문제에 매달릴 수밖에 없었다. 병원 전문의를 찾아다니고, 대학 유아심리 전공학자를 만나고, 심신장애아 특수교사에게 자문을 구했으나 별다른 효과가 없었다. 나이를 먹어도 완이의 정신 발육은 제자리였으나 몸만은 정상적으로 성장했다. 겉만 보면 멀쩡하게 잘생긴 사내아이였으나 완이는 정신의 병을 앓는 환자였다. 유치원에 입학시켰으나 또래집단과 어울리지 못해 자퇴를 시킬 수밖에 없었다. 입학 적령기가 되었지만 초등학교에 넣을 수 없었다. 그렇다고 심신장애아를 교육시키는 특수학교에는 자폐아를 위한 학급은 물론 어떤 계획표도 짜여져 있지 않았다. 영국·미국·일본만 해도 유치원에서부터 중학 과정까지 나라에서 설립하여 운영하는 자폐아 학교와 그들의 성장 이후 사회보장 대책이 마련되어 있었으나, 우리나라에는 자폐아만을 위한 학급조차 없었다. 중증과 경증을 합하여 대충 십만 명으로 추산되는 우리나라 자폐아들은 겉으로 보기엔 정상아와 다를 바 없이, 그러나 이 세상의 지혜나 악을 배우거나 깨닫지 못한, 순진무구한 유아 마음 그대로 방치된 채 성장하고 있는 셈이다.

완이 어미가 기독교를 신실하게 믿기 시작한 것은 그즈음부터였다. 하나님만이 아는 비밀이기에 하나님에게 간구하고 매달리는 방법을 선택하더니, 그쪽 길로 아주 열성을 다했다. 눈비가 오는 날도 새벽 기도에 빠지지 않았고 양로원·고아원·무료 급식소 방문과 봉사에 헌신하기 시작했다. 완이 어미는 기도를 할 때마다 하나님께 간절하게 간구하는 말이 있다 했다.

「주님, 저 양같이 착하고 풀잎같이 여린 어린 마음이 이 험난한 세상을 어떻게 살아나갈 수 있겠습니까. 내 비록 연약한 몸이지만 완이가 죽는 다음날 이 어미 눈도 감게 해주소서. 이 어미가 그의 몸종이 되어주지 못하곤 눈을 감을 수 없나이다.」

의탁할 곳 없는 늙은이, 고아와 심신장애자를 위한 사회보장제도가 아직 밑바닥 수준인 이 나라 현실을 술만 먹으면 욕질하던 큰애가 미국 이민을 꼼꼼히 생각하기 시작한 게 재작년부터였다. 집안에서 그의 계획을 눈치챘을 때, 그 반대가 자못 강경할 수밖에 없었다. 종손은 선산과 제사를 버릴 수 없다. 다른 자식은 몰라도 너만은 절대 이민을 못 간다며, 그중 어머니 반대는 가히 결사적이었다. 순둥이 완이가 이 세상에 태어난 것도 다 하늘의 어떤 뜻이 있을 것이다. 그도 나름대로의 삶을 이 땅에서 살 자격이 있다. 부모가 정성을 다해 지도한다면 차츰 나아질 수 있다. 완이에게 평생 먹고 살 재산을 물려준다면 구태여 직장을 염려할 필요가 없다. 일찍 장가보내고 똑똑한 종부감을 맞아 그의 후사를 도모한다면 장래를 그리 걱정하지 않아도 된다. 이런 점으로 어머니와 나와 안사람이 아들 내외를 설득시켰다. 그러나 건모 고집도 대단했다. 건모 말은 고집이라기보다 완이 아비로서 또다른 설득력이 있었다. 아버지 대가 이승을 하직하고 우리 대마저 늙어 이승을 떠난다면 완이 문제를 지금처럼 걱정해 줄 사람이 있는가. 윗세대 때문에 완이 자신의 인생이 희생되어선 안된다. 부모는 최소한 자식 장래를 자신의 삶과 관계없는 터전에서도 살 수 있게 키워줘야 할 의무가 있다. 이 지구 안에 완이 문제를 책임질 땅이 없다면 지구 밖까지 찾아보아야 할 책임을 부모는 가지고 있다. 만약 이 땅에 전쟁이라도 일어날 경우 완이 같은 유아 심성은 전쟁에 따른 직접 피해와 상관이 없다 해도 자력으로 생활할 수 없다. 지금의 재산이 완이 성장 이후 그대로 유지된다는 보장도 없다. 건모는 결단을 내리고 이민 수속을 시작했다. 자폐증아가 살 수 있는 보다 좋은 환경을 미국 땅으로 선택한 것이다. 로스앤젤레스만 하더라도 한국인이 삼십오만 명이나 살고 있으므로 건모는 그곳에서 전통가구점을 열면 자립할 수 있다고 계산한 모양이었다. 결국 그는 자기 자식을 위해 종손 자리를 건욱이에게 물려주고 떠났다.

막내애는 자정이 다된 지금 시간까지 돌아오지 않았다. 내가 헤아려보아도 제삿날 이런 일은 근래에 없었다.

드디어 거실 괘종시계가 자정을 알린다. 시계는 정확하게 열두 번을 울린다. 주방에서 내 안사람의 소곤거리는 말소리가 들린다.

「앞줄 음식부터 담아내야지.」

옷 스치는 소리까지 들릴 정도로 집안이 조용하다.

내 안사람이 책상반에 제수를 담아 내오기 시작한다. 나는 제상 앞에 무릎을 꿇어, 먼저 시접 (匙楪)과 잔반 (盞盤)을 교의 지방 앞에 놓은 뒤 메와 국을 수저 양쪽에 놓는다. 병풍 옆에 서서 어머니가 내 진설 방법을 내려다보고 있음을 의식하며, 나는 이럴 때 늘 입 속으로 읊는 말을 다시 환기한다. 조율이시 (棗栗梨柿) 좌포우

혜 (左脯右醢)하고 홍동백서 (紅東白西) 어동육서 (魚東肉西)하고
두서미동 (頭西尾東)이라.

　내 안사람이 책상반에 계속 제수를 날라온다. 제수 그릇도 그 쓰임새에 따라 용도가 다르다. 젯메〔祭飯〕와 메탕 (湯)은 은반기에, 채소류와 과실은 제기 접시에, 침채 (沈菜 ; 동치미)는 보시기에, 청장 (淸醬)은 종지에, 제주 (祭酒)는 주병과 제주잔에, 갱수 (更水)는 대접에 담는다.

　제물 진설이 끝나자 나는 제상 위를 두루 살펴본다. 삼탕 (三湯)·삼적 (三炙)·채소·포·유과류·전과 (煎果)·시과 (時果)가 두루 갖춰져 제상이 풍성해 보인다. 우리 집안 제수 진설은 할아버지 적부터 율곡 선생의 〈격몽요결 (擊蒙要訣)〉을 따르는데, 형식에 끌려 허례가 되지 않는 범위 안에서 갖출 것은 반드시 갖추어왔다. 내가 제상을 둘러보자, 제상 옆에 서 있던 어머니가 넷째 줄에 놓인 식혜와 김치 자리를 바꾸어놓는다.

　주방에 있던 내 안사람을 비롯하여 제수씨들과 조카며느리들이 발소리 죽여 거실로 나오더니 남자들 뒤에 무릎 꿇어 늘비하게 앉는다. 막내애를 마중 나갔던 며느리도 어느 사이 돌아와 있다. 늘 그런 것처럼 운식이가 제상 옆으로 나와 우집사 (右執事)를 맡는다. 내가 재배 (再拜)를 하고 나자, 운식이 술잔에 칠 할쯤 술을 부어 내게 넘겨준다. 나는 그 잔과 잔대를 두 손으로 받아 향로 위에 세 번 두른 다음 왼손으로 잔대를 쥐고 오른손으로 잔을 들어 모사 (茅沙) 그릇에 세 차례 나누어 부은 뒤, 빈 잔을 운식이에게 돌려준다. 그런 다음 향합에서 향을 세 개비 꺼내어 촛불로 불을 댕겨 향로에 꽂는다. 은은한 향내가 코끝에 스친다. 이로써 강신 (降神) 순서를 마친다.

　내 안사람이 주방으로 들어가 진찬 (進饌)을 내어온다. 떡·국수·국·적·탕이다. 좌집사로 청식이 나와 우집사 운식이와 함께

진찬을 제상 위 제수 그릇들을 조금씩 밀치고 끼워넣는다. 초헌 (初獻)과 독축 (讀祝)을 위해 나는 신위 앞에 나아가 꿇어앉아 분향 재배한다. 청식이 잔을 내게 주자, 운식이 두 손으로 받쳐든 잔에 술을 따른다. 나는 두 손으로 그 잔을 받아 왼손에 잔대를 쥐고 오른손으로 술잔을 들어 향로 위에 세 번 두른 다음 모사 그릇 위에 세 차례 나누어 조금씩 부어 청식이에게 준다. 청식이 그 잔을 받아 메 앞으로 옮겨놓는다. 그런 다음 나는 향안 아래에 둔 한지 봉투 속에서 기제축문을 꺼내어 예전 할아버지가 읽던 느린 목소리를 흉내내어 독축을 시작한다. 기제축을 읽을 동안은 모든 참사자 (參祀者)가 무릎을 꿇고 있다.

내가 기제축을 마치고 잠시 묵념을 올린 뒤 물러나오자, 운식이 아헌 (亞獻)을 올릴 차례이다. 건배가 재빨리 제상 옆으로 나가 제 아버지를 대신하여 우집사 노릇을 한다. 거실은 기침소리 없이 조용한 중에 엄숙하다. 운식이 잔을 올릴 동안 나는 현관 쪽에 잠시 눈을 준다. 분명 대문과 현관문이 열려 있을 터인데 건욱이 모습은 아직 보이지 않는다. 괘종시계는 어느덧 영시 이십칠분을 가리킨다.

운식의 아헌이 끝나고, 이제 참사자 모두가 참신 (參神)할 차례다. 종헌 (終獻)을 올리려 청식은 빠지고 건배와 건규가 차례대로 분향 재배한 뒤 한 번 읍하고 물러나온다. 미국 간 건모 가족과 막내애마저 빠져버린 남자 참신 순서가 후딱 끝나버린다. 문득 완이 떠오른다. 자정을 기다리다 못해 다른 아이들은 늘 잠들었으나 잠이 없는 완은 제사 시간에 의젓이 끼여 있었다. 자정을 넘겨도 맑은 눈을 또록이 뜨고 신기한 제사 의식을 꼼꼼히 지켜보며 혼자 손뼉 치고 낄낄 웃기도 했다. 「완아, 너 차례다. 앞으로 나가 절하거라.」 「아이구 우리 종손 순둥이 조선님께 절하는 구경 좀 하자.」 뒤에 앉아 있던 제 할머니와 증조할머니가 이렇게 말하면 완이는 처음엔, 「안해」 했다. 제 아비와 삼촌들이 일으켜세워 제상 앞으로 내보내면 마지못한 듯 다리를 벌리고 서서 뒤돌아보며 뻥긋 수줍은 웃음을 빼어 물다 절인지 절구공이 찍기인지 엉덩이를 번쩍 든 그런 절을 후딱 해치우곤 제자리로 돌아와 앉곤 했다. 참사자들이 소리내어 웃지는 못했으나 모두 웃음을 머금었다. 내 안사람과 완이 엄마는 웃음과 눈물을 동시에 보였으니 입은 웃고 눈자위는 손등으로 훔쳤다. 그런 막간극도 이젠 다시 볼 수 없다고 생각하자 순둥이 완이의 그 재롱이 어린 시절 봄날 낮꿈처럼 아스라이 그리웁다.

여자들 차례가 되자 어머니가 치마귀를 모으며 돗자리 위로 나선다. 어머니는 두 손을 모아 이마께쯤 올리고 허리 세워 천천히 주저앉더니 등을 굽혀 살풋 절을 한다. 네 번을 그렇게 일어섰다 앉으며 절하는 모습은 마치 학이 날개를 한 번 폈다 접으며 제 둥지에 살풋 앉는 기품 있는 자태를 방불케 한다. 그만큼 어머니의 그 의식은 신중하고 우아하며 조용한 가운데 절도가 있어, 보는 이로 하여금 제례(祭禮)의 신성함을 실감케 한다. 예식을 마치고 폐백을 올릴 때, 신부가 처음 시부모님한테 큰절을 올린다. 그때 신부가 긴장한 상태지만 주저앉았다 일어서는 절차에서 옆에서 팔을 부축하여 도와주지 않으면 혼자 일어서는 데 여간 힘들지 않다. 그럼에도 팔순에 가까운 어머니가 남의 도움 없이 사뿐히 일어서는 것을 볼 때 그 점은 어머니의 강단도 강단이지만 외곬의 정성스러움과 오랜 숙련 탓으로 보아야 할 것이다.

어머니가 이마께에 올렸던 손을 떼고 물러나오자, 내 안사람과 제수씨들 절이 이어진다. 청식이 처가 절을 하고 나자, 어머니가 「현화어미가 먼저 나서거라」 하며 내 막내며느리를 내보낸다. 원래는 건모 처 차례였으나 그들이 이민을 떠난 뒤 순서가 바뀌어도 많이 바뀐 셈이다. 나이 순서로 따진다면 건배 처, 건규 처, 그리고 내 막내며느리 순서였으나 어머니는 막내며느리를 종부감으로 점찍고 있어 순서를 바꾼 모양이다. 그 장면에 이르자, 미국으로 간 맏며느리가 기도하던 모습이 떠오른다.

예수를 섬기고 난 뒤부터 건모 처는 제사 때 절을 하지 않았다. 그 괘씸한 처사를 두고 어머니와 내 안사람이 번갈아가며 매우 엄하게 꾸짖었으나, 죽은 사람에게 절을 하면 우상숭배로 기독교 교리에 어긋난다 하여 한사코 반대했다. 그 고집이 얼마만큼 세었던지 제삿날은 숫제 금식한다며 물 이외에는 음식을 입에 대지 않았고 제수 준비를 끝내고 제사 모실 시간이면 자리를 떠 지하 보일러실에서 기도와 찬송으로 혼자 추모예배를 볼 정도였다. 보일러실은 건모 처가 늘 기도실로 사용했는데 전기 장판 한 장을 깔아놓은 맞은편 벽에 건모가 만든 십자가에 못박힌 예수 목재 조각품이 걸려 있었다. 그래서 한동안은 제삿날만 되면 집안에 먹구름이 끼었다. 종교적 견해 차이란 민족과 국가를 갈라놓기도 하는 터라, 집안에서의 종교적 갈등 또한 작은 문제가 아니었다. 어머니는 맏손자며느리가 하나 입댈 데 없으나, 기도원이다 철야다 심방이다 하며 나다니는 꼴은 못 보겠다며 머리를 젓곤 했다. 결국 나와 건모가 중재를 나설 수밖에 없었다. 그 중재안이, 제사에는 참석하되 절 대신 기도로 대신해도 된다는 것이었다. 어머니가 그 중재안에 승낙하지는 않았으나 딱 부러진 반대가 없는 점으로 보아 나와 건모는 어머니 의중을 묵인으로 해석했다. 그래서 건모 처는 절을 해야 할 자기 차례가 오면 신위 앞으로 나아가 무릎을 꿇었다. 두 손을 모은 뒤 눈을 감곤 이 분쯤 입속말 기도로써 조선님에 대한 예를 치렀다. 기도를 마치고 났을 때 완이어미 얼굴은 온통 눈물로 얼룩져 있곤 했다. 그만큼 마음의 짐이 무거웠으리라. 어머님은 맏손자며느리의 그 모습을 못마땅해 했으나 어느 날 내 안사람에게, 이제 내 시대가 끝났으니 탓한들 무슨 소용이 있으랴 하시며 울적해 했다 한다.

여자들 절이 끝나자, 청식이 종헌으로 마지막 술잔을 올린다. 잠시 대역을 맡은 우집사 건배가 그 잔에 칠 할쯤 술을 따른다. 청식이 그 잔을 메 옆으로 옮겨놓는다. 우리 집안은 술잔을 올릴 때 가적 (加炙 ; 술안주로 올리는 적)은 번거롭다 하여 생략한다.

이제 첨작 (添酌) 차례다. 내가 영좌 앞으로 나아가 부복 (俯伏)하자, 좌·우집사로 청식이와 운식이가 양옆에 선다. 나는 우집사로부터 다른 빈 잔을 받는다. 우집사가 그 술잔에 술을 부어주자, 나는 그 잔을 좌집사에게 넘긴다. 좌집사 청식이 종헌례에서 자기가 올린 잔에 세 번에 걸쳐 첨작하여 잔을 채운다. 급시정저 (扱匙正箸)로, 나는 밥에 저를 건다. 바로 메그릇 뚜껑을 열고 숟가락을 꽂으며 젓가락을 고른다. 이렇게 신위께서 제물을 잡수어달라는 의미에서 베푸는 의식을 개반삽시 (開飯插匙)라 한다.

합문 (闔門)과 계문 (啓門)의 원래 순서는 이렇다. 제주 이하 모든 참사자가 제상 위 한쪽 촛불을 끄고 모두 밖으로 나가 문을 닫고 부복하여 고요히 십 분쯤 기다린다. 잠시 뒤 제주가 희흠삼성 (噫歆三聲 ; 세 번 기침함)하여 문을 열고 (啓門) 앞장을 서면, 참사자가 모두 뒤따라 방으로 들어간다. 그런 다음 오른손을 밑에 왼손을 위로 하는 공수 (拱手)로 한참 동안 서서 기다린다. 그러나 서울로 제사를 모셔오고 난 뒤 내 대부터는 집 구조가 대청이 있는 수원 집과 달라 밖으로 나가 기다리는 대신 그 자리에 참사자가 모두 일어서서 오 분쯤 돌아가신 조선님을 생각하며 묵념을 올리는 방법을 취했다.

제주인 내가 자리에서 일어나 제상 위 한쪽 촛불을 끄고 공수하여 묵념을 올리자, 모든 참사자가 나를 따라 한다. 한순간이 지나자, 뒤쪽에서 중언부언 입속말로 읊조리는 소리가 나지막이 들린다. 청식이 처다. 아마도 유치장에 갇힌 딸애 건옥이를 두고 그 무사 석방을 간구하는 모양이다. 나는 입속말로 읊진 않았으나 우리 집안의 평안과 어머니 장수와 미국에 있는 건모 가족의 안전과 아직도 돌아오지 않은 막내애의 무사함과, 특히 완이에게 총명과 지혜를 주십사고 신위에게 빈다.

그렇게 오 분쯤이 지났을 때다. 갑자기 거실 안이 소란스러워진 느낌이다. 분명 누가 소리내어 말하거나 움직이는 소리가 들리진 않았으나 눈꺼풀과 고막에 어떤 새로운 현상이 방금 거실 안에서 빚어지고 있음을 나는 감지한다. 나는 숙인 머리를 들고 눈을 조금 떠 현관 쪽을 본다. 발소리도 없이 언제 돌아왔는지 현관 쪽 어머니 방 앞에 점퍼 차림의 막내 건욱이가 공수하여 머리를 조아리고 있다. 먼 길을 다녀왔는지 텁수룩한 머리카락에 거칠한 얼굴이다. 나는 자신도 모르는 사이에 안도의 한숨을 쉬고 눈길을 뒤쪽으로 돌린다. 그런데 나만 건욱이를 보는 게 아니라 어머니를 제외한 참사자 모두 눈을 가늘게 뜬 채 막내를, 마치 눈길로 그를 발가벗기기라도 하겠다는 듯 곁눈질하고 있다. 막내도 자기에게 쏟아지는 많은 눈길을 의식했음인지 감은 눈꺼풀이 잘게 떨린다.

나는 다시 눈을 감는다. 제사를 마치고 나면 무슨 말로써 막내를 꾸짖을까. 그런 잡스러운 생각을 한다. 어디서 배운 못된 버릇인가. 하필 오늘 같은 날 그놈의 취재를 꼭 떠나야 했냐. 한 번 더 이런 일이 있다면 그때는 네가 비록 애 아비긴 하지만 내가 회초리를 들겠다. 그러나 읊어보는 내 이런 말이 자신에게도 따끔한 훈계로 여겨지지 않는다. 장가를 들어 자식까지 둔 아들에게 그런 훈계가 얼마만큼 효과를 내겠느냐고 생각하자 부질없다는 느낌부터 앞선다. 이런 일만은 스스로가 깨우쳐야지, 비록 아비지만 타인의 충고가 실효를 거둘 것 같지 않다. 할아버지의 그 열성 어린 훈육을 받고 자랐어도 아버지는 집안 제사 의식을 낡은 유교 폐습이라 치부했던 것이다. 그러나 막내의 이번 처사가 괘씸하다는 생각은 쉬

지워지지 않는다. 나는 곁눈질로 막내를 다시 본다. 막내도 눈을
떴는데, 그의 눈이 내 뒤쪽을 쏘아본다. 막내 눈빛에 어떤 비웃음
이 흐르고 있다. 누구를 저렇게 못마땅한 눈길로 보고 있을까 싶어
나는 고개를 돌린다. 분명 막내 눈길은 어머니에게 박혀 있다. 어
머니의 하얗게 센 머리카락이 은백색으로 빛난다. 어머니는 눈을
감고 쪼그라진 입술로 무슨 말인가를 읊조린다. 정신일도 (精神一
到) 깊은 생각에 잠겨 손자가 도착한 사실조차 아직 모른 채 간절
한 기원을 드리고 있다. 어머니 표정은 비록 눈을 감고 있었지만
그 어느 때보다 그 모습이 심오하면서도 자비에 넘친다. 황홀한 빛
이 얼굴 주위에서 달무리로 넘쳐나듯 느껴지고, 왠지 내 마음도 감
동으로 찡해온다.

　내가 기침을 세 번 함으로써 묵념이 끝나자, 막내가 쭈뼛거리며
영좌 앞으로 나선다. 막내가 이마께에 손을 얹더니 절을 한다. 엎
드렸다 일어서는데 다른 누구보다도 시간이 걸린다. 늦게나마 정성
을 다하겠다는 티를 참사자 모두에게 보인다. 아니, 내 생각이 잘
못일는지 모른다. 그는 종손으로서 할아버지 제사에 지각한 불효됨
을 진정으로 사죄하고 있을 것이다. 그런데 조금 전 묵념을 할 때
그가 어머니에게 보낸 눈길은 무슨 뜻일까. 노안 (老眼)이라 내가
잘못 본 탓일까. 이런 생각을 할 동안 막내 절이 끝난다.

　이제 헌차 (獻茶)를 할 차례다. 내 안사람과 제수씨 둘이 주방으
로 들어간다. 안사람이 소반에 대접을 받쳐 숭늉그릇을 내온다. 나
는 제상 위 국그릇을 안사람에게 건네주고, 숭늉그릇을 국그릇 놓
았던 자리에 놓는다. 그리고 메를 세 술 떠서 숭늉에 만다. 잠시
뒤, 수저를 물리고 메그릇 뚜껑을 닫는다. 이때에 제주가 꿇어앉아
술과 음식을 조금씩 맛보는 절차인 수저 (受胙)는 할아버지 때 이미
생략해 지금은 지내지 않는다. 참사자들이 신을 전송한다는 뜻으
로 재배하는 사신 (辭神)을 마치자, 그로써 제사 순서는 모두 끝난

다.

「왜 늦었니? 혹시 무슨 사고나 났나 하고 얼마나 걱정했다구.」
「이십 분만 빨리 왔으면 될 일인데 그 시간을 못 지켜?」「그래도
끝나기 전에 와서 다행이다.」「건욱이 너, 할머님한테 벌받아야 되
겠어.」「도대체 어디서 오는 길인가?」 모두 막내를 몰아세우며 한
마디씩 했으나, 그는 쑥스럽다는 듯 뒷머리만 긁적거릴 뿐 대답이
없다. 어머니는 끝내 아무 말씀도 하지 않고 당신 방으로 들어간
다.

내가 나머지 하나 촛불마저 끄고 지방을 내리자, 막내 처와 건배
처가 제상을 맞잡아 들고 주방으로 간다. 나는 지방과 아직도 연기
를 피우는 향로를 들고 현관으로 나간다. 박 서방이 정원 가운데
우두커니 서서 청승스럽게 달을 바라보고 있다. 음력 스무하루 기
운 달이 하늘에 말갛게 떴다. 새벽 한시가 가까운 시간이라 사위는
조용하고 알싸한 밤 기온이 느껴진다. 내가 기침을 하자 박 서방
이, 이제 마치셨습니까 한다. 나는 주머니에서 라이터를 꺼내 지방
에 불을 붙인다. 화르르 피어나는 불꽃이 주위의 어둠을 조금 밀쳐
낸다. 잠시 찾아왔던 아버지 영혼이 타오르는 불꽃을 따라 다시 하
늘로 올라가는가. 나는 숙연한 마음으로 조선종이를 태우는 불꽃을
본다. 지방을 땅에 떨어뜨리자 시름시름 앓듯 불꽃이 약해지더니
곧 재로 사그라든다.

박 서방이 내 뒤를 따라 거실로 들어온다. 나는 병풍을 접는다.
문득 초서로 쓰인 병풍의 글귀가 눈에 들어온다.

 '大人存誠　心見帝則　初無吝驕　作我蟊賊
　志以爲帥　氣爲卒徒　奉辭于天　誰敢侮子'

그와 더불어 지난날 그 글귀를 풀이해 주던 할아버지의 걸걸한
음성이 들리는 듯하다.

─성현군자는 성실을 지녀서 마음으로 천제의 법칙을 본다. 그

리하여 천리가 어떤 것임을 알고 있으므로 처음부터 물욕에 얽매어 인색하거나 남을 업신여기는 교만한 짓이 없으므로 자신의 마음을 해하는 벌레를 만들지 않는다. 이러한 사람은 자신의 지조로써 적을 막는 장수로 삼고, 신체의 활동은 장수의 지휘에 따르는 병졸로 삼아 하늘의 뜻을 받들어 행동하게 되니, 누가 감히 이런 사람을 업신여길 수 있겠는가.

박 서방이 병풍과 교의를 밖으로 내간다. 주방은 주방대로, 거실은 거실대로 얘기가 분분하다. 남자들은 모두 웃옷을 벗는다.

「……완이를 위해선 이민을 잘 간 것 같애. 심신장애자를 위한 사회복지 제도야 북유럽 삼국과 미국이 완벽하잖아. 선진국이란 뭐 다른 게 있나. 그런 점에서 안정된 나라지..」응접의자에 앉은 운식이의 느직한 말이다.

「정의·자유·평등·인권 개념이 우선되어야지요.」건배가 화난 목소리로 제 아버지 말을 받는다. 「그런데 미국은 눈에 안 보이는 인종차별 정책으로 유색인종이 기를 못 펴잖아요. 평등이 그렇다면, 정의는 뭐예요. 강대국 지배논리로 분쟁국과 약소국가…….」

「그만큼 해둬. 누가 모르나, 그렇지만 엘에이야 어디 이제 외국 땅이라 할 수 있나. 코리아타운 시장에 가면 여기 남대문시장 뺨칠 정도로 물목의 구색을 갖추었다는데..」건규가 우렁한 목소리로 껄끄럽게 풀리려는 화제를 돌려잡는다. 그가 여러 사람들에게 말한다. 「한국인이 엘에이만 하더라도 삼십 수만 명이나 사니 일찍 터를 닦은 부류는 고국이 그리워서라도 예스런 장롱이며 문갑이며 사방탁자를 들여놓고 복고 취미에 젖겠지요. 그러니 건모형님 일감도 늘어날 테고.」

건욱이 화장실에서 세수를 마치고 나온다. 수건으로 얼굴을 닦으며 그도 거실의 화제에 끼여든다.

「제가 택시 속에서 깜짝 놀랄 뉴스를 들었어요.」

거실 안 눈길이 모두 막내에게 쏠린다.

「일본서 말입니다, 세계 최초로 자폐증아 원인 규명에 성공했다는 소식이에요. 그게 신문마다 톱 뉴스로 실렸대요. 일본 후생성 발표에 따르면, 태아가 모태에 있을 때 특정 산소가 부족하면 자폐증아가 태어난다 그겁니다. 즉 효소(酵素), 그걸 뭐라 그러더라. 내가 어디에 적어뒀는데……」하더니, 막내는 바지 주머니에서 메모 쪽지를 꺼낸다. 「여기 있군. 천연성 테트라하이드로 바이오프테린의 대량 합성에 성공해서 이를 자폐증아에게 투약했더니 열일곱 명 중에 열다섯 명은 증상의 현저한 개선을 보았다는 겁니다.」

「완이 경우는 너무 늦지 않을까. 유아기에는 몰라도.」청식이 저어한 표정으로 말한다.

「글쎄요. 어쨌든 획기적인 발견 아니겠어요. 형님한테 편지 낼 때 그 소식부터 알리겠어요.」

「듣던 중 반가운 소식이군.」운식이 말이다.

「그건 그렇고, 술도 안 마신 것 같은데 어디서 오는 길이야?」건규가 막내에게 묻는다.

「수원으로 갔다 내친김에 천안까지 갔더랬어. 천안서 대절택시를 타구 올라온 길이야. 다른 손님 셋과 합승해서 말이야. 열시에 출발했으니 가까스로 닿을 수밖에.」

「할머님께 인사드렸느냐?」내가 막내에게 정색하여 묻는다.

「아참, 그렇군요」하며, 막내가 어머니 방으로 들어간다.

건배 처와 며느리가 주방에서 제사 밥상을 마주 들고 나온다. 둘이 안방으로 가져갈까 어쩔까 하며 망설이자, 운식이 그냥 거실에서 먹도록 하자고 말한다. 다시 이런 일이 없겠다고 사죄하는 막내 목소리가 들리는 어머니 방으로 청식이 들어간다.

「너도 알 만한 나이인데 할머님 심기를 불편하게 해드려서야 되겠냐. 건욱이 넌 큰형님 대를 이을 이 집안 대들보가 아니냐.」어머니 목소리는 들리지 않고, 청식이가 막내를 나무란다.

이윽고 청식이 어머니 한 팔을 끼고 거실로 나온다. 어머니 얼굴은 표정이 없다. 막내로 인한 화가 풀린 것 같기도 하고, 막내로 인한 걱정이 풀린 것 같기도 하다. 어머니가 제사 밥상 가운데에 앉자 우리 형제도 자리를 잡는다. 어머니 옆에 내가 앉고, 맞은편에 운식이와 청식이가 앉는다. 건배·건규·건욱이는 제상 옆면에 자리잡는다. 어머니가 상 위를 둘러본다. 제상에 올랐던 음식이 과일과 포 종류는 빼고 모두 올랐다. 데운 탕국에서 김이 오른다. 어머니가 주방 쪽으로 고개를 돌린다. 내 안사람과 며느리가 주방 앞에 다소곳한 자세로 섰다.

「박 서방 댁에두 음식 보냈느냐?」어머니가 묻는다.

「기사들 상까지 지금 준비하고 있습니다.」내 안사람이 대답한다. 어머니가 아들 셋과 손자 셋을 둘러보곤 비로소 입가에 미소를 띤다.

「모두 먹도록 하자.」

어머니가 젓가락을 든다. 어머니 젓가락은 이럴 때 늘 그런 것처럼, 먼저 무나물부터 집어 간을 본다. 다음 차례는 숟가락을 들어 탕국을 뜰 것이다.

「선고께서 내리신 술을 한잔씩 합시다.」

청식이 막내 옆에 놓인 호리병을 든다. 내가 제주잔을 들자, 청식이가 법주를 잔에 팔할 정도 채워준다. 청식이가 운식이 잔에도 술을 따르자, 그 호리병을 건규가 받아 제 아버지 잔에 술을 따른다. 나는 음복하고 젓가락을 들어 안주로 부침개를 집는다. 마침 부침개 접시가 건욱이 앞에 있어 그를 흘끗 보니 그의 얼굴이 의외로 침울하다. 주방 쪽에도 식탁에 수저 놓는 소리가 들린다.

식사가 끝났을 때는 괘종시계 시침과 분침이 이미 새벽 한시 이십분을 가리키고 있다. 주방에서 내어온 숭늉을 마시자, 건규와 건배 처가 밥상을 주방으로 옮겨간다. 운식이가, 내일 일찍 등청해야 된다며 윗도리를 걸친다.

「빨리 가야지. 아침 보충수업 시험 감독을 맡았는데.」 주방에서 제 처를 채근하는 건규 소리다.

건배는 건넌방으로 가서 깊이 잠든 제 아이 둘을 깨운다. 설거지를 남은 식구에게 물리고 제수씨 둘과 조카며느리 둘도 자기 물건을 챙긴다. 내 안사람이 일회용 나무도시락에 담은 제수 음식을 떠날 식구에게 나누어준다. 밖에선 차에 시동을 거는 소리가 들린다.

거실 응접의자에 앉은 어머니는 조금 쓸쓸한 표정으로 부산스러운 그런 장면을 바라보고 있다. 어쩌면 어머니는 수원 시절 시집살이를 생각하는지 모른다. 안팎으로 드난꾼이 많았던 수원 집은 제사를 모시고 새벽닭이 울고 나서야 겨우 다리를 뻗고 앉을 짬이 있었다고 어머니는 늘 말씀했다. 이제 그 시절은 먼 세월 저쪽으로 흘러가버려 한집안 식구들조차 잠시의 만남 끝에 이렇게 떠나기 바쁘구나, 하고 애잔히 여길 어머니 마음이 내 눈에 훤히 보이는 듯하다.

우리 집안 식구 모두가 골목길로 나가 배웅하는 가운데 운식이 차에 건배 가족이, 청식이 차에 건규 가족이, 그렇게 제 자식 권솔을 갈무리하여 싣고, 그들은 떠난다. 차가 저만큼 섰는 가로등 불빛 아래를 거쳐 큰길 쪽으로 꺾어돌 때까지 어머니는 그 꽁무니를 바라본다. 차가 시야 밖으로 사라지고 차소리마저 멀어지자 정적이 골목을 채운다.

「어머님, 들어가십시다. 찬 야기 마시면 건강에 해롭습니다.」

내 안사람이 어머니 허리에 손을 두른다.

「이제 어머님 기제사 때나 모이게 되겠군」 하면서도 어머님은 텅 빈 골목길을 바라보며 섰다. 모두 떠나버린 썰렁한 집 안으로 들어서기가 못내 섭섭한 모양이다.

「어머님, 들어가십시오. 이제 주무셔야죠.」 내가 대문께로 몸을 돌리며 말한다.

나와 안사람이 어머니 양쪽 팔을 끼고 현관 안으로 들어선다. 막내와 그 처가 뒤따른다. 막내 처가 대문을 잠그곤 제 서방에게 낮은 소리로 늦은 이유를 묻는다. 막내의 대답이 없다. 내가 막 현관 안으로 들어섰을 때였다.

「아버지.」 막내가 나를 부른다. 내가 돌아보자, 「드릴 말씀이 있어서요」 하곤, 막내가 정원 쪽으로 몇 발 내딛는다.

「무슨 말인데?」

나는 막내가 꺼낼 말을 짐작할 수 없다. 다만 제사의 계 순서에 묵념할 때, 그가 어머니를 쏘아보던 비웃음 띤 곁눈질과, 제삿밥 먹을 때 말없이 침울하던 모습만 떠오른다.

우리 부자는 정원 잔디밭을 질러 외등 아래 도마의자에 마주보고 앉는다. 막내가 잠시 말을 잊고 외로이 빛을 뿜는 외등을 멍하니 바라본다. 온몸을 감싸는 한기에 나는 어깨를 움츠린다.

「말해보려무나.」 내가 먼저 말을 꺼낸다.

「제가 증조할아버님 생애의 한 부분을 드라마로 각색해 볼까 해서 자료 취집차 수원 집으로 내려갔더랬습니다. 아침에 떠날 때는 오후 서너시쯤 서울로 돌아오기로 작정했지요.」

「그래서?」

「예전 증조할아버님이 경영하셨던 건어물 도매상 '경진상회'의 내력을 캐봤지요. 교동시장통을 뒤진 끝에 증조할아버님 가게에서 일하신 분을 만났습니다. 시장 안에 있는 복덕방에서 말입니다. 심불출 씨라고, 칠순에 가까운 그 노인 기억하십니까?」

「음, 그러고 보니 생각날 것도 같군. 그분은 소년 적부터 할아버님이 별세하신 육이오 전쟁 때까지 경진상회 점원으로 일했었지.」

할아버지가 살아 계실 때 집 안팎으로 드난꾼 남정네만도 열이 넘어, 나는 그 사람을 일일이 기억하고 있지 않다. 심불출 씨만은 그 이름의 특이함과 얼굴이 얽었으므로 지금도 성품 무던한 그분이 머릿속에 남아 있다. 몇 년 전 수원에 내려갔을 때 매산초등학교 앞 한길에서 그분을 우연히 만났는데 그때까지도 기골이 정정했다.

「그 어르신이 예전 얘기를 들려주던 끝에, 증조할아버님은 효성이 지극한 분이었다고 말씀하더군요. 고조할머님이 병석에 누워 계실 때 얘기며, 만장이 수백 개나 날렸다는 성대한 상여 떠날 때 광경도 다 기억하고 있더군요. 그런데 고조할머님 장례식 때 천안에서 증조할아버님 사촌 육촌뻘 되는 친척은 많이 왔는데, 응당 꼭 와야 할 고조할머님 친정 쪽은 단 한 명도 문상을 안 와 교동골 사람들이 모두 그 일을 두고 뒷공론이 많았다고 말씀하시더군요. 고조할머님은 광산 김씨 문벌 집안인데 말입니다.」

막내가 말을 끊곤 나를 바라본다. 아버지는 그 이유를 알고 있겠지요, 하는 그런 표정이다.

「나도 그 정도야 알고 있지.」

「아버님, 이상하지 않습니까?」

대뜸 묻는 막내 질문이 날카롭다. 외등 불빛을 받은 그의 눈이 그 어떤 의혹으로 빛난다.

「네 할아버님이나 증조할아버님이 독자여서 집안이 외롭고, 고조할머님 역시 무남독녀로 아산에서 천안까지 시집오신 외로우신 분이셨느니라. 내 어릴 적에 네 증조할아버님이 고조할머님을 두고 그런 말씀을 들려주셨지.」

「그런데 아버님, 할머님이 증조할아버님의 훌륭하신 점은 늘 입이 닳도록 외시구 더러 증조할머님 말씀도 들려주셨지만, 당신이 시집오신 후 삼 년 동안 모신 고조할머님 내력은 한 번도 들려주신 적이 없었습니다. 그래서······.」

막내가 다시 말꼬리를 뺀다.

「어쨌다는 거냐?」

나는 나도 모르는 사이에 목소리가 높다. 왠지 모르게 막내의 세
모진 눈초리와 가계의 무엇인가를 캐려는 그의 입바른 어투가 형사
나 세무서원 말씨를 닮아 화가 치받친다.

「무엇인가 짚이는 점이 있어 구청으로 가서 호적등본 한 통을 떼
어봤지요. 그러나 그 등본은 멸실 우려가 있어 칠십오년도에 가
로쓰기 서식으로 다시 만들어져 증조할아버지 윗대는 이름자조차
올라 있지 않더군요. 그래서 호적계원 말을 좇아 시청으로 찾아
갔지요.」

「시청에 무엇이 있더냐?」

그때, 현관 쪽에서 내 안사람이 얼굴을 내민다.

「밤이슬에 젖겠어요. 뭣들 한다고 그렇게 앉았어요. 들어와 얘기
해도 될 텐데.」

「네, 어머님. 곧 들어가겠어요.」 막내가 말한다. 내 처가 실내로
들어가자, 그가 나를 보고 말을 계속한다. 「지하실 문서보관소를
뒤진 끝에 겨우 구등본을 확인할 수 있었지요. 고조할머님 고향은
아산군 영인면이었습니다. 지금은 아산방조제가 막아버려 옥답이
되었으나 예전에는 아산호 바다가 훤히 보이는 구성리더군요.」

그제서야 나는 막내가 추적하는 말의 전말을 유추해 낼 수 있다.
「바로 고조할머니, 내게 증조할머니 되는 그분 내력을 캐내었단 말
인가? 그 이력을 증언해 줄 사람을 만났다 그 말인가?」 굽죄일
필요가 없다 싶어 내가 다그쳐 묻는다.

「아무도 만나지 못했습니다. 고조할머니를 기억하는 사람도 없었
고요. 그러나 광산 김씨, 즉 고조할머님 집안이 그 면내에선 가
장 문벌을 자랑하던 집안으로, 모두 김 참판 댁이라 불렀다더군

요. 쾌정 시대로 넘어가기 전만 해도 만석꾼 토호 집안이었음을
확인했습니다. 호적상으로 따진다면 그런 신분의 고조할머님이
저 먼 천안 땅 역참거리 역졸이었던 신분 낮은 고조할아버님께
시집갔던 것으로 되어 있더군요.」
「으음.」
나는 자신도 모르는 사이에 신음소리를 흘린다.
「고조할머님은 분명 그 집안 혈통을 이어받지 않았습니다. 광산
김씨도 아니고요.」 막내가 단정적으로 말한다.
「너는 그 점을 어떻게 증명할 수 있단 말인가? 글쓰는 작가로서
추리인가?」
「고조할머님이 광산 김씨라는 점에 정말 확신이 서지 않습니다.
지금이야 뭐 족보 따지는 세상이 아니고, 어디 김씨라고 알아주
지도 않지만 말입니다. 그러나 고조할머님이 김 참판 댁에 살았
다는 점쯤은 어쭙잖은 제 추리로서도 분명합니다.」
막내 목소리가 차츰 열기를 띠어간다. 열기를 띠는 만큼 그의 목
소리는 어떤 확신에 차 있다.
「그래서 어찌 되었다는 거냐?」
「그뿐 아닙니다. 고조할머님은 홀로 천안 쪽으로 나가 도목수였
던 나이 든 고조할아버님을 만났고, 아들 하나를 두었습니다. 고
조할아버님이 별세하신 뒤 증조할아버님은 열여덟 살에 청운의
큰 뜻을 품고 천안 땅을 떠났습니다. 화성군 우정면 소금밭으로
말입니다. 그 이력을 천안에서 확인하게 되었습니다. 제 결혼식
때 올라오신 재종숙아저씨를 천안에서 뵈었거든요. 말씀 꺼내기
를 꽤 어려워하시더니, 수원에서 자수성가한 증조할아버님이 워
낙 집안의 인물인지라 선대로부터 들었다는 이야기를 꽤 알고 계
시더군요. 그러나 고조할아버님께서는 천안 역참거리 역졸에서
시작하여 마방에서 젊은 시절을 목수로 보낸 뒤, 마방에서 나

와선 대목으로 집 짓는 공사판 일을 했다는 얘기도 들었습니다. 건모형님 나무 다루는 솜씨가 고조할아버님 내림인지도 모르지요.」

막내는 이제 더 무엇을 숨길 게 있냐는 듯 득의의 눈초리로 나를 본다.

「그렇게 해서 삼례가 어느 분이며 길대가 어느 분이란 사실을 확인했다는 건가?」 기어코 나도 이렇게 묻지 않을 수 없다.

「고조할머님이 홀몸으로 천안까지 나와 고조할아버님을 만나 족두리 한 번 써보지 못한 채 당신을 낳았다는 사실을 증조할아버님은 늘 가슴에 못으로 박고 지냈던 겁니다. 수원에서 일가를 이루자 증조할아버님은 당신 어머님을 모셔오고 천안 땅에는 발을 끊었습니다. 묘사만 다녀오는 외는 말입니다. 그리고 홀어머님께 지극한 효성을 다한 거지요. 선산에 있는 고조할머님 묘가 유독 장엄한 것도 다 증조할아버님이 어머님 한을 풀어드리느라 그랬던 겁니다. 그러고선 외가 쪽 내력을 은폐하려 온갖 노력을 기울였으나 소문이란 꼬리를 달게 마련입니다. 증조할아버님은 당신 어머님 호적을 그 집안 주인이었던 광산 김씨로 고치고, 그 비밀을 종부였던 며느리한테만 말했습니다. 예학에 밝고 근엄하신 우리 할머님 말입니다. 그러자 할머님은 시가 그 내력을 자식들이 혹시 귀띔하여 사실로 믿기 전에 각본 하나를 만들기로 작정했습니다. 아니, 어쩌면 증조할아버님이 며느리에게 사주했는지 알 수 없지요. 어쨌든 할머님은 심사숙고 끝에 친정 배경을 빌려와 삼례와 그 자식 길대의 전설 같은 얘기를 만든 셈이지요.」

막내 추리는 이제 자기가 쓴 드라마 각본을 그대로 재현시킨다. 그러나 그 드라마 각본이 진실이든 허위든 내겐 설득력이 없다.

「건욱아, 그만큼 해두자. 그분들은 이미 옛사람들이다.」 내가 타이르듯 말한다. 내 목소리는 마치 공범자로 몰린 죄인처럼 힘이 빠진다.

「할머님은 우리 가계를 미덕으로 감쌌습니다. 어쨌든 할머님은 자식과 손자들에게 거짓말을 남긴 셈입니다. 그 점을 아버님도 이미 알고 계시면서 모른체하신 거지요? 천안 쪽 친척 입을 통해 그 말 후일담이 비칠 때, 아버님은 오히려 할머님 이야기 쪽을 믿고 싶어했지요? 두 분 작은아버님도 마찬가집니다. 친일파 자손이 선대 내력을 드러내기 싫어하는 그런 심정으로 말입니다.」

「네 말은 편견에 사로잡혀 있어. 그걸 내가 알고 있었다면 어떻고 설령 모르고 있었다면 어떠랴? 그 얘기 진위가 무엇이 그토록 중요한가? 중요하다면 그렇게 해서라도 집안을 보란 듯 우뚝 세우겠다는 할아버님의 눈물겨운 정신이겠지. 네가 쓴 드라마 한 부분이 설령 우리 가계의 한 부분과 일치한다 하더라도 나로선 그 점이 할아버님이나 어머님을 달리 보게 될 어떤 결정적인 동기가 되지는 못한다.」 이제 내가 막내를 설득한다.

「아버님은 끝내 명쾌한 답을 들려주시지 않는군요.」

「달리 네게 들려줄 말이 없기 때문이다. 네 가지 보기 중에서 하나 답을 찍어내는 객관식 시험으로 인생 자체의 모든 의문을 해결할 수야 없지.」

「저는 오직 진실의 은폐를 확인했다는 얘깁니다. 그러나 할머니 세대와 다른 저로서는 왜 꼭 그렇게까지 할 필요가 있었느냐고 묻지 않을 수 없습니다. 물론 윗세대로선 저의 따짐이 부질없겠지만 말입니다. 돌아오는 차에서 생각했습니다. 이런 허전함이랄까, 쓸쓸함도 잠시겠거니 하구요. 따지고 보면 진구렁텅이에서 몸을 일으켜 용으로 승천하신 웅혼이 솟대할아버님 아니십니까. 저는 누굽니까? 바로 그 솟대할아버님 증손자니깐요.」 그제서야 막내가 어설픈 미소를 깨물며 도마의자에서 일어선다. 「아버님, 들어가십시다. 이슬이 내리는군요.」

막내가 별이 총총한 하늘을 올려다본다. 미세한 분말이 하얗게 엉기어 떨어진다. 이슬이다.

「먼저 들어가거라. 난 담배 한 대 피우고 들어가마.」

잠시 머뭇거리던 막내가 현관 쪽으로 걸음을 옮긴다.

나는 주머니에서 담배와 라이터를 꺼낸다. 담배에 불을 붙여 문다. 뿌유스름한 외등 불빛이 우유색으로 풀어진 밤의 눅눅한 공간에 연기를 뿜는다. 나는 이파리를 약간 오므린 목련꽃을 본다. 유월이면 해마다 탐스러운 꽃을 피우는 목련과 같이, 우리 집안의 가계가 마치 물너울 아래 흘러가는 주마등 붉은 불빛같이 스쳐간다.

산야에 자라는 한갓 들풀처럼, 흐르는 세월에 간난스럽게 부침해 온 우리 집안을 할아버님은 숫대로 우뚝 서서 남 보란 듯 일으켜 세웠다. 그러나 심성이 유약했던 아버지 대에서 그 나무는 제대로 잎을 피우지 못하고 고사할 지경에 이르렀으나, 어머니가 우리 집안으로 들어와 튼튼한 뿌리가 되어 나무를 소생시키더니 잎 무성한 가지를 벌렸다. 그래서 우리 대에 와서 이 사회 중산층에 끼여드는 착실한 기반을 굳혔다. 그러나 우리 삼형제 자식 대로 내려가자 유약했던 아버지 피물림 탓인지, 머리가 좋은 반면 소극적인 예술가 성향의 그만그만한 여러 자식을 두었고, 감수성이 예민했던 내 첫애는 후사를 잇기도 전에 아버지보다 빨리 스스로 이승의 삶을 닫아버렸다. 그렇다면 손자 대에서, 그들이 자라 어떤 유형의 인물로 이 사회에 뿌리를 내릴까? 그 점을 두고 나는 어떤 미래도 상상할 수 없다. 다만 완이 같은 아이의 고단한 훗날 삶이 우울하게 내다보일 뿐이다.

「큰애야, 밤이슬이 해로운데 왜 거기 앉았느냐. 들어와 자도록 허거라.」 어느 사이 나왔는지 얇은 스웨터를 걸친 어머니가 정원에 그림자를 드리우고 서서 근심 띤 목소리로 말씀한다.

「아직도 안 주무셨군요. 어서 들어가십시다.」

나는 얼른 일어나 담뱃불을 끈다. 어머니를 부축하여 현관으로 천천히 걸음을 옮긴다. 얇은 옷을 통해 어머님의 그 정다운 내음이며 체온이 따뜻하게 느껴온다.

내가 할아버지 소리를 들은 지 오래된 마당에, 내 윗대가 되는 어머니란 누구인가. 나이 들어 경제권을 잃고 기력이 쇠하면 자식에게 얹혀지내는 한갓 천덕꾸러기 연세가 팔순을 앞둔 늙은이라면 너무 지나친 비약일까. 고목껍질처럼 쪼그라진 얼굴과, 같은 말을 되풀이 고시랑거리는 잔소리가 싫어 증손자들조차 상대하기 꺼리다 보니 홀로 방안에 갇혀 벌레처럼 꼼지락거리며 숨을 잇는 죽음의 그림자가 어디 한둘이랴. 치매를 앓는 노인들로 채워진 양로원을 연상하지 않더라도 그들은 이미 철저하게 잊혀진 세대이다. 그러나 노인도 노인 나름일 것이다. 그가 살아온 삶의 도정이나 기력에 따라 노인의 모습도 달라진다. 어머니 경우는 시아버지가 시할머니의 가계를 꾸몄음에도 이를 넉넉한 마음으로 감쌌음은 물론, 이를 넘어서서 스스로 본이 된, 그 생애가 아름다운 삶이었다. 그 아름다움이란 스스로를 겸손으로 감추는 가운데, 보는 이로 하여금 느끼게 하는 눈부심이다. 어머니는 바깥으로 널리 퍼지는 밝은 빛이라기보다 가까이 있는 혈육에게만 깜깜한 밤의 등불과 같이 주위를 밝혀주는 희망과 안식의 빛이다. 어머니는 다른 누구보다 후손에게만은 엄격한 스승이요 존숭의 의연한 모습으로 살아오셨다. 내 젊었을 시절에는 어머니의 서릿발 같은 훈육과 조금도 틈이 없는 바자위한 성정으로 꽤 곤욕을 치른 것도 사실이다. 넉넉한 젖퉁이같이 부드럽고 따뜻한 그런 어머니 사랑을 그리워하기도 했다. 그러나 내 머리에 서리 앉은 나이가 되고부터 나는 어머니 앞에서는 어린아이가 되었다. 절로 머리가 숙여져 땅에 눈이 머물면 어머니 작은 발은 대지에 깊게 내린 뿌리요, 올려다보면 하늘과 같은 어머니 마음이 그 맑은 눈빛 속에 푸르게 머물러 있었다.

　나는 종교를 갖고 있지 않다. 나로서는 어머니가 계시지 않는 우리 집안을 아직까지는 상상할 수 없다. 어머니가 동생네 집이나 수원 고향으로 내려가 며칠 집을 비울 때면 집 안이 텅 빈 듯하다. 외롭고 허전하여 불 꺼진 어머니 방에 형광등을 밤새 켜놓곤 한다. 그러므로 어머니는 오래 전부터 내게 종교와 같은 절대적인 그 무엇이 되었다. 그 그늘이 아니고선 우리 집안은 물론 나라는 존재도 너울 센 바다에 떠도는 가랑잎이었으리라. 내가 그런 생각을 갖기는 오래 전이고, 나는 다시 한번 그 고마움을 마음 깊이 새긴다.

(《소설문학》, 1986년 5월호)

달아난 악령

이문열(李文烈)

1948년 경북 영양 출생
서울대학교 사범대 수학
1979년 동아일보에 중편소설 「塞下曲」으로 등단
장편소설 〈사람의 아들〉 〈우리가 행복해지기까지〉
〈영웅시대〉 〈변경〉 등과 〈이문열 중단편전집〉이 있다.
오늘의 작가상, 이상문학상, 21세기문학상 등 수상

달아난 악령

　다인면 (多仁面)은 뜻밖의 산골이었다. 처음 소속 군 (郡)을 들었을 때만 해도 나는 다인면이 그렇게 심한 벽지리라고는 짐작하지 못했다. 오대산과 설악산이 멀지 않고 해안에는 십리마다 해수욕장이 널려 있는 군이라 거기에 딸린 면이라면 옛날얘기로만 듣던 그 강원도 산골은 아니리라고 지레짐작한 까닭이었다.

　거기다가 내가 다인면을 사람 살기에 불리하지 않은 곳이리라고 믿은 까닭은 또 있었다. 그것은 내가 찾아가고 있는 곳이 바로 악령이 선택한 땅이었기 때문이다. 그 동안의 추적을 종합해 보면 악령은 언제나 반듯하고 기름기 있는 땅, 사람들이 버글거려 자신의 독을 쉽게 퍼뜨릴 수 있는 곳만을 거처로 삼아왔다.

　그런데 읍 (邑) 합동정류장에서부터 벌써 조짐이 이상했다. 서울서 출발한 버스에서 내리자마자 나는 그곳 토박이로 보이는 중년에게 다인면으로 가는 버스 편을 물어보았다.

　「하이고, 다인 가는 버스라믄 한참은 기다려야 할 거로. 보자, 그게 두 시간 만에 있나, 세 시간 만에 있나.」

원래가 경상도 사람인지 아니면 그곳 사투리가 그런지 내가 듣기에는 영락없는 경상도 사투리로 그 중년이 그렇게 일러주었다. 요새 세상에 서울서 네 시간이나 걸려 도착한 곳에서도 그 정도 간격으로 버스가 왕래할 지경이라면 어느 정도 산골인지 알 만했다. 그런 산골에 중학교가 있을 것 같지 않아 이번에는 내가 찾아가는 중학교를 물어보았다.

「다인중학교라꼬? 그기 남아 있기는 남아 있나? 아매 벌씨로 문단았을 낀데……. 아이다, 아이다. 지난 겨울인강 언젠강 보이 거다도(그곳에도) 안죽꺼정 중학교 교복 입고 얼찐거리는 아 아들이 있기는 있드라. 맞지러. 글치만 올해 문단을 동 내년에 문단을 동…….」

그렇다면 처음부터 뭔가가 예상 밖으로 돌아가는 셈이 되고 만다. 내가 추적해 온 악령은 결코 그렇게 궁벽한 곳의 오늘내일 하는 그런 중학교로 쫓겨 내려올 족속이 아니었다. 더구나 그는 벌써 재작년에 대학원 석사과정을 마치고 박사과정에 들어가 있지 않았던가. 나는 지그시 이를 악물고 홀로 도리질을 쳤다.

뭔가 놀랄 만한 게 있어서겠지. 아니면 세상 돌아가는 판세를 재빨리 읽어차리고 잠시 아홉발 꼬리를 사린 채 숨을 만한 으슥한 곳을 찾아왔거나. 그래, 여기서는 어떤 요사를 떨고 어떤 분탕질을 치고 있는지 보자— 나는 버스를 기다리기 위해 정류장 앞 다방을 찾아들면서 속으로 그렇게 중얼거렸다.

그 악령이 처음 내 삶에 그림자를 드리운 것은 딸아이가 중학교 3학년 때였다. 새학기가 시작된 지 한 달도 안돼 딸아이가 자기 반 담임선생 자랑을 늘어놓기 시작했다. 성적도 좋고 얼굴도 예뻐 언제나 선생님들께 사랑받는 편인 딸아이라 그 애 쪽에서도 좋아하는 선생이 많았으나 아무래도 그때의 열성은 유별난 데가 있었다.

「정말 끝내주는 선생님이에요. 다른 사람들보다 한 시간은 일찍

와서 저녁 여섯시까지 계시면서 학교 안팎을 골고루 보살피세요. 우리들에게는 또 얼마나 잘한다구요. 점심시간이면 저희들과 함께 점심을 먹는데 도시락 안 싸온 애들에게는 모조리 짜장면을 사주기도 하세요. 그 때문에 일부러 점심 안 싸오는 애들도 있다구요. 게다가 아직 한 달도 안됐는데 우리 모두의 집안 사정도 훤히 꿰고 계신 것 같아요. 현숙이란 애는 할아버지가 독립유공자란 걸 자신도 잘 모르고 있었는데 선생님은 어느 때 무슨 일로 감옥살이 몇 년 하신 것까지 다 말씀해 주시더라니까요, 글쎄. 저희들하고 놀기도 잘 놀아주세요. 틈만 나면 같이 운동하고 노래도 부르시고 옛날얘기도 들려주시고……. 그래서 우리 반 애들 중에는 방과후에 일부러 남아 교실 주위를 맴도는 애들도 있어요.」

가만히 두면 끝도 없을 것 같을 뿐더러 내용에도 뭔가 석연찮은 데가 있어 내가 슬쩍 비틀어보았다.

「내가 보기에는 반드시 좋은 선생 같지도 않은데. 맨 사먹이고 놀아주는 얘기뿐 아냐? 좋은 선생이란 잘 가르치는 선생이야. 그 선생님 수업은 잘해?」

그러자 딸아이가 더욱 열을 냈다.

「잘하구말구요. 우리 반 아이들뿐만 아니라 다른 반 애들도 그 선생님이 가면 미쳐요.」

「그건 인기가 있다는 뜻이겠지. 하지만 잘 가르친다는 것은 애들을 미치게 하는 것과는 다른 일이잖아?」

그 같은 내 말에 딸아이의 눈길이 드러나게 샐쭉해졌다.

「아녜요. 정말로 잘 가르치신단 말이에요. 그 선생님 수업시간이 되면 그전 시간까지 졸립다가도 정신이 또랑또랑해진다니까요. 한마디 한마디가 귀에 쏙쏙 들어오고…….」

「그럼, 선생님으로서는 그걸로 된 거야. 한데 내가 보기에는 그 선생님, 뭔가 넘치고 있어. 오히려 조심해야 될 선생님 같은데. 사람은 누구나 비슷비슷해. 쓸데없이 남보다 피로해지려 하지 않는다구. 그런데 그 선생님은 그토록 열심히 너희들의 마음을 사려는 거 보니 가르치는 일 이외에도 무언가 너희들의 마음을 사두어야 할 일이 있는 사람 같구나.」

요즘의 신체발육 상황으로 보아서 여중 3년생이면 성적 (性的)으로 행실이 나쁜 교사를 경계할 필요는 있었다. 그렇지 않더라도 인기전술로 지나치게 아이들을 사로잡아 그 덜 여문 정신을 자신의 개똥철학에 가두어버리는 것 또한 바람직한 일은 못되었다. 그러나 솔직히 나는 그때까지만 해도 그를 그리 심각하게 받아들이지는 않았다. 틀림없이 경계는 있었지만 기껏해야 딸 가진 아비의 과잉 방어심리거나 어떤 시기심에 가까운 것이었다.

그러다가 다시 한번 그가 내 경계심을 자극한 것은 그해 여름으로 접어들던 어느 날 밤이었다. 아이들이 잠자리에 들고 둘이 남게 되자 아내가 걱정스럽게 말했다.

「요즘 큰애가 이상해졌어요. 그것도 사춘긴가…….」

「뭐가?」

「그만 나이면 멋도 부리고 싶고 비싼 옷도 좋아할 텐데 앤 정반대라니까요. 백화점에 가자면 펄쩍 뛰고 바지 하나도 메이커 있는 것이면 안 입어요.」

「벌써 사치부터 배우는 것보다 낫지 뭐. 좋은 딸 둔 거야. 바로 철이 든 셈이란 말이야.」

「그게 아니라니까요. 뭐가 이상하다구요. 단순히 검소해서가 아니라 관심의 방향이 달라진 것 같아요.」

그제서야 나도 조금 심각한 기분이 들었다. 아무리 딸이 어리다고는 하지만 때는 그 요란하던 80년대 중반이었다.

「달라지다니, 어떻게?」

「아빠는 어떻게 돈을 버느냐, 우리집은 어떻게 샀느냐, 우리 부동산은 무엇무엇 있느냐, 이런 것들을 꼬치꼬치 캐묻는가 하면 할아버지는 무얼 하셨느냐, 우리 집안은 어떤 집안이냐를 묻기도 해요.」

「그래, 뭐라구 했어?」

「아버지는 오래 직장 생활하시다가 근년에 작은 자영업을 하고 있고, 집은 내가 교편 놓을 때까지 맞벌이해서 장만한 거라 그랬죠. 시골 부동산은 유산으로 받은 건데 대개 산소에 딸린 거고. 모두가 사실대루예요.」

「아버님 일은?」

그렇게 묻는 내 가슴은 절로 뛰었다. 좌익을 하다 산으로 들어가신 아버님은 6·25 이듬해 늦봄 한 야산대장(野山隊長)으로 전투경찰의 토벌을 만나 고향 근처의 이름없는 산에서 돌아가셨다.

「그거야 바로 말해줄 수 있겠어요? 그냥 병환으로 젊어 돌아가셨다구 해두었죠.」

「그랬더니 뭐래?」

「별말은 없었지만 몹시 불만스런 눈치였어요. 아니, 그 이상으로 대단치도 않은 우리 재산을 부담스러워하는 기색까지 보이더라구요.」

그러자 내게도 문득 상기되는 게 있었다. 학기초까지만 해도 출근길에 내 승용차로 등교시켜 주면 좋아하던 아이였는데 언제부터인가 되도록이면 피하려는 눈치가 있었다. 그러다가 새로 나온 중형차로 바뀐 뒤로는 펄쩍 뛰며 손을 내젓는 것이었다. 이제 그 원인을 알 것 같다는 생각이 들자 나는 벌컥 역정부터 났다.

「뭐야? 건방진 것 같으니라구. 머리에 피도 안 마른 게. 당신도 알다시피 내가 가진 것 중에 부정하거나 부당한 것은 하나도 없어. 내가 누구 아들이야?」

「어린것 놓고 역정 내실 일이 아니에요. 그보다는 걔가 왜 그렇
게 됐는지를 알아보는 게 더 중요해요.」

아내가 오히려 냉정을 잃지 않고 나를 다독이듯 말했다. 그 바람
에 나도 목소리를 죽였다.

「그래 알아봤어?」

「알아보긴 했는데…… 심증은 가지만 확증이 없어요.」

「누구야? 어떤 놈이 어린걸 데리고 그런 못된 짓을 한 거야?」

「아무래도 그 담임선생님 같아요. 수업시간에 이상한 소리를 하
는가 봐요.」

「그 귀에 쏙쏙 들어온다는 얘기가 그럼 그거였어? 내 이 자식을
그냥…….」

하지만 말뿐이었다. 대기업의 몫 좋은 대리점 영업이란 것이 원
래 실속없이 바쁘거니와 그자가 우리의 의심을 간단하게 벗어버릴
일이 곧 터졌기 때문이었다. 바로 전교조(全敎組) 사건이었다. 딸
아이가 다니던 학교도 홍역처럼 전교조 사태를 치렀는데, 그자는
용케도 주동자의 명단에서 빠져 있었다. 우리는 그것을 그자가 무
죄함의 징표인 양 여기고 딸아이에 대한 걱정도 기우로 치부해 버
렸다.

그러다가 다시 그자의 불길한 그림자가 아직도 우리 가정에 드리
워져 있음을 깨닫게 된 것은 그해 12월에 있었던 대선(大選) 때였
다. 아무리 걱정 없다지만 그래도 입시가 눈앞에 있는데 딸아이는
볼이 발갛게 얼도록 나다니기만 했다. 그것도 꼭 무엇에 달뜬 아이
같았다.

딸아이는 반장이라서 졸업에 따른 여러 가지 교내활동을 떠맡게
된 탓이라 했지만 아무래도 그게 석연찮았다. 그래서 이번에도 아
내가 뒷조사를 해보았더니 하루종일 어떤 야당후보의 선거 팸플릿
을 돌리고 있었다. 게다가 그 후보의 여의도 집회가 있기 전날 밤

에는 자정이 다돼서야 돌아올 정도였다.

내막을 알고 난 나는 정말로 격분했다. 더구나 그자가 그런 딸의 등뒤에 있다는 것을 알자 이제 더는 참고 있을 기분이 아니었다. 하지만 그때도 결국은 이렇다 할 행동 없이 지나가고 말았다.

이튿날 막상 학교로 찾아가려고 보니 갑자기 자신이 없어졌다. 딸아이가 부인하고 있는 한 그자가 잡아떼면 입증책임은 내게 돌아올 것인데 나는 어디서나 구할 수 있는 선거 팸플릿 외에 구체적인 증거를 확보하지 못하고 있었다. 또 설령 내가 증명을 한다 해도 학생에게 선거 팸플릿 몇 장 나눠주게 했다는 것만으로는 그자에게 치명상을 줄 수 있을 것 같지가 않았다.

거기다가 얼마 남지 않은 딸아이의 졸업도 내 격분을 누그러뜨렸다. 어쨌든 그 학교를 떠나면 딸아이도 그자의 영향권에서 벗어나게 될 것이란 안이한 판단 때문이었다. 정말이지 그때까지만 해도 나는 이 악령이 그토록 집요하게 내 딸의 정신을 사로잡고 있으며 마침내는 파멸로까지 이끌 것이라고는 짐작조차 못했다.

다인면으로 가는 버스는 꼬박 두 시간을 기다려서야 나타났다. 알고 보니 한 대가 하루종일 읍과 면소재지 사이를 왔다갔다 하고 있어 어쩌다 고장이라도 나면 그보다 배차 간격이 훨씬 길어지기도 하는 모양이었다.

예정 소요시간은 1시간 20분. 읍을 벗어난 버스는 이내 산비탈로 접어들었다. 단순한 산비탈이 아니라 높은 재〔嶺〕의 시작인 듯한데 초입 얼마간은 2차선도로나마 포장이 되어 있어서 견딜 만했다. 그러나 해발 2백 미터도 이르기 전에 갑자기 포장은 끊기고 울퉁불퉁한 흙길이 나타났다. 2차선도 아닌 외길이었다. 마주오는 차량과의 교행은 군데군데 넓혀둔 지점에서만 가능하게 되어 있는 옛 산판길 같은 것으로 아직도 그런 길이 남아 있다는 게 신기한 느낌을 주었다.

「이눔의 길은 어째 이래 만날 그 모양이고. 일제 때나 지금이나
…….」

곁에 앉은 노인이 그렇게 불평하는 소리를 듣고 내가 물어보았
다.

「다인면은 인구가 얼마나 됩니까?」

「몰라. 보자아, 이번 선거에 천 표만 얻으믄 군의원이 될 수 있
다캤으이 안즉 3천은 남은갑제.」

「그럼 작은 면도 아닌데요. 그런데 아직 길이 이래요?」

「오대산에서 넘어오는 길은 포장이 다됐제. 읍에서 오는 길만 이
렇다고. 광산이 있는 것도 아이고, 무슨 관광지도 아이이 사방
길마다 포장해 놓으라칼 수 없어 이렇제.」

하지만 차가 워낙 덜컹거려 오래 얘기하기에는 마땅치가 못했다.
그게 다시 생각을 지난 일로 돌려놓았다.

딸아이의 졸업으로 그자와의 악연도 끝일 것이라는 내 믿음은 이
듬해가 다하기도 전에 처참하게 무너졌다. 하지만 그때도 우리는
마지막 순간까지 그런 일이 어째서 우리에게 벌어졌는지, 그리고
그 뒤에는 누가 있는지를 알아차리지 못했다.

딸은 말수가 적어지고 생각이 많아졌다는 것 외에 별다른 변화
없이 고등학교 생활을 시작했다. 줄곧 학년 전체에서 일등을 놓치
지 않던 성적이 갑자기 학급에서도 중상위권으로 떨어진 게 걱정되
었지만 1학기는 별일 없이 지나갔다.

그런데 여름방학이 시작되던 날이었다. 밤이 제법 깊어 안방으로
들어온 딸아이가 의논이라기보다는 무슨 선언처럼 말했다.

「아빠, 학교에서 농촌봉사 활동을 가는데요, 저도 갔으면 해요.」

「농촌봉사? 너희들이 뭘 해? 그건 대학생들이나 하는 거야. 괜

히 가봤자 오히려 시골 사람들에게 폐만 끼친다구.」

나는 서울의 고등학교 1학년이 할 수 있는 농촌봉사란 게 도무지 짐작이 가지 않아 그렇게 딸의 입을 막았다. 하지만 딸의 결심은 이미 굳어져 있는 듯했다.

「자매학교 대학생 언니들과 연합해서 가는 거예요. 이미 가겠다고 약속까지 해둔걸요. 학교에서도 과외활동으로 허락했고, 일주일이에요.」

그래도 나는 허락하지 않았다. 이번에는 대학생들과 함께 간다는 게 걱정되어서였다. 그 무렵에는 농활(農活)이 바로 중요한 의식화과정의 하나라는 것쯤은 나도 들어 알고 있었다. 그런데 아내가 뭣에 씌었던지 갑자기 딸아이를 편들고 나왔다.

「그냥 보내주세요. 학교 특별활동 지도교사에게서 전화가 왔었는데 걔 말대로예요. 고등학생이면 어린애가 아니니 경험 삼아 한번 보내보죠, 뭐.」

나중에 아내는 두고두고 그 일을 후회했지만 그때는 나름대로 믿는 게 있어보였다. 거기다가 나도 갈수록 더해지는 딸아이의 자폐증에 가까운 침묵이 조금은 걱정되던 터라 마침내는 허락하고 말았다. 딸아이의 웃는 얼굴을 본 것이 어쩌면 그때가 마지막이었을 것이다.

하지만 우리 쪽에서 학교에다 확인해 보지 않은 것은 큰 실수였다. 일주일을 기한하고 떠난 딸은 열흘이 지나도 돌아오지 않았다. 그제서야 이상하게 여긴 우리 부부는 학교에 직접 알아보았다. 그 농촌봉사 일은 담임도 모르고 특별활동 선생도 모르고 있었다.

아내에게 두 번씩이나 전화를 했다는 특별활동 선생은 전혀 가공의 인물임도 곧 확인되었다. 그때 우리 부부가 겪어야 했던 괴로움과 슬픔이란. 하지만 그 배후로 벌써 반년 전에 졸업한 중학교의 담임선생을 지목하기는 어려웠다.

딸은 방학이 끝나기 바로 전날에야 집으로 돌아왔다. 어디서 무얼 하고 왔는지 파리하고 야윈 얼굴에 몹시 지친 표정이었다. 그러나 두 눈만은 그 어느 때보다 깊게 번쩍였다. 거기다가 더욱 충격적인 것은 그 애가 우리에게 미안해 하는 기색이 없을 뿐더러 그로 인한 내 분노조차 조금도 겁내지 않고 있다는 사실이었다.

나는 그 돌연스럽고 어이없는 사태를 맞아 완전히 혼란되고 말았다. 처음에는 앞뒤 모를 분노로 소리소리 질러댔지만 흔들림 없는 딸아이의 태도에 이내 으스스해졌다. 이미 아잇적의 체벌이나 위협으로는 수습할 수 없는 난국을 맞고 있다는 느낌 때문이었다.

무엇이 잘못되었을까, 무엇이 어디서 잘못되었을까— 나는 그렇게 안절부절못하고 중얼거리며 이런 경우에 효과적인 대처방법을 알고 있다는 여러 사람을 찾아다녔다. 아무도 자신 있는 대답은 주지 못했다. 그러나 한 가지 폭력이나 억압만으로 딸아이가 빠져 있는 상태를 개선시킬 수 없다는 데는 모두가 동의했다.

그 바람에 더욱 속수무책의 기분이 된 나는 결국 딸아이가 그 한 달 동안 어디에 있었던가조차 제대로 알아보지 못하고 얼마간을 그저 멍하니 바라보기만 했다. 아내는 나보다 많은 노력과 시도를 되풀이했다. 그러나 그녀 역시도 딸아이가 방학 한 달 동안 머문 곳이 어떤 공단이었음을 알아낸 것 외에는 나와 비슷한 심경에 빠져들었다. 가끔씩 나를 바라보며 훌쩍거리는 게 겨우 나와의 차이였을까.

그런 우리 부부에 비해 딸아이는 영악스러울 만치 차분하게 제자리를 찾아갔다. 자신이 없는 동안 우리가 벌인 소동으로 학교 생활이 순탄하지 못할 것임이 분명한데도 전혀 그런 기색을 보이지 않았고, 차가운 얼음 같은 것이 깔려 있기는 하지만 우리 부부나 동생과의 관계에서도 이렇다 할 변화를 보이지 않았다. 책을 읽고 학교공부를 하는 데도 마찬가지였다.

　그러다가 그해 첫추위가 닥칠 무렵 딸아이는 홀연히 사라져버렸다. 남겨놓은 것은 낙서와도 같은 쪽지뿐이었다.

　　저는 민중 속으로, 무산대중의 대열로 합류하러 떠납니다. 아빠 엄마의 딸 정아는 죽고 민중의 딸, 무산계급의 딸로 다시 태어나는 것입니다. 저를 찾지 마세요.

　우리 부부는 꼭 무슨 악몽을 꾸고 있는 것 같았다. 어떻게 하여 여고 1년생에게 민중과 무산계급이 부모를 버리고 떠날 이유가 되며 아직은 남아 있는 정신의 성장과정을 포기할 수 있는 이유가 되었을까. 민중의 딸, 무산계급의 딸이란 무엇일까. 도대체 그 아이는 자기가 하고 있는 말이 정확히 무엇인지 알기나 하였을까— 분통터지기보다는 어이없는 일이었지만 당장 급한 것은 아이를 찾는 일이었다.
　「그럼 아주 공활(工活)로 들어서 위장취업이라두 했나…….」
　친척 대학생들 중에서 운동권에 가까운 조카아이에게 그간의 사정을 말하고 짐작되는 딸아이의 행방을 묻자 그도 약간은 어이없어 하면서 그런 말로 고개를 갸웃거렸다. 그 말을 듣자 나는 눈에서 불길이 확 이는 듯했다. 공활은 무슨, 바로 공순이가 된 거지. 요새 세상에 아무리 여공이라지만 중학교 안 나온 여공이 어딨어. 위장취업은 또 무슨, 위장할 게 뭐 있어. 여고 1년 중퇴하고 갔으면 바로 거기가 제 길인데.
　드디어 나는 화가 났다. 사랑과 이해니 어쩌고 하는, 아는 척하는 것들의 충고에 대해서도 저주를 퍼부었다. 진작부터 몽둥이로 후려서라도 딸아이를 제자리로 돌려두지 못한 게 원통스러울 만큼 후회되었다.
　처음 아내와 나뉘어 구로공단이며 부천, 인천의 여러 공장들을 헤맬 때만 해도 나를 휘몬 것은 앞뒤 없는 분노였다. 나는 딸아이를 찾기만 하면 바로 머리를 깎아 집에 들어앉힐 작정이었었다. 그래도 있는 다리라고 다시 집 밖으로 나가려 들면 다리몽둥이를 분질러놓아서라도 집 안에 들어앉힐 결의가 되어 있었다.

그렇지만 그 맹렬하던 분노도 시간이 흐를수록 부모의 자정(慈情) 앞에 조금씩 무릎을 꿇어갔다. 어디로 갔는지 모르는 자식에 대한 걱정이 차츰 분노를 대신해 가슴을 짓눌러왔고 마침내는 자식을 잃은 부모의 아득한 슬픔으로까지 변해갔다. 그러다가 석 달이 넘어서면서부터는 무슨 꼴로 어떻게 살아 있더라도 찾기만 하면 나는 딸아이를 위해 무엇이라도 바칠 기분이 되어 있었다.

그럴 때 무슨 영감처럼 떠오른 것이 그 악령이었다. 아니, 아직까지는 악령이라기보다 딸아이를 찾을 수 있는 마지막 끄나풀로서의 중학교 때 담임선생이었다. 다행히도 그는 아직 그 학교에 있었다. 그러나 내 기대에는 냉담했다. 그는 표정 한번 변함 없이 잡아뗐다.

「저는 모릅니다. 한 학년 담임을 했다고 해서 졸업한 뒤까지 아이들을 챙기고 있을 수는 없죠.」

희고 차갑게 느껴지는 이마와 번득이는 안경알이 단호한 부인을 보증하는 것 같았다. 하지만 그도 조금의 파탄은 있었다. 내가 너무도 실망하는 게 안됐던지 위로처럼 한 말이 그 단서가 되었다.

「하지만 너무 걱정하지 마십시오. 워낙에 똑똑한 아이였으니까요. 어쩌면 바른 삶을 찾았는지도 모릅니다. 투철한 이념가들 중에는 벌써 그 나이 때부터 사회적 의식에 눈뜬 사람들도 있죠.」

나는 일단 교무실에서는 물러났으나 이내 물에 빠진 사람이 지푸라기에라도 매달리는 심경으로 그 암시와도 같은 한마디에 매달려보기로 했다. 나는 아직 두어 시간이나 남은 퇴근시간까지 교문 밖을 서성이며 끈질기게 그를 기다렸다. 그리고 나를 보며 은근히 놀라하는 그를 잡고 떼를 쓰듯 가까운 술집으로 끌고 갔다.

그는 술집에서도 차가운 부인을 계속했다. 하지만 그때까지만 해도 나는 그런 식으로 사람을 설득하는 일에는 남다른 자신이 있었다. 직장에서의 마지막 대여섯 해를 바이어라면 깜둥이고 흰둥이고를 가리지 않고 술집으로 끌고 가 이른바 '쇼부'를 보는 일로 보낸 까닭이었다.

첫번째 생맥주집에서 이렇다 할 성과를 얻어내지 못한 나는 두번째로 데려간 허름한 카페에서 이번에는 술로 공세를 바꾸었다. 그도 술깨나 마시는지 권하는 잔은 굳이 마다하지 않았다. 둘이서 국산 양주를 한 병쯤 비우자 제법 낯빛이 술꾼다워졌다.

그제서야 나는 다시 딸아이의 얘기를 꺼내보았다. 분명히 취한 듯한데도 그 부분에 관한 한 그는 여전히 완강했다. 그런데 그때 내게 무슨 암시처럼 떠오른 게 아버지의 슬픈 역사였다. 운동권은 곧 좌파라는 당시의 상식이 도움을 준 셈이었다.

나는 되도록이면 비장한 어조로 이념을 위해 싸우다 죽은 한 빨치산대장의 얘기를 시작했다. 바로 내 아버지의 얘기였다. 중앙당과는 아무런 선도 닿지 않는 지방의 한 좌경 지식인은 해방정국에서 한몫 한 공산당 간부가 되고, 적치하(赤治下)의 이름뿐인 직책 때문에 수복 후의 마구다지 처형을 피해 비슷한 처지의 몇몇과 인근의 야산으로 들어간 일은 당과 인민을 위한 비장한 유격전의 결의로 과장되었다. 탄약도 보급되지 않는 구식 장총 몇 정으로 변변한 보급투쟁 한번 못해보고 산속 토굴에서 초근목피로 연명하다 우연히 그곳을 지나던 전투경찰대에 아지트가 들켜 총 한방 제대로 못 쏴보고 당하게 된 전멸은 대규모 군경토벌대와 치열한 접전 끝에 전원 장렬히 옥쇄한 것으로 미화되었다.

그렇지만 그 마지막 얘기는 거의 사실인 데다 내 진정까지 담긴 것이었다.

「그들이 그곳에서 전멸했다는 소문은 전쟁과 학살의 공포에 짓눌려 겨우 백 리 저쪽에 사는 할아버지에게 전해지는 데만 해도 일주일이나 걸렸다고 합니다. 거기다가 1951년 그 당시는 그런 소문을 들었다고 해서 바로 시체를 수습하러 갈 수 있는 때도 아니었습니다. 그래서 이 눈치 저 눈치 살피면서 다시 대엿새가 더 지난 뒤에야 할아버지와 몇몇 동네 사람들이 그 골짜기로 가보니 유달리 일찍 온 그해 더위에 벌써 시체들은 알아볼 수 없게 부패되어 있었다더군요. 그것도 토벌군이 성의 없이 한 구덩이에 던져넣어 시체가 서로 뒤엉킨 바람에 사지를 제대로 수습하기도 어려웠다고 합니다. 그 바람에 조부께서는 비슷한 옷차림과 금니로 시체 한 구를 자식의 것으로 지목해 가까운 선산 발치에 묻었지만 돌아가실 때까지도 못내 자신 없어하셨습니다. 그 산소에 대해 자신 없어하시기는 어머니도 마찬가지셨지요. 돌아가실 때까지도 그 골짜기 어딘가에 쓰러져 계신 아버지의 꿈을 꾸었다시며 선산 발치에 있는 무덤에 대한 의심을 제게 내비치곤 하셨습니다. 그 바람에 저는 묘사 때마다 두 군데에 제사를 지냅니다. 마침 그 골짜기가 선산으로 가는 길목이라 먼저 그 골짜기를 향해 망제(望祭)를 올리고 다시 선산 발치의 그 무덤에 가서 술을 따르는 식이지요……」

그렇게 얘기를 맺을 무렵 아마도 나는 울고 있었을 것이다. 얼굴도 기억나지 않는 아버지이지만 그래도 그를 위해 울게 될 때가 있는데 그것은 언제나 그 골짜기에서 망제를 올릴 때였다. 내 얘기에 감동되어선지 아니면 그 동안 마신 술로 경계심이 무디어진 탓인지 그도 비로소 진지한 반응을 나타냈다.

「훌륭한 이념의 전사를 부친으로 두셨군요. 그런 선친과 이념을 잊고 어떻게 이토록 부르주아적인 삶에 탐닉하십니까?」

비록 추궁하는 말투이긴 하지만 어딘가 그의 목소리에는 정감이 배어 있었다. 나도 어떤 충동에 휘말리어 조금도 과장하고 있다는 느낌 없이 내 소시민적 삶의 양식에 대한 회의를 내비쳤다. 아버지의 죽음이 내게 남긴 원한보다는 그 무렵 내가 겪고 있던 대기업의 횡포가 그런 자연스러움의 원인이었을 것이다.

그렇지만 그는 취해도 역시 악령다운 철저함이 있었다. 이제 어지간히 마음이 통했다 싶어 딸아이의 얘기를 꺼내자 그는 이내 자신의 차가운 껍데기 속으로 숨어버렸다.

「정말로 저는 모릅니다. 졸업하고 한 번도 정아를 보지 못했어요. 또 그런 가출은 누가 시킨다고 되는 게 아닙니다. 이 식민지적 분단현실에 눈떠 스스로 선택한 길이라고 보아야지요.」

그러다가 내가 술로 과장된 슬픔을 주체할 수 없는 눈물로 쏟아놓자 위로하듯 한마디 덧붙였을 뿐이었다.

「너무 상심하지 말고 기다려보십시오. 스스로 나갔다면 스스로 돌아올 것입니다. 혁명의 고귀한 혈통이 격세유전(隔世遺傳)된 셈이라 치시면 마음 상할 일도 없지 않습니까?」

사실 그 말을 듣는 순간 나는 갑자기 치미는 격분으로 하마터면 그의 멱살을 잡을 뻔했다. 뭐, 식민지적 분단현실에 눈을 떠? 혁명적 혈통의 격세유전? 그게 열여섯 난 철부지 계집아이의 가출에 붙일 수 있는 구실이냐? 여고 1년생의 의식에 당키나 한 말이냐? 요놈, 요 빤빤스러운 악귀 같은 놈……

하지만 그때도 무언가 그의 말 속에 들어 있는 암시 같은 것이 내 그런 폭발을 막았다. 그는 끝까지 부인했지만 나는 취한 중에도 왠지 딸이 그의 장악 아래 있다는 믿음을 떨쳐버릴 수 없었다. 그 바람에 헤어질 때까지도 비굴하리만치 그의 기분을 해치지 않으려고 애썼던 기억이 아직도 난다.

그런데 아비의 직감이 맞았던지 놀랍게도 딸은 그날로부터 일주일도 안돼 집으로 돌아왔다. 집을 떠난 지 다섯 달 만이었다.

딸아이는 그 사이 많이 변해 있었다. 얼굴 전체에 전에 없던 모와 그늘이 더해져 있었고 눈길에서도 옅지만 파란 불길 같은 게 느껴졌다. 굳게 다물고 있는 입가에도 희미한 대로 줄곧 떠나지 않는 냉소가 서려 있었다…….

태도나 말투는 더욱 변해 있었다. 그 전해 여름의 가출 때보다 훨씬 당당하고 확신에 찬 게 이제 갓 열일곱으로 접어든 여느 계집아이들과는 사뭇 달랐다.

「제겐 힘이 필요해요. 더 배워야겠어요. 아버지 어머니가 반대하지 않으신다면 집에서 대학까지는 공부하고 싶어요. 그 다음에 제 갈 길을 갈 생각인데 그래도 저를 받아들일 수 있으시겠어요?」

첫날 나와 아내 앞에서 그렇게 입을 연 정아는 오랜 가출 끝에 돌아와 용서를 비는 딸아이이기는커녕 승세를 타고 협상을 벌이는 장군 같았다. 그러나 다섯 달 가까운 동안의 근심과 슬픔으로 허물어지기 직전에 있던 우리 내외에게는 그런 딸아이의 태도나 말투를 따질 겨를이 없었다. 아내는 무조건 항복의 자세로 눈물만을 줄줄이 쏟아냈고 나도 당장은 억누를 길 없는 반가움으로 저항다운 저항조차 없이 그 협상을 받아들이고 말았다.

「다인면 다왔습니데이. 안 내립니껴?」

몇 안되는 손님이 다 일어나는 것도 모른 채 생각에 빠져 있는 나를 가볍게 건들며 누군가 말했다. 퍼뜩 정신을 차려 쳐다보니 버스 시렁에서 짐을 내리고 있는 옆자리의 노인이었다.

다인면의 첫인상은 경상도나 강원도에 흔히 있는 오래된 산골 면의 그것이었다. 면소재지이자 버스정류장이 있는 장터거리가 늙은 작부처럼 어울리지 않는 현대성을 분칠하고 맥없이 퍼질러앉아 있었다. 그 현대성은 주로 싸구려 건축자재로 싸바른 점포들이나 다

방, 식당, 호프집 같은 업소의 현란한 입간판이 풍기는 것으로, 그
렇게 펼쳐놓은 거리에 비해 나다니는 사람이 너무 적은 게 공연히
보는 사람을 심란하게 했다.

「다인중학교요? 저짝으로 쭉 내려가소. 한 두어 마장 가믄 거랑
(개울)가에 학교가 하나 있니더.」

내가 길을 묻자 슈퍼 옆에 채소 몇 단으로 좌판을 펴고 있던 사
십줄의 아낙이 한쪽을 가리키며 그렇게 일러주다가 생각난 듯 덧붙
였다.

「그런데 중학교는 무슨 일로 찾십니껴? 거다 가봤자 문닫았을
낀데.」

「듣기로는 지난 학기까지 수업을 했다던데요?」

「그거사 그랬지마는 인제는 다 옮겼니더. 학생이 백 명도 안 남
아가주고 이번 봄학기부터 송림중학교하고 합쳤다카던데…… 선
생들도 얼매 전에 송림면으로 이사를 가고.」

중학교를 통폐합했다면 하루아침에 결정난 일은 아닐 터였다. 그
런데 비공식적인 통로이긴 하지만 지난달 내가 교육부에서 확인할
때까지도 다인중학교는 서류상으로 남아 있었다. 그렇다면 내가 찾
는 악령은 어떻게 된 것일까.

「그럼 다인중학교에 계시던 선생님들도 모두 송림중학교로 옮기
셨습니까?」

「자세히는 모르지만 다는 아이라카지, 아매. 몇이는 글로 가고
나머지기는 딴 데로 갔을 께라.」

그 말에 나는 갑자기 다급해졌다. 만약 송림중학교로 옮긴 그 몇
명 중에 악령이 들어 있지 않다면 나는 이번 길에서는 그를 만날
길이 없게 된 까닭이었다.

「저어, 이상현이라고 국어선생인데, 그 선생님은 어디로 갔습니
까?」

내가 그렇게 묻자 좌판 아주머니가 어이없어하면서도 순한 웃음
으로 받았다.

「우리 둘째아아가 재작년에 거다 졸업하기는 했지만 내가 어예
선생들 이름까지사 면면이 다 알겠니껴? 그거 알라카거든 차라
리 그 동네 가서 물어보소. 그 학교 소사(掃使)질 하던 사람이
아직 그 동네에 살고 있을 께시더.」

그제서야 나도 조금 무안해졌다. 아무리 서로 기명화(記名化)된
산골 면이라 하지만 학교에서 오 리나 떨어진 장터의 좌판 아주머
니에게서 폐교된 중학교의 교원 이동사항까지 알아낸다는 것은 무
리였다. 나는 고맙다는 말로 무안함을 얼버무리고 그녀가 알려준
대로 다인중학교를 향해 걸음을 옮겼다.

세월이 많이 변했다고는 하지만 시골 아낙네의 거리감은 옛날과
다를 바 없어서 두어 마장이라던 다인중학교까지는 줄잡아 2킬로가
넘었다. 거기다가 마을은 또 중학교보다 5백 미터 위쪽에 있어 그
학교 잡무수였던 김씨네 집까지는 내 느린 걸음으로 반 시간이 꼬
박 걸렸다. 따라서 그 시간은 다시 이제 곧 그 자취를 알게 될 악
령을 회상하는 데 바쳐졌다.

딸아이는 돌아왔지만 이번에도 자신이 그 동안 어디 있었는지에
대해서는 말하지 않았다. 다만 아내의 안쓰러워하는 추측이 있을
뿐이었다.

「저번처럼 공장에 있다가 온 모양이에요. 손이 형편없이 거칠어
지고 뭔가 기계에 다친 것 같은 흉터도 여럿 있었어요. 우리가
저를 어떻게 키웠는데, 뭐가 아쉬워서…….」

이제는 지난번처럼 캐묻지도 못하고 관찰만 하던 아내가 목메며
내린 결론은 그랬다. 왜 갑자기 집으로 돌아오게 되었는지에 대해
서도 마찬가지였다. 딸아이는 돌아온 첫날 저녁 우리 내외에게 한

말 이외에 자신이 돌아오게 된 경위에 대해서는 한마디도 않았다. 그 부분은 내 추측이 메우는 수밖에 없었다.

「역시 그놈 짓이야. 내가 아버지 얘기를 했더니 그 순 빨갱이 새끼가 인심 한번 쓴 거라구. 그런데 이 악귀 같은 놈을 어떻게 하지? 정말 악독한 놈이야. 착한 우리 정아 혼을 빼고 대신 무얼 집어넣은 거야? 무엇이 애를 이렇게 바꾸어놓은 거야?」

하지만 그때 역시 나는 아무런 조처도 취하지 못하고 넘겨버렸다. 이번에도 딸아이가 입을 열지 않는 한 심증뿐 아무런 객관적인 증거가 없었다. 거기다가 어쨌든 딸아이는 돌아왔고 내 추측이 맞다면 그 일에는 그자의 도움이 컸다.

딸아이를 찾느라 경영이 부실해진 대리점도 내가 별 승산도 실익도 없는 시비를 벌이는 걸 막았다. 전해만 해도 서울시내에서 실적으로 열 손가락 안에 들던 내 대리점은 그 사이 두 명의 점원 월급과 점포세를 무는 일이 걱정될 정도로 오그라들어 있었다. 발등의 불이 꺼지자 다음은 바로 그 부실해진 경영을 원상으로 돌려놓는 일이 급했다.

하지만 내 마음속 깊은 곳에서는 그에 대한 두려움도 있었다. 딸아이를 집으로 돌려보낸 것이 그라면 다시 데려갈 수도 있다. 그를 잘못 건드렸다가는 딸아이를 영영 잃게 될지도 모른다…… 아마도 그에게서 어떤 섬뜩한 악령의 이미지를 받게 된 것은 그 무렵이었을 것이다.

당장은 딸아이가 학업으로 복귀하는 걸 돕는 일도 급했다. 방학을 빼고도 넉 달에 가까운 결석은 딸아이가 학교로 되돌아가는 걸 허락하지 않았다. 아내가 엉터리 사유서를 제출해 한 학년 휴학을 시킨 바람에 학적은 유지되고 있었으나 제 학년으로 돌아가기는 이미 틀린 일이었다. 아이도 학교로 돌아가기를 원하지 않았다.

「이제 거짓되고 썩은 제도교육은 안 받겠어요. 홀로 공부해 볼 테니 책이나 사주시면 돼요. 대학은 검정고시로 가면 되니깐.」

딸아이는 그러면서 책을 안고 제 방에 틀어박혔는데 우리 내외에게는 바로 그게 새로운 걱정이었다. 학교가 싫으면 검정고시 학원에라도 나가 또래들과 어울리기를 바랐으나 딸아이는 눈도 깜짝 안했다. 오히려 보란 듯 밤을 새워가며 홀로 하는 공부에 극성을 부렸다.

「이러다간 생으로 아이 하나 잡겠어요. 당신 좀 어떻게 해봐요. 대학만이 인생의 전부가 아니라구요. 아니 천천히 대학을 가두 된다구요. 몇 달 그냥 쉬다가 복학하면 되잖아요?」

아내가 애간장을 졸이다가 그렇게 나를 들볶았다. 어찌 된 셈인지 아내는 그때부터 딸아이를 겁내고 있었다. 유심히 관찰해 보면 딸아이의 눈길조차 똑바로 받지 못할 정도였다. 하지만 겁나기는 나도 마찬가지였다. 딸아이가 겁나는 것이 아니라 어떤 형식으로든 폭발할지 모르는 내 분노였다. 나는 진심으로 말했다.

「내버려둬. 저러다가 뒈지면 걱정 하나 더는 거지 뭐. 공순이 노릇하며 감옥이나 들락거리는 것보다 조용히 죽어주는 게 백 번 나아. 저 못나 죽는 걸 어떻게 해? 안 낳은 셈치는 게 차라리 맘 편하지. 경수나 잘 키워.」

사실 나는 딸아이의 일이 있기 전까지만 해도 사회에서 힘들고 보수 적은 직업을 가진 사람들을 특별한 악의로 보거나 경멸한 적은 없었다. 나는 틀림없이 그 운명에서 벗어나기 위해 혼신의 힘을 다했고 그 결과 용케 소시민 행렬의 끄트머리에 끼여 서게 되었으나 마음속으로는 오히려 그들에게 까닭 모를 죄의식까지 느껴왔다.

지주 출신이라거나 양반계급이라는 것도 내게 특별한 반동성향을 길러주지는 못했다. 내 출신을 굳이 분류하면 지주와 양반계급에 끼일지도 모르겠다. 그러나 지주랬자 겨우 몇백 석 하던 땅은 이미 해방 전에 거덜난 상태였고 양반 또한 5대조의 진사가 마지막인 잔반(殘班)에 지나지 않았다.

　전해 들은 추억밖에 없는 출신도 출신일 수 있는가. 오히려 철들고 난 뒤의 내 의식을 지배한 것은 늙고 무력한 할아버지와 홀어머니로 짐작될 가난이었고 거기서 절로 길러진 유산계급 혐오였다. 더군다나 나는 어찌 됐건 바로 그 무산대중을 위해 싸우다 죽은 사람의 외아들이 아니던가.

　하지만 딸아이의 일이 있고 난 뒤부터 세상을 보는 내 눈은 바뀌었다. 나는 바로 나의 악령과 같은 정신들이 그 운동의 배후에 있다는 이유 하나만으로도 그 무렵에 벌어지는 여러 운동들에 가차없이 등을 돌릴 수 있었다. 가진 사람들이 좀 양보하지 않고……, 하며 바라보던 텔레비전의 노사분규 장면도 전과는 다르게 보였다. 임금인상을 절규하는 노동자들이 음흉하면서도 잔혹한 악령의 조종을 받는 그만한 수의 아귀떼처럼 느껴지는 것이었다.

　언젠가 딸아이가 읽던 책 중에서 〈강철은 어떻게 단련되는가〉란 소설을 본 적이 있다. 한번 읽어보리라 벼르면서도 바빠 끝내 읽어보지는 못했지만 내용은 대개 짐작이 간다. 그 소설이 진실로 감동을 줄 수 있는 작품이라면 강철은 결코 논리로 단련되지는 않았을 것이다. 나의 보수 혹은 반동도 그렇다. 그리고 거기 의지해 나는 딸아이가 공장노동자로 떨어지거나 그 운동가가 되는 것보다는 스스로를 소진해 죽어가는 쪽을 낫게 보았다.

　방향을 달리하는 두 이데올로기의 본질과는 거의 무관한, 하지만 그래서 더 위험스럽고 폭발적인 감정의 아슬아슬한 균형과 그걸 둔감 속에 묻어버리게 하는 번잡한 일상과 동물적인 혈육의 정애가 착잡하게 어우러진 낮과 밤이 한동안 이어졌다. 이제 와서 돌이켜보면 그것은 갓 열일곱으로 들어서는 계집아이 하나가 빚어낸 우리 가정만의 개별적인 혼란과 갈등이 아니라 요란했던 그 시대의 한 단면이었는지도 모르겠다. 그러다가 석 달 만에 다시 작은 변화가 일어났다.

「아무래도 영어와 수학은 학원을 이용해야겠어요. 혼자 공부하는
데는 한계가 있으니까요. 입시학원 단과반 둘만 끊어주세요.」

그 동안 공부에 극성을 넘어 표독까지 부리던 딸아이가 그렇게
새로운 요구를 해왔다. 여름방학 무렵이었다.

무엇보다도 자폐증환자 같은 딸아이의 공부방식을 걱정하던 아내
는 그 변화를 반갑게 받아들였다.

「그보다 학교에 다시 다니는 게 어떻겠니 ? 한 학년 늦어지기는
했지만 그게 대학 가는 데는 더 좋지 않겠어 ?」

그렇게 복학을 유도하다 새파란 불길을 이는 듯한 딸아이의 눈길
을 받고 찔끔하며 말을 거둬들였지만 그날부터 신이 나 딸아이와
함께 이 학원 저 학원을 돌아쳤다. 아내는 딸아이가 학원에 나가는
걸 제도교육에로의 복귀가 시작되는 걸로 믿는 눈치였다.

「말은 안해도 정아가 돌아온 것은 그 생활이 힘들어서였을 거예
요. 그런데 이제 됐어요. 집을 나가거나 여공이 되는 것은 제 맘
대로였지만 공부만은 그렇게 안된다는 걸 알았으니 이제 다시는
그러지 않겠죠. 당신도 개가 얼마나 공부 욕심이 많고 남에게 뒤
지기를 싫어하던 아인 줄 알죠 ? 공부 때문에 한번 혼이 나보면
저도 철이 날 거예요.」

아내는 그렇게 낙관했지만 왠지 내게는 그렇지가 못했다. 아마도
딸아이는 주관적인 후회가 아니라 그 악령의 사주(使嗾)와도 같은
설득을 받았을 것이다. 현장에서 노동자들과 함께 일하는 것보다
더 효율적인 투쟁의 방법이 있다. 가서 대학을 마치고 오너라. 아
니, 대학만 가면 거기에도 너를 필요로 하는 싸움터가 있을 것이다
…….

설령 딸아이가 정말로 여공 노릇이 힘들어 돌아왔다 해도 여전히
위험은 남아 있었다. 아내는 딸아이의 일탈을 집을 나가 있었던 지

난 다섯 달만 쳤지만 나는 달랐다. 내 계산으로는 딸아이가 완전히 학교공부에 손 놓은 기간만도 일 년이 넘었다.

언제나 전교에서 첫째 둘째를 다투던 아이의 성적이 학급에서도 중간치기로 떨어졌다면 그것은 완전히 학교공부에서 마음이 떴음을 나타내는 증거로 충분했다. 그런데 딸아이에게는 그런 일이 벌써 고등학교에 진학한 첫학기에 일어났기 때문이다. 아니, 그보다 훨씬 앞당겨 중학교 졸업 이전으로 잡는 게 옳을 것이다.

따라서 나는 딸아이가 제도 안의 학습으로 복귀하는 데는 적어도 손 놓고 있었던 만큼의 시간이 필요하거나 어쩌면 영영 불가능할지도 모른다고 생각했다. 감수성이 예민할 대로 예민한 시기에 사회의 밑바닥을 헤매면서 받은 충격은 그대로 치유할 길 없는 상처가 될 수도 있다. 그리하여 그것이 정상적인 학습을 방해하는 경우, 이제야말로 딸아이에게는 다시 집을 나가는 것밖에 달리 길이 없게 될까 봐 걱정이었다.

그때는 부진했던 사업도 다소 만회가 된 뒤라 나는 전에 없이 딸아이에게 정성을 들였다. 아내를 시켜 신경 건드리지 않고 학원에서의 학습 진척을 알아보게 하고 따로이는 고등학교에서 대학 진학반을 맡고 있는 동창생을 찾아 딸아이의 일을 상의하기도 했다.

「한두 달 두고보다가 잘 안되는 눈치거든 내게 연락해. 비용이야 나겠지만 그 방면의 전문가를 소개해 주지. 후배 중에 일류학원 강사로 나가는 친구가 하나 있는데 수학이라면 똑 소리나게 해결해 주지. 얼굴이 반듯하고 말솜씨도 좋아 특히 여학생들을 잘 다루기로 소문난 사람이라구. 영어도 찾아보면 그 못잖은 친구가 있을 거야.」

그 두 전문가의 보수는 내 수입의 절반을 넘는 것이었으나 나는 동창의 말을 받아들였다. 어떻게든 딸아이를 대학까지만 끌고 가면 무슨 수가 날 것 같았다. 아니, 운동을 하든 투쟁을 하든 대학만이

라도 나오고 한다면 더는 분할 것도 억울할 것도 없다는 기분이었
다. 아이를 잔인하고 파렴치한 악령의 꼭두각시로 빼앗기지만 않으
면 된다. 아무리 아비라 해도 한 지성인의 선택이라면 존중할 수밖
에 없다— 나는 진심으로 자신에게 그렇게 말했다.

그렇지만 한 합리적인 아버지로서 지성인이 된 딸의 선택을 존중
해 줄 기회는 내게 끝내 오지 않았다. 딸아이는 그로부터 한 달도
안돼 다시 사라졌다.

아내를 통해 애써 학원에서의 학습 진척이 부진함을 캐낸 내가
두 전문가를 투입한 그 다음날이었다.

그처럼 돌연한 딸의 가출에 대해 아내도 전문가들도 한결같이 놀
랍고 뜻밖이라는 반응을 나타냈다.

「우리가 얼마나 저를 사랑하고 있는지를 알려주려고 과외비용을
말해준 것밖에 없어요. 말이야 바른 말이지, 우리한테 한 달에 2
백만 원이 적은 돈이에요? 그러니 딴생각 말고 정신차려 공부하
라고…….」

아무 소리 없이 사라진 딸의 심리적 배경을 추적하기 위해 그 며
칠 모녀 사이에 있었던 특별한 일을 캐묻는 내게 아내는 이제 더
슬퍼하거나 걱정하기도 지쳤다는 듯 그렇게 말했고, 다음날 차례로
찾아온 전문가들은 까닭 없이 변명조가 되어 기억을 쥐어짰다.

「별다른 일은 없었고, 수업하기 전에 여학생들이 듣기 좋아하는
말을 몇 마디 해주었을 뿐인데…… 너는 얼굴이 예쁘고 머리도
좋으니까 일류대학 배지만 달면 정말로 멋진 기사를 만나게 될
거다. 수학을 그 멋진 기사들의 무도회로 가는 입장권이라 생각
해라. 뭐, 그런 얘기였는데…….」

「영문독해 문제에 벤자민 프랭클린의 이름이 나오길래 그의 호각
얘기를 해줬습니다. 거 왜 있잖습니까? 그의 자서전에 나오는
휘슬 얘기 말입니다. 어린 눈에 좋아보여 터무니없이 비싼 값을

주고 샀다는 호각. 가족들을 괴롭히며 혼자 좋아 하루종일 불고
다녔다는……. 선배에게서 정아에 관해 들은 말도 있고 해서 넌
지시 들려주었지요. 인생에서 너무 일찍, 너무 비싼 값으로 그런
호각을 사는 일이 없도록 하라구요. 하지만 정말로 넌지시 얘기
했을 뿐인데.」

나는 딸아이가 다시 집을 나갔다는 말을 듣고 처음에는 놀랐으나
그들의 그 같은 말을 종합하자 적어도 뜻밖은 아니었다. 다만 사전
에 그 같은 자극적인 말을 피하도록 그들에게 주의를 주는 치밀함
이 없었을 뿐, 왜 딸아이가 다시 집을 나갔는지는 훤히 알 것 같았
다. 내 짐작이 틀림없다면 딸아이는 한편으로는 자존심이 상하고
한편으로는 절망하여 떠났을 것이었다. 비록 일 년 남짓이지만 딸
아이가 겪은 일탈은 정상적인 학업으로 돌아가기에는 여러 가지로
불리한 종류였다. 한때 자신에게 보장된 것이나 다름없었던 세계를
되찾는 데 또한 한때 자신의 동료였던 여공들의 몇 년치 평균임금
이 들어가야 한다는 게 딸아이를 이중으로 괴롭혔을 것이다. 거기
다가 일류대 지망생만 가르쳐온 전문가들의 요구도 딸아이에게 자
신으로서는 감당하기 어려우리란 단정을 주었음에 틀림없었다.

하지만 내게는 하등 귀할 것이 없는 자존심이었고 전혀 동정이
가지 않는 절망이었다. 할 만큼 했다 — 이런 기분에 그저 맥이 빠
져올 뿐 전과 같은 격렬한 감정은 일지 않았다. 이미 말했듯 아내
역시 더 걱정하고 슬퍼하기에는 지쳤다는 듯 전처럼 울고불고하는
일은 없었다. 어쩌면 우리는 그때 이미 딸을 영영 잃은지도 모를
일이었다.

「아부지 어무이 다 집에 안 계십니더. 산에 갔심더.」
몇 군데 물어 김씨네 집을 찾아가자 마당에서 놀던 아이가 퉁명
스럽게 말했다. 초등학교 상급반쯤으로 보였는데 그도 부모가 다

집에 없다는 데 심사가 나 있는 듯했다.

「두 분이 다 산에? 무슨 일로 가셨지?」

나는 조금 낭패한 기분이 되어 나가려는 아이를 잡고 달래듯 물었다. 아이는 아랑곳 않고 마당을 나서며 여전히 퉁명스러운 어조로 대답했다.

「아부지는 더덕 캐고 어무이는 나물하러 간다캅디더.」

그래 놓고 큰길로 횡하니 달려나가는 게 동무들하고 약속이라도 있는 듯했다. 산나물을 하러 갔다면 늦어서야 돌아온다는 것쯤은 나도 알고 있었다. 면소재지에 여관이라도 알아놓고 다시 와서 기다릴까 하다가 생각을 고쳐 주위를 돌아보았다. 바로 학교가 있는 마을이니 꼭 김씨가 아니라도 악령의 자취를 알 수 있는 사람이 있을 것이란 추측에서였다.

마침 멀지 않은 국도(國道) 가에 어울리지 않게 큰 간판이 허옇게 먼지를 덮어쓰고 기울어져 있는 가게가 하나 눈에 띄었다. 가까이 가서 보니 시골에 흔히 있는 학교 앞 가게로 간판에는 '다인슈퍼'라고 씌어 있었다. 학교에 학생이 많을 때는 문구류까지 갖춰 그런대로 쏠쏠한 재미를 보았겠지만 학교가 문을 닫은 이제는 스무 집도 안되는 동네와 어쩌다 있는 뜨내기 손님으로 힘들게 버텨가고 있음을 한눈에 알아볼 수 있었다.

나는 그 가게 툇마루에서 콜라라도 한잔 마시며 악령의 자취를 물을 생각으로 안으로 들어섰다. 그런데 가게를 지키는 처녀 아이가 악령을 추적하는 자에게 어울리는 발상을 자극했다. 스물서넛 딸아이의 또래쯤 되는 아가씨라 더욱 그랬는지도 모를 일이었다.

(내게는 사악한 아름다움의 전형으로만 인상지워졌지만 악령의 얼굴은 분명히 반듯하면서도 이지적인 데가 있었다. 세상의 고민을 혼자 다 짊어지고 있는 듯한 그 꾸며낸 표정도 우수로 덮인 듯 보일지 모르고, 그래서 그가 지닌 치명적인 감염력(感染力)의 원천

도 어쩌면 지각한 사회주의 논리보다는 여자아이들이 좋아하는 그런 얼굴에 있는지 모른다. 거기다가 마흔이 다되어가지만 아직도 악령은 결혼을 하지 않은 것으로 알고 있다. 틀림없이 시골처녀들이 관심을 가질 만한 총각선생이었을 것이다. 어쩌면 이 처녀가 소사였던 김씨보다 악령을 더 잘 알고 있을지도 모른다…….)

나는 그같이 단정에 가까운 추측으로 콜라병을 따주는 처녀에게 대뜸 물었다.

「저, 아가씨. 혹시 이상현 선생님이라고 몰라요?」

「이상현 선생님? 그게 누군데요?」

내 단정적인 물음에 비해 아가씨의 대답은 실망스러울 만큼 담담한 것이었다. 억양은 사투리여도 어휘는 표준말인 것 또한 갑자기 나를 자신 없게 만들었다. 어쩌면 이 아가씨는 이 지방 사람이 아닐지도 모르고 그래서 우리 악령에게 관심을 가질 기회가 없었는지 모른다— 퍼뜩 그런 생각이 들었으나 내친김이라 뻗대보았다.

「왜, 저 중학교에서 국어를 가르치던 이상현 선생 말이오. 지난 학기까지 있었다니 아가씨도 알 텐데.」

「전 몰라요, 그런 사람. 선생님이 한두 분도 아니었는데 제가 어떻게 일일이 다 알아요?」

그런 처녀의 대답에 나는 잘못 짚은 게 아닌가 싶어 물음을 바꾸었다.

「아가씨는 이 지방 사람이 아닌가 보지? 언제부터 여기 살았소?」

그런데 대답이 또 이상했다.

「아녜요. 읍에서 고등학교를 다닐 때 빼고는 쭉 여기 살았어요.」

실로 종잡을 수 없는 말이었다. 그 말대로라면 그녀는 서로가 서로에게 속속들이 기명화된 그 지역주민의 하나요, 더구나 한창 이성에 호기심 많을 나이의 아가씨였다. 그런데도 외지에서 들어온

총각선생을 전혀 모른다니, 벌써 이런 시골까지 도회의 익명성이
번졌는가.

「그런데도 이상현 선생을 모른다는 말이지 ? 잘생긴 총각선생이
라 나는 관심이 있을 줄로 알았는데…….」

나는 이제 탐색한다는 기분도 없이 속마음을 그대로 털어놓았다.
그러자 비로소 반응이 왔다.

「흥, 총각선생이라구요 ? 총각은 무슨…….」

그런 그녀의 목소리에는 감출 수 없는 경멸이 배어 있었다. 나는
일순 묘한 쾌감 같은 걸 느꼈다. 역시 여기서도 저질렀군. 그럼 그
렇지— 하지만 나는 그런 기분을 들키지 않으려고 애쓰며 목소리를
가다듬었다.

「그럼 아가씨는 이상현 선생을 알고 있구만. 그런데도 왜 모르는
척했지 ?」

「그런 사람 이름조차 입에 담고 싶지 않아서 그랬어요.」

이제 처녀는 더이상 적의를 감추려 들지 않았다. 높지 않은 목소
리였지만 거기 담긴 적의가 어찌나 강렬했던지 나까지 움츠러들게
했다. 그 바람에 공연히 조심스러워진 내가 더듬거리며 물었다.

「그런 사람……이라니 ? 왜, 이 선생이 무슨 몹쓸 짓이라도 한
거요 ?」

「그걸 왜 제게 묻죠 ? 어디서 무슨 소릴 듣고 절 찾아오셨는지
모르지만 전 이상현인지 기생오래빈지, 그런 사람과는 아무 상관
없어요. 그라면 나보다 몇 배나 더 잘 아는 사람이 따로 있는데
왜 절 찾아와 야단이세요 ?」

그제서야 나는 비로소 왜 우리 대화가 그렇게 겉돌았는지 짐작이
갔다. 처녀는 내가 처음부터 자신에게 어떤 마뜩찮은 혐의를 걸고
찾아온 줄 알고 화를 누르며 대답해 온 것임이 분명했다. 터무니없
는 단정에서 우러난 내 말투가 그런 오해를 부른 원인인 듯한데 나

는 그것도 모르고 혼란을 일으킨 것이었다.

「아무래도 무슨 오해가 있었던 것 같소. 나는 아가씨를 만날 때까지 아무말도 들은 게 없소. 그저 학교 앞 가게에 있는 아가씨이니 이상현을 알고 있을는지도 모른다는 짐작으로 물었을 뿐이오. 그자가 명색 총각인 데다 전에는 인물도 반지르르해 아가씨들에게 인기도 있었으니까.」

나는 먼저 그렇게 말해 그녀의 까닭 모를 악의와 경계심을 누그러뜨린 뒤에 물었다.

「그런데 그게 누구요? 이상현을 잘 안다는 사람. 아가씨가 이상현의 얘기는 입에도 담고 싶지 않다면 그 사람이라도 만나봐야겠소. 어쨌든 나는 이상현을 꼭 찾아야 하니까.」

그러자 그녀가 묘한 표정이 되어 물었다.

「아저씨 혹시 경찰에서 나오셨어요?」

내가 묘한 표정이라고 말한 것은 짧게나마 그녀의 얼굴을 스치는 우려와 동정의 그늘이 그전의 격한 감정과는 너무도 어울리지 않았기 때문이었다. 그래도 악의만은 아니구나, 애증이 얽혀 있어. 거기서 문득 그녀에게 새로운 호기심이 일었으나 나는 애써 그 호기심을 억제했다.

「맹세하지만 경찰은 아니오. 그러니 걱정 말고 좀 도와주시오.」

그 말에 그녀도 자신의 감정이 읽힌 게 새삼 부끄러운지 가볍게 얼굴을 붉혔다가 이내 무관심한 표정을 지으며 말했다.

「뭐, 경찰이라도 내가 걱정할 일은 없어요. 박상수란 사람 집으로 가보세요. 그 사람이 잘 알 거예요.」

그러면서 상세하게 길을 일러주었다. 오대산 쪽으로 국도를 따라 십 리쯤 가다가 접어드는 골짜기 안의 외딴집이라 서둘러야 할 것 같았다. 하지만 생판 낯선 사람을 찾아가는 만큼 조금이라도 그에 대해 알아둘 필요가 있었다. 내가 박상수란 사람에 대해 묻자 그녀가 어딘가 빈정대는 듯한 말투로 대강을 일러주었다.

「우리 보기에는 좀 우스운 데도 있지만, 농민운동가쯤으로 알아
두세요. 옛날에 가톨릭농민회 좀 따라다니다가 농촌 후계자도 하
고 전업농협의횐가 무언가도 결성하고…… 들으니까 작년인가
서울까지 올라가 데모도 했다죠, 아마.」

박상수에 관해 궁금한 것은 그 밖에도 한둘이 아니었으나 나는
서둘러 그 가게를 나왔다. 어느새 불그레 노을이 어리는 서편 하늘
이 나를 다급하게 만든 까닭이었다.

딸아이가 세 번째로 집을 나간 뒤 우리 내외는 더이상 찾으러 나
서지 않았을 뿐만 아니라 딸아이의 일을 드러내놓고 말하는 것조차
삼갔다. 그것은 둘 모두에게 건드릴수록 심하게 허는 상처 같아서
각기 안으로만 끌어안고 앓을 뿐이었다. 그 사이 악화돼 끝내는 위
궤양으로까지 발전한 아내의 신경성 위염이나 1년 사이에 나를 반
(半) 대머리로 만들어버린 탈모증은 그 상처의 병발증이었다고 보
아도 좋을 것이다. 그러나 아내가 그랬을 것처럼 나도 마음속으로
는 끊임없이 딸아이를 찾고 있었다.

(그래, 영어 과외교사의 말처럼 너는 인생에서 쓸모도 없는 호각
을 너무 일찍, 그리고 너무 비싸게 샀는지도 모르지. 철없이 성급
했건 간교한 장사치의 꾐에 넘어갔건 그것도 선택은 선택이다. 가
족들에게야 그 호각소리가 괴롭건 말건 너라도 즐겁게 불고 다녀라
…….)

나는 오히려 그렇게 딸아이를 성원하며 마음의 평온을 구했지만
피의 *끈끈함*은 그런 이성과는 무관했다. 날이 차면 차서, 더우면
더워서 딸아이를 걱정했고 꽃피는 봄은 꽃이 아름다워, 잎 지는 가
을은 단풍이 고와 함께 즐기지 못하는 딸아이를 가슴 저리게 그렸
다. 과장하면 딸아이가 떠남으로써 내게는 아름답고 귀한 것이 모

두 의미를 잃었다고 말할 수도 있었다. 아내도 아마 그랬을 것이
다.

그러다가 내가 다시 악령을 찾아간 것은 딸아이가 집을 나간 지
반년이 지나서였다. 그 사이 나는 되도록 딸아이를 잊고 남은 가족
들의 삶이나 다독이려 했으나 며칠 앞으로 다가선 구정 (舊正)이 나
를 더 참을 수 없게 했다. 어쨌든 딸아이는 내 첫 정기로 맺어진
자식이었고, 열일곱 해나 고이 기른 정은 이 세상의 어떤 논리로도
지울 수 있는 게 아니었다. 하지만 악령을 만나러 가면서도 솔직히
그를 통해 딸아이를 찾으리라는 기대는 거의 품지 않았다. 길러오
면서 관찰한 대로라면 딸아이는 내가 이미 그 존재를 알고 있는 이
상 그를 귀찮게 하지 않기 위해서라도 악령을 찾아가지는 않을 것
이기 때문이었다. 그저 이제 반년이나 지났으니 어딘가 자리를 잡
은 딸아이가 제 영혼의 주인에게 연락쯤은 했을지도 모른다는 자신
없는 추측만이 내가 다시 악령을 찾게 된 동기였다.

만난 지 채 1년이 안됐는데도 그 사이 악령의 신상에는 많은 변
화가 있었다. 근무처가 산업체 부설의 야간고등학교로 옮겨져 있었
고 자신은 난데없이 늙은 대학원생이 되어 있는 게 내게 적잖은 충
격을 주었다. 추적하는 동안에 알게 된 그의 새로운 탈도 그랬다.
주위 사람들에게 그는 서른이 훨씬 넘어서야 학문에 눈뜨게 된 학
자지망생 또는 예비학자로 인상지워져 있었다.

나를 대하는 태도도 전과는 판이하게 달랐다. 썩은 부르주아를
대하는 이념가의 젠체하는 태도나 탈속 (脫俗)한 논객의 차가움 같
은 것은 자취도 없었다. 대신 새롭게 학문의 길로 들어선 만학도
(晚學徒)가 이제야 무지를 깨달은 겸손함과 삶을 함께 괴로워할 줄
아는 다감함으로 옛 제자의 학부모를 맞고 있는 것이었다.

「제가 아무것도 모르면서 시대의 바람을 타고 촐싹거리다가 심려
를 끼쳐드린 것 같아 부끄럽습니다. 많이 반성하고 그 반성에 바

탕해 공부나 좀더 할까 합니다. 정아에게도 지난 일이 너무 큰 상처로 남지 않기를 바랄 뿐입니다. 그래, 정아는 학교에 잘 다니고 있습니까? 그러고 보니 벌써 대학 입시반이 되는군요.」

몇 마디 수인사를 나누기도 전에 악령이 그렇게 나오자 나는 일순 눈앞이 아득해지는 것 같았다. 그에게 걸었던 한 가닥 기대가 무참히 끊어졌을 뿐만 아니라 언제나 내 정당성의 근거를 이루었던 악령마저 자취 없이 사라져버린 듯한 느낌 때문이었다. 이제 딸아이의 문제는 우리 가정 밖에서 안으로 던져진 불행이 아니라 내부의 자생적인 갈등이 발전한 것이며 나는 속수무책의 피해자에서 원인제공자 혹은 가해자의 위치로 바꿔 서야 할 판이었다.

변신과 둔갑은 악령의 특기다. 네놈이 무어라 하든 나는 네놈의 말굽처럼 갈라진 발과 아홉 발 꼬리를 알고 있다. 네놈이 겨드랑이에 날개를 달고 머리 위에 광배(光背)를 그려넣든, 네 미끄러운 혀가 천상의 언어를 흉내내든 나는 속지 않는다— 나는 절망적인 노력으로 나를 다잡으며 그의 탈을 벗겨보려고 애썼다. 그도 알고 있다는 단정 위에 딸아이의 가출을 말하고 그 행방을 추궁했으며, 더 심하게는 딸아이와 그 사이에 있었던 그 동안의 연결까지도 조작해 을러댔다. 하지만 악령의 변신은 완벽했다.

「한 번 원인을 제공했으니 그렇게 의심하셔도 원망할 수가 없군요. 좋습니다. 이제는 거의 끈이 끊어졌지만 선후배들을 통해 알아보죠. 아직 남은 몇 군데 패밀리에게도 문의를 넣고……. 어쨌든 최선을 다해 알아보고 곧 연락드리겠습니다.」

악령이 그러면서 공손히 머리를 숙이고 물러나는 데는 더 억지를 부려볼 수가 없었다. 게다가 며칠 후에 온 성실하고 공손하기 그지없는 전화는 내게서 일시 악령의 그림자까지 지워버렸을 정도였다.

「아무리 찾아봐도 알 길이 없습니다. 만약 정아가 다시 운동에 투신했다면 저와는 전혀 계통을 달리하는 언더그룹일 것입니다만, 글쎄요…… 정아의 경력으로 그런 데까지 선이 닿을지. 혹시 모르니 다른 방향으로도 찾아보십시오. 가출계를 내 경찰의 협력도 받아보시고.」

그런 악령의 전화를 뒷받침하듯 이번에는 딸아이에게서도 아무런 소식이 없었다. 그 아이는 온전히 홀로 출발했다. 악령은 사라졌다— 나는 차츰 그렇게 믿기 시작했다.

그런데 그뒤 꼭 한 번 그런 내 믿음이 흔들린 적이 있었다. 내가 악령을 만난 지 한 석 달이나 되었을까. 그의 근무처인 학교를 운영하던 산업체가 심한 노사분규에 휘말린 것을 신문에서 읽고 나는 불현듯한 의심이 일어 뒷조사를 해보았다. 당시는 이른바 산업평화라는 것이 점차 자리잡아가는 시기였는데 그곳만 유독 여공들이 주동이 되어 80년대 초반에도 흔치 않던 격렬한 형태의 시위를 벌이는 게 악령과 무슨 연관이 있는 듯해서였다.

하지만 내 의심이 지나쳤음은 어렵잖게 확인되었다. 알아보니 오히려 부설학교의 교사들이 더 헌신적으로 분규를 말리고 있다는 소문이었으며 악령은 그중에서도 앞장을 서고 있었다. 전교조 때도 악령은 한쪽으로 슬쩍 비켜서 바람을 피한 적이 있음을 잊지는 않았으나, 이번에는 행동으로 명확하게 부인하고 있어 의심을 거둘 수밖에 없었다.

딸아이의 가출이 악령과 직접으로는 아무런 연관이 없다는 결론이 나자 이제 그는 우리에게 더는 악령일 수 없었다. 그러나 내가 그를 용서했다는 뜻은 아니다. 그는 어쨌든 어린 딸아이를 처음 그 길로 몰아넣은 못된 담임선생으로 자취를 알 길 없는 딸아이의 일이 심장에 박힌 바늘처럼 가슴을 쑤셔올 때면 나는 어김없이 그를 떠올리고 이를 갈았다.

그런데 딸아이가 돌아왔다. 내가 악령을 만나고 1년 남짓 뒤가 되는 이듬해 삼월 초순의 어느 새벽이었다. 나이 탓인지 엷어진 새벽잠으로 반쯤 깨어 있는 내 귀에 「경수야, 경수야아……」 하며 남동생의 이름을 부르는 딸아이의 목소리가 들렸다. 놀라 눈을 뜨니 벌써 일어나 잠옷을 벗고 있던 아내도 굳은 듯이 서 있었다.

「여보, 방금 전에 무슨 소리 못 들었소? 누가 부르는 것 같았는데…….」

내가 몸을 일으키며 그렇게 묻자 아내도 가위눌림에서 깨난 사람처럼 잠옷을 벗어던지며 받았다.

「그래요. 정아 소리 같았는데……. 하지만, 아니, 아무렴, 이 꼭두새벽에…….」

「그렇다면 꿈결은 아니군, 나가봐야겠어.」

나는 잠옷 바람으로 일어나 현관문을 따고 나가보았다. 애써 침착하려 했지만 안마당을 가로질러 대문을 여는 내 발은 맨발이었다. 옷은 평상복으로 갈아입고 있었어도 아내 또한 마찬가지였다.

아직 어둠살이 남은 대문 밖에는 아무도 없었다. 골목 쪽으로 멀리 둘러봐도 점점 빛을 잃고 있는 가로등뿐 사람의 그림자는 없었다.

「그참, 두 사람이 동시에 듣는 환청도 있나…….」

내가 그렇게 중얼거리며 대문을 닫으려는데 곁에서 함께 집 밖을 살피고 있던 아내가 가늘게 몸을 떨며 한쪽을 가리켰다.

「여, 여……보, 저, 저기…….」

아내는 입이 얼어붙은 사람처럼 심하게 말을 더듬었다. 아내의 손가락 끝을 따라 눈길을 옮기니 우리집과 다음 집 가운데 놓여 있는 철제 쓰레기 수거함 뒤로 무언가 삐죽이 나와 있는 게 보였다. 사람의 한쪽 발 같았다. 나는 공연히 철렁하는 가슴을 억누르며 그리로 가보았다. 벌벌 떨면서도 아내가 그림자처럼 나를 따랐다.

새벽 어스름 속에서 쓰레기 수거함 뒤를 살펴보니 거기 어떤 사람이 쓰러져 있었다. 남자인지 여자인지 얼른 구분이 가지 않는 차림이었는데 먼저 내 눈길을 끈 것은 양말도 없는 맨발이었다. 처음에는 술주정뱅이가 쓰러진 것인가도 싶었으나 그 하얀 맨발과 남자로서는 지나치게 작은 체수가 섬뜩하게 내 주의를 끌었다.

나는 조금 몸을 수그려 그 사람을 좀더 찬찬히 살펴보았다. 누구에게 맞았는지 얼굴은 피멍으로 얼룩져 있고 옷도 여기저기 찢겨 있었다. 그러나 솔직히 말해 그런 생김이나 차림 어디에서도 낯익음은 전혀 느껴지지 않았다.

「술 취해 쓰러진 사람 같지는 않은데. 경찰에 알려야겠어.」

나는 그와 우리가 들은 환청 사이의 관련을 굳이 부인하려 애쓰며 아내를 돌아보고 그렇게 말했다. 그런데 바로 그때였다. 짧은 순간 나와 눈길을 마주친 아내가 말 한마디 없이 짚단처럼 내게로 쓰러져왔다. 받아 안고 보니 아내는 이미 정신을 잃고 있었다.

나는 놀라 아내를 집 안으로 옮겨 거실 소파에 뉘고 전화로 구조 요청을 했다. 그리고 겨우 숨을 돌리려는데 퍼뜩 아내가 기절한 까닭에 생각이 미쳤다. 아내는 나와 같이 그 쓰러진 사람을 살피고 있었다. 그러다가 기절했다면 — 생각이 거기 이르자 나는 무엇에 쫓긴 사람처럼 집 밖으로 달려갔다. 이 모든 게 2~3분 안에 이루어진 일이었다.

의심을 가지고 보니 쓰러진 사람이 여자라는 걸 금세 알 수 있었다. 심하게 붓거나 피멍으로 얼룩져 있어도 오뚝한 콧날이며 가늘고 긴 눈썹에도 어떤 낯익음이 느껴졌다. 바로 딸아이였다…….

그게 내 딸 정아라는 걸 알아본 나도 아뜩한 현기증을 느꼈다. 무어라 형언할 수 없는 격렬하고도 복잡한 감정의 다발이 세차게 내리쳐진 쇠뭉치처럼 내 머리통을 후린 탓이었다. 한동안을 망연히 굳어 있다가 겨우 정신을 차린 나는 거의 기계적으로 딸아이를 업어다 어미 곁에 뉘었다. 하지만 내게 무슨 일이 일어났으며, 이제 나는 어떻게 해야 할 것인가를 생각해 볼 만큼 정신을 수습한 것은 구급차가 도착해 모녀를 나란히 가까운 병원 응급실에 눕히고 난 다음이었다. 머리맡에 링거액을 매단 채 나란히 정신을 잃고 누운 모녀를 두고 아직 찬 기운이 도는 새벽의 병원 뜰에 나와 선 내게 맨 먼저 떠오른 것은 그 악령이었다.

이제 너는 할 짓을 다했다. 내가 더 두려워할 일은 없다. 남은 것은 나의 복수다. 이제 내가 너를 잡을 것이다─ 나는 추위보다는 흥분으로 몸을 떨면서 그렇게 속으로 외쳤다.

그런데 알 수 없는 일은 그 새벽 내가 아무런 주저없이 딸아이가 당한 참변의 배후로 악령을 지목하게 된 과정이었다. 그 무렵 나는 딸아이의 가출과 악령 사이에 아무런 연관이 없음을 믿고 있었을 뿐만 아니라 악령 그 자체도 사라진 것으로 여기고 있었다. 다만 내가 겪고 있는 불행에 최초의 원인을 제공한 자로서만 원혐을 품어왔는데 그 새벽 내가 한 복수의 다짐은 바로 직접적인 배후로서의 악령을 향한 것이었다. 아마도 아비로서의 어떤 직감이 작용했을 것이다.

아내가 깨어나는 대로 딸아이를 맡기고 나는 먼저 악령을 찾아갈 것이다. 그곳이 근무처이든 대학원 강의실이든 그 탈이 벗겨지고 아홉 발 꼬리가 나올 때까지 흠씬 두들겨 패줄 것이다. 그런 다음 그 탈과 아홉 발 꼬리를 증거로 나는 악령을 경찰에 넘길 것이다. 어쩌면 간교한 악령은 끝내 그 탈과 꼬리를 들키지 않을는지도 모른다. 그래도 걱정 없다. 이번에는 반송장이 되어 누워 있는 딸아이를 증거로 수사를 의뢰하면 경찰이 그 탈을 벗기고 꼬리를 찾아낼 것이다─ 나는 점점 더해가는 흥분을 줄담배로 달래며 이제는 상상의 차원으로 넘어간 복수의 계획을 세우고 있었다.

마침내 악령이 초라한 몰골로 쇠사슬에 얽힌 채 천길 굴속과도 같은 캄캄한 감옥에 던져지는 광경으로 내 황홀한 복수의 상상이 결말 날 즈음 나를 찾아 나온 당직 간호사가 말했다.

「들어가보세요. 사모님이 깨나셨어요. 따님 진료도 끝났고요.」

이상하게도 연민이 스민 목소리였다. 그제서야 나는 퍼뜩 상상에서 깨어나 응급실로 가보았다. 그 사이 깨어난 아내는 링거액을 꽂은 채로 딸아이의 침대에 붙어 서서 소리 없이 흐느끼고 있었다. 딸아이도 깨끗한 환자복으로 갈아입혀 놓았는데 그 바람에 멍들고 터진 얼굴이 한층 처참하게 보였다.

「당신 여기서 애 잘 돌보고 있어. 내 잠깐 갔다올게.」

딸의 처참한 모습이 내 결행의 의지를 북돋워 나는 울고 있는 아내의 어깨를 가볍게 쓸며 그렇게 말했다. 그길로 달려나가 내 복수의 첫 단계, 악령을 잡아 흠씬 두들겨주는 일을 착수할 작정이었다. 그때 아내가 가만히 고개를 들어 나를 바라보며 물었다.

「어딜 가시려구요? 가게라면 전화루 대신하고 오늘 하루 나가시지 않아도 되잖아요?」

「가게가 아니야.」

나는 결연하게 말했다. 아내가 바로 그걸 걱정했다는 듯 캐물었다.

「가게가 아니면요?」

「그놈부터 잡아야겠어. 멀리 달아나기 전에. 먼저 흠씬 두들겨 팬 뒤에 경찰에 넘기는 거야. 내게 그만 권리는 있겠지.」

그러자 아내가 그때껏 울고 있던 사람답지 않게 세심한 눈길로 주위를 살피더니 침상 머리맡 병걸이에서 가만히 링거병을 빼들었다. 어디 조용한 곳을 찾아 할 얘기가 있다는 표정이었다. 그런 아내의 차분함이 까닭 모르게 섬뜩했다.

「왜 그래? 무슨 할말 있어?」

아내는 그렇게 묻는 나를 복도 한구석으로 데려간 뒤 소리 죽여 말했다.

「그놈이 찢어 죽이고 싶도록 미운 것은 나도 마찬가지예요. 하지만 안돼요. 감정으로만 처리할 일이 아닌 것 같아요.」

「그게 무슨 소리야? 이제 우리에게 겁날 게 뭐 있어?」

「아까 당직 의사가 검진할 때 보니까 애가 단순히 뭇매만 맞은 것은 아닌 듯해요. 걔 아랫도리를 벗겨본 의사가 이마를 찌푸리며 혀까지 찼어요. 아직 내 정신이 덜 돌아온 데다 차마 물어보기 끔찍해 그냥 눈감고 있었지만 틀림없어요. 성적(性的)으로 무언가…….」

침착하려 안간힘을 다해도 아내는 끝내 말을 맺지 못했다. 아니, 어쩌면 성폭행이란 말이 워낙 벼락치듯 내 고막을 때려 그 뒷말을 듣지 못한 것인지도 모른다.

「정말 그랬다면 그놈을 아주 죽여버리겠어!」

나는 버럭 소리를 지르고 말았다. 아내의 새파랗게 질린 얼굴이 아니었더라면 나는 그길로 달려나갔을 것이다. 아내가 링거병을 받쳐든 손으로 내 옷깃을 잡으며 애원하듯 말했다.

「당신 나까지 죽는 거 보시려구 이래요? 침착하세요. 먼저 당직 의사에게 애의 상태부터 자세히 알아보세요. 그리고 그 다음에 저와 차분히 의논해서 처리해요, 네?」

하지만 내가 아내를 데리고 응급실로 되돌아간 것은 침착을 되찾아서가 아니라 갓 충격에서 깨어나 힘이 없는데도 너무 오래 링거병을 들고 있어 가련할 만큼 떨리는 아내의 팔 때문이었다. 나는 아내를 데려다 병상에 눕히고 링거병을 머리맡 병걸이에 건 뒤 당직 의사를 찾아갔다.

「국부에 파열상이 있습니다. 자세히 검진해 봐야겠지만 윤간(輪姦)으로 생긴 상처 같습니다.」

너무 큰 자극을 받으면 뇌의 기능이 일시 정지돼 버린다는 것을 실감한 건 바로 그때였다. 아내에게서 처음 들을 때만 해도 설마하는 마음이 남아 있어 그토록 격렬하게 반응할 수 있었으나 의사의 최종적인 선고를 듣는 순간은 머릿속이 텅 비어버린 듯 한동안 아무런 생각이 나지 않았다. 한동안을 멍하니 서 있다가 헤엄치듯 흐느적거리며 아내의 병상 곁으로 가 빈 의자에 앉았다.

아내는 그 사이에 한층 더 침착을 회복해 있었다. 돌아오는 나를 말없이 보고 있다가 자유스러운 쪽 손을 내밀어 내 손을 잡았다. 그 온기가 비로소 내 의식을 되살렸다.

「가야겠어. 그놈을 죽여버리겠어!」

내가 그렇게 중얼거리자 아내가 한층 내 손을 힘주어 잡으며 말했다.

「가시더라도 이 링거나 뽑는 거 보구 가세요. 무슨 일이 있으면 아무도 손쓸 사람이 없잖아요?」

그리고 다시 살풋 고개를 들어 딸아이의 침상 쪽을 살핌으로써 내 주의를 그쪽으로 돌렸다. 딸아이는 그때까지도 의식을 되찾지 못하고 죽은 듯이 누워 있었다. 거기다가 꼭두새벽부터 갖가지 충격으로 심신을 소모해 온 내게도 기실은 떠날라야 떠날 힘이 남아 있지 않았다.

그날 내게 링거액을 떼낼 때까지만 기다려달라고 한 것은 아내의 지혜였음에 틀림이 없다. 두 시간 뒤 아내가 링거액 주사에서 풀려났을 때 온전하지는 않아도 내 마음은 상당히 진정되어 있었다. 그리고 그런 내 귀에 아내의 간곡한 만류는 흡지에 스미는 잉크처럼 선연하게 흘러들었다.

「당신 감정보다 정아의 앞날을 생각해 주세요. 이제 열아홉인 계집아이 말이에요. 좀 늦어지긴 했지만 아무 일 없었던 듯 공부해 대학이나 마치고 제 갈 길을 가게 하는 것과 떠들썩한 성폭행 사건의 주인공이 되어 그 애가 당한 일을 온 세상에 알린 뒤에 치러야 할 값을 말이에요. 당신에게는 일시적인 감정의 문제지만 그 애에게는 산 것보다 몇 배나 더 남은 인생이 걸린 문제란 말이에요. 그러니 우선 경찰은 안돼요. 경찰을 끌어들이는 것은 사람들 모아놓고 마이크 앞에서 그 애 일을 떠드는 것과 마찬가지예요. 이 선생에게 손대는 것도 안돼요. 생각해 보세요. 당신도 이번 가출은 이 선생과 무관한 것 같다고 하시지 않았어요? 그런데 아무런 증거도 없이 때린다고 그 악종(惡種)이 가만히 맞고 있겠어요? 설령 증거가 있다고 해도 그래요. 그 악종이 되레 걸고 들면 결국은 경찰에 신고한 것이나 마찬가지가 돼요. 그러니 침착하세요. 분하더라도 정아의 앞날을 생각해 참으시라구요. 미친개에게 물린 셈 잡고 정아의 몸과 마음이 정상으로 회복되는 것이나 도와줘요. 정말 부탁이에요. 당신을 만나 함께 산 20년의 정분을 보아서라도 제발 이번만은 제 말을 들어줘요. 저도 정아에게는 명색 에미 된다는 걸 잊지 마세요.」

물론 그때는 당장의 감정을 못 이겨 이것저것 이유를 대며 뻗대 보았다. 하지만 나 역시도 정아의 아비였고, 그 아비에게 무거울 수밖에 없는 것은 아직 창창하게 남은 어린 딸의 삶이었다. 이 사회의 보수적인 정조관을 뻔히 알면서 딸이 당한 일을 동네방네 떠들고 다닐 수는 없는 일이었다.

그런데 이제니까 고백할 일이 하나 있다. 결국 내가 그 일로 악령을 찾아간 적도 없고 경찰에 도움을 요청하지도 않은 건 사실이지만 그렇다고 전처럼 아무 일 없었던 듯 그대로 넘겨버린 것은 아니었다. 나는 어떤 인연으로 건달들이 꾀는 술집을 하나 알고 있었는데 거기서 며칠 동안의 끈질긴 관찰 끝에 믿을 만하다고 판단한 건달 하나를 골라 3백만 원을 내밀며 부탁했다.

「나도 당신을 모르고 당신도 나를 모른다. 하지만 웬일인지 당신을 믿고 싶다. 이 돈을 받고 한 악당을 처벌해 줘라. 어떤 장소 어떤 시간이든 좋다. 죽지 않을 만큼만 때려준 뒤 한마디만 해주면 된다. 법이 너를 처벌하지 못하니까 내가 한다고.」

나는 그 건달이 정말로 청부받은 일은 실행했는지 아직까지도 알지 못한다. 하지만 그대로는 미칠 것 같던 기분만은 한결 가라앉았다. 그때 나는 어떻게 우익 폭력이 생겨나게 되는지를 속속들이 이해했다고 생각했다.

어떤 사람은 증거가 충분하지 않음을 이유로 들어 그 같은 내 청부 폭력을 비난할지 모르겠다. 실은 내게도 그게 약간은 마음에 걸렸는데 역시 이제는 당당하게 나를 변명할 수 있다. 악령은 잡아떼고 딸도 한때는 그를 도왔지만 왠지 딸아이의 세 번째 가출과 그에 따른 피해도 악령과 연관되어 있는 것 같다는 아비의 직감은 들어맞았다. 나중에 어느 정도 회복된 딸은 실토했다. 세 번째 가출에서도 가장 먼저 찾아간 것은 그 악령이었다고. 딸아이를 그 터무니없고 위험스런 지하그룹으로 인도한 것도 그였으며 참혹한 결과로 끝났지만 딸아이에게 집으로 되돌아갈 마음을 먹게 한 것도 그의 변신이 준 각성이었다고.

서둔다고 서둘렀는데도 내가 박상수의 집이 있다는 계곡으로 들어섰을 때는 이미 골짜기 안쪽에서 저녁 이내가 밀려 내려오고 있었다. 다행히 박상수네 집은 골짜기 초입에서 멀지 않아 모퉁이 하나를 돌아서자 곧 모습을 드러냈다. 가게 아가씨가 입을 삐죽이며 일러준 대로 새로 지은 양옥이었다.

개울을 끼고 남향으로 돌아앉은 그 작은 둔덕에는 박상수의 집 말고도 몇 집이 더 있었다. 그러나 그 집들은 저녁때인데도 사람 기척이 없고 연기가 솟지 않는 걸로 보아 빈집들 같았다. 짐작으로 예전에는 작은 마을을 이루고 살았으나 늘어나는 이농(離農)으로 이제는 박상수네만 남은 듯했다.

박상수는 집에 있었다. 얼굴에 얼큰한 술기운이 남은 40대의 건장한 사내였다. 내가 쭈뼛거리며 들어가자 그가 오히려 촌사람답지 않게 사교적으로 나를 맞아들였다.

「이상현 선생님을 찾아오셨다구요? 그렇다면 좀 늦은 것 같습니
다. 그 선생님은 벌써 지난 주일에 이곳을 떠나셨습니다.」

그렇게 대답하는 박상수의 말도 억양은 그곳 사투리였지만 어휘
는 잘 고른 표준어였다. 가겟집 아가씨처럼 여러 해 도회지 생활을
한 적이 있거나 아니면 어떤 이유로 여럿 앞에 자주 서게 되어 문
법적으로 세련되어진 듯했다. 나는 악령이 벌써 떠나고 없다는 말
에 적이 실망했다.

「떠났다구요? 어디로 떠났습니까?」

「알 수 없지요. 모르긴 하지만 그 선생님도 괴로운 일이 많은 사
람 같습디다. 자신도 갈 곳을 정하지 않고 떠나는 눈치던데요.」

찾아오는 동안 은근히 걱정했던 일이 실제로 벌어졌다는 데 놀라
내 목소리가 절로 높아졌다.

「새로운 부임지로 간 건 아니구요?」

「새 부임지로 갈 것 같으면 벌써 떠나야 했지요. 하지만 선생 노
릇은 지난 학기로 그만둔 사람입니다. 나하고 여기서 농사나 짓
고 살겠다며 땅까지 알아보더니 갑자기 마음이 변했는지 떠나시
더군요.」

「농사를 짓는다? 그 사람이?」

「왜요? 일도 곧잘 하던데. 그 선생님 여기 부임한 뒤로 학교보
다는 들에서 더 많이 살았어요. 들이랬자 빈집의 묵어가는 텃밭
이 고작이었지만서두……. 요새는 경운기도 여기 농사꾼들보다
더 잘 몰았다니까요.」

그것은 또 예상 못한 뜻밖의 변화였다. 농민운동으로 방향전환을
했다면 안될 것도 없지만 내가 알고 있는 악령에게는 도무지 어울
리지 않았다. 그래서 어리둥절해 있는데 그가 옷깃을 끌듯 말했다.

「어쨌든 들어오시지요. 저녁도 드셔야 하고, 묵을 방도 있어야

하지 않겠습니까?」

「그건 면소재지에 가서 구하지요. 이대로 이상현 선생 얘기나 잠깐 더 들려주십시오.」

「면소재지로 가자면 여기서 택시를 불러야 하는데 오는 데만 한 시간은 걸릴 겁니다. 그러지 말고 들어오십시오. 어떻게 찾아오셨는지 모르지만 내 집에 찾아온 손님인데 마당에서 돌려보낼 수는 없지 않습니까?」

하기는 궁금한 게 많아 짧게 끝날 얘기가 아니었다. 거기다가 점심을 허술하게 때워 배도 은근히 고팠다.

「그럼 죄송스럽지만 저녁 한끼 부탁드릴 수 있겠습니까? 사례는 충분히 하겠습니다.」

내가 그렇게 받자 그가 펄쩍 뛰듯 손을 내저었다.

「아무리 각박한 세상이라지만 내 집에 찾아온 손님에게 밥값 받는 경우가 어디 있겠습니까? 걱정 말고 들어오십시오.」

그렇게 나를 거실로 끌어들인 뒤 주방 쪽을 향해 소리쳤다. 이번에는 사투리였다.

「봐라, 밥상 내온나.」

막 저녁상을 받으려는 데 내가 찾아들었던지 그의 아내인 듯한 중년 아낙네가 이내 밥상을 들고 나왔다. 겸상으로 차려진 게 내외가 함께 먹으려던 밥상 같아 끼여들기가 더 어색했다. 그때 박상수가 다시 아내에게 청했다.

「여다 술 한 병 도고. 선거가 머잖으이 장터에 흔한 게 술하고 고기라 속이 더부룩하다. 저녁은 마 놔뚜고 술이나 한잔 할란다.」

그래 놓고 내게 수저를 내밀며 말했다.

「주주객반(主酒客飯)이란 말도 있잖습니까? 어서 드시지요. 우리 이렇게 먹고 삽니다. 아이들 다 객지로 학교 내보내고 영감

할망구 둘이서 받는 밥상 정성 들여 뭘 하겠습니까?」

하지만 먹다 보니 밥상은 술상으로 변하고 말았다. 자꾸 술을 권하는 바람에 몇 잔 받은 게 탈이었다. 박상수가 좋은 술친구 만났다는 듯 새 술병을 내오고 나도 맨송맨송한 그보다는 취한 그에게서 더 많은 얘기를 들을 수 있을 것 같아 반찬을 안주로 대작을 시작했다.

「그래 이 선생이 왜 학교를 그만둔다구 합디까?」

어지간히 술이 오른 뒤에 내가 슬슬 본론을 꺼냈다.

「더 죄짓기 싫다고 했던 것 같은데 그건 무슨 말인지 잘 모르겠고…… 세상에 선생이 학생 가르치는 게 무슨 죄가 되겠습니까? 뭔가 과거가 많은 사람 같지만 말을 않으니 알 수가 있어야지요. 하여튼 대처로 발령이 났는데도 기어이 가지 않더군요.」

그러나 내게는 짐작이 가는 데가 있었다. 다만 그게 악령의 진실이라는 게 믿기지 않을 뿐이었다.

「여기서 가르치고 농사짓고 하는 일 외에 달리 한 일은 없었습니까?」

「캄캄한 방에 혼자 들어앉아 한숨 쉬는 게 있었지만 그건 일이라 할 수 없고……. 그렇지, 가끔씩 뭘 쓰는 것 같더군요. 하기야 그것도 떠날 때 다 태워버렸지만.」

점점 종잡을 수 없는 악령의 새로운 모습이었다. 나는 그런 모습보다 내가 잘 아는 악령의 모습에 관해 듣기를 원했다. 그때 가겟집 아가씨가 악령에게 보이던 악의가 떠올라 슬쩍 물어보았다.

「아, 슈퍼집 경애? 그거, 그럴 만하지. 그 애 이 선생에게 반해 공깨나 들였는데 이 선생은 쳐다보지도 않지, 거기다가 젊은 아가씨들은 번갈아 찾아오지……. 뿐인가요? 실상은 둘 사이가 그 모양인데 아무것도 모르는 마을 사람들은 오히려 저와 이 선생을 놓고 짓궂게 쑤군대지……. 그러니 밴댕이같이 좁은 여자

속에 감정이 나지 않겠어요?」

「젊은 아가씨들이라구요?」

나는 기다리던 증거라도 잡은 사람처럼 반가운 마음을 감추고 물었다. 술 취한 탓인지 박상수는 내가 왜 악령을 찾으려 하는지도 묻지 않고 아는 대로 털어놓았다.

「작년 한 해만 해도 서넛 왔다 갔지요. 하지만 경애도 의심 가기는 할 거라. 개중에는 여대생이나 회사원 같은 아가씨도 있었지만 한눈에 술집 접대부 같은 아가씨도 있었으니까. 하지만 다 옛날 제자랍디다.」

그런데 알 수 없는 것은 박상수의 태도였다. 단순한 시골 사람들의 눈으로 보면 칙칙한 의심을 품을 만도 한데 박상수는 무엇이든 악령을 호의적으로만 이해했다.

「이 선생이 제자라고 그럽디까?」

「나도 세상 구경 할 만큼 한 사람인데 그걸 모르겠습니까? 틀림없어요. 찾아오고 맞아들이는 태도도 그렇고……. 게다가 잠은 모두 우리 아랫방에서 따로 자고 갔고.」

「옛날 제자들이 왜 이 먼 곳까지 찾아와 자고 간답디까?」

「은사를 찾아보러 온 거겠지요. 와서 옛얘기하며 울기도 하고 웃기도 하는 모양이던데 개중에는 아직도 더 배울 게 있는지 밤늦도록 강의 듣고 필기해 가는 아가씨도 있습디다.」

박상수의 그 같은 말에 악령을 향한 내 뿌리 깊은 증오와 악의가 갑자기 발동하기 시작했다. 그러면 그렇지. 네가 무슨 요사를 떨어도 나는 안다. 너는 여기 숨어서 세상을 향해 새로운 독을 뿌리고 있었다. 아직 여물기도 전에 너의 틀로 찍어낸 정신들을 계속하여 현혹하며. 정아도 정신병원으로 가지 않았으면 이곳으로 널 찾아왔겠지.

그러다가 문득 박상수까지 악령의 새로운 제자가 아닌지 의심스

러워졌다. 나이야 악령보다 열 살은 더 많아보였지만 의식수준이라
면 시골의 농사꾼은 도회지의 똑똑한 여중 3년생보다 떨어질 수도
있었다. 슈퍼집 아가씨가 박상수를 농민운동가라고 말할 때의 비아
냥거리는 어조도 그런 의심의 한 근거가 되었다.

그러자 내 증오와 악의는 눈부신 순발력을 발휘하여 나를 악령의
동지로 위장시켰다. 박상수의 부주의 덕분에 아직 내 정체는 밝혀
지지 않은 터였다. 나는 변장하고 악당의 소굴로 뛰어든 탐정이라
도 된 것처럼 흥분과 긴장을 억누르며 목소리를 낮춰 말했다.

「왠지 선생을 믿을 수 있을 듯해 바로 말씀드리겠습니다. 저 실
은 이상현 동지를 찾으러 왔습니다. 근래 농민운동으로 전환하겠
다는 뜻을 밝혀왔기에 논의할 게 있어 왔는데 갑자기 사라졌다니
뜻밖입니다.」

그런 내게는 방심한 박상수를 통해 악령의 자취를 알아내려는 의
도도 있었지만 한편으로는 악령의 새로운 작품을 확인한다는 묘한
호기심도 있었다. 술 탓인지 여전히 박상수는 아무런 의심 없이 내
말을 믿어주었다.

「역시 그러셨군요. 그렇잖아도 촌 중학교 선생치고는 너무 똑똑
하고 농촌이론에 밝다 싶었습니다. 작년 우루과이 반대 연합시위
때도 그 선생님에게서 들은 대로 가서 떠들었더니 군(郡)이 다
놀라더라구요. 지금 내가 쓰고 있는 전업농(全業農)협의회 군회
장 감투도 그 선생님 이론 덕분이라구요. 하지만 내게는 그 깊은
속을 전혀 내비치지 않습디다. 농사를 짓겠다고 했지만 농민운동
의 농자도 입에 담은 적이 없어요. 그저 괴로운 세상 잊고 깊은
산속에서 죽은 듯 살고 싶다고만 했는데…… 왜 그랬을까요? 배
운 건 없지만 그쪽이라면 내가 도울 일도 많을 텐데 말입니다.」

박상수는 그렇게 내 말을 받고 함께 고개를 갸웃거렸다. 내게 거
짓말을 하거나 무얼 숨기고 있는 것 같지는 않았다. 따라서 그를

통해 악령의 자취를 뒤쫓기는 어렵게 되었지만 그곳에서 퍼뜨린 새로운 악을 확인하는 기쁨은 기대해도 될 것 같았다. 나는 그때부터 어떤 조마조마함까지 느끼며 이 순박한 농부의 영혼에 드리운 악령의 그림자를 더듬어 나갔다.

「같은 길을 가는 동지끼리니까 묻습니다만 요즘 농촌 많이 어렵지요? 특히 농가부채가 큰 문제라고 들었습니다만.」

「예, 실은 저도 한 1억 7천 되는가 봅니다. 아직은 그럭저럭 버텨갑니다만 삐끗하면 손 탈탈 털고 나서게 되었지요.」

그가 지고 있는 빚의 엄청난 액수에 나도 모르게 목소리가 높아졌다.

「아니, 1억 7천씩이나요?」

「1억은 전업농 지원자금이고 2천 5백은 주택개량 지원 융자금이고 4천 5백은 농협에서 일반융자로 얻은 거고…….」

「그 많은 돈을 어디에 쓰셨습니까?」

「1억은 한우(韓牛) 축사 짓는 데 쓰고 2천 5백은 이 새집으로 깔고 앉았고, 4천 5백은 작년에 학교하는 아이들 아파트 사는 데 보탰지요.」

「한우 축사에 그렇게 많은 돈이 듭니까? 그리고 도회지서 학교하는 아이들 아파트까지 사주셨어요?」

「요새 자동화시설 갖추자면 한우 오십 마리 정도 키우는 데도 그만 자금이 들지요. 소 키운다고 거름 져내고 꼴 주는 건 옛날얘깁니다. 아침저녁 한 삼십 분씩 기계작동만 하면 관리가 돼야지요. 아파트는 좀 무리를 했습니다. 부동산 투자 도시 사람만 하라는 법이 어딨습니까? 농지값은 만날 그 모양이라도 도회지 집값은 두 배 세 배가 잠깐이라니 큰길가에 있는 밭 한 뙈기 팔고 농협 융자 보태 대처에 한 서른댓 평 아파트를 마련했지요.」

눈물나게 동정이 가는 농가부채 내역이었다. 그러나 나는 그런 감정을 죽이고 오히려 함께 걱정해 주듯 캐물었다.

「이자 부담이 크시겠군요. 은행이자로도 한 달에 최소 백칠십 만 원은 되지 않습니까?」

「그렇게는 안되지요. 그래서야 농촌진흥정책이라 할 수 있습니까? 어떤 것은 4년 거치에 연(年) 6부고 어떤 것은 8부고……. 농협 일반융자만 연 12부 다 냅니다. 하지만 그래도 거치기간 끝나면 한 달에 돈 백만 원은 들어가야 하니 그전에 무슨 수가 나야지요. 그런데 소값 꼴 보니…….」

농민운동가 양반, 도회지 서민이 은행에서 연 12부 꼬박 물고 천만 원 빌리는 데 얼마나 힘이 드는지 아시는지.

「무슨 수가 나야 한다면?」

「쇠고기 수입을 금지해 쇠고기값을 올려주든가, 공산품 수출기업들한테 농촌진흥기금을 염출해 농가부채를 탕감해 주든가…….」

악령의 제자답다. 그래 농업은 권리고 공업생산은 악이다. 악은 권리에 페널티를 물어야지— 하지만 나는 여전히 내색 않고 물었다.

「부채 다음으로 농민들에게 어려운 일은 무엇입니까?」

「역시 교육문제지요. 농사 중에 큰농사가 자식농사고 자식농사에는 교육이 으뜸 아닙니까? 그런데 교육이 엉망이 되니 힘이 나야지요.」

「자제분들 아파트까지 사주며 도회에 내보내 교육시키고 있지 않습니까?」

「도회에 내보내보니 뭐 합니까? 큰놈은 그럭저럭 지방 캠퍼스라도 옳은 대학에 보냈지만 둘째는 전문대 신셉니다. 일류대학 나와도 취직이 어렵다는데 지방 캠퍼스 나오고 전문대 나와 무슨 희망이 있겠습니까?」

「실례지만 그렇다면 그건 자제분들 성적문제 같은데…….」

「그런 소리 마십쇼. 도회지에서 한 달에 몇백만 원씩 들여 과외 시킨 놈하고 시골 중고등학교에서 교과서도 제대로 못 떼고 간 놈하고 무슨 경쟁이 됩니까? 그렇다고 돈으로 처발라 외국유학 보낼 처지도 못되고…….」

언제나 재벌들만 나와 히히호호하는 멜로드라마와 무슨 일이 있으면 천에 하나 있는 예외를 온 세상이 다 그런 것같이 찧고 까부는 매스컴의 선동적인 보도가 결국 일을 내고 말았구나. 악령은 즐겁겠다.

한번 물꼬가 터지자 그 한심한 농민운동가는 비슷한 농촌의 어려움과 농민의 희생을 끝도 없이 이어갔다. 엉뚱하게도 삶의 질은 향락적 소비와 비례하고 압구정동은 아무런 의심 없이 도회적인 삶의 대표성을 확보하고 있었다. 그 도회지 사람들에 비하면 뭐 우리야 버러지 같은 삶이지요…….

문화는 속되게만 왜곡되고 물화 (物化)되어 있었으며 역시 잘못 부여된 대표성으로 몇 배나 과장된 상대적 박탈감은 원한과도 같은 불평의 원인으로 자라 있었다. 비행기로 바다 건너 골프 치러 다니고 외국서 한다 하는 무용단 음악단 모조리 불러다 저녁마다 돌아가며 감상하는 사람들에게 평생 제 땅에 심어놓은 듯 꿍꿍 일이나 하다가 아이들 학예회도 큰 구경난 듯 사는 우리 같은 사람들이 사람 같기나 하겠습니까. 어디서 어디까지가 악령의 작품인지 모르지만 박상수의 그 같은 푸념은 그 밖에도 많았다.

만약 그 모두가 악령에게서 온 것이라면 그는 농민들의 의식을 기른 게 아니라 탐욕을 키운 것이며 비판정신을 심어준 게 아니라 불평만을 부추기고, 생존권의 자각을 도운 것이 아니라 터무니없는 특권의식만을 키운 셈이었다. 도시와 농촌, 상공업과 농업 사이에 단순한 위화감이 아니라 치명적인 적대감을 불러일으켰고 농업에서 경영의 개념을 빼낸 자리에 정부에 대한 원망만을 부어넣었다. 놀라움을 넘어 어떤 참담함까지 느끼게 하는 의식의 왜곡이었다.

　하지만 박상수의 말을 더 길게 전하는 일은 이제 그만 하련다. 내가 들은 것은 농촌의 실상도 아니고 농민운동을 주도하는 의식도 아님을 나는 믿고 싶다. 한 악령에 의해 잘못 지도된, 극히 예외적인 농민운동가가 내 악의 섞인 유도신문에 넘어가 들켜버린 잘못된 의식의 단면일 뿐이다.

　우리 술자리는 밤이 깊어서야 끝났다. 나는 원래 택시를 불러 면 소재지로 나갈 작정이었으나 술이 취한 데다 내 속을 알 리 없는 박상수가 하도 간곡히 잡아 그 집에서 하룻밤 묵기로 했다. 박상수를 속이고 이용했다는 점에서는 나도 반쯤 악령이 된 기분이었다.

　박상수는 건넌방에다 깨끗한 이부자리를 봐주고 방이 그리 차지 않는데도 보일러까지 한번 틀어주었다. 옷을 아무렇게나 벗어던지고 이부자리로 들 때만 해도 나는 낮 동안의 피로에다 술까지 취해 금세 잠들 수 있을 줄 알았다. 그러나 아슴아슴 잠들려 하던 내 의식에 딸의 초점 잃은 눈길과 정신병동의 굵은 쇠창살이 불현듯 떠오르면서 잠은 천리나 달아나고 말았다.

　딸아이의 회복은 겉보기와 달리 빨랐다. 머리가 터져 서너 바늘 꿰맨 자리의 실밥을 빼내는 날까지 쳐도 병원치료는 보름 안에 끝났다. 얼굴의 상처들도 대개는 멍이거나 찰과상이어서 보기 싫은 흉터를 남기지는 않았다. 내가 집 앞에 쓰러져 있는 딸아이의 얼굴을 알아볼 수 없었던 것은 아마도 터진 머리에서 흘러내린 피 때문이었을 것이다. 환자복을 벗긴 뒤 전에 입던 옷은 몸에 맞는 게 없어 사온 새옷으로 갈아입히자 딸아이는 어디 내놔도 뒤질 게 없는 열아홉의 소녀로 환하게 피어났다.

　거기다가 더욱 반가운 일은 걱정했던 것보다 심리적 후유증이 크지 않은 점이었다. 아내가 어떻게 설득했는지 모르지만 성폭행 피해자에게 나타나는 특징적 증후들은 딸아이에게서는 거의 찾아볼 수 없었고 전에 보이던 자폐증상은 오히려 많이 줄어들었다. 그 바람에 열린 딸아이의 입을 통해 우리 내외는 그 가출기간 동안 딸아이에게 일어났던 일을 전에 없이 소상하게 알 수 있었다.

「선생님이 소개해 준 단체는 처음부터 이상했어요. 전에는 대개 보이지 않는 지도층과 선이 이어진 대학생 오빠들이나 언니들이 한둘 끼여 이론적인 지도를 했는데 거기는 그렇지가 않았어요. 자생적인 노동자 운동단체를 내세우며 현장 출신들이 이론에서 행동강령까지를 모두 장악했어요. 하지만 내가 보기에는 전에 위장취업한 대학생들이 지도하다 그들이 모두 빠져 나가버리자 남은 현장 출신들끼리 어떻게 꾸려가는 것 같았어요. 그러다 보니 이론이고 행동이고 모두가 중구난방, 구구각색일 수밖에 없잖아요. 하룻밤새 노선이 바뀌고 며칠 목쉬게 토의한 투쟁 방안이 한마디로 백지화되기 일쑤였죠. 대학 출신들에게 의식화되면서 몇 마디 주워들은 이론에다 그중에 머리가 돌아가는 몇이 어렵게 읽어낸 이념서적 몇 권으로 이데올로기를 자체 공급하는 과정에서 생긴 혼란이죠. 마르크스보다는 레닌이 우선하고 레닌보다는 스탈린이나 모택동이 우선하고 스탈린이나 모택동보다는 주체사상이 우위에 서는 원칙 비슷한 게 있었지만 거기서는 그것조차 목소리의 높이에 따라 뒤죽박죽이 되었어요. 어느 날은 특정공장을 점거해 경영자와 간부들을 처형하고 노동해방구를 창설하여 전인천 지역의 노동해방을 선도하자는 과격한 주장이 만장일치로 채택되었다가 다음날은 보수와의 연대가 논의되는 식이었어요. 그러다 보니 실제적으로 하는 일은 술집 구석방에 모여앉아 소주나 퍼마시고 이론투쟁이란 거창한 이름 아래 저희끼리 벌이는 주먹다짐이나 구석구석 쌓여가는 남녀 동지들간의 추문이 고작이었어요. 모두 대학 출신 이념가들이 제대로 지도하던 때는 엄격하게 금지했던 것들이죠.」

「저는 그 모든 게 싫었어요. 듣기만 했던 전설—신성한 의식처럼 무겁게 돌려지던 소주잔과 비장하게 불러지던 운동가요, 순정한 동지애로 장식된 80년대의 흔적은 이미 그들 어디에서도 찾아볼 수 없었어요. 그래서 다시 선생님을 찾아갔는데 뜻밖에도 선생님은 교편을 놓고 대학원에 진학하셨더군요. 하숙집에 가보니 선생님은 가득히 쌓인 책더미 속에서 석사논문을 준비하느라고 정신이 없으셨어요. 그 책더미와 선생님의 몰두를 보니 저에게도 갑자기 그러한 형태의 삶에 대한 동경이 일더군요. 그때부터 집으로 돌아갈 생각을 하게 됐어요. 바로 지난 겨울이었죠. 하지만 진정으로 아빠 엄마에게 용서를 빌고 새로 시작하려는 마음은 아니어서 얼른 결심이 서지 않았어요. 그때만 해도 내 공부의 목적은 여전히 가엾은 그들에게 좋은 이념제공자가 되는 것이었으니까요. 그러다가 얼마 전에야 겨우 결심이 서서 그들에게 선언했지요. 가서 더 공부하고 돌아오겠다고. 대학에 가서 진정한 노동해방의 이데올로기와 기술을 배워오겠노라고……」

「마침 이틀 뒤가 월급날이라 날을 채워주고 짐을 싸는데 전갈이 왔어요. 그들이 송별회를 해주겠다며 나오라더군요. 나는 원래 술이 있는 모임을 싫어했어요. 정규의 회합이라도 술이 올라 의제가 제대로 돌지 못할 지경이 되면 핑계를 대고 일어나곤 했어요. 남녀가 한덩이가 되어 끓아떨어졌다가 십상 벌어지는 그렇고 그런 일이 정말 싫었어요. 하지만 그날은 다른 사람도 아닌 나를 위한 송별회라는데 마다할 수 없더군요. 한 1년 미운 정 고운 정도 있고……. 그래서 그들이 모여 있는 허름한 소주집 뒷방으로 갔지요. 그날만은 그들의 기분을 상하게 하기 싫어 먹지 못하는 소주도 억지로 몇 잔 받아 마셨어요. 그런데 시간이 지나면서 뭔가 분위기가 이상해지기 시작했어요. 여자애들이 말도 없이 슬슬 빠져나가고 남자애들은 술이 취할수록 거칠고 상스러운 욕설로 나오는 거예요. 그것도 처음에는 저희끼리 주고받는 줄 알았더니 차츰 나를 겨냥해 퍼부어지는 거예요. 어떤 년은 좋겠다. 오고 싶은 대루 오고 가고 싶은 대로 갈 수 있으니, 공순이루 놀다가 옷만 갈아입으면 여대생이 될 수 있으니. 짜샤, × 같은 소리 마, 얼마 안 있으면 우리 같은 공돌이는 쳐다보지도 않을 여대생이야 — 하는 식인데 아무래도 단순한 술주정 같지가 않았어요. 그래서 일어나려는데 그중 하나가 방문을 막았어요. 못 가, 어디서 순 ×× 같은 년이. 운동판이 어디 너희 같은 년들 놀이턴 줄 알아. 한바탕 놀다가 마음에 안 들면 뜨게. 한 1년 재미있게 놀았으면 논 값을 하고 가야지. 그래서 내가 악을 쓰려 하자 누군가가 뒤에서 입을 막고 사방에서 주먹과 발길질이 날아와 곧 정신을 잃고 말았어요. 얘가 너무 취해 집에 업어다 줘야겠어요 — 잠시 후에 가물가물한 정신에도 나를 들쳐업은 녀석이 술집 주인 아주머니에게 그렇게 둘러대는 말이 들리더군요. 나는 힘을 다해 소리를 짜내고 발버둥을 치려 했으나 또 누가 팔꿈치로 세게 내 옆구리를 찍어 그대로 다시 정신을 잃고 말았어요. 깨어나니 어떤 돌아가지 않는 공장의 빈 창고 안이었는데…….」

아내가 토막토막 들은 얘기를 조금 윤색해 엮어보면 대강 그랬다. 고이 기른 자식이 당한 일이 분하고 고통스러워 울먹이기는 해도 아내는 딸아이가 그렇게 마음을 열어준 것을 큰 위로로 삼았다. 그래도 걔는 이제 완전히 돌아왔어요. 이제는 우리 딸이에요. 수렁에서 건진 내 딸…….

하지만 나는 딸아이가 마음을 연 것이 아니라 모진 일을 당하면서 그 나이라면 마땅히 있어야 할 수치심의 빗장이 망가져버린 것이나 아닌가 오히려 불안했다. 그 모든 변화를 시련을 통한 성숙으로 이해하기에는 이제 겨우 열아홉으로 접어드는 딸아이의 나이가 너무도 못 미더웠다.

그 뒤 두어 해 다시 돌아온 딸아이에 대한 해석은 다행히도 아내 쪽이 맞아 들어갔다. 딸아이는 그런 끔찍한 일을 당한 여자애로는 아무도 상상하지 못할 만큼 쾌활하고 꿋꿋하게 정상적인 삶으로 복귀했다. 착실하게 학원에 나가 이듬해 가을에는 대입자격 검정고시에 합격했고 다시 몇 달 뒤에는 명문은 아니라도 어엿이 서울시내에 있는 종합대학에 입학할 수 있었다.

대학에서의 첫해도 별다른 일 없이 지나갔다. 신입생 때 흔히 부딪히게 마련인 의식화 문제를 딸아이는 여느 신입생들보다 더 초연히 넘겼다. 걱정했던 성폭행의 충격도 의식 밑바닥 깊이 침전되어 버렸는지 겉으로는 여전히 아무런 이상을 드러내지 않았다. 그대로 간다면 딸아이의 이력은 대학진학이 한 해 늦은 것 외에는 눈에 띄는 흠 없이 치유될 수도 있을 것 같았다. 그렇지만 솔직히 그 동안에도 나는 줄곧 마음을 놓지 못했다. 그 한 가지 예가 이제는 완전히 우리에게서 떨어져 나간 것으로 되어 있는 악령의 동태를 아내 몰래 알아본 일이었다. 내게는 아직 딸아이와 악령이 언제든 연쇄폭발을 일으킬 수 있는 휴화산 같은 존재였다.

악령은 그때 석사과정을 마치고 박사과정에 들어가 제법 학자티를 내고 있었다. 재원(財源)은 알 수 없었으나 직장도 없이 학문에만 전념하고 있었는데 학위만 따면 모교에 전임으로 가게 된다는 말이 있을 만큼 그 방면에서는 성공적이었다. 하지만 내게는 오냐, 네 재주껏 요사를 피워봐라, 하는 느낌밖에 들지 않았다.

딸아이가 다시 이상을 드러낸 것은 집으로 돌아온 지 3년째 되는 지난 여름부터였다. 그 무렵 들어 한동안 자취를 감췄던 자폐증상이 되살아나는 것 같아 걱정이 된 나는 둘만 앉게 된 자리에서 아내에게 넌지시 딸아이의 근황을 물어보았다. 아내가 신기하면서도 즐겁다는 얼굴로 내게 말했다.

「당신 요새 우리 정아 연애 중인 거 아세요? 지난 봄에 복학한 선배인 모양인데 아주 마음에 드는가 봐요. 요새 부쩍 그 남학생 얘기가 늘었어요. 걔보다 한 학년 위로 복학한 모양인데 졸업하면 바로 유학을 떠나게 되어 있다나요. 벌써 둘이서 몇 번 데이트도 하고 꽤 깊은 얘기도 오고간 눈치예요. 당신 걱정하시는 거 아마 그 때문일 거예요. 누구든 연애 시작할 때 조금씩은 심각해지잖아요? 그 심각함을 자폐증상과 혼동하신 거예요. 하지만 내게는 여전히 털어놓고 말해요. 걱정 마세요. 오히려 잘됐어요. 까짓 거 저희끼리 마음에 들어하면 그 남학생 졸업하는 대로 결혼시켜 정아도 함께 유학 보내버리죠, 뭐. 걔한테는 말썽 많은 이 나라를 얼마간 떠나 있는 것도 좋고, 사정 되면 아예 거기 눌러앉아 사는 것도 좋고……」

하지만 딸아이가 연애를 시작했다는 게 내게는 오히려 구체적인 불안으로 다가왔다. 사랑하는 사람이 생겼다면 딸아이가 애써 의식 밑바닥에 묻어둔 그 끔찍한 기억이 피 흐르는 상처로 되살아날 수도 있기 때문이었다. 아무리 시대가 달라져도 이 땅의 딸들은 아직 전통적인 정조관념에서 완전히 자유로울 수는 없었다.

내 불안은 오래잖아 현실로 나타났다. 날이 갈수록, 그리고 딸아이의 사랑이 깊어갈수록 딸아이의 자폐증상도 짙어져갔다. 딸아이는 점점 말수를 잃어갔고 어렵게 되살린 가족들과의 관계까지 단절되어 갔다. 먼저 하나뿐인 남동생 경수가 딸아이의 의식에서 지워졌다. 한 집에 살면서도 말 한마디 나누는 법이 없는 상태가 며칠 계속되더니 곧 존재조차 느끼지 못하는 상태로 발전했다.

그 다음이 나였다. 어릴 적처럼 매달리고 쓰다듬고 하는 사이로는 돌아가지 못했지만 그 3년 딸아이와 나 사이의 부녀관계는 어느 수준까지 회복되어 있었다. 그런데 나 역시 경수와 비슷한 과정을 거쳐 딸아이의 의식에서 지워져 버렸다. 그 애의 의식과 이 세상을 연결하는 통로로는 오직 아내가 남겨졌을 뿐이었다.

그 대신 딸아이는 자신의 내면 속으로 깊이 잠겨들기 시작했는데 특히 사랑하는 남자와 오랫동안 함께 있다가 돌아온 날이 심했다. 그런 날 딸아이는 밤까지 꼬박 새워가며 무언가 골똘한 생각에 잠겨 있었다. 이제 와서 돌이켜보면 나는 진작에 딸아이를 정신과 의사에게 맡겼어야 했다. 어쩌면 그때 딸아이는 단순히 자신 속으로 숨어든 것이 아니라 다시 의식 표면으로 떠오르는 끔찍한 과거와 피투성이 싸움을 벌이고 있었는지도 모르고, 따라서 적절한 조력은 그 싸움을 유리하게 이끌 수도 있었을 것이다.

하지만 그때의 나는 그럴 수가 없었다. 나는 신경성이라든가 정신병적 증상의 치료에 대해 현대의학의 성과를 불신하고 있었을 뿐만 아니라 오히려 그 섣부른 진단이 딸아이의 상처를 휘저어놓을까 겁났다. 거기다가 한창 불붙기 시작한 사랑이 딸아이의 회복에 힘이 되어줄 수 있다고 믿었고 아직 정상적으로 작동되는 모녀간의 의식통로에도 한 가닥 기대를 걸었다.

그런데 마침내 그런 내 믿음과 기대가 아울러 무너져내리는 날이 왔다. 바로 지난 늦가을의 어느 날 밤이었다. 퇴근해 집으로 돌아가자 아내가 파리한 얼굴로 목소리를 죽여 말했다.

「여보, 정아가 아무래도 이상해요. 이젠 제게도 입을 열지 않아요. 그리고 제 방에 들어앉아 먹지도 자지도 않고 깎은 듯이 앉아만 있어요.」

「뭐야? 언제부터 그래?」

「오늘 낮부터요.」

「갑자기 왜 그런데? 뭐 짚이는 일 없어?」

「실은 어제 학교로 그놈들이 왔더래요. 아니, 그놈들 중의 하나가 캠퍼스를 어슬렁거리는 걸 봤대요. 그래서 오늘은 학교에 가지 말랬더니 학기말시험이 있다며 부득부득 나가더군요. 그놈이

정말로 자기를 찾아오면 바로 경찰에 고발하겠다고 벼르기까지
하길래 나도 할 수 없이 보내주었죠. 그런데 집을 나간 지 5분도
안돼 정아가 하얗게 질린 얼굴로 되돌아왔어요. 그리고 말하더군
요 '엄마, 그것들이 모조리 떼를 지어 집 밖에서 기다리구 있어.
나는 이미 저희들의 여자라면서 노동계급과 무산대중을 배반한
죄로 다시 끌고 가려구 해'라구요.」
「저런 때려죽일 놈들! 그래 그것들을 그냥 뒀어?」
「나도 달려나가 봤지요. 하지만 골목에는 아무도 없었어요. 게다
가 더욱 이상한 것은 골목 입구의 부동산 아저씨가 한 말이에요.
내가 혹시나 해서 물어보았더니 정아가 나갈 무렵뿐만 아니라 아
침부터 그때까지 통틀어 이 골목에 젊은 남자들이 떼지어 나타난
적이 없다는 거예요.」
「그럼 어떻게 된 거야? 헛걸 본 거 아냐?」
「모르겠어요. 어쨌든 그 말이 정아가 마지막으로 한 말이에요.
그 뒤로는 물어도 아무 대답이 없고 시선조차 바로 모이지 않아
요. 그러구 지금까지 저 모양이에요.」
　나는 그런 아내의 말이 끝나기도 전에 딸아이의 방으로 올라가
보았다. 모든 게 아내가 말한 그대로였다. 아침에 등교할 때의 차
림 그대로 책상 앞 의자에 앉아 있었는데 꼭 석고로 빚어둔 사람
같았다. 고함도 지르고 흔들어도 보았지만 딸아이의 의식은 어디를
헤매고 있는지 작은 몸짓으로서의 응답도 없었다.
　그 뒤 집안에 있었던 일에 대해서는 길게 얘기하지 않으련다. 하
지만 딸아이가 정신병원으로 옮겨진 뒤에야 집으로 달려온 한 젊은
이의 얘기만은 해야겠다. 바로 딸아이가 사랑했던 남자인 그 젊은
이는 딸아이의 까닭 모를 발병을 전해 듣고 한참을 넋 나간 사람처
럼 앉았다가 휘청이는 걸음으로 돌아갔다. 나는 놀라움과 슬픔으로
어둡게 그늘진 그 선량해 뵈면서도 수려한 얼굴을 아마도 영영 잊

지 못할 것이다.

내가 다시 악령을 향해 적의와 원한을 불태우기 시작한 것은 딸아이의 입원으로 죽음 같은 정적 속이나마 집안이 평온을 회복한 뒤였다. 여러 가지로 딸의 발병은 환상과 환청이 직접 원인이 된 듯하지만 이번에도 나는 주저없이 그 모든 책임을 악령에게 묻기로 했다. 너의 악은 이미 법률적 인과관계를 초월하였다.

나는 다시 악령을 찾아나섰다. 하지만 악령은 벌써 달아난 뒤였다. 그렇게도 야심차게 밟고 있던 박사과정도 팽개치고 그를 아는 사람 누구에게도 종적을 알리지 않은 채 우리의 도시에서 사라져버린 것이었다. 딸이 발병하기 훨씬 전, 정확하게는 지난해 초의 일이었다.

어떻게 보면 악령이 그렇게 사라진 것은 딸아이의 불행과는 이미 무관해졌다는 간접증거일 수도 있다. 그러나 나는 악령이 그렇게 사라진 게 더욱 수상쩍었다. 곧 저지를 마지막 흉행을 위해 안개를 피우고 있는 모양이지만 나는 속지 않는다— 그런 기분으로 악령을 추적했고 마침내는 이곳으로 숨어들었음을 알아낸 것이었다.

너는 결국 달아나지 못했다. 게다가 나는 네가 이곳에서 저지른 악의 증거도 다수 확보했다. 너는 이곳까지 네 정신의 꼭두각시들을 불러들여 그들을 통해 세상에 독을 뿌리고 한 선량한 농부를 미혹시켰다. 이제 너는 다시 달아났지만 네가 숨을 곳은 이 세상에 없을 것이다. 너희들의 노래처럼 이제는 내가 너희 악으로 기름진 배때기를 노릴 차례다. 너희 악으로 물든 손목을 자를 것이다…….

이런저런 상념으로 두어시는 되어서야 잠든 듯한데 눈을 뜨니 아직도 해가 뜨기 전이었다. 벌써 일어나 마당을 쓸고 있던 박상수가 내 인기척을 듣고 문밖에서 소리쳤다.

「벌써 일어나셨습니까? 웬만하면 세면하고 저와 함께 해장이라도 하시지요.」

내 말에 속은 그가 전날보다 더욱 은근하게 구는 게 적잖이 부담이 되었으나 나는 속으로 이를 사리물고 그 호의를 태연하게 받아들였다. 시골집 같지 않게 갖춰진 화장실에서 더운 물로 샤워까지 해 술기운을 씻은 뒤 다시 탐색에 들어갔다.

「이걸 어쩐다. 이상현 선생이 있어야 전국 농민기구를 총망라하는 연대활동이 시동될 수 있는데…… 어디 가서 찾는다?」

아침머리상에서 그렇게 되는 대로 읽어대면서 시작한 탐색은 상을 물리기 바쁘게 들어온 커피잔을 받으면서도 계속되었다. 커피와 크림, 설탕 모두가 도회지 다방의 두 배는 되게 진한 커피를 여러 모금으로 나눠 마시며 나는 다시 박상수를 떠보았다.

「이상현 선생은 이곳에 도착하는 즉시로 거점 삼을 만한 동지를 포섭해 둔다 했는데 누굴까? 나는 그게 박 선생이라고 생각했는데…….」

하지만 점점 알 수 없는 대답뿐이었다. 박상수는 자신이 선택되지 못한 걸 오히려 아쉬워하는 표정으로 받았다.

「그렇다면 나뿐인데, 정말 모르겠네. 어쩨 그리 가깝게 지내면서 그 일만은 내게 아닌 보살처럼 했을까? 실은 이상현 선생이 말해주었다는 농촌이론이란 것도 답답한 내가 몇 번이나 묻자 마지 못해 몇 마디씩 대답한 걸 두루뭉실 엮은 것일 뿐이고…… 진작 알았으면 나라도 발벗고 붙들었을 텐데.」

그런 말투에도 진정이 배어 있었다. 악령은 정말로 박상수에게는 꼬리를 들키지 않은 모양이었다. 간밤 내가 박상수에게 걸었던 악령의 제자라는 혐의는 무근한 것이 되고 악령의 자취도 여기서 끊어지고 마는 셈이었다.

직장을 내던지고 박사과정까지 그만둔 뒤의 악령을 추적하는 일은 결코 쉽지가 않았다. 이번에도 거의 추적의 실마리를 잃었다가

이것 저것 다 그만두어버린 그가 결국 의지할 수 있는 것은 교직뿐
이라는 데 착안해 교육부를 들쑤신 끝에 용케 그 자취를 찾은 것이
었다. 그런데 이제 다시 교직마저 버렸으니 어디 가서 악령을 찾아
야 할지 막막하기만 했다. 그 막막함이 내게서 가망 없는 시도를
이끌어냈다.

「혹시 짐을 어디로 부쳤는지 모르십니까? 주소까지는 몰라도 됩
니다. 지역만 알면…….」

「원래 짐이란 게 별로 없었어요. 올 때도 가방 하나 들고 왔고
갈 때도 가방 하나 들고 떠났으니까.」

「그럼 뭐 남겨둔 것은 없습니까? 여기 와서 산 책이라든가, 쓰
던 노트조각이라든가…….」

「그런 것도 없는데요. 뭔가 이따금씩 끼적이는 눈치였지만 그것
도 이미 말씀드린 것처럼 떠나기 전날에 다 태워버렸어요.」

그런데 그때였다. 박상수의 말투와 눈길에 어린 희미한 망설임의
기색이 무슨 날카로운 빛살처럼 내 직감을 찔러왔다. 나는 매달리
듯 간곡하게 말했다.

「무어든지 좋습니다. 동지로서 끊어진 선을 연결하기 위한 것이
니 저를 믿어주십시오.」

하지만 박상수의 망설임은 내 지레짐작만큼 완강하지 않았다. 내
말에 한 번 더 고개를 갸웃거린 것을 끝으로 그 망설임의 내용을
털어놓았다.

「있기는 편지가 한 통이 있는데…… 그것은 제자들이 찾아오면
주라는 부탁이어서.」

「그것도 좋습니다. 틀림없이 제게 도움이 될 것 같습니다. 제가
곱게 뜯어보고 다시 봉해두면 되지 않겠습니까?」

나는 자신도 모르게 높아지는 목소리를 낮추려 애쓰며 그렇게 달
랬다. 제자들에게 남긴 편지라면 틀림없이 악령을 추적할 실마리가

들어 있을 것 같아서였다. 고맙게도 박상수는 그런 내 요청까지 선선히 들어주었다.

「뭐, 뜯고 봉하고 할 것도 없어요. 원래 봉해져 있지 않은 거니까.」

그러면서 안방 서랍에서 두툼한 편지봉투 하나를 찾아 내밀었다. 나는 그 편지가 얼른 읽지 않으면 사라져버린다는 화학 잉크로 씌어진 것처럼이나 급하게 읽어 내려갔다.

명희 현수 인희 그리고 정아나 그 밖에 예상 못한 방문을 할 제자들에게.

오늘 이런 글을 남기는 선생님의 심경 실로 참담하다. 이제 나는 이곳을 떠나 낯설고 먼 곳으로 사라지려 한다. 그곳이 어딘지, 나라 안이 될지 밖이 될지는 알 수 없지만 한 가지는 분명하다. 너희들뿐만 아니라 다른 어떤 추적자도 결코 찾아올 수 없는 어떤 땅이다.

내가 이렇게 사라지는 것에 대해 너희들은 놀라고 의아로울 것이다. 더러는 실망하고 분개하는 사람도 있을 줄 안다. 나 또한 너희들을 위해서라도 되도록이면 강하게 자신을 지켜보려 했다. 하지만 이제는 어떤 위악 (僞惡)으로도 더 나를 버틸 수가 없다.

내 20대와 거의 일치하는 이 나라의 80년대를 나는 열정과 혁명의 시대로 알아왔다. 그 시대의 험상궂고 뒤틀린 외양, 정통성도 정당성도 결여된 권력과 불합리한 분배구조는 그런 오해를 한층 자신만만하게 했다. 하지만 이제 나는 안다. 그것은 광기와 혼돈의 시대였으며 내가 그토록 자신 있게 품어왔던 신념이란 것도 실은 이데아의 눈부신 광휘와 이데올로기의 미혹을 혼동한 것에 지나지 않았다.

물론 이 같은 내 진술에 대해서는 격렬한 비판이 있을 것이다. 우리들의 이데올로기는 아직도 유효하며 어떤 희생을 치르더라도 끝까지 추구되어야 할 그 무엇이다. 오류와 착종 (錯踪)이 있다면 그것은 오히려 시대이며 역사이다. 그 밖의 모든 논의는 나약한 패배주의거나 비굴한 타협의 논리다 — 아직도 용기와 신념을 잃지 않은 사람들은 그렇게 외칠 것이다.

하지만 그렇더라도 내게는 달라지는 게 아무것도 없다. 인간은 틀림없이 유적 (類的) 존재이지만 또한 어쩔 수 없이 개별적 실존이다. 철학은 이쪽 저쪽 번갈아 편들어가며 발전해 왔고 때로 그 조화나 절충을 시도하기도 했으나 내가 보기에 유적 존재의 논리로 개별적 실존을 충만시키기에 성공한 적은 한 번도 없다. 그런데 지금 나를 짓씹고 있는 것은 개별적 실존의 고뇌이다.

어려운 얘기는 이만하고 바로 내 얘기로 돌아가자. 80년대 중반에 첫 교편을 잡은 뒤 나는 신념에 차서 너희들을 길렀다. 너희가 어리다는 것이 걱정되지 않은 것은 아니었으나 나름으로는 정성과 노력을 다하였다는 점만은 자부한다. 따라서 너희들은 근년까지만 해도 내 자랑이요 보람이었다.

썩은 부르주아의 눈으로 보면 너희들 대부분은 틀림없이 실패를 단언케 하는 삶의 행로를 걷고 있다. 그러나 나는 아직 많이 남은 너희들의 삶에 믿음을 걸었으며 설령 끝내 보상받지 못하게 된다 해도 '비극적 소모'의 논리로 나를 지켜갈 수 있었다. 모든 혁명에는 원치 않았던 희생과 불행이 따르게 마련이라는 논리 말이다.

그런데 그 같은 내 자신에 최초의 균열을 준 게 정아의 비극이었다. 너희들도 들어 알고 있을 그 끔찍하고 치욕스러운 사건은 우리의 이념 제공자는 물론 지도부의 어떤 계층도 예상하지 못한 예외적인 불상사였다. 나는 처음 그 예외성 (例外性)과 불가측성 (不可測性)에 의지해 나를 지켜나갔다. 법률적 책임의 근거가 되는 고의 (故意)와 부주의 (不注意)를 그 예외성과 불가측성이 없애주기 때문이다. 하지만 그 같은 논리의 방패도 내 가슴 깊은 곳을 찔러오는 자책의 칼날까지 막아주지는 못했다.

거기다가 뒤이어 찾아든 게 형자의 불행이었다. 내가 기른 첫번째

전사 (戰士)가 되는 형자는 정아처럼 고등학교를 중퇴하고 현장노동자로 투신했다가 대학 출신의 운동가와 동지적 결합으로 맺어졌다. 그러나 끝내 신분과 학력의 차이를 극복하지 못하고 파경을 맞자 대열에서 이탈했다. 그 뒤 자신의 불행을 우리의 운동 탓으로 돌린 형자는 앙갚음이라도 하듯 부르주아의 매음 속에 몸을 내던져 철저하게 우리를 야유하고 조소하였다. 그때도 나는 그 예외성과 불가측성에 의지해 자신을 지탱했으나 가슴속은 다시 적잖은 피를 흘렸다.

내가 의도적으로 우리의 운동이 치른 비극적 소모의 사례를 수집하게 된 것은 아마도 그 두 실패한 사례가 준 충격 때문일 것이다. 냉정하게 살펴보니 예외성이나 불가측성을 부인할 정도는 아니었으나 80년대 젊은 전사들이 우리 내부의 부조리나 불철저함 때문에 치른 희생과 고통의 사례는 뜻밖으로 다양하고 많았다. 그것도 어떤 것은 정아나 형자의 불행을 훨씬 뛰어넘는 끔찍한 것들이었다.

비로소 당황한 나는 운동의 선배나 지도부를 찾아 그 부분을 문의해 보았다. 내가 이미 그랬던 것처럼 그들도 먼저 그 예외성과 불가측성을 방패로 삼았고 그래도 다 가리지 못하는 부분은 다시 비극적 소모의 개념을 끌어와 가렸다. 좀더 대담하게, 혹은 뻔뻔스럽게는 시행착오나 목적지상 (目的至上)의 논리가 원용되기도 했다. 그런 다음, 그래도 그 희생 덕분에 이 사회가 이만큼 발전했잖아, 하며 격려하듯 내 어깨를 툭 쳐주고는 잘난 야당지도자나 국회의원 혹은 여전히 멋진 재야운동가로 돌아가는 것이었다.

솔직히 나도 그들이 제공한 변명과 위로 속에 안주하고 싶었다. 하지만 살필수록 점점 다양하게 확대되어 불거지는 우리 상처와 흉터는 그런 안주를 허락하지 않았다. 그게 내가 모든 걸 집어치우고 이 깊은 산골로 자원해 들어온 까닭이었다. 그 무렵의 일기에서 나는 유적 인간에서 개별적 실존으로 겸허하게 물러나 지난 일을 돌이켜보고 싶다고 쓰고 있지만 실은 내 오류와 과오에서 달아나 숨고 싶었는지 모른다.

이곳에서 1년, 나는 자기학대와도 같은 노동과 방심 속에서 지나치게 예민하고 섬세해진 내 정신을 회복시키려고 애썼다. 마음 한구석에서는 아직 내 선택과 실천의 정당성을 주장하는 아집과 독단이 살아 있어 내가 겪고 있는 혼란을 쓸데없는 예민함과 섬세함 탓이 아닌가 의심하고 있었기 때문이었다. 하지만 조용하고 차분하게 나를 돌이켜볼 여유가 많을수록 내 혼란은 더해갔다.

그러다가 지난 겨울 두 방향에서 결단을 촉구하는 계기가 주어졌다. 그 하나는 이 학교가 마침내 폐교되고 내가 다시 지난 오류와 과오의 배경인 도회의 학교로 불려 나가게 된 일이었다. 그리고 다른 하나는 인희가 편지로 알린 정아의 발병이었는데 특히 그것이 내 결단의 결정적인 계기가 됐다.

나는 대학에 들어간 정아가 나를 찾아와 우리 대열에서의 이탈을 선언했을 때 한편으로는 쓸쓸하면서도 한편으로는 기뻤다. 우리가 의도한 바는 아니었으나 그 아이에게는 끔찍했을 것임이 분명한 과거를 꿋꿋하게 극복하고 다시 일어선 정아에게 비록 다시 걸으려는 길은 우리와 달라도 나는 진심으로 갈채를 보내고 싶었다. 그런데 그 애가 그렇게 무너져내리다니……

거기서 나는 그 동안 주저해 오던 결론으로 쉽게 다가갈 수 있었다. 한 인간의 파멸을 당연한 것으로 만들 권리는 이 세상의 누구에게도 없다. 아니 그 이상 어떤 이데올로기의 분식(粉飾)으로든 인간의 희생이 책임지는 이 없이 용인되어서는 안된다.

역사 발전에 기여했다는 위로도 그들 비극적으로 소모된 이들의 것은 못된다. 그 명예의 전당에는 그들의 자리가 없기 때문이다. 오히려 그들은 그 지도자에 의해 더 철저하게 은폐되고 부정되는 존재이기 때문이다.

체제수호의 입장에서 보면 80년대 전반을 떠들썩하게 만들었던 박종철의 죽음과 권인숙이 당한 성고문도 비극적 소모의 일례였을 것이다. 남영동 분실의 고문실에서 부천서의 취조실에서 그 시각 실제로 이루어진 일은 통치행위의 예외이며 예측 불가능한 그 결과였다. 아무리 불합리한 권력의 지도자라 할지라도 하부에서 그 같은 일이 벌어지고 있음을 알았다면 틀림없이 말렸을 것이다.

그런데도 그 일에 대해서는 하수인은 물론 권력자도 한가지로 처벌받았다. 권력자가 실정법상의 형벌을 받지 않았다고 해서 처벌받지 않았다고 말하지 말라. 여론의 단죄는 준엄하였고 일부는 역사 속에 편입되어 소멸시효조차 없다. 예외성과 불가측성에도 불구하고 그들이 단죄되는 것은 바로 그들이 그런 예외성과 불가측성이 돌출할 수 있는 구조를 만들었기 때문이다. 권위적이고 불합리하게 제도를 운용했기 때문이다.

하지만 반대편의 비극적 소모에는 그에 상당한 주의조차 돌려지지 않고 있다. 경찰이나 정보원으로 오인돼 납치되고 감금되고 고문받았던 무고한 시민들, 국방의 의무를 수행하러 불려갔다가 줄 한번 잘못 선 죄로 불에 타 죽고 맞아 죽은 전경들, 혁명과 이데올로기에 대한 오해 혹은 그 악용으로 저질러졌던 간음과 성폭행들, 혁명을 핑계 혹은 위협수단으로 한 사취(詐取)와 편취(偏取), 터무니없이 확대된 적(敵) 개념에 바탕해 거침없이 저질러졌던 언어적 폭력, 자살사주와 시체장사…… 당시의 신문조차 그 수다한 사례를 보도하고 있으나 그 운동의 지도자들에게 책임을 묻는 목소리는 듣지 못했다.

오히려 그들 대부분은 시대의 공로자로 포상받고 서훈되었다. 곧 여당이 된 당시의 야당이나 아직 야당으로 남은 당시 야당의 간부진에 편입되었으며 나아가서는 국회의원이나 고관이 되었다. 그리고 일부는 아직도 재야운동가로 남아 명망을 누리며 아무런 부담 없이 그들의 날을 기다리고 있다. 나도 그들에게 현혹되어 오랫동안 여러 논리로 내 무죄함과 결백함을 변명하려 애썼고 아무도 책임을 묻지 않아 안도해 왔다. 하지만 상대편의 불의가 내 불의를 씻어주지 않으며 적의 부조리가 나의 부조리를 합리화시키지는 못한다. 아무도 묻지 않는다고 해서 져야 할 책임이 소멸되지는 않으며 벌을 면했다고 반드시 죄가 사해진 것은 아니다. 나는 죄지었다…….

어쩌면 너희들은 내 이 같은 심리의 전개에 대해 감정의 과장이나 감상이란 혐의를 걸지 모르겠다. 우리 80년대에 기본적인 이념을 제공하고 운동을 조직하고 구조를 부여한 사람들은 저토록 자신만만한데 조직의 중간층에서 기껏 이미 창안된 이념이나 전달했을 뿐인 내가 나서 그 비극적 소모의 책임을 떠맡으려 하는 것이 터무니없어 보일지도 모른다.

하지만 그렇지 않다. 어떤 경우에는 아무도 묻지 않기 때문에 오히려 커지는 책임이 있을 수 있고, 아무도 지려 하지 않기 때문에 반드시 내가 져야 하는 책임이 있다. 나는 우리의 80년대가 산출(産出)한 비극적 소모의 책임이 바로 그러한 경우에 해당된다고 본다. 아무도 책임을 묻지 않으니까 스스로 묻는다. 아무도 책임지지 않으니까 내가 진다.

나는 원래 다시 도회로 나가 아직도 옛 전장과 옛 전사들 주위를 떠돌 비극적 소모의 사례들을 수집하는 일로 내 속죄를 시작하려 했다. 그리하여 수집된 사례들의 공개로 보다 광범위한 속죄를 유도하려 했다. 하지만 그 일은 지금 한껏 지치고 황폐해 있는 내 몸과 마음으로는 감당할 자신이 없거니와 보다 근본적인 원인을 제공한 사람들에게 남겨져야 할 몫이기도 하다. 만약 그들이 끝내 외면한다면 그것은 또다른 시대의 불행이요 역사의 치욕이다.

여러 날의 생각 끝에 나는 먼저 주관적인 반성과 참회에서 시작하기로 했다. 스스로 사형을 언도할 수는 없더라도 장기간의 금고(禁錮)나 노동형은 선고가 가능할 것이다. 그 노동형의 일부는 지난 1년 이곳에서 이미 치렀다. 그러나 이곳은 집행이 엄정하지 못할 뿐더러 너희들과 또다른 연줄들로 세상에 열려 있는 땅이라 보다 엄정하고 격리된 내 유형지를 찾아 떠난다.

너희들도 이제 다시는 나를 찾으려 하지 말아라. 아니, 이제 나를 떠나라. 지금껏 걸어온 길을 그대로 가든 새로 시작하든 나는 묻지 않겠거니와 다만 지난날 나에게서 주입받은 것은 무엇이든 모두 버리기를 당부한다. 오직 너희 스스로 찾아내고 기른 것만 안고 가거라. 새로운 비정 (非情)이 될지 모르나 이제 나는 너희에게서 철저하게 무(無)이고 싶다.

착잡한 감회 끝이 없다만 글이 너무 장황해지는 것 같아 이만 줄인다. 잘 있거라, 아이들아.

편지를 읽기 시작할 때부터 불안해 하던 나는 다 읽고 나자 털썩 주저앉고 싶을 만큼 낙담했다. 악령은 달아나버렸다. 이제 나는 그를 영영 잡을 수가 없다─ 나는 그런 기분으로 다급해져 한 번 더 편지를 읽어보았다.

틀림없었다. 악령이 기도하는 바가 다만 공간적인 도피일 뿐이라면 나는 이 세상 끝까지라도 그를 뒤쫓아 잡을 수가 있다. 그러나 악령이 숨으려 하는 곳이 자발적인 반성과 참회 속이라면 내가 무슨 수로 잡을 수 있으랴.

나는 원래 그를 잡아내 딸의 병실로 끌고 가려 했다. 거기서 자신의 의식 깊이 갇혀버린 딸아이를 그에게 보여줌으로써 그대로 가혹한 처벌을 삼으려 했다. 그의 가슴에 일생 동안 뽑을 수 없는 가책의 칼날을 박아넣으려 했다. 하지만 이제 틀렸다. 딸아이의 비극도, 그로 인해 우리 가정이 겪은 불행도 이제는 지난 시대에게밖에 더 물을 수가 없게 되었다. 악령은 달아나버렸다.

(《동서문학》, 1995년 겨울호)

소외와 상실의 시대에 읽는 화해와 포용의 문학

김 성 곤

(문학평론가 · 서울대 영문과 교수)

　문학이 철학과 다른 점은, 아마도 삶과 진실에 대한 다양한 시각과 관점을 이야기나 대화나 운문의 형식을 통해 제시한다는 데 있을 것이다. '다양한 시각과 관점'이라 함은 곧 문학의 본질이 다원적이며 탐색적이라는 것, 그리고 문학은 고정되고 절대적이며 유일한 진실의 존재를 부인한다는 것을 의미한다. 문학은 다만 무한한 가능성을 인정하고 추구할 뿐이기 때문이다.

　그럼에도 불구하고, 동시대의 문학은 언제나 어떤 공통점을 공유한다. 문학이란 당대 문화와 사회의 반영이기 때문이다. 현대 한국 문학을 대표하는 원로 및 중진 작가들의 작품을 모은 6인 소설집 〈먼 그대의 손〉에서도 그와 같은 다양성과 공통점은 발견된다. 예컨대, 경제 위기와 인간성 상실, 현대인의 소외와 화해, 열림과 닫힘, 인간과 이데올로기, 한(恨)의 초극과 삶의 긍정, 타자의 포용, 무너지는 전통, 그리고 산업화로 인한 실향과 방랑 등은 모두 지난 수십 년 동안 우리가 겪어오고 씨름해 온 절실한 사회적 문제들이다. 이 책에 수록된 6인 작가들은 모두 각기 다른 방식으로 그러한 문제들을 천착해 문학적으로 형상화함으로써, 현대 한국사회를 포괄적으로 조감하고 있다.

이 책에 수록된 작가들의 또다른 특징은, 그들이 모두 나름대로 삶과 글쓰기에 대해 해탈과 관조의 태도를 보여주고 있다는 점이다. 아마도 연륜 때문일까, 이들의 작품에는 비극적 상황 속에서도 피어나는 삶에 대한 원숙한 포용과 따뜻한 긍정이 엿보인다. 예컨대 불륜과 마약으로 폐인이 된 아내, 돌아온 조카, 이미 낯선 타인이 되어버린 어머니와 동생, 수몰된 고향 마을, 그리고 집안의 어두운 비밀과 그 비밀을 홀로 간직해 온 어머니에게 내미는 주인공들의 '손'은 바로 그러한 포용과 긍정의 상징적 제스처가 된다.

그러므로 비록 이 책을 뒤덮고 있는 전체적인 분위기는 '상실과 소외'지만, 모든 작품을 관통하고 있는 공통 주제는 '화해와 포용'이 된다. 그리고 그것은 곧 암울한 현재 상황 속에서도 절망하지 말고 아집의 패각을 벗고 타자에게 화해의 손을 내밀어야만 한다는 것을 의미한다. 잡아야 할 손은 물론 멀리 떨어져 있지만, 그래도 우리는 그 손을 잡아야만 한다. 서로 손을 잡는 것만이 이 상실과 소외의 시대에 우리를 지탱해 주는 유일한 수단이 될 것이기 때문이다. 김준성의 소설 제목 '먼 그대의 손'이 6인 소설집의 특징을 집약적으로 보여주는 은유적 의미를 갖는 것도 바로 그런 의미에서이다.

금년에 80세를 맞는 김준성은 작가의 역량과 상상력이 나이와는 무관하다는 것을 보여줌으로써, 후배 작가들에게 용기와 희망을 주고 있는 원로 작가이다. 그런 의미에서 김준성은 90세가 다되었는데도 여전히 소설을 쓰고 있는 미국 작가 솔 벨로를 연상시킨다.

1998년에 펴낸 〈욕망의 방〉에서 이미 보여주었듯이, 김준성은 경제적 위기가 개인과 사회에 어떠한 영향을 끼치며, 금전과 재정

문제가 얼마나 미묘하게 인간의 삶과 심리에 작용하고 있는가에 대해 탁월한 성찰을 보여주는 특이한 작가다. 그것은 아마도 한때 그가 맡았던 이 나라 경제 총수의 역할과, 현재 맡고 있는 대기업 회장이라는 특이한 경력 때문일 터인데, 그 덕분에 그는 일견 별 관계가 없어보이는 문학과 경제 사이에 본격적인 가교를 놓은 첫 전문경제인 출신 작가가 되었다.

김준성처럼 전문 직업을 가진 작가들은 모두들 자신의 전문 분야와 문학을 연결시키려는 경향을 갖고 있으며, 그것은 작가에 따라 각기 다른 형태로 나타난다. 예컨대 은행가였던 T. S. 엘리엇은 시를 마치 소중하게 보호해야 할 재화처럼 생각했고, 변호사였던 윌러스 스티븐스는 시란 삶을 다스리는 질서와 관념이라고 생각했으며, 의사였던 윌리엄 칼로스 윌리엄스는 시를 인간의 영혼을 치유하는 의술로 보았다. 그런 맥락에서 보면, 경제전문가인 김준성은 문학을 우리의 정신적 삶을 풍요롭게 해주는 영적 자산으로, 또 경제적 문제로 인해 발생하는 개인적·사회적 위기를 진단하는 보고서로 생각하고 있는 것처럼 보인다.

김준성의 「먼 그대의 손」 역시 한 가정에서 일어나는 경제적 위기가 어떻게 가정의 파탄과 사회의 붕괴, 그리고 궁극적으로는 개인의 파멸을 초래하는가를 성찰한 주목할 만한 작품이다. IMF 한파가 몰아치기 시작하던 1998년 2월 어느 날, 대기업의 판촉과 과장 강대운은 뜻밖에 명예퇴직 대상이 되어 회사를 그만두게 된다. 그의 뛰어난 능력도 갑자기 몰아닥친 불경기에는 속수무책이었고, 그 역시 구조조정의 대상이 되고 만 것이었다. 그가 경제력을 잃고 가장과 사회인으로서의 기능을 상실한 바로 그 순간, 그의 남성 역시 기능을 잃고 시들어버린다. 그는 이제 가장의 역할뿐 아니라, 남성의 역할마저도 할 수 없는 완벽한 무능력자가 된 것이다.

경제학자들은 경제가 모든 것의 기본이라고 말한다. 예컨대 경제가 탄탄하면 독재정권조차도 무너지지 않지만, 금전상의 문제가 발생하면 부부 사이도 쉽게 깨진다는 것이다. 과연 경제력을 박탈당하는 순간, 강대운은 삽시간에 무능력자로 전락한다. 사회에서도 가정에서도 안주할 곳을 찾지 못하게 된 그는 극도의 고립과 소외 속에서 살아가게 된다. 그는 가족들에게 자신의 실직 사실을 숨긴 채, 아침마다 공원으로 출근해서 하루를 소일한다.

처음에 그는 어느 자선단체가 주는 공원의 무료급식을 외면한다. 그러나 오래지 않아 그 역시 자존심을 접고 그 무료급식을 타기 위한 줄에 합류하게 된다. 그러나 그는 공원에 모여 소일하는 실직자들 속에서도 고독한 타인일 뿐이다.

> 그가 앉아 있는 벤치에는 하루종일 수많은 사람들이 거쳐갔다. 그런 사람들 중에는 얼굴을 익힌 사람도 더러 있었다. 그들은 눈이 마주치면 마지못해 눈인사만 보낼 뿐 말을 걸어오는 일은 없었다. 이곳에서는 모두가 타인이었다. 뿐 아니라 자기자신의 존재까지도 타인으로 밀쳐버려야 할 때가 있었다. 그래야 시간도 비켜갔다.
> (p. 24)

그러한 극단적 고립과 소외에서 그에게 위로가 되는 것은 역시 공원에서 소일하는 변동민이라는 남자와의 친교이다. 처음에 강대운은 그를 경계하지만, 점차 그의 진실된 성격과 진지한 태도에 이끌리게 된다. 가까워진 둘은 공중 목욕탕에도 같이 가게 되는데, 거기에서 변동민은 남성의 기능을 상실한 강대운에게 다시 한번 힘찬 발기를 경험하게 해준다. 즉 외로운 그에게 다시 예전의 힘을 되찾아주는 것은 정신적 의지가 되어주는 실직 동료 변동민과의 만남이다. 작가는 소외와 고립의 극한에서 힘을 주는 것은 따뜻한 인간관계라는 점을 시사해 주고 있다.

강대운은 변동민의 덕택으로 외로움에서 벗어나 점차 자신감을 회복하게 된다. 그러던 중 강대운은 지방의 하청공장에 취직하게 된다. 그리고 거기 맞추어 변동민도 강대운을 떠나간다. 이와 같은 구도—변동민과의 만남 / 자신감의 회복 / 취직 / 변동민의 떠나감—는 경제적 위기와 그로 인한 정신적 공황에서 인간을 구할 수 있는 것은 오직 휴머니즘뿐이라는 작가의 신념을 드러내주고 있는 것처럼 보인다.

남자가 경제력을 상실하면 여자가 돈 버는 일에 뛰어들게 되는 법이다. 강대운의 부인 엄미영 역시 실직한 남편 대신 가계를 꾸려 나가기 위해 애쓰다가, 친구 한소영의 소개로 커피숍의 얼굴 마담 일을 하게 된다. 그러나 그녀는 곧 박도현이라는 사기꾼의 농간에 빠져, 몸은 물론 전재산인 2천만 원까지 빼앗긴다. 그리고 그 와중에 박도현은 그녀를 마약중독자로 만들어, 영영 헤어나올 수 없는 파멸의 수렁으로 빠뜨린다. 강대운에게 힘을 주는 변동민과는 정반대의 인물인 박도현은 엄미영에게 남편이 주지 못하는 육체적 쾌락은 주지만, 결국 그녀의 모든 것을 빼앗고 그녀의 정신을 황폐화시킨다.

작가 김준성에 의하면, 인간을 구하는 것도 인간이지만, 인간을 파멸시키는 것 또한 인간이다. 즉 진정으로 중요한 것은 경제적 문제가 아니라 인간관계이며, 정말로 위험한 것은 경제적 위기가 아니라 잘못된 인간관계라는 것이다. 엄미영을 파멸시키는 것 역시 경제적 위기 그 자체라기보다는, 잘못된 인간관계라고 할 수 있다. 그리고 잘못된 인간관계는 궁극적으로 가정과 사회 모두를 파멸로 이끌어간다. 그런 의미에서 엄미영이 박도현으로부터 구하는 성적 쾌감은 마치 마약과도 같아, 그녀의 분별력을 마비시키고 돌이킬 수 없는 파멸의 길로 그녀를 몰아간다. 그리고 엄미영의 몸 속에 흐르는 마약은 곧 이 사회 속에 흐르는 마약과도 같아, 결국은 필연적인 도덕의 붕괴와 사회의 파탄을 예시해 주고 있다.

처음에 강대운은 이혼을 생각하지만, 친정에 내려간 아내가 죽음으로 속죄하려 했다는 이야기를 듣고는 마음이 흔들린다. 그는 결혼 전에 가보았던 아내의 친정 과수원집에 대한 꿈을 꾼다. 감나무가 있는 과수원 뒷산에서 그는 아내의 손을 잡으려다가 발이 미끄러지는 바람에 아내의 손에 닿지 못한다. 꿈속에서 그녀의 손은 오렌지색 새가 되어 푸른 바다 위로 멀어져간다. 꿈에서 깬 그는 자신의 발이 먼저 미끄러졌기 때문에 아내의 손을 놓쳤다는 사실을 깨닫고, 용서하기는 어렵겠지만 그래도 아내의 '먼 그대의 손'을 다시 잡아보기로 결심한다.

강대운은 공원 벤치를 찾아가 변동민을 그리워한다. 그는 마치 변동민이 자기에게 다시 엄미영을 만나보라고 권하는 것처럼 느낀다. 「그의 권고대로 그녀를 만난다고 해서 얼어붙었던 마음이 쉽사리 풀릴 것 같지는 않았다. 다만 지나온 시간들이 기억해 낼 수 있는 만큼의 아쉬움으로 되살아나는 만남이었으면 했다.」 이 소설은 이렇게 끝난다.

김준성은 표면적으로는 경제적 문제를 다루고 있지만, 궁극적으로는 언제나 인간 개인의 문제로 회귀한다. 즉 그는 경제적 위기라는 모티프를 통해 자신의 문학 속에서 인간성과 인간관계, 그리고 현대인의 삶에 대한 심오한 성찰을 보여주고 있다는 것이다. 사실 그러한 작업을 위해 김준성만큼 더 완벽하게 준비된 작가도 없을 것이다. 그는 경제와 인생 모두에서 현재 가장 높은 정점에 서 있는 사람이기 때문이다.

이청준은 우리 시대의 가장 지적인 작가이면서도 언제나 토속적인 정서를 잃지 않고 있다는 점에서 특이하다. 그는 또 서구적인 수수께끼나 게임의 모티프를 자신의 작품에 즐겨 차용하면서도, 동

시에 동양적 예술의 세계나 구도의 주제를 다루는 데 탁월한 장인
의 솜씨를 보여주고 있다는 점에서도 특이하다. 최근 미국 펜실베
이니아주립대학에서 「이어도」를 교재로 사용했던 한 미국인 교수는
이청준의 「이어도」야말로 동서양의 가치관과 정신이 절묘하게 조화
된 훌륭한 작품으로 대단히 인상적이었고 학생들의 반응도 아주 좋
았다는 편지를 보내온 적이 있다.

　이청준의 작품치고는 비교적 단순한 구성의 소품처럼 보이는 「내
가 네 사촌이냐」 역시 자세히 읽어보면 바로 그와 같은 복합적인
특성을 갖추고 있다는 것을 알 수 있다. 작가 특유의 이야기 솜씨
로 인해 단숨에 읽히는 이 단편의 배경은 「방앗간길 아래쪽에 가죽
나무 한 그루가 높이 솟아오른」 한국의 전형적인 어느 시골집이지
만, 그 주제는 인류 공통의 문제이자 현대인 모두의 문제인 '소외'
'차별' '타자' '방랑' '귀환' '혈연' 그리고 '가족'이라고 할 수 있다.
또 이 작품을 감싸고 있는 것은 해방 이후 한국의 현대사와 토속적
인 한(恨)이지만, 이 작품의 보다 더 심층적인 주제는 '닫힌 사회'
와 '바깥 세상' 같은 다분히 보편적이고 현대적인 모티프라고 할 수
있다.

　이 작품에는 물론 우리가 까마득하게 잊어버린 채 살고 있지만,
결코 지워지지 않는 역사의 아픈 기억과, 과거의 상처라는 무거운
주제도 들어 있다. 어느 날 불쑥 찾아와 오래 잊고 살았던 과거의
아픈 기억과 상처를 되살려놓는 이 작품 속의 젊은이는 어두운 과
거란 결코 역사에 맡기거나 망각될 수 없다는 것을 시사해 주고 있
다. 우리가 그것과 대면해 문제를 해결하지 않는 이상, 과거의 악
몽은 언젠가 다시 살아 돌아온다라는 것 또한 이 작품의 주요 주제
가 된다. 그런 의미에서 1945년부터 1990년대 초반까지를 다루고
있는 이 작품은 어쩌면 비극적인 우리 현대사에 대한 작가의 겸허
한 반성문인지도 모른다.

그래서 「내가 네 사촌이냐」는 그 외면적 단순함에도 불구하고, 어느새 무거운 주제와 의미를 갖는 이청준 특유의 세련되고 복합적인 작품으로 떠오른다. 소설의 줄거리는 간단하다. 어렸을 적 나병에 걸려 집을 떠난 후 소식이 끊긴 안의윤의 아들이 자신의 아버지가 ㅅ섬의 나환자촌에서 죽자, 고향에서 대를 이어 살고 있는 작은아버지 안서윤의 집을 찾아온다. 안서윤은 근 50년 만에 갑자기 나타난 조카를 앞에 두고 지난날의 회상에 잠긴다. 소설의 대부분은 안서윤의 회상으로 되어 있다. 소설의 마지막에 안서윤은 객사한 형의 유지를 받들어 형의 유해를 선산으로 이장하고, 조카를 가족의 일원으로 받아들이기로 결심한다. 그러나 어렸을 때부터 '닫힌 사회'에서만 살아온 안의윤의 아들은 '바깥 세상'에 대한 회의와 불신으로 선뜻 새로운 가정의 일원이 되기를 꺼려한다. 답답해진 안서윤은 그런 조카에게, 마침 다가오는 자기 아들을 가리키며, 「저 길동이한테 너희가 사촌간이냐 아니냐 물어봐라 이놈아. 그것이 네가 여기까지 마음속으로 물으러 온 말이 아니냐」라고 말한다. 이 소설의 다소 특이한 제목은 바로 안서윤의 위 대사에서 가져온 것이다.

50년대까지만 해도 우리나라에는 거리를 배회하며 구걸하는 나환자들이 많았다. 당시 그들에 대한 사람들의 시선은 두려움과 배척 바로 그것이었다. 나환자들의 일그러진 외모와, 병이 옮을지도 모른다는 생각은 나환자들에 대한 두려움과 차별의식을 심어주었다. 심지어는 그들이 병을 고치기 위해 어린아이들을 잡아다가 생간을 꺼내 먹는다는 불확실한 소문도 나돌았다. 그래서 정상인들에게 나환자들은 완벽한 '타자'가 되었고, 나환자들은 사회로부터 철저하게 고립되고 소외되었다. 그리고 정부당국이 전국을 방랑하며 떠돌던 그들을 붙잡아 섬에 수용하면서부터, 그들은 사회로부터 완벽하게 제외되고 격리되었다.

나환자의 역사는 멀리 기원전 구약시대로까지 거슬러 올라가지만, 로마가 세계를 지배하고 있었던 예수 당시에도 나환자가 많았던 것으로 기록되어 있다. 소외와 차별의 근원을 역사적으로 추적했던 미셸 푸코는 인류 최초의 수용소가 바로 나환자 격리정책에서 비롯되었다고 지적하고 있다. 원래는 나환자들을 그냥 도시의 외곽에 모여 살도록 했지만, 도시가 팽창하고 확대됨에 따라 나환자 구역이 점차 도시 안에 편입되게 되었고, 그래서 별도의 격리수용소가 필요하게 되었다는 것이다. 즉 나환자들로 인해 인간은 제도적으로 격리되고 수용되게끔 된다.

나병에 걸린 안의윤 역시 집과 부모와 고향을 떠나 나환자들의 무리에 합류했다가, 결국 제도권이 만든 수용소인 ㅅ섬으로 들어가게 된다. 처음에 그는 동네 사람들의 두려움과 여론에 밀려 마을을 떠나지만, 나중에는 자기 스스로 고립을 선택하여 집과의 관계를 단절한다. 그는 찾아온 어머니도 만나주지 않을 뿐 아니라, 심지어는 부모의 장례식에도 모습을 나타내지 않고 근처 숲속에 숨어 바라볼 뿐이다. 그는 어느덧 사회제도인 격리수용의 목적이 의도하는 완벽하게 '소외된 인간'이 된 것이다. 사회제도는 이처럼 인간을 세뇌시키고 제어해 그 본질을 바꾸어놓는 가공할 만한 힘을 갖고 있다.

그럼에도 안의윤은 정상인인 아들만큼은 언젠가 다시 고향으로 돌아가 가문의 일원이 되어 살아주기를 바란다. 그가 고향 마을 부모의 산소에 아들을 두 번이나 데리고 다녀간 이유도 바로 그것이다. 안의윤은 아버지의 장례식에 데려온 아들에게 자기가 떠나온 가정과 가족에 대해 이렇게 말한다. 「나는 살아생전에 찾아갈 수 없는 곳이요, 찾아가 함께할 수 없는 사람들이다. 때가 되면 나중에 너라도 찾아가보라고 길을 함께 데려온 것이다.」 그런 데다가 나중에 역시 나환자였던 어머니마저 죽음을 눈앞에 두고 같은 유언을 남기자, 안의윤의 아들은 자신의 뿌리를 찾아 돌아온 것이다.
'소외' '차별' '타자' '방랑' '귀환' '혈연' 그리고 '가족' 같은 모티프
들이 차례로 그 모습을 드러내는 것은 바로 그러한 맥락에서라고
할 수 있다.

　그러나 이 작품의 보다 더 중요한 주제는 '닫힌 사회'와 '바깥 세
상'인 것처럼 보인다. 태어나면서부터 나환자촌이라는 외부와 단절
된 사회에서 살아온 안의윤의 아들은 바깥 세상에 대한 막연한 불
안감과 두려움과 적개심을 갖고 있다. 더구나 외모가 흉하게 일그
러진 사람들 사이에서 그것이 당연하다고 생각하며 살아온 그의 눈
에는 정상적인 사람들의 모습이 오히려 이상하고 무섭게 보일 수밖
에 없다. 그가 자신을 받아들이려는 작은아버지 안서윤에게 시니컬
한 태도를 보이고 비아냥거리는 것도 사실은 새롭게 시작해야 할
바깥 세상에 대한 두려움과 불신감 때문이다.

　　녀석은 이미 서윤 씨가 짐작해 온 것 이상으로 바깥 세상과 그 바
　깥 사람들의 일을 겁내고 있었다. 녀석이 그토록 제 어미의 간절한
　소망을 외면한 채 그를 찾아오기를 꺼려해 온 것도 실은 그 고향 사
　람들과 고향에서의 일들을 두려워한 때문이었다. (p. 83)

　새로운 세상으로의 편입을 두려워하는 조카로 인해 난감해진 안
서윤은 마침 옆에 있던 아들에게 자신의 짐을 떠넘긴다. 「너희가
사촌간이냐 아니냐 물어봐라 이놈아.」 이 말은 아마도 그 동안 어
둡고 무거운 과거의 짐을 까마득하게 잊고 살아온 기성세대의 반성
과 무력감, 그리고 새로운 세대에 대한 한 가닥 희망의 은유적 표
출일 것이다. 아무리 기억하기 싫더라도, 과거를 망각할 수는 없
다. 조지 산타아냐의 말대로, 「과거를 기억하지 못하는 사람은 과
거를 되풀이해 살 수밖에 없기 (Those who do not remember the

past are condemned to relive it)」때문이다.

「내가 네 사촌이냐」처럼 일견 단순하게 보이는 소설에 이처럼 복합적인 주제를 집어넣을 수 있는 작가는 그리 흔치 않을 것이다. 그것은 곧 작가로서 이청준의 역량이 이미 원숙한 경지에 이르렀음을 보여주는 한 좋은 예가 된다.

김주영의 중편 「금의환향(錦衣還鄉)」은 제목부터 역설적이다. 이 작품이 성공해서 고향에 돌아오는 사람들이 아닌, 삶의 터전을 잃고 고향을 떠나는 사람들의 이야기이기 때문이다. 그럼에도 작가가 이렇게 역설적일 수밖에 없는 것은, 오늘날 우리의 현실이 아이러니와 패러독스로 가득 차 있기 때문일 것이다.

낙동강 유역에 자리잡고 있는 구룡동은 근처에 다목적 댐이 건설되어 수몰지구로 지정된 곳이다. 이 마을에 어느 날 춘천에서 내려온 외지 사람들이 나타나 헐값에 땅을 사들이기 시작하고, 동장 오동칠은 그들을 도와주면서 수고비를 챙긴다. 자신들의 땅을 팔고 돈을 받은 사람들이나, 당국으로부터 보상비를 지급받은 사람들은 이주비로 사용해야 할 그 돈으로 노름을 하거나 술을 마시거나 미장원에 가거나 해서 탕진한다.

이 작품의 전반부를 이끌어나가는 박억수 역시 밤샘 노름으로 외지 (영주와 봉화)에서 원정 온 도박꾼들에게 이주비 10만 원을 모두 잃는다. 이 작품에서 외지인들은 헐값을 던져주고 땅을 빼앗아 간 다음, 다시 그 돈을 노름으로 되찾아가는 착취자들로 묘사되어 있다. 후반부의 이야기를 이끌어가는 박억수의 동생 박달수 역시 부산에 갔다가 일본 밀항선을 소개해 준다는 외지인 사기꾼을 만나 가진 돈 모두를 털리고 졸지에 전과자까지 되고 만다.

그러나 그렇다고 해서 마을 사람들을 믿을 수 있는 것도 아니다. 동장 오동칠은 외지인과 작당해 마을 사람들의 땅을 팔아넘기고,

술집 '한성옥'의 작부 나죽자(羅竹子)는 사랑한다던 달수를 배반하고 한씨라는 남자에게 가버리며, 대부분의 마을 사람들은 보상금인상 추진위원회의 탄원서에 서명하기를 꺼려한다. 적은 외부에만 있는 것이 아니라, 내부에도 있는 것이다.

그 와중에서 달수는 외지인들의 고발로 경찰서에 잡혀간다. 달수가 교도소에서 풀려나는 날, 죽자가 나와 기다리고 있다가 그를 반갑게 맞는다. 죽자 역시 한씨에게 배신당하고 가진 돈까지 모두 빼앗긴 상태이다. 죽자는 달수에게 동장과 억수를 포함한 마을 사람들이 모두 구룡동을 떠났으며, 이제 곧 마을이 수몰될 것이라는 사실을 알려준다. 고향을 잃은 두 사람은 버스 정류장을 향해 터벅터벅 걸어간다. 소설은 '금의환향'과는 정반대의 결말로 끝이 난다.

김주영은 댐 건설로 인해 사라져가는 한 마을과, 수몰지구에서의 투기행위와 검은 거래, 그리고 고향을 잃어버린 사람들의 이야기를 통해, 개발과 금전과 테크놀로지로 인해 일어나는 인간성의 상실, 삶의 터전 상실, 그리고 정처없는 방랑이라는 문학적 주제를 설득력 있게 천착하고 있다. 그렇다면 정작 수몰되는 것은 한 마을이 아니라, 현대인의 고향과 고유 전통, 그리고 더 나아가 인류 문명 그 자체라고 할 수 있을 것이다. 그러한 암울한 상황에서 다만 위안이 되는 것은, 달수와 죽자의 재결합과 새출발이다. 비록 아직 갈 곳도 정해지지 않았지만, 두 사람의 사랑이 새로운 희망으로 다가오는 이유도 바로 거기에 있다.

남도의 한과 정서를 문학적으로 형상화하는 데 한승원보다 더 뛰어난 작가도 드물 것이다. 「검은댕기두루미」 역시 한승원 특유의 토속적 향기가 물씬 풍기는 작품이다. 한승원은 노련한 이야기꾼이지만, 그의 이야기들은 단순히 재미있는 데에 그치지 않고, 언제나 빼어난 문장과 뛰어난 묘사를 수반해 독자들을 즐겁게 한다.

바다가 모래톱과 검은 갯바위를 물어뜯고 있었다. 갈매기는 요동 치는 파도 속에서 고기 사냥을 하고 있었다. 쾌속선 두 척이 푸른 물굽이 속에 묻혀 있는 지퍼를 하얗게 찢으며 나아갔다. (p. 143)

위 인용에서 볼 수 있는 것처럼, 작가로서 한승원의 필력은 이미 달인의 경지에 이른 것처럼 보인다. 그리고 그러한 묘사력으로 한 승원은 인생의 희로애락을 관조하고, 인간의 한(恨)을 예술적으로 승화하는 데 성공하고 있다.

「검은댕기두루미」 역시 인생이라는 여정에서 우연히 만나 마치 프라이팬 위의 빈대떡처럼 서로 지지고 볶으며 사는 사람들의 슬픈 이야기라고 할 수 있다. 「삶은 이렇게 저렇게 만난 서로를 지지고 볶도록 되어 있었다.」 이 단편의 주인공인 선우창희는 젊었을 때 어머니에게 남자친구 김석호를 빼앗긴 한을 품은 채, 지금은 죽음 을 기다리며 시골의 바닷가에서 혼자 살고 있다. 「먼바다에서 달려 온 파도들은 모래톱에서 양파의 흰 속껍질처럼 벗겨지고」, 그녀는 그러한 파도로부터 알맹이가 없이 껍질만 계속 벗겨지는 삶의 공허 와 허무를 느끼며 홀로 여생을 보내고 있다. 그녀는 간혹 자기 집 근처 소나무에 날아와 앉곤 하는 혼자 사는 검은댕기두루미를 자신 과 동일시한다.

어느 날 그곳으로 45세의 남동생 창기가 그녀를 찾아온다. 그냥 바람쐬러 나섰다는 그에게서 그녀는 「여러 번 포개 접어 숨긴 암수 표 같은 음모의 부피와 그림자」를 감지한다. 아니나다를까, 창기는 노망기가 있는 어머니의 건물과, 죽은 김석호가 그녀에게 남긴 건 물의 상속포기서를 써달라고 부탁한다. 결국 천릿길을 찾아온 그의 속셈은 재산에 대한 욕심 외에 아무것도 아니었던 것이다.

「검은댕기두루미」가 제시하고 있는 것은 인간과 인간, 또는 가족과 가족 간의 신뢰와 애정이 완전히 사라진 암울한 풍경이다. 이 작품에서는 딸과 어머니, 누나와 동생, 그리고 심지어는 애인과 애인 사이에도 기만과 증오만 있을 뿐, 이해와 포용은 존재하지 않는다. 이야기의 중간에 삽입된 여우의 에피소드에도 역시 문서를 뺏고 빼앗기지 않으려는 사람과 여우 사이의 위장과 불신과 속임수가 난무한다. 예컨대 어머니와 동생과 아내인 줄로만 알았던 사람들이 사실은 자신을 속인 여우라는 설정은 그 한 좋은 예가 된다. 현실에서도 그녀의 어머니는 그녀를 속여 서울 시내를 헤매게 하고, 그녀의 동생은 그녀의 집문서를 빼앗아 출세하려고 한다.

그러나 작품의 마지막에 그녀는 그 끈질긴 한과 원한을 너그럽게 용서하고 가족들을 포용하기로 한다. 그녀는 동생이 원하는 문서를 넘겨주기로 하고, 노망이 들어 죽어가는 어머니도 자기가 맡겠다고 자청한다. 그녀는 검은댕기두루미를 생각하며 동생에게 이렇게 말한다.

> 「조건이 하나 있다. 너, 그 여자 거기 가둬놓지 말고, 이리로 모셔다 놔라. ……어디서 어떤 모양새로 살건, 사는 것 모두가 갇혀 사는 것이기는 하지만, 좀더 너른 땅에서 훨훨 날개라도 쳐보면서 사는 것이 좋을 수도 있는 법이니까.」(p. 168)

그 말을 하는 순간, 그녀는 어디서인지 향기가 날아오는 것을 느낀다. 그리고 그 향기가 사실은 자기 내부에서 솟고 있음을 깨닫는다.

한승원은 이 작품에서 삶의 비극적 본질을 통찰하고, 어떻게 해야 그러한 삶을 의미 있게 만들 수 있을 것인지를 성찰한다. 선우창희는 삶을 마감하기 직전, 어머니와 동생과 남자친구가 풍기는 악취를 드디어 향기로 바꾸어놓는 데 성공한다. 그녀는 이제야 비로소 삶을 있는 그대로 받아들이며, 죽음을 포용할 준비가 된 것이다. 검은댕기두루미는 바로 그런 그녀의 은유적 모습이다.

김원일의 중편 「세월의 너울」은 아버지 제삿날 저녁에 모인 가족들의 이야기를 통해 한 가문의 가계사를 추적하고, 세월의 흐름에 따라 변해가는 관습의 변화와 가치관의 변천을 시종 담담한 어조로 성찰하고 있는 무게 있는 작품이다. 이 작품을 읽고 있노라면, 특히 제사 의식과 전통 풍습에 대한 작가의 해박한 지식과 세밀하고도 정치한 묘사에 감탄하게 된다.

「세월의 너울」에서 우선 드러나는 주제는 신구 가치관의 대립이다. 작품의 서두에서부터 밝혀지지만, 종갓집 장남이자 58세인 주인공 집안의 어른들 기제사나 생일은 음력을 따르지만, 「아랫대로 내려오면 생일과 결혼 기념일이 양력으로 바뀐다」. 집안의 기념일들이 음력과 양력으로 나뉘어 있는 셈이다. 또 옛 유가의 전통에 따라 자정을 막 넘겨 제사를 지내야 한다고 주장하는 77세의 어머니와, 시간이 너무 늦어 불편하니 아홉시쯤 제사를 지내자고 하는 젊은 아들들과 며느리들의 의견이 대립하기도 한다. 그리고 분명 법도 있는 집안이건만, 텔레비전 만화영화를 보고 있는 아이들은 떨어져서 보라는 할아버지의 말을 들은 척도 하지 않는다.

이 소설의 주인공 집에는 마치 살아 있는 가족사를 보여주듯이 4대가 모여 살고 있다. 그래서 이 집은 외견상 뼈대 있는 전통적인 가문처럼 보인다. 제사도 증조부대부터 모시니, 일 년에 모두 다섯 차례나 기제사가 있는 집안이다.

그러나 세월이 흐르면서 주인공의 집안도 많이 변한다. 주인공인 '나'의 큰아들은 실연한 후 자살했고, 둘째아들은 미국으로 이민을 가버렸으며, 지금은 셋째아들 가족만 같이 살고 있다. 둘째아들이 미국으로 떠난 이유는 아이 완이가 자폐증 환자이기 때문이고, 셋째동생이 요즘 걱정인 이유는 대학생 딸 건옥이가 운동권이기 때문이다. 또 주인공에게는 한국전쟁 때 월북한 동생 일식과 이복여동생 숙이가 있다. 「세월의 너울」은 이렇게 주인공 가문을 바꾸어놓은 것이다.

이 소설의 클라이맥스는 방송 드라마를 쓰는 주인공의 막내아들이 취재차 고향에 내려가 조사해 온 가문의 비밀이 밝혀지면서 극에 달한다. 고조할머니가 가족들이 알고 있는 것처럼 김 참판 댁 규수가 아니고, 사실은 풀려난 그 집 노비였다는 사실을 알아낸 것이다. 주인공은 비로소 명문 양반의 후예인 어머니가 그 사실을 알면서도 지금까지 입 밖에 내지 않고 묵묵히 가문을 이끌어왔다는 것을 알게 되고, 새삼 어머니의 존재와 가치에 대해 명상에 잠기게 된다.

> 내가 할아버지 소리를 들은 지 오래된 마당에, 내 윗대가 되는 어머니란 누구인가. ……그들은 이미 철저하게 잊혀진 세대이다. 그러나 노인도 노인 나름일 것이다. ……어머니 경우는 시아버지가 시할머니의 가계를 꾸몄음에도 이를 넉넉한 마음으로 감쌌음은 물론, 이를 넘어서서 스스로 본이 된, 그 생애가 아름다운 삶이었다. 그 아름다움이란 스스로를 겸손으로 감추는 가운데, 보는 이로 하여금 느끼게 하는 눈부심이다. ……그러므로 어머니는 오래 전부터 내게 종교와 같은 절대적인 그 무엇이 되었다. 그 그늘이 아니고선 우리 집안은 물론 나라는 존재도 너울 센 바다에 떠도는 가랑잎이었으리라. (pp. 251~252)

주인공 '나'의 말대로, 가족들이 자살하고 이민 가고 월북하고 운동권에 투신하고 있는 이 시대에 조상 중 한 분이 노비 출신이었다는 것은 별 의미가 없다. 중요한 것은 그러한 사실을 알면서도 조금치도 흔들리지 않고 종갓집 며느리로서 훌륭하게 가문을 이끌어온 어머니의 의연한 모습이다. '나'는 이제야 비로소 속절없이 늙어가고 있으며 곧 저세상으로 사라져갈 어머니가 대표하고 있는 소중한 가치를 깨닫게 된다.

「세월의 너울」은 세월의 풍파 속에서 모든 것이 변하지만, 그래도 우리가 간직할 영원히 소중하고 아름다운 것은 남아 있음을 말해주는 감동적인 소설이다. 어머니로 표상되는 그 전통적인 아름다움과 눈부심은 고유한 전통과 풍습이 급속도로 와해되어 가는 오늘날 우리들의 가슴에 영원히 숨쉬고 있을 것이다.

이문열의 「달아난 악령」은 80년대에 성행했던, 그리고 어쩌면 지금도 계속되고 있을, 소위 운동권의 '의식화' 문제를 다루고 있다는 점에서 우리의 주목을 끈다. 왜냐하면 작가의 말대로, 80년대의 후일담 문학이 무성하면서도 웬일인지 그 문제를 다룬 작품은 90년대가 끝나가는 지금까지도 나오지 않고 있기 때문이다. 그러나 바로 그 민감한 문제를 건드린 죄로 이문열은 다시 한번 좌파들의 비판 대상이 되었고, 「달아난 악령」 역시 소위 진보주의자들 사이에 논란의 대상이 되었다.

이문열의 특징 중 하나는 아마도 그가 우파 보수주의 성향을 너무 직설적으로 드러낸다는 것, 그리고 정치적 문제들에 대한 자신의 견해를 별다른 여과 과정 없이 바로 소설화하는 것처럼 보인다는 점일 것이다. 그러나 전자의 경우에는 좌파 작가들이 있듯이 우파 작가도 있는 법이니 크게 시비 걸 일은 못된다. 만일 그의 우파 성향을 문제삼는다면, 다른 작가들의 좌파 성향도 문제삼아야만 하기 때문이다. 오히려, 좌파 문학이 주류를 이루던 시대에 홀로 나서서 좌파 이데올로기를 비판했다는 점에서 그는 용기 있는 작가라고도 할 수 있다. 다만 독재정권의 시대에 그가 과연 좌파들의 경직된 이데올로기를 비판했던 것만큼, 우파들의 억압과 횡포도 비판했었는가 하는 것은 논란의 여지로 남는다.

이문열에 대한 비판이 보다 더 설득력을 갖는 것은 후자에서이다. 그가 자주 정치적 이슈들을 소설화하고, 등장인물들의 대사를 통해 자신의 정치적 신념이나 성향을 특별한 여과 없이 그대로 드러내왔기 때문이다. 그는 언론인들이 신문 칼럼을 통해 그렇게 하듯이, 아마도 자기가 하고 싶은 말을 소설을 통해서 하는 사람처럼 보인다. 그럼에도 그는 그런 이야기들을 재미있게 읽히는 한 편의 소설로 만드는 특별한 재주를 갖고 있다. 그래서 그 어떤 소재도 이문열의 손으로 넘어가면 그 즉시 한 편의 흥미 있는 이야기로 변모한다. 그런 의미에서 그는 타고난 작가일 뿐 아니라, 이 시대 최고의 이야기꾼이라고 할 수 있다.

「달아난 악령」 역시 평범한 소재임에도 불구하고 작가의 탁월한 이야기 솜씨 때문에 우선 재미있게 읽힌다. 요즘처럼 소설이 잘 안 읽히고, 소설보다 더 재미있는 매체들이 많은 시대에 이문열의 그러한 재주는 작가로서 분명 커다란 축복이다. 그러나 재미있다는 것만으로 어떤 이야기가 곧 소설이 되거나 훌륭한 문학작품이 될 수는 없다. 한 편의 예술작품이 되기 위해서는, 인간의 존재방식과 삶의 양태에 대한 근원적인 성찰, 인식론적 고뇌, 심오한 주제, 고도의 상징 등이 그 속에 내재되어 있어야만 하기 때문이다. 그렇다면 「달아난 악령」에는 과연 그러한 요소들이 들어 있는가.

「달아난 악령」은 운동권 출신 교사의 '의식화' 작업으로 인해 하나뿐인 딸을 영원히 잃어버린 한 아버지가 시골 학교로 '달아난' 그 교사의 행방을 추적해 찾아가는 이야기이다. 그는 아무것도 모르는 순진한 딸을 의식화시켜서 자기로부터 빼앗아간 그 운동권 교사를 '악령'이라고 부른다. 왜냐하면 그 교사는 교묘히 자신의 실체를 감추고 천사의 모습으로 접근해, 감수성 예민한 학생들의 마음과 영혼을 빼앗아가기 때문이다. 일단 혼을 빼앗긴 아이들은 마치 '잠비 (zombie)'처럼 모두 그 악령에 의해 조종되지만, 악령의 위장은 너무나 철저해서 아버지에게는 그것을 증명할 증거가 없다. 아버지 는 자신으로부터 딸을 빼앗아 파멸시킨 악령을 뒤쫓아 시골로 내려 가지만, 악령은 이미 어디론가 사라지고 없다.

「달아난 악령」의 표면적 소재는 80년대 운동권의 주요 전략이었 던 '의식화'이다. 그래서 이 작품은 좌파들의 '의식화'에 대한 우파 작가 이문열의 개인적 비난과 비판으로도 읽을 수 있다. 그럴 경 우, 「달아난 악령」에서 진지한 문학적 가치를 찾아보기는 어려울 것이다. 그러나 만일 이 작품을, 우리가 미처 깨닫지 못하는 사이 에 은밀히 우리를 세뇌시키는 모든 이데올로기의 가공할 만한 메커 니즘과, 그로 인한 인간의 교류 단절과 불신을 탐색한 상징적인 소 설로 읽는다면 「달아난 악령」은 한 편의 훌륭한 문학작품이 된다. 이문열은 이 소설이 「그 시대에 대한 끈질긴 악의로 오해되지 않기 를 바란다」고 말한 적이 있다. 그렇다면 이문열의 그러한 언급이나 그의 작가적 역량을 감안해, 「달아난 악령」을 우선 문학적으로 읽 어볼 필요가 있을 것이다. 문학적 해석을 시도해 보기도 전에 정치 적으로 접근해 가치판단을 내리는 것은 정당하지 못하기 때문이다.

이 작품의 화자인 아버지는 착한 모범생이자 우등생인 중3짜리 딸의 행동이 새 담임교사의 영향으로 이상하게 변해가는 것을 눈치 챈다. 고등학교 1학년 여름방학 때, 농활에 다녀온다고 부모를 속 이고 공장에서 일하다 돌아온 딸에게 아버지는 화가 나서 길길이 뛰지만, 딸은 더이상 아버지를 두려워하지 않는다. 의식화 학습과 현장실습까지 마친 그녀를 지배하고 지시하는 것은 이제 아버지가 아닌 바로 그 운동권 교사이기 때문이다. 아버지는 딸이 갑자기 전 혀 다른 사람이 되어 있다는 사실을 깨닫고 경악한다. 비록 신체적 외모는 예전과 같지만, 딸의 정신은 이미 다른 사람으로 변해 있었던 것이다. 그리고 그 결과, 가장 가까워야 할 부녀간의 교류는 완전히 단절된다.

그후 딸은 '민중과 무산계급을 위해' 집을 뛰쳐나가 공장 노동자의 삶을 시작한다. 찾아간 화자에게 악령은 딸이 「식민지적 분단현실에 눈떠 스스로 선택한 길」을 떠난 것이라고 말해준다. 그러나 화자는 그것이 딸의 선택이 아니라, 악령의 사주와 조종에 의한 것이라고 믿는다. 그러던 어느 날, 딸이 동료 운동권 공원들에게 집단 성폭행을 당하고 대문 밖에 돌아와 쓰러지는 사건이 발생한다. 그후, 그녀는 지난날을 잊고 잠시 평온하게 지내지만, 결혼을 원하는 애인이 생기자 성폭행의 악몽이 되살아나 끝내 정신병원에 입원하게 된다. 결국 이데올로기와 의식화가 한 젊은 여자의 삶을 완벽하게 파괴한 것이다.

이데올로기가 어느 날 갑자기 사람을 바꾸어놓고 가족과 가족, 또는 인간과 인간 사이의 교류를 단절시킨다는 것은 미국에서 공포소설이나 공포영화의 주제가 된다. 이 세상에서 가장 무서운 것은 귀신이나 괴물이 아니라, 바로 가족이나 인간 사이의 불신과 단절이기 때문이다. 매카시즘 시절에 제작된 공포영화의 고전, 「인신절도단의 침입 (Invasion of the Body Snatchers)」(1952)은 그 고전적인 예가 된다. 이 영화에서는 우주의 침입자들이 식량으로 비축하기 위해 인간을 훔쳐가는데, 대신 그 자리에 자기들이 조종하는 가짜 인간을 놓고 간다. 그래서 어느 날 갑자기 남편은 자기 아내가, 또는 아버지는 자기 딸이 이상하다는 것을 깨닫게 된다. 비록 외모는 같지만 내면은 전혀 다른 사람인 아내나 딸은 다만 극도의 불신과 공포의 대상이 될 뿐이다. 이 영화의 마지막에 주인공은 자기만 빼고는 어느새 마을 주민 모두가—심지어는 경찰관들까지도—가짜 인간으로 대체되었다는 사실을 알고는 경악한다. 「인신절도단의 침입」이 사람을 완전히 바꾸어놓는 이데올로기의 무서운 힘과, 그로 인한 불신과 단절의 공포를 주제로 하고 있다는 것은 이미 잘 알려진 사실이다.

그와 같은 맥락에서 보면, 이문열의 「달아난 악령」 역시 「인신절 도단의 침입」과 같은 주제를 다루고 있다는 것을 알 수 있다. 다만 이문열은 세뇌된 가짜 허수아비 인간들보다는 그들을 만들고 조종 하는 배후세력인 '악령'의 정체에 대해 더 많은 관심을 보이고 있 다. 그러나 악령은 교묘하고 철저하게 자신을 위장하기 때문에, 좀 처럼 그 모습을 드러내지 않는다. 아버지는 자신의 가정을 파괴하 고 자신에게 악몽을 꾸게 한 그 악령을 추적해 강원도 산골까지 뒤 쫓아간다. 하지만 악령은 한 장의 편지—반성문—를 써놓고 잠적 한다. 그렇다면 악령은 진정 자신의 과오를 반성하고 영영 사라진 것일까, 아니면 시대의 변화에 따라 잠시 몸을 감춘 것일까? 화자 인 아버지는 이렇게 말하며 소설을 끝낸다. 「딸아이의 비극도, 그 로 인해 우리 가정이 겪은 불행도 이제는 지난 시대에게밖에 더 물 을 수가 없게 되었다. 악령은 달아나버렸다.」

그렇다면 악령은 사실 특정 인물이라기보다는 80년대를 지배했 던 이데올로기의 은유적 상징인지도 모른다. 그렇다면 이 소설의 화자는 결국 이데올로기의 실체를 추적했던 것이고, 그 이데올로기 는 스스로의 문제점을 고백하고 잠적했다고도 볼 수 있을 것이다. 악령은 편지에서 다음과 같이 말한다.

한 인간의 파멸을 당연한 것으로 만들 권리는 이 세상의 누구에게 도 없다. 아니 그 이상 어떤 이데올로기의 분식 (粉飾)으로든 인간 의 희생이 책임지는 이 없이 용인되어서는 안된다. ……경찰이나 정보원으로 오인돼 납치되고 감금되고 고문받았던 무고한 시민들, 국방의 의무를 수행하러 불려갔다가 줄 한 번 잘못 선 죄로 불에 타 죽고 맞아 죽은 전경들, 혁명과 이데올로기에 대한 오해 혹은 그 악

용으로 저질러졌던 간음과 성폭행 들, 혁명을 핑계 혹은 위협 수단
으로 한 사취 (詐取)와 편취 (偏取), 터무니없이 확대된 적 (敵) 개념
에 바탕해 거침없이 저질러졌던 언어적 폭력, 자살사주와 시체장사
…… 당시의 신문조차 그 수다한 사례를 보도하고 있으나 그 운동의
지도자들에게 책임을 묻는 목소리는 듣지 못했다. ……나는 우리의
80년대가 산출 (産出)한 비극적 소모의 책임이 바로 그러한 경우에
해당된다고 본다. (pp. 318~320)

악령의 반성문에 나오는 위 내용이 누군가가 지적했어야만 하는,
그래서 우리 모두가 반성하고 넘어갔어야만 하는 80년대의 아픈 상
처라는 것을 부인할 사람은 없을 것이다. 그와 같은 반성과 지적은
사실 좌파 작가들이나 운동권 지도부에서 먼저 제기되었어야만 했
다. 그러나 현실은 그러지 못했고, 그래서 「달아난 악령」 같은 소
설이 나오게 된 것이라고 볼 수 있다. 이문열은, 「해야 할 사람이
하지 않기 때문에 내가 하게 되었을 뿐」이라고 말한다. 그렇다면
비록 악령의 반성문 형식을 빌렸지만, 위 인용은 사실 작가가 하고
싶었던 말들인 것처럼 보인다.

그런 의미에서 소설 「달아난 악령」의 출현은 필연적이고 또 탄탄
한 존재가치를 갖는다. 그럼에도 불구하고, 이러한 소설이 군사 독
재정권에 저항하고 투쟁했던 좌파 작가에 의해 쓰여졌더라면 훨씬
더 설득력이 있었으리라는 생각이 든다. 남에 대한 비판보다는 자
신에 대한 반성이 더 값지고 호소력 있기 때문이다. 또 반독재 투
쟁을 했던 운동권의 폭력을 고발하려면, 그러한 비극적 상황을 초
래한 독재자들의 제도적 폭력을 먼저 고발해야만 하기 때문이다.
「달아난 악령」을 읽으면서 우려되는 또 한 가지 문제점은, 이런 종
류의 소설이 작가의 의도와는 달리, 자칫 독자들로 하여금 그 당시
순수했던 반독재 투쟁까지도 싸잡아 비난하도록 만들 가능성도 있

다는 점이다.

　역사의 잘못에 대해 우리는 아무도 책임을 지려 하지 않는다. 그리고는 과거를 망각 속에 묻어두려고 한다. 그러나 지난날의 과오에 대한 통렬한 반성이 없이는 결코 떳떳하고 밝은 미래가 있을 수 없다. 상처는 덮어두면 속으로 곪는 법이다. 그래서 아무리 아프더라도 환부는 깨끗이 닦아내고 도려내야만 한다. 이문열의 「달아난 악령」은 우리 과거의 아픈 곳을 건드리지만, 궁극적으로는 80년대라는 악몽의 시대가 만들어놓은 상처의 치유법을 제시해 주고 있다는 점에서 주목할 만한 소설로 다가온다.

　'악령'은 비단 이데올로기의 은유일 뿐만 아니라, 더 나아가 우리를 조종하고 지배하며 세뇌시키는 모든 보이지 않는 힘의 상징이라는 점에서 문학적 보편성을 갖는다. 사실 '악령'은 도처에 여러 가지 형태로 편재해 있고, 우리는 그것의 은밀하지만 강력한 영향 아래 놓여 있다. 문학의 본질 중 하나는 바로 그러한 보이지 않는 '악령'의 조종과 지배와 세뇌에 저항하는 것이다. 문학은 본연적으로 언제나 규제받지 않고 속박받지 않는 자유로운 삶을 추구하기 때문이다.

먼 그대의 손

초판 1쇄 발행일 · 1999년 5월 25일
초판 3쇄 발행일 · 1999년 6월 1일
지은이 · **김준성 이청준 김주영
한승원 김원일 이문열**
펴낸이 · **임성규**
펴낸곳 · **문이당**

등록 · 1988. 11. 5 제1-832호
주소 · 서울시 성북구 동소문동 4가 111번지
전화 · 928-8741 (영) 927-4991~2 (편)
팩스 · 925-5406
ⓒ 1999 문이당

홈페이지 http://www.munidang.com
전자우편 munidang@ppp.kornet21.net
ISBN 89-7456-104-2 03810

값은 표지 뒷면에 표시되어 있습니다.

잘못된 책은 바꾸어드립니다.
저자와의 협의로 인지는 생략합니다.
이 책의 판권은 지은이와 문이당에 있습니다.
양측의 서면 동의 없는 무단 전재 및 복제를 금합니다.